En 2018, Harlequin fête ses 40 ans !

Chère lectrice,

Comme vous le savez peut-être, 2018 est une année très importante pour les éditions Harlequin qui célèbrent leur quarantième anniversaire. Quarante années placées sous le signe de l'amour, de l'évasion et du rêve… Mais surtout quarante années extraordinaires passées à vos côtés ! Azur, Blanche, Passions, Black Rose, Les Historiques, Victoria mais aussi HQN, &H et bien d'autres encore : autant de collections que vous avez vues naître, grandir et évoluer, avec un seul objectif pour toutes – vous offrir chaque mois le meilleur de la romance. Alors merci à vous, chère lectrice, pour votre fidélité. Merci de vivre cette formidable aventure avec nous. Les plus belles histoires d'amour sont éternelles, et la nôtre ne fait que commencer…

40 ANS

L'ombre du scandale

Exquise tentation

NANCY ROBARDS THOMPSON

L’ombre du scandale

Traduction française de
ADELINE EVENS

Passions

HARLEQUIN

Collection : PASSIONS

Titre original :
THE COWBOY'S RUNAWAY BRIDE

HARPERCOLLINS FRANCE
83-85, boulevard Vincent-Auriol, 75646 PARIS CEDEX 13
Service Lectrices — Tél. : 01 45 82 47 47

www.harlequin.fr

ISBN 978-2-2803-8321-9 — ISSN 1950-2761

- 1 -

En arrivant devant la petite maison, Lady Chelsea Ashford Alden jeta un regard inquiet autour d'elle.

L'endroit était sombre et peu accueillant. Il s'en dégageait une atmosphère étrange, qui ne ressemblait en rien à la personnalité enjouée et vibrante de Juliette Lowell, sa camarade de chambre à l'université. Difficile de croire que son amie vivait dans cet endroit à l'aspect si peu engageant.

Chelsea vérifia une fois de plus l'adresse. Le numéro de la maison correspondait bien à celui que lui avait donné Juliette.

La façade de la maison était plongée dans l'ombre. Le mince croissant de lune qui se détachait dans le ciel du Texas ce soir ne lui était pas d'un grand secours pour l'éclairer.

Mais, finalement, l'obscurité était peut-être une alliée précieuse dans sa fuite éperdue. Elle était enfin arrivée à la fin de son voyage. Ici, elle était une totale inconnue, ce qu'elle souhaitait actuellement plus que tout.

Chelsea Ashford Alden, fille du comte de Downing, descendait d'une longue lignée d'aristocrates anglais. Mais cette naissance dans la haute société n'avait pas été synonyme d'une vie facile, bien au contraire. Son enfance avait été relativement protégée mais, depuis qu'elle était adolescente, elle était régulièrement la cible de tous les médias. Ses moindres faits et gestes étaient surveillés, décortiqués, commentés. La presse à scandale, surtout, l'attendait au tournant, guettant le plus petit faux pas. Et si elle n'en commettait pas, il se trouvait toujours quelqu'un pour lui tendre un piège ou lui faire un croche-patte.

Voilà pourquoi elle avait pris la fuite.

Elle ne supportait plus cette exposition permanente dans les médias, elle était fatiguée de tous ces prétendus amis qui ne la fréquentaient que par intérêt, lasse de voir sa vie étalée à la une de tous les tabloïds. Quand les paparazzis ne trouvaient rien à se mettre sous la dent, ils payaient des gens de son entourage pour inventer des histoires et faire courir des rumeurs sur elle.

Un certain Bertie Veal, notamment, la poursuivait sans relâche depuis qu'elle était étudiante. Récemment, il avait réussi à contacter son ex-petit ami et lui avait soutiré des confidences sur leur vie amoureuse.

Il n'y a rien de pire que d'être trahi par quelqu'un que l'on a aimé. Toute son intimité avait été déballée dans la presse. Une expérience traumatisante.

Elle essaya de chasser cette image de son esprit, mais le souvenir était encore extrêmement douloureux. Car pour couronner le tout, un enregistrement vidéo dont elle ignorait l'existence avait été publié sur le site du magazine.

Elle frissonna à cette pensée. La publication de cette vidéo avait entraîné des catastrophes en chaîne, dont la plus terrible avait été la réaction de son père. Elle n'oublierait jamais le regard qu'il avait alors posé sur elle.

Profondément choqués dans leurs valeurs, ses parents ne lui avaient témoigné aucune compassion. Ils avaient exigé qu'elle prenne ses distances pendant quelque temps pour se faire oublier de la bonne société londonienne. Et la seule solution selon eux, pour éviter que le scandale éclabousse toute la famille, était qu'elle quitte le pays.

Et ils lui avaient bien fait comprendre qu'elle ne devait

pas reparaître devant eux sans avoir remis de l'ordre dans sa vie.

Sa priorité à elle était de se mettre hors de portée de Bertie Veal. Et pour cela, elle devait disparaître des radars. La petite ville de Celebration perdue au fin fond du Texas était l'endroit parfait. Personne ne songerait à venir la chercher dans ce bout du monde, loin, très loin de son Angleterre natale.

Ici, personne ne savait qui elle était. Les Américains, semblait-il, ne connaissaient de l'Angleterre que la famille royale. Ils n'avaient jamais entendu parler des peines de cœur de la fille d'un lord pourtant très impliqué dans les affaires du pays. Dans les magazines américains, il n'y en avait que pour Kate et William, ou bien pour des actrices photographiées au saut du lit, sans maquillage, ou encore pour les frasques des rappeurs.

Lorsque Chelsea et Juliette avaient emménagé ensemble à l'université, elles avaient tout de suite sympathisé, et Chelsea avait trouvé dans cette amitié la force nécessaire pour surmonter les difficultés de la vie. Ensemble, unies comme les doigts de la main, les deux amies avaient appris à affronter toutes les épreuves, petites et grandes, que la vie leur avait réservées pendant ces quelques années. Elles étaient devenues inséparables.

Puis, leurs études terminées, chacune avait suivi son chemin et Juliette était retournée dans son Texas natal.

Quand le scandale avait éclaté avec la publication de la vidéo tournée par Hadden Hastings, son ex-petit ami, les montrant en train de faire l'amour, Chelsea avait tout de suite pensé à son amie américaine.

Elle l'avait appelée pour lui raconter l'affaire dans les grandes lignes, et Juliette lui avait spontanément proposé de venir se cacher chez elle, à Celebration.

Chelsea avait connu Hadden Hastings à l'université.

Il faisait partie de son groupe d'amis. Mais, à l'époque, il ne s'était rien passé entre eux.

Ce n'est qu'à son retour d'Afrique, où elle avait passé un an dans une association humanitaire, qu'ils s'étaient revus et qu'elle l'avait peu à peu trouvé à son goût. Il était sympathique, drôle et romantique. Comme elle, il avait du mal à trouver sa place dans la vie à l'issue de ses études. C'était ce qui les avait rapprochés.

Il lui avait fait des avances et elle n'avait pas résisté.

Elle n'aurait jamais imaginé que ce garçon si charmant filmerait leurs ébats en secret, et encore moins enverrait l'enregistrement à Bertie Veal. Cette démarche l'avait profondément blessée. Non seulement son petit ami la trahissait, mais en plus sa vie intime était jetée en pâture au monde entier. Et le scandale était d'autant plus croustillant qu'il touchait la noblesse britannique.

Elle avait eu raison de quitter l'Angleterre, songea-t-elle en soulevant le paillasson où elle supposait que Juliette avait laissé la clé. Elle prit son portable pour éclairer le sol devant elle mais ne vit rien. Elle essaya alors d'ouvrir la porte, mais elle était bien verrouillée.

Juliette était organisatrice de mariages et s'était rendue à San Antonio pour le week-end. Lorsque Chelsea l'avait appelée, elle avait accepté tout de suite de l'héberger, mais s'était excusée de ne pouvoir être là pour l'accueillir. Son entreprise était en plein essor depuis qu'elle avait organisé un premier mariage à Southern Living et le devoir l'appelait.

Chelsea était heureuse pour elle. Juliette au moins réussissait ce qu'elle entreprenait et la chance lui souriait. Au téléphone, elle lui avait assuré qu'elle pourrait se débrouiller seule, et elles s'étaient quittées en se promettant de prendre un long moment ensemble pour discuter de tout cela dès le retour de Juliette.

En attendant, la clé était introuvable. Il n'y avait pourtant pas trente-six solutions. En général, on la cachait sous le paillasson, le coussin du rocking-chair, un pot de fleurs. Chelsea examina encore une fois ces endroits. En vain.

Elle réfléchit. Juliette avait peut-être parlé de la porte de derrière. Leur conversation téléphonique s'était faite dans l'urgence, et elle se souvenait seulement que son amie avait parlé du porche, mais sans lui donner d'endroit précis. Ou alors elle n'avait pas entendu.

Où diable avait-elle pu fourrer cette clé ?

Soudain, une lueur mouvante lui indiqua qu'une voiture s'était engagée dans la rue. Elle recula prestement dans l'ombre pour éviter d'être vue. La voiture passa sans s'arrêter, et elle poussa un soupir de soulagement.

Elle contourna la maison, à l'abri des regards de la rue. La fameuse clé se trouvait peut-être là.

Elle souleva le paillasson de la porte de derrière et passa sa main sur le sol en bois.

Rien. Pas de clé ici non plus.

Puis elle regarda sous les pots de fleurs, les jardinières, un arrosoir. En vain. En dernier ressort, elle appela Juliette, mais elle tomba sur la messagerie.

— Salut, Juliette, c'est Chelsea. Je suis désolée de t'embêter, tu dois être en plein dans l'installation de la pièce montée, mais je suis devant chez toi et je ne trouve pas la clé. Rappelle-moi dès que tu as un moment. Elle est peut-être dans un endroit évident mais, franchement, je ne trouve pas. Tu me connais…, ajouta-t-elle avec un petit rire. Sinon, j'espère que le mariage se passe bien. J'ai hâte de te voir. Je t'embrasse.

Elle raccrocha et s'apprêtait à retourner à sa voiture quand elle remarqua qu'une petite fenêtre à côté de la porte était légèrement entrouverte.

Elle était minuscule et très en hauteur, mais peut-être pourrait-elle tout de même l'escalader.

Elle se maudit d'avoir mis une jupe mais, peu importe, il n'y avait personne alentour pour la voir.

C'était son dernier recours. Sinon, il ne lui restait plus qu'à retourner à la voiture qu'elle avait louée et attendre l'appel de Juliette. Il commençait à faire froid, elle serait bien mieux à l'intérieur.

Elle vit un peu plus loin une chaise de jardin en plastique et la plaça sous la fenêtre. Elle retira ses sandales compensées, déposa son téléphone et la clé de la voiture dans l'une d'elles, et grimpa sur la chaise. Elle vacilla un peu et s'agrippa au rebord de la fenêtre pour se stabiliser.

Elle mesurait un bon mètre soixante-quinze sans talons. Se faufiler à travers cette minuscule ouverture était une gageure, mais elle n'avait pas le choix. Il fallait tenter le coup, c'était la seule manière de pénétrer dans la maison, et elle avait vraiment hâte de se poser après ce long périple.

Il fallut commencer par décrocher la moustiquaire, ce qui ne fut pas une mince affaire. En s'acharnant dessus elle s'arracha un ongle. Elle poussa un petit cri de douleur et perdit légèrement l'équilibre. La chaise, déjà instable, faillit se renverser, mais elle se rattrapa de justesse. Elle finit par arracher le cadre en bois qui tomba sur le sol dans un grand bruit.

Puis vint le moment le plus délicat de l'opération : se glisser à travers la minuscule ouverture qui donnait dans une petite salle de bains, juste au-dessus de la baignoire. Autour de la baignoire, un rideau de douche était suspendu. À travers l'ouverture, elle apercevait un petit placard et un lavabo. La porte de la pièce semblait ouvrir sur un couloir. C'était tout ce qu'elle pouvait voir car l'intérieur de la maison était plongé dans l'obscurité.

Elle rassembla ses forces, prit son élan et commença à se hisser, tout en prenant appui avec ses pieds sur les pierres du mur, légèrement en relief.

Elle y était presque…

Dans un dernier effort, elle s'engagea dans le passage

étroit et… s'aperçut alors que son pied avait accroché la chaise. Comment avait-elle fait son compte ? Quoi qu'il en soit, la chaise était bien suspendue à son pied. D'une secousse, elle dégagea sa jambe. La chaise s'écrasa sur le sol dans un grand fracas au milieu du silence de la nuit, et elle, elle se retrouva dans une position fort inconfortable, coincée à mi-chemin entre l'extérieur et l'intérieur, se balançant d'un côté puis de l'autre.

Pour sûr, la position était ridicule, et même indigne. On aurait presque pu y voir une métaphore de sa situation actuelle dans la vie : en équilibre instable, ne sachant de quel côté elle allait tomber. Mais ce n'était pas le moment de philosopher. Il fallait qu'elle se décide. Soit elle retombait dans le jardin, soit dans la salle de bains. Et après tous les efforts qu'elle venait de fournir, il n'était pas question de revenir en arrière.

Alors, poussant et tirant de toutes ses forces, elle s'extirpa avec difficulté de l'ouverture étroite et tomba lourdement dans la baignoire. Tout à coup, alors qu'elle essayait de se relever, la lumière s'alluma dans la pièce et un homme apparut devant elle.

Elle poussa un cri.

En entendant ce vacarme, Ethan Campbell s'était imaginé que des ratons laveurs étaient tombés dans la cheminée ou s'étaient introduits dans la maison de Juliette Lowell par une fenêtre laissée ouverte. En tout cas, en allumant la lumière, il ne s'attendait certes pas à se trouver nez à nez avec une superbe jeune femme blonde entrée visiblement par effraction dans la salle de bains.

Mais non, il ne rêvait pas. Debout dans la baignoire, la belle inconnue, la mine déconfite, essayait tant bien que mal de refermer son chemisier et de remettre en place sa petite jupe rose. Derrière elle, accusatrice, la fenêtre bâillait sur l'obscurité de la nuit.

En la voyant ainsi, penaude, avec ses grands yeux et ses cheveux en bataille, la chanson des Beatles *She Came in Through the Bathroom Window* lui revint à l'esprit. Il essaya de ne pas se laisser troubler par cette belle apparition et s'avança en prenant un air de circonstance.

Il y avait eu récemment une série de cambriolages à Celebration. Cette femme faisait-elle partie d'un gang ?

— Pouvez-vous m'expliquer ce que vous faites ici ? demanda-t-il d'une voix sévère.

Sans attendre sa réponse et sans la quitter des yeux, il prit son téléphone dans la poche de son jean pour appeler le shérif. Il avait remarqué qu'elle était pieds nus. Son regard s'attarda quelques secondes sur ses longues jambes bronzées et sur son décolleté qui s'entrouvrit légèrement lorsqu'elle croisa les bras.

Puis il la regarda dans les yeux. Elle ne détourna pas le regard, ses grands yeux fixés sur lui, muette. Elle avait l'air effrayée, comme un petit animal pris au piège. Il avait du mal à croire que cette jolie femme semblant sortie tout droit d'un conte de fées soit une dangereuse criminelle. Pourtant, elle était entrée dans la maison par effraction, il n'y avait pas de doute là-dessus.

Que venait-elle faire ici ?

Que cherchait-elle ?

Quand il avait aperçu un véhicule de location garé devant la maison de Juliette alors qu'il rentrait de sa tournée journalière, il avait décidé d'aller voir de plus près.

Il savait que Juliette était partie quelques jours pour organiser un mariage très important dans une riche famille de San Antonio. Juliette étant absente, il n'y avait aucune raison que des amis passent la voir. La présence de cette voiture dans la rue lui avait donc semblé louche.

— Je vous repose la question avant d'appeler le shérif, reprit-il. Pourquoi êtes-vous entrée dans cette maison ?

La jeune femme le regardait toujours sans rien dire, ses grands yeux verts, ou peut-être bleus, plongés dans les siens.

— Vous ne voulez rien me dire ? insista-t-il. Très bien, vous serez peut-être plus bavarde avec la police.

Ce mot la fit enfin réagir.

— Non, s'il vous plaît, n'appelez pas la police !

Il lui sembla qu'elle avait un léger accent. Mais il n'en était pas sûr. Ce devait être l'émotion.

Elle leva les mains en signe de capitulation.

— Alors vous feriez bien de vous expliquer ! répliqua-t-il. Et vite.

Il devait être prudent, elle pouvait très bien avoir des complices qui étaient peut-être déjà dans la maison. Ou elle était venue en éclaireuse. Ou son entrée fracassante était une diversion.

— Êtes-vous seule ?

Si elle avait vraiment des complices, elle n'allait pas le lui dire, évidemment. Elle essaierait de gagner du temps.

Il regarda le miroir qui lui permettait de voir l'allée plongée dans l'obscurité et tendit l'oreille, essayant de détecter le signe d'une présence dans le jardin.

Mais rien. Le silence était total.

Après tout, il pouvait bien rendre l'âme après avoir croisé une si belle apparition.

Par sécurité toutefois, il fit mine d'appeler le 911.

— Non ! Je vous en supplie ! Écoutez, je m'appelle Chelsea, Chelsea Allen. Je suis une amie de Juliette Lowell. N'appelez pas la police, je vous assure que ce n'est pas nécessaire. Appelez Juliette et demandez-lui. Elle vous confirmera qu'elle m'a invitée. Mais je vous en supplie, je ne veux pas avoir affaire à la police.

Cette fois, il n'y avait aucune trace d'accent dans ses

paroles. Ce devait être le fruit de son imagination, pensa-t-il. Sa voix était claire, fraîche, mais empreinte de panique.

Et elle était si belle…

Elle connaissait le nom de Juliette. Mais cela ne signifiait pas forcément qu'elle était son amie. Elle savait peut-être que la maison était vide cette nuit et avait voulu en profiter pour commettre son forfait.

L'activité de Juliette commençait tout juste à prendre de l'ampleur. Quelques articles lui avaient été consacrés récemment dans la presse. Qui sait, cela avait peut-être donné des idées à des malfaiteurs à la recherche d'un mauvais coup. Mais Chelsea Allen n'avait pas l'allure d'un malfaiteur. Loin de là.

— Je vous en prie, ne les appelez pas, répéta-t-elle.

Il secoua la tête et désigna la fenêtre derrière elle.

— C'est une habitude chez vous d'entrer par la fenêtre quand vous venez voir vos amis ?

— Non bien sûr, c'est juste que…

Sa voix s'étouffa dans sa gorge et elle ne put terminer sa phrase. Elle jeta un coup d'œil vers la fenêtre, et Ethan crut un instant qu'elle allait escalader le mur et repartir par où elle était venue.

Mais au lieu de ça, elle se reprit, posa les mains sur les hanches et lui fit face crânement.

— Et vous, que faites-vous dans cette maison ? Et qui êtes-vous d'abord ?

Il se rembrunit, surpris par son ton.

— C'est moi qui pose les questions ici, rétorqua-t-il. Et quand le shérif arrivera, c'est à lui que vous devrez fournir des explications.

— Non ! Je suis désolée de ce qui est arrivé, mais ne l'appelez pas ! Vous allez encombrer la ligne et le faire venir pour rien ! Appelez plutôt Juliette sur son portable. Je suppose que vous avez son numéro. Puisque vous êtes dans sa maison, vous devez la connaître. Elle vous confirmera que nous sommes amies et qu'elle m'attendait ce soir.

Ethan hésita. Elle avait raison. Mais c'était trop tard, il avait déjà enclenché l'appel.

À l'autre bout du fil, une voix répondit :

— Ici le 911. Quel est votre problème ?

- 2 -

— Bonjour, Joyce, ici Ethan Campbell. Excuse-moi, fausse alerte.

Chelsea poussa un soupir de soulagement en entendant l'homme se rétracter. Il s'appelait donc Ethan Campbell. Elle fouilla dans ses souvenirs pour essayer de se rappeler si Juliette avait mentionné ce nom dans une conversation. Campbell… Ça lui disait quelque chose. Elle passa en revue la liste des anciens petits amis de Juliette.

Mais la façon dont il la regardait tandis qu'il discutait avec la policière la troublait et l'empêchait d'y voir clair.

— Non, ça va, j'ai la situation en main. Je te rappelle s'il y a un problème.

Paralysée par son regard bleu nuit, Chelsea était immobile, soupesant mentalement les options qui s'offraient à elle. Heureusement, elle était assez lucide pour comprendre que toute solution un peu musclée était à exclure, comme lui arracher le téléphone des mains et le jeter dans les toilettes, ou grimper sur le mur et ressortir par la petite fenêtre.

Elle aurait couru au désastre.

Au moindre geste, Ethan Campbell l'aurait probablement maîtrisée en quelques secondes, enfermée dans la salle de bains et aurait appelé la police depuis la ligne fixe de Juliette. Or la dernière chose dont elle avait besoin était une confrontation avec la police. Car, après la police, venait inévitablement la presse…

Évidemment, s'il l'enfermait dans la pièce, elle pouvait envisager de s'enfuir par la fenêtre. Mais elle n'était ni gymnaste ni contorsionniste. Elle manquait de rapidité et, surtout, elle était encore secouée par la chute qu'elle venait de faire. Aurait-elle assez de force pour se hisser jusqu'à l'ouverture ? Non, décidément, il n'était pas raisonnable de se lancer dans une telle escapade. Elle n'avait aucune chance.

Et si jamais elle réussissait, où irait-elle après ?

Elle aurait très vite la police sur les talons et quasiment aucune chance de leur échapper.

Une autre possibilité serait de bousculer Ethan Campbell et de sortir par la porte d'entrée. Cela semblait même la solution la moins risquée. Mais il n'y avait pas beaucoup de place pour passer. Ethan était grand et large d'épaules, et il occupait tout l'encadrement de la porte. Être enlacée et plaquée par cet homme à la carrure de rugbyman aurait pu être agréable dans d'autres circonstances. Mais dans la situation présente, elle n'avait aucun espoir de lui échapper. Elle abandonna aussi cette idée.

— Oui, je pensais avoir surpris un voleur chez Juliette Lowell, dit-il à la dénommée Joyce.

Un voleur ? Avait-elle vraiment l'air de quelqu'un qui s'est introduit dans une maison pour commettre un vol ?

— En fait c'est une personne qui dit être une amie de Juliette. Oui, oui, je vais l'appeler pour vérifier… Non, je n'ai pas besoin d'aide, tout va bien.

Elle poussa un petit soupir de soulagement. Enfin, il semblait vouloir la croire.

Elle avait l'impression qu'il connaissait bien Juliette. Du coup, elle ne comprenait pas pourquoi son amie ne lui avait jamais parlé de cet Ethan Campbell. Il était grand, solide, avec l'air un peu farouche et l'accent traînant du Texas, ce qui lui donnait un certain charme — à condition de ne pas être rebuté par le style cow-boy.

Franchement, qui ne le trouverait pas beau ?

Mais ce n'était pas le moment. Pour l'instant, elle était entre ses mains et pas encore tirée d'affaire.

Car, malheureusement pour elle, il semblait très bien connaître les autorités locales. Cela risquait de devenir un gros problème s'il lui posait des questions plus personnelles. Elle serait obligée de chercher refuge ailleurs car, si jamais la moindre information sortait sur elle dans la presse ou dans n'importe quel média, elle aurait de nouveau Bertie à ses trousses. Celebration était une toute petite ville et il aurait tôt fait de la retrouver. Et où pourrait-elle se cacher alors ? Elle n'avait pas de solution de repli, sauf à se retrouver complètement seule dans un endroit inconnu. Ou pire, elle serait obligée de rentrer chez elle.

Et ce n'était pas envisageable. Du moins pas pour l'instant.

— Si jamais son histoire ne se vérifie pas, je te rappelle et vous pourrez envoyer le shérif, continua Ethan, toujours au téléphone.

Il hocha la tête pour approuver ce que disait son interlocutrice.

— Joyce…

Nouveau silence, nouveau hochement de tête.

— Non, je t'assure, tout va bien… Oui, je suis sûr. Non, je n'ai besoin de personne. Elle est seule.

Il posa son regard sur elle.

— Vous êtes bien seule ? demanda-t-il.

Elle hocha la tête sans un mot.

— Sa voiture est garée devant l'allée… Non, je n'ai pas le numéro d'immatriculation. C'est une voiture de location. Il faisait noir quand je suis arrivé. Je voulais d'abord m'assurer qu'il n'y avait pas de danger.

Elle était surprise par ses propos. Rien ne lui avait échappé. Faisait-il partie d'un groupe de vigiles chargés de surveiller le quartier ?

La conversation s'éternisait. Elle avait beau tendre l'oreille pour essayer d'entendre ce que disait l'autre personne, elle ne distinguait que le flot inaudible d'une voix féminine.

Ethan recula dans le couloir et alluma la lumière. Chelsea aperçut alors le pêle-mêle de photos accrochées sur le mur du couloir derrière lui. Toutes avaient été prises durant le séjour de Juliette à S. Andrews, et comme par miracle, sur l'une d'elles, on voyait Juliette et elle ensemble au milieu d'un groupe d'étudiants, lors d'un match de rugby dans le Sussex.

— Bonne idée, dit-il tout à coup.

Il se tourna vers elle et tendit la main.

— Donnez-moi votre portable.

— Pourquoi faire ? demanda-t-elle.

— Votre portable.

Elle pointa du doigt la photo derrière lui. Il fronça les sourcils comme s'il ne comprenait pas.

— Regardez la photo derrière vous, dit-elle.

Voyant qu'il refusait de se retourner, elle lui expliqua qu'il y avait une photo de Juliette et elle sur le mur derrière lui.

— Regardez, vous verrez que je dis la vérité, insista-t-elle.

Ethan lui lança un regard méfiant et se retourna.

— Je raccroche, Joyce, dit-il. Je te rappelle plus tard.

Il la fixa quelques instants avec attention.

— Si vous connaissez si bien Juliette, pourquoi êtes-vous entrée par la fenêtre ? demanda-t-il.

— Elle devait me laisser une clé. Mais je ne l'ai pas trouvée.

— Et où devait-elle la laisser ?

— Sous le paillasson ou quelque chose comme ça. Elle n'a pas précisé et, comme je vous l'ai dit, je ne l'ai pas trouvée. Et puis j'ai vu cette fenêtre ouverte et…

Ethan leva la main pour lui ordonner de se taire.

— Donnez-moi votre portable, dit-il.

— Je ne l'ai pas sur moi.

Il fit une grimace, comme s'il ne la croyait pas.

— Pas sur vous ? Très bien, je vous laisse le bénéfice du doute. Mais si vous ne voulez pas coopérer, je rappelle Joyce et vous vous expliquerez au poste. Allez, soyez gentille, donnez-le-moi.

Et il tendit à nouveau la main vers elle.

— Je l'ai laissé dehors, derrière la maison, dans une de mes sandales.

Ce type commençait à l'agacer sérieusement, à systématiquement mettre en doute ce qu'elle disait !

— Vous pouvez vérifier, je n'ai rien sur moi, ajouta-t-elle en faisait glisser les mains sur son T-shirt puis sur sa jupe très ajustée qui n'avait pas de poche.

Quand elle vit le regard d'Ethan Campbell suivre le même chemin que ses mains, elle regretta son geste, qui aurait pu passer pour une invitation.

Elle toussota, gênée, et croisa les bras sur sa poitrine.

— J'ai essayé d'appeler Juliette mais elle n'a pas répondu, expliqua-t-elle. Je lui ai laissé un message et, alors, j'ai vu cette fenêtre ouverte. J'ai retiré mes sandales, déposé mon portable et mes clés de voiture dedans et j'ai escaladé le mur. Allez voir dehors, vous trouverez mes affaires.

Elle reprit, avec une moue d'agacement :

— Pourquoi n'appelez-vous pas Juliette ? Ce serait plus simple, non ? Et puis vous devriez vous méfier si vous sortez. Vous pourriez tomber sur mes complices qui m'attendent un peu plus loin.

Ethan fronça les sourcils, et elle se dit qu'elle était peut-être allée trop loin.

— Vous avez des complices ? demanda-t-il, méfiant.

— C'était une plaisanterie.

— Et vous avez quelque chose pour prouver votre identité ?

Et voilà, on en arrivait à ce qu'elle craignait le plus ! S'il voyait son nom sur sa carte d'identité, elle était fichue. Surtout s'il rappelait la police et donnait son nom au shérif. Avec leurs fichiers et les banques de données internationales, ils feraient des recoupements et auraient tôt fait de retrouver sa véritable identité.

Elle ferait mieux de partir tout de suite.

— Mes papiers sont dans mon sac, dans la voiture, dit-elle. Je vais le chercher, si vous voulez.

— Ne me prenez pas pour un idiot. Si je vous laisse monter dans votre voiture, vous allez en profiter pour filer. Et si j'y vais moi-même, vous allez filer aussi.

Il reprit son portable et fit défiler ses numéros.

— Non, s'il vous plaît…, murmura-t-elle.

— J'appelle Juliette.

Elle laissa échapper un soupir.

— Je croyais que vous alliez rappeler la police.

Il pressa l'appareil sur son oreille. Juliette avait pris l'appel, apparemment. Ouf !

— Juliette. C'est Ethan…

Il écouta un moment, silencieux.

— Désolé de te déranger, reprit-il, mais…

Il hocha la tête, ouvrit la bouche pour dire quelque chose, puis la referma.

Chelsea retint un sourire. Juliette avait toujours été très bavarde. C'était amusant de voir ce grand gaillard, ce cow-boy à l'allure un peu rustre, ne pas pouvoir placer un mot face à ce moulin à paroles. Combien de temps devrait-il attendre avant de pouvoir dire quelque chose ?

S'il y avait eu d'autres témoins à cette scène, elle aurait pris les paris.

Mais en attendant, le spectacle était fort distrayant, et elle se détendit un peu. Au retour de son amie, elle lui raconterait la scène et ne manquerait pas de la féliciter d'avoir réussi à clouer le bec à Ethan Campbell.

— Juliette…, disait-il… Juliette, écoute… Je… Attends… Juliette…

Découragé, il éloigna l'appareil de son oreille en levant les yeux au ciel.

Chelsea entendit alors le babillage joyeux de son amie, mais sans comprendre ce qu'elle disait.

Finalement, elle fit la seule chose qu'elle pouvait faire.

— Juliette ! cria-t-elle le plus fort possible. C'est Chelsea ! Chelsea *Allen* ! Dis à cet homme que tu me connais et que tu m'as bien invitée chez toi !

Même si elle ne savait pas de quoi parlait son amie quelques secondes plus tôt, elle comprit au silence qui suivit qu'elle l'avait entendue. Elle pria pour qu'elle se souvienne de leur code.

À l'université, « Chelsea Allen » était le nom qu'elle utilisait quand elle voulait rester anonyme. Car lorsqu'elle déclinait son identité complète, Lady Chelsea Ashford Alden, les gens étaient impressionnés et changeaient d'attitude envers elle. Avec un patronyme plus simple, elle passait inaperçue et on la traitait comme une personne normale. Pas comme la sœur de Lady Victoria Ashford Alden, célèbre créatrice de mode, ou celle de Sir Thomas Ashford Alden, député promis à un bel avenir politique. Chelsea Allen était une personne quelconque, et personne ne lui demandait rien. La vie était tellement plus simple comme ça…

Les années avaient passé depuis l'université, mais elle espérait que Juliette n'avait pas oublié ce nom de code. Non, elle s'en souvenait forcément…

L'air de plus en plus sombre, Ethan remit le téléphone contre son oreille.

— Juliette, tu connais une personne nommée Chelsea Allen ?

Le regard perçant d'Ethan se posa de nouveau sur elle.

— Oui, elle est là, confirma-t-il et son visage se

détendit un peu. Dans ta salle de bains. Oui… C'est sûr… Évidemment. Dans la baignoire, pour être plus précis. Elle est rentrée par la fenêtre juste au-dessus, c'est là que je l'ai surprise. Je te raconterai… Non, elle est habillée… Juliette, écoute-moi, tout ce que je veux savoir c'est si c'est une de tes amies ou pas.

Chelsea ne put s'empêcher d'éclater de rire.

C'était vrai, elle était encore dans la baignoire ! Elle prit appui d'une main sur le mur, enjamba le rebord et posa un pied, puis deux, sur le sol carrelé noir et blanc.

Ethan lui tendit le téléphone.

— Tenez, Juliette veut vous parler.

Elle ne put réprimer un petit sourire de satisfaction en prenant l'appareil.

— Juliette ? Salut, ça va ?

Le rire chaleureux de son amie résonna à l'autre bout de la ligne.

— Chelsea ! Oh non ! Je suis vraiment désolée. Je devais te laisser la clé, mais j'ai complètement oublié ! Et apparemment, j'ai aussi oublié de fermer la fenêtre de la salle de bains. J'ai honte !

— Tout va bien, ce n'est pas grave. Tu peux dire à ton *vigile* de me lâcher, maintenant ?

— Tu as toujours su soigner tes entrées, Chelsea.

— Je sais mais, pour les prochaines fois, je préférerais utiliser la porte. L'escalade n'est pas mon sport favori. S'il te plaît, dis à ce monsieur que c'est bon, qu'il peut partir. Il était prêt à m'envoyer en prison, tu sais !

Tout en parlant, elle passa devant lui pour sortir de la petite pièce où elle commençait à se sentir mal à l'aise. Et se dit que, s'il n'avait pas été aussi déplaisant, elle l'aurait trouvé très sexy, avec son torse large, ses bras musclés et sa peau tannée par le soleil.

— Oh ! Ethan est impressionnant mais il ne ferait pas de mal à une mouche, lui expliqua Juliette. C'est mon voisin. Quand on le connaît, c'est un gros nounours doux comme un agneau.

Doux comme un agneau ? Il lui avait plutôt fait l'effet d'un oiseau de proie au regard dur comme l'acier !

— Et tu parles d'expérience, je suppose ? répliqua-t-elle, moqueuse.

Juliette laissa échapper un petit rire.

— Absolument pas. Je te parlerai de lui plus tard. Pour l'instant, repasse-lui le téléphone et je vais lui dire que tu peux rester chez moi. Installe-toi, fais comme chez toi. Tu trouveras du thé dans le placard à côté de la cuisinière, et il y a un reste de lasagnes maison dans le réfrigérateur. Je rentre demain après-midi. On aura plein de choses à se raconter ! J'ai hâte de te voir !

Chelsea jeta un regard à Ethan, qui ne perdait pas une miette de leur conversation. Il n'était pas question qu'elle raconte devant lui combien sa vie était compliquée et qu'elle avait frôlé la catastrophe lorsqu'il avait voulu la livrer à la police.

Il y eut un silence à l'autre bout de la ligne, et Chelsea sentit que Juliette aurait eu mille questions à lui poser. Mais elle resterait sur sa faim pour l'instant.

— Oui, nous avons plein de choses à nous raconter, dit-elle. Je le ferai de vive voix, précisa-t-elle tout en regardant Ethan dans les yeux. En attendant, peux-tu dire au gros nounours que je peux rester chez toi ?

Ethan fronça les sourcils.

— « Gros nounours » ? répéta-t-il.

Mais Chelsea ne s'expliqua pas.

— Merci, Juliette. Je te revaudrai ça, dit-elle en tendant l'appareil à Ethan.

*
* *

Chelsea Allen avait quelque chose à cacher, Ethan en était convaincu. Il ne savait pas quoi, mais cette femme était sur la défensive, cela sautait aux yeux.

Son intuition lui disait que sa nervosité n'était pas seulement due au fait de se retrouver face à un inconnu dans une maison qu'elle croyait vide. Il y avait autre chose. Et son intuition le trompait rarement.

Pourtant, Juliette lui avait confirmé que non seulement Chelsea était la bienvenue chez elle, mais qu'elle pouvait entrer et sortir par la fenêtre de la salle de bains si bon lui semblait. Il reconnaissait bien là Juliette Lowell : bienveillante, cherchant toujours à voir le bon côté des gens, toujours prête à rendre service. C'était précisément la raison pour laquelle il se demandait s'il ne ferait pas bien de garder un œil sur cette Chelsea Allen.

Et puis ce ne serait pas désagréable… La jeune femme avait vraiment un physique plus qu'avantageux.

Après avoir raccroché, il salua Chelsea et regagna son pick-up. Il rappela Joyce pour lui annoncer qu'il avait eu Juliette et que tout était rentré dans l'ordre, puis il prit la direction du Murphy's Pub. C'était là qu'il se rendait quand son regard avait été attiré par le véhicule inconnu devant la maison de Juliette. Ce soir, les Dallas Cowboys rencontraient les Miami Dolphins, et il n'aspirait qu'à une chose : s'installer au bar et regarder tranquillement le match.

Dès qu'il poussa la porte du pub, il fut happé par les cris et les encouragements qui fusaient de toutes parts. Il ne lui en fallut pas plus pour se sentir dans l'ambiance. Il jeta un œil sur l'écran de télévision et vit les Cowboys échouer au pied du but au terme d'une action spectaculaire.

Il marmonna un juron, furieux d'avoir manqué l'action. Il avait prévu d'arriver un peu avant le début de la partie pour avoir le temps de commander son dîner — un cheeseburger et une bière sans alcool — mais, à cause de Chelsea Allen, il avait manqué le premier quart d'heure.

Le pub était plein à craquer ce soir mais il restait quelques places autour du bar. Presque tous les clients étaient là pour suivre le match. Ce soir, comme chaque fois qu'il y avait un événement sportif, l'établissement proposait des bières spéciales et ses fameux Cowboy burgers. Ethan s'installa sur un tabouret et fit signe à Jack Murphy, le patron, qui officiait derrière le comptoir.

— Salut, Ethan. Je me demandais où tu étais passé. Tout va bien ?

— Tout va bien.

Le Murphy's Pub était l'un des endroits les plus fréquentés de la petite ville. L'ambiance y était chaleureuse et conviviale, et Ethan était un habitué. C'était le genre d'endroit où personne ne vous posait de question, personne ne s'étonnait de vous voir boire du thé ou des bières sans alcool le samedi soir, alors que le reste des clients descendaient bière sur bière.

Le long comptoir en teck s'étendait sur tout le mur à gauche de l'entrée. Les serveurs étaient fiers de proposer toutes sortes de boissons et de cocktails, ceux que tout le monde connaissait, mais aussi des créations très originales, à qui l'on avait donné les noms de célébrités locales.

L'établissement revendiquait aussi une certaine authenticité. En effet, il ne proposait que les grandes marques de bières américaines classiques. Pas ces bières sophistiquées aux parfums étranges qui fleurissaient dernièrement dans les endroits branchés. Si vous demandiez ce genre de boisson à Jack, il vous renvoyait directement au vendeur de tacos local, ou dans une start-up tendance de Dallas.

Mais tout cela ne concernait pas, lui, Ethan, qui ne buvait plus une goutte d'alcool depuis deux ans. Du moment qu'il avait sa bière sans alcool préférée, il était content.

Sa bataille contre l'alcool avait été longue et difficile,

mais il s'y tenait. Chaque jour passé sans boire était une victoire sur lui-même, et il mettait toutes ses forces et sa volonté pour rester dans cette spirale vertueuse.

Certains de ses amis lui disaient qu'il était fou de continuer à aller au Murphy's dans ces conditions, qu'il s'imposait inutilement une épreuve supplémentaire.

Mais non. Il maîtrisait la situation et avait besoin de ce défi. Il n'allait pas baisser les bras maintenant, au terme de ces deux années de haute lutte menée pour sortir de l'abîme dans lequel il s'était enfoncé après son divorce.

Il était un ancien alcoolique, certes, mais ce n'était pas pour cela qu'il devait rester enfermé chez lui. Il aimait l'ambiance surchauffée du pub les jours de match et n'allait pas s'en priver.

« Chaque jour sans alcool est un jour gagné. » Tel était le slogan martelé par les Alcooliques Anonymes pendant les moments les plus difficiles. Maintenant qu'Ethan s'en était sorti, qu'il était guéri, il aimait se tester en s'asseyant au bar et observer les autres clients boire souvent plus que de raison. L'odeur du whisky pouvait le tenter, certes, mais il savait qu'il ne craquerait pas. Plus jamais.

Jack revint avec un verre de fausse bière qu'il déposa sur une rondelle en carton.

— Merci, dit Ethan, qui en profita pour commander son repas.

Jack prit note et transmit la commande à la cuisine qui se trouvait à l'extrémité du bar.

— À suivre ! lança-t-il en accrochant le petit ticket avec une pince à linge sur une ficelle tendue dans l'ouverture entre la cuisine et le bar.

Tenu par la même famille depuis plus d'un siècle, le Murphy's Pub était une véritable institution dans la région. C'était un des plus anciens établissements de la ville et il occupait toujours le même lieu depuis que les frères Murphy avaient ouvert ses portes dans les années 1900.

Ils avaient survécu à la prohibition, ouvert des filiales un peu partout, et agrandi leur établissement d'origine au fil des années.

Ethan prit son verre et le fit tourner doucement entre ses doigts sans quitter des yeux l'écran de télévision, essayant de restituer ce qu'il avait manqué. Le score était encore vierge, mais les Cowboys occupaient le camp adverse et n'étaient pas loin de la ligne d'essai. S'ils ne faiblissaient pas, ils allaient bientôt marquer.

Au moins, il n'avait rien raté d'important. Il prit une gorgée de bière, se demandant ce que Chelsea Allen pouvait bien faire ce soir, seule dans la maison de Juliette. Puis il se dit que cela ne le regardait pas. Juliette avait affirmé qu'elle l'attendait, qu'elle pouvait s'installer, donc cette histoire ne le concernait plus. Chelsea, à l'évidence, ne lui avait pas tout dit, mais il était inutile de chercher à savoir, mieux valait oublier tout ça.

Juliette allait rentrer demain dans l'après-midi. Comme elle lui avait confié son chien, il pourrait peut-être le ramener un peu avant son retour et en profiter pour vérifier que tout allait bien dans la maison.

C'était la moindre des choses.

Bientôt ce fut la mi-temps et la publicité. Il se détendit et laissa errer son regard à travers la salle. C'était la clientèle habituelle d'un jour de match, des gens qui, comme lui, venaient passer un bon moment au pub.

Certains clients cependant ne s'intéressaient pas au sport et dansaient dans la salle à côté au son d'un juke-box. D'autres étaient rassemblés autour des tables, discutaient et riaient de bon cœur. D'autres encore, tel son ami Aiden Woods, jouaient au billard. De loin, il lui sembla que celui-ci était en train de battre Miles Mercer. La femme d'Aiden, Bia, rédactrice en chef du *Dallas Journal of Business and Development*, était assise à une table voisine devant une bouteille de vin rouge, en grande conversation avec Sydney, la femme de Miles.

Tous les autres billards, qui occupaient une bonne partie de la première salle, étaient utilisés. Dès qu'un groupe s'en allait, un autre prenait sa place. Comme d'habitude, le Murphy's Pub attirait une bonne partie de la communauté de Celebration, et l'endroit, toujours animé, dégageait une belle énergie.

— Salut, Campbell, dit une voix derrière lui. Alors, il paraît que tu as surpris une jolie cambrioleuse ?

Ethan se retourna et vit Zane Phillips qui se hissa sur le tabouret libre à côté de lui. Il commanda un verre de bourbon sec.

Les nouvelles circulaient vite dans la petite ville. Si Zane savait déjà ce qui s'était passé à peine une heure plus tôt, il devait s'attendre à être la cible de plaisanteries plus ou moins drôles de la part de bon nombre de ses amis, songea Ethan. Il avait bien fait de vérifier que Chelsea n'était pas une voleuse. Sinon, tout le monde lui serait tombé dessus.

— Oui, répondit-il en prenant une longue gorgée. Et ça a été chaud, tu peux me croire.

Zane leva les sourcils.

— Être le capitaine autoproclamé de la surveillance du voisinage a ses petits avantages, finalement…, dit-il avec une pointe de moquerie dans la voix.

Depuis le début des cambriolages à Celebration, trois mois plus tôt, tout le monde était à cran. Chacun surveillait les allées et venues de ses voisins, et l'ambiance était un peu tendue. Mais mieux valait être vigilant, quitte à se tromper et lancer de fausses alertes. On n'était jamais trop prudents.

— Je rends service à mes voisins, c'est normal, répondit Ethan. J'avais promis à Juliette de surveiller sa maison pendant son absence. J'ai vu une voiture de location garée devant chez elle, alors je suis entré pour voir s'il n'y avait rien d'anormal. Et j'ai bien fait.

— Sûr ! Tu as fait une sacrée trouvaille. Tu nous la présentes bientôt, ou tu as l'intention de la garder pour toi ?

Ethan lança un regard noir à Zane. Qu'insinuait-il ? Zane avait une petite amie, d'après ce qu'il savait. Mais tel qu'il le connaissait, leur relation devait commencer à battre de l'aile. Zane était incapable de se fixer ; il passait d'une femme à l'autre et cela ne durait jamais longtemps.

À ce moment Jack déposa devant lui une grande assiette avec un cheeseburger au bacon et aux champignons, garni de rondelles d'oignons frits.

— Alors, c'est qui cette fille ? insista Zane tandis qu'Ethan mordait avec appétit dans son burger.

Il prit le temps d'avaler avant de répondre :

— Une ancienne copine de fac de Juliette, apparemment.

Il détourna son regard vers l'écran de télévision, où la partie avait repris. Il était venu au Murphy's pour voir le match, pas pour parler des copines de Juliette.

Zane Philips était un de ses meilleurs amis. Ils avaient grandi ensemble et Zane avait été son garçon d'honneur lors de son mariage avec Molly. Pourtant, l'idée de savoir qu'il allait faire du gringue à Chelsea le dérangeait. Allez savoir pourquoi. Il fit signe à Jack de verser une nouvelle tournée et espéra que Zane comprendrait qu'il n'était pas d'humeur à discuter.

— Toute plaisanterie mise à part, c'est dommage que tu n'aies pas attrapé les malfaiteurs, reprit Zane, sentant qu'il valait mieux changer de sujet. Ils courent toujours, nous ne devons pas relâcher notre vigilance.

Ethan approuva de la tête. L'équipe des Cowboys marqua un but et toute la salle explosa de joie.

— Dans un autre ordre d'idée, Rachel, du Bistro Saint-Germain, m'a dit l'autre jour que Lucy allait enfin ouvrir sa fameuse salle des fêtes dans votre vieille grange. C'est bien. Ce projet traînait depuis un bon moment, je crois.

Ethan leva les yeux au ciel. Il avait renoncé depuis longtemps à essayer de comprendre les caprices et les errements de sa jeune sœur. Lucy se lançait régulièrement dans des projets tous plus farfelus les uns que les autres, qu'elle finissait toujours par abandonner. Donc, il ne s'y intéressait que de très loin. Depuis son retour de Californie, l'an passé, elle parlait d'ouvrir une sorte de lieu de culture dans la grange de la ferme familiale, une salle où elle organiserait toutes sortes d'événements. Elle avait baptisé son projet « Fête à la ferme ».

— Ah oui ? dit-il en prenant une autre bouchée.

— Cette fois, on dirait que c'est du sérieux. Qui sait, elle va peut-être enfin se poser. Je lui ai dit qu'elle n'oublie pas de m'inviter à la soirée d'ouverture.

— À mon avis, tu vas attendre un bon moment, répliqua Ethan, fataliste.

En réalité, il n'était pas très chaud pour ce projet. Cela faisait un moment que Lucy voulait transformer la grange familiale en salle des fêtes pour y accueillir des mariages ou toutes sortes d'événements festifs. L'idée lui était venue en discutant avec Juliette, dont l'entreprise d'organisation de mariages prenait de plus en plus d'ampleur. Cette dernière avait évoqué dans une conversation que les seuls lieux pouvant accueillir des mariages à Celebration étaient le Regency Cypress Plantation et le Botanical Gardens, tous deux situés au nord de la ville. Lucy était persuadée que la grange de ses grands-parents était un lieu idéal et qu'il fallait exploiter son potentiel. Ethan ne comprenait pas ce qu'elle voyait d'extraordinaire dans ce vieux tas de ruines. Si cela n'avait tenu qu'à lui, il l'aurait détruit depuis longtemps.

Il n'avait rien contre Lucy pourtant. À la mort de leurs parents, les trois enfants Campbell, lui, Jude et Lucy, avaient hérité d'un peu d'argent, et la propriété, le Triple C, avait été divisée en trois parcelles égales. Ethan avait reçu la partie contenant les écuries et la maison où ils avaient grandi, Lucy avait choisi le lot avec la maison de leurs grands-parents et la grange, et Jude la parcelle nue.

Jude gagnait bien sa vie dans le circuit du rodéo professionnel. Comme son frère n'était jamais là et que Lucy poursuivait ses études, Ethan s'était vu confier le soin de relancer l'élevage de chevaux familial. Il avait travaillé dur pour redonner un souffle nouveau à cette affaire autrefois florissante.

Lucy pouvait donc faire ce qu'elle voulait sur la terre qui lui appartenait. Elle avait tout à fait le droit de transformer les vieux bâtiments en lieux accueillant des événements. Elle pouvait même y installer un zoo, si elle voulait. Mais ces derniers temps, elle semblait avoir la capacité de réflexion d'un poisson rouge, tout au plus. Elle avait déjà dilapidé tout l'argent liquide de son héritage — et dans des achats totalement inutiles selon lui — et s'était retrouvée criblée de dettes.

Il lui avait prêté de l'argent jusqu'à ce qu'elle reprenne un travail avec un salaire régulier et qu'elle puisse commencer à rembourser ses dettes. D'après ce qu'il savait, elle n'avait pas encore fini de payer. Mais maintenant qu'elle gagnait enfin sa vie, il était hors de question qu'il l'aide à financer un nouveau projet, un projet auquel il ne croyait pas, qui plus est. Quand elle lui avait demandé d'être garant pour le prêt, il avait refusé tout net.

Pour être tout à fait honnête, la conduite un peu écervelée de Lucy n'était pas le seul motif de son refus. Il avait souvent eu peur que son frère et sa sœur n'aient hérité du gène de l'alcoolisme de leur père. Ce même mal qui l'avait frappé et qui avait bien failli l'anéantir. C'était l'alcoolisme qui avait coûté la vie à leur père ; il était ivre, la nuit où il avait eu son accident de voiture.

Sa mère avait survécu, mais avait été grièvement blessée. La colonne vertébrale ayant été touchée, elle était restée paraplégique et avait succombé un an plus tard.

La maladie semblait avoir épargné Jude qui, apparemment, s'était remis de ces événements dramatiques —, mais il vivait loin et ne venait jamais à Celebration. Toutefois, Ethan s'inquiétait toujours pour Lucy et se demandait encore si elle n'avait pas hérité de cette faiblesse face à l'alcool. Elle n'avait que vingt-cinq ans. Une fois, on l'avait retrouvée complètement ivre, se baignant nue dans l'étang derrière la cabane de chasse du vieux Jenkins.

Pour une raison complètement ridicule qui n'avait rien à voir avec tout cela, Ethan se demanda si Chelsea Allen, cette jeune femme capable d'entrer par effraction dans une maison, s'était déjà baignée nue…

Il chassa vite cette image inconvenante de son esprit, but une gorgée de bière et, pour la première fois depuis longtemps, eut envie de quelque chose de beaucoup plus fort que cette boisson insipide.

Sachant mieux que personne ce que c'était que de se sortir de la dépendance à l'alcool, il se demandait si un environnement trop festif, même s'il s'agissait principalement de mariages, serait une bonne chose pour Lucy.

Bien sûr, elle était adulte désormais mais, pour lui, elle resterait toujours sa petite sœur. Avec Jude, elle était la seule famille qui lui restait. S'il était réticent à ce projet, c'était uniquement pour la protéger. Si Jude était le fils prodige de la famille, celui qui avait réussi, Ethan était le grand frère protecteur. Et comme tout grand frère qui se respecte, il était attentif aux dangers qui pourraient menacer sa petite sœur. Son rôle était de veiller sur elle, et il le prenait très au sérieux.

Même si on ignorait à l'heure actuelle si elle avait une tendance pathologique à l'alcoolisme, sa succession de projets avortés, son attitude inconstante et instable prouvaient qu'elle n'avait pas la bosse des affaires.

Apparemment, elle avait parlé de son projet « Fête à la ferme » à pas mal de monde, car toute la ville semblait au courant. Pourtant, elle ne lui en avait rien dit de plus. Mais fallait-il s'en étonner ? Comme souvent, il avait l'impression d'être le dernier informé de tout. Par exemple, il ignorait que Juliette avait une amie aussi jolie. Une jeune femme qui avait des choses à cacher, certes, ou qui se cachait de quelque chose. Mais quoi qu'il en soit, il ne pouvait nier que la jeune inconnue occupait toutes ses pensées depuis qu'il l'avait rencontrée chez Juliette.

Cela faisait bien longtemps qu'une femme ne lui avait fait une telle impression…

C'était décidé. Il passerait chez Juliette le lendemain pour voir ce qu'elle devenait.

- 3 -

Le lendemain matin, quand Chelsea ouvrit les yeux, elle mit plusieurs secondes à se rappeler où elle était. Elle parcourut des yeux la chambre d'amis, son regard s'attardant sur les jolis motifs floraux du papier peint, dignes des jardins de la reine Mary à Regent's Park. Il y avait des roses partout : sur la couette, les rideaux, la chaise et l'ottomane. Tout cela ressemblait bien à son amie, et, dans un tel décor, elle se sentit rassérénée.

Elle prit le temps de s'étirer longuement puis vérifia l'heure sur le réveil de la table de nuit. Il était 9 heures passées. Largement le temps de se lever, se dit-elle en s'enfonçant voluptueusement dans le grand lit encore tout chaud.

Son corps et son esprit avaient besoin de repos. Elle réalisa que c'était la première fois depuis bien longtemps qu'elle avait dormi toute une nuit sans se réveiller. En réalité depuis que sa vie intime avait été étalée au grand jour dans la presse. Depuis qu'elle avait été livrée en pâture à la vindicte populaire, faisant d'elle la cible de plaisanteries déplacées et d'un voyeurisme obscène.

Tout cela à cause de Hadden, son ex-petit ami, qui les avait filmés à son insu et avait ensuite vendu la vidéo à la presse pour se venger d'avoir été quitté. Et maintenant c'était elle la coupable, la mauvaise fille. Ses parents ne voulaient plus la voir, encore moins l'aider à se racheter.

C'était son problème et c'était à elle de le résoudre. Alors elle avait fui, très loin, en attendant que le scandale retombe.

Depuis que l'affaire avait éclaté, elle y pensait à chaque seconde, en se couchant le soir, en se réveillant le matin. Jusqu'à aujourd'hui.

Car ce matin, au réveil, sa première pensée avait été pour le décor de son nouvel environnement.

Pour la première fois depuis longtemps, elle se sentait en sécurité. Et pas seulement parce que personne n'aurait l'idée de venir la chercher ici, à Celebration, Texas. Mais aussi parce que les voisins étaient vigilants et s'entraidaient. Toute allée et venue suspecte était aussitôt repérée visiblement et, à l'exemple d'Ethan Campbell hier soir, il y avait toujours quelqu'un pour venir vérifier sur place. Cette vigilance de chaque instant rendrait la tâche difficile à des journalistes venus de Londres : ils ne pourraient pas passer inaperçus, dans ces conditions.

À cette idée, elle pressa la paume de ses mains sur ses yeux pour chasser de son esprit l'image de ces démons et respira profondément plusieurs fois.

La vision des journalistes fut bientôt remplacée par celle… d'Ethan Campbell.

À la lumière du jour, il lui apparut nettement moins antipathique que la nuit dernière. Bien sûr, elle était reposée ce matin et elle voyait les choses sous un autre jour. Elle inspira une nouvelle fois longuement et se dit qu'une nouvelle journée commençait, pleine de promesses.

Tout allait s'arranger. Du moins elle l'espérait.

Peut-être même qu'un jour, avec le recul, les terribles épreuves qu'elle avait traversées la feraient sourire. Ici elle allait pouvoir se remettre, panser ses blessures.

Elle avait trouvé un refuge charmant et avait hâte de revoir Juliette. Elles avaient tant de choses à se raconter !

Mais elle ne voulait pas être un poids pour son amie. Étudiantes, elles avaient partagé une chambre pendant plusieurs années et avaient appris à bien se connaître. Chacune connaissait les manies et les bizarreries de l'autre. Chelsea savait qu'à la minute où Juliette franchirait la porte de sa maison elle devinerait dans quel état d'esprit elle était.

Lorsqu'elle lui avait demandé l'hospitalité, Juliette avait accepté spontanément, sans poser de questions. Mais Chelsea craignait tout de même de la déranger. Au fond d'elle, elle savait que Juliette serait heureuse de la revoir après toutes ces années, mais la moindre des politesses était de faire bonne figure.

En attendant, il fallait faire les choses dans l'ordre. Tout d'abord, se préparer un thé. Pour cela, il fallait se lever et mettre chauffer de l'eau. Elle repoussa les couvertures et enfila un pantalon de yoga.

Après qu'Ethan l'eut quittée en grommelant hier soir, elle était sortie discrètement de la maison pour prendre son sac, en essayant de ne pas attirer l'attention du voisinage. Il n'aurait plus manqué qu'un autre voisin vigilant vienne voir ce qui se passait chez Juliette ! Mais Ethan avait peut-être déjà averti les gens du quartier de sa présence dans la maison. Elle espérait toutefois qu'il n'en avait pas trop dit. En effet, elle se rappela que Juliette lui avait parlé de voisins un peu trop curieux parfois, sous prétexte d'entraide. Bien sûr, ils n'avaient pas de mauvaises intentions mais, à vouloir mettre leur nez partout, ils finissaient par être indiscrets. En posant la bouilloire sur la cuisinière, elle se dit qu'il ne faudrait pas qu'ils cherchent à en savoir trop sur elle. En tout cas, elle se félicitait d'avoir donné une fausse identité à Ethan Campbell.

Pendant que l'eau chauffait, elle commença à explorer la maison. Tout était propre et confortable. Un savant mélange de moderne et d'ancien, un charme chic et unique, à l'image de Juliette.

Dans le salon, le canapé moelleux était recouvert de

coussins aux couleurs chatoyantes et aux riches motifs floraux. Le parquet à l'aspect rustique était souligné par une plinthe ornementée qui semblait tout droit sortie d'un appartement parisien de la Belle Époque. Les murs étaient peints dans un joli bleu qui faisait ressortir les moulages entourant les plafonds très hauts. Au sol s'étalait un tapis persan ancien qui offrait un joli contraste avec la table basse en verre.

Chelsea avait suivi des études de design et avait travaillé quelque temps dans une entreprise de décoration de luxe à Londres. Elle admira la façon dont Juliette avait utilisé l'espace de sa maison. C'était exactement ce qu'elle aurait eu envie de faire si elle avait eu sa propre maison. Mais, pour l'instant, il n'en était pas question.

Elle souleva un petit éléphant d'obsidienne posé sur un guéridon et passa sa main sur la surface lisse et incurvée de l'objet. C'était elle qui l'avait rapporté d'Afrique pour Juliette.

À la fin de ses études, elle avait brillamment décroché un poste dans une entreprise de design mais, au même moment, elle avait appris l'existence du service de volontaires international qui pouvait être fait au sein d'une organisation humanitaire.

Pour elle qui avait grandi dans un milieu très privilégié, c'était une façon de rendre à la société ce qu'elle avait reçu. Tout son entourage avait désapprouvé sa décision quand elle avait renoncé au job en or que lui avait trouvé sa sœur Victoria, mais elle avait persévéré dans son choix et s'était engagée pour partir en Afrique.

Malgré les reproches et les récriminations de sa famille qui l'accusait de ne pas vouloir grandir — d'après eux, ce voyage était une façon d'échapper à ses responsabilités —, elle avait mis toutes ses forces et sa volonté dans la lutte contre la pauvreté.

Cette expérience avait bouleversé sa vie. Quand elle

avait réalisé qu'avec le prix d'un seul coussin signé d'un grand designer on pouvait nourrir toute une famille pendant un mois, être payée pour décorer les maisons des riches lui avait paru totalement dérisoire. À la fin de son service volontaire, elle ne pouvait plus envisager de travailler dans un secteur aussi frivole que la décoration. De retour à Londres, elle s'était engagée dans une association de lutte contre la faim, ce qui lui avait valu de nouveaux reproches de sa famille, car ce n'était pas les œuvres de charité auxquelles les siens avaient l'habitude de donner. Pourtant, grâce à la notoriété et au réseau de connaissances de sa famille, elle avait réussi à récolter de nombreux fonds pour l'organisation.

Même si elle ne recherchait aucune reconnaissance et ne souhaitait pas attirer l'attention sur elle, la presse l'avait traitée pendant un temps comme une sainte. Puis, par un revirement dont les journalistes ont le secret, histoire de relancer les ventes de leur magazine, la sainte s'était changée en monstre. Rien n'était plus facile que faire tomber une idole.

Heureusement, certains journaux moins connus avaient continué à la soutenir. Après avoir grandement contribué à la réussite de End Hunger London, elle se sentait mûre pour le changement. La prestigieuse firme londonienne Hargraves Designs l'avait approchée, et elle avait été bientôt engagée comme designer. Elle était prête à se lancer dans la profession désormais, tout en continuant à prêter gracieusement son image pour aider l'association de lutte contre la faim.

Mais tout s'était écroulé avec la publication de la sextape.

Hargraves ne lui avait laissé aucune chance et l'avait licenciée sans état d'âme. La prestigieuse société ne pouvait prendre le risque de compromettre son image.

Rien qu'en repensant à cette période, Chelsea frissonna, mais elle chassa vite ces mauvais souvenirs. Elle n'allait pas gâcher sa bonne humeur matinale. Elle reposa l'éléphant à sa place. Elle repéra dans la pièce d'autres bibelots que Juliette avait achetés lors des voyages qu'elles avaient faits ensemble. Un vase en verre de Murano, un joli miroir fabriqué avec de la porcelaine ancienne, signé de la créatrice autrichienne Christine Hechinger. Elle sourit en évoquant ces souvenirs.

Mais ce qui la toucha le plus, c'était les nombreuses photos de son amie exposées un peu partout, dans des cadres accrochés aux murs, sur des chevalets, dans des porte-photos sur les tables et les étagères.

Elle n'eut pas de mal à trouver quelques photos où elles figuraient toutes les deux. En revanche, elle n'en vit aucune où son amie apparaissait avec Ethan Campbell. Elle ne cherchait pas spécialement une photo de lui dans la maison, mais le fait qu'il n'y soit pas lui procura un étrange soulagement.

Au téléphone, Juliette lui avait laissé entendre qu'il n'y avait entre eux qu'une relation de bon voisinage, mais elle ne s'était pas étendue sur le sujet. Elle avait peut-être des choses plus amusantes, des détails plus croustillants à lui raconter sur son séduisant voisin, mais elle n'avait rien dit, sachant qu'Ethan était juste à côté.

Pourtant, s'il y avait eu quelque chose entre eux, même occasionnellement, Chelsea aurait aimé le savoir. Car si elle suivait les règles du code d'amitié, cela mettait Ethan hors de portée pour elle.

Mais pourquoi pensait-elle à cela ?

Tout à coup, une idée lui traversa l'esprit. Ce Campbell, n'était-ce pas celui dont Juliette lui avait parlé une fois… ? Un champion de rodéo professionnel avec qui elle avait eu une aventure… Quel était son prénom déjà ? John… Non… Jude ? Oui, Jude Campbell. C'était ça. Mais Juliette n'en avait pas reparlé depuis longtemps. Elle nota dans un coin de sa tête de lui demander s'il y avait un lien de famille entre les deux hommes.

En attendant, elle préférait ne plus penser à ça et profiter du plaisir qu'elle éprouvait à être enfin arrivée au terme de son voyage, dans la jolie maison de son amie.

Juliette était née et avait grandi à Celebration, mais le Royaume-Uni avait toujours tenu une grande place dans son cœur. Chelsea aimait bien la taquiner sur son amour inconditionnel pour l'Angleterre et tout ce qui s'y rattachait. Bien sûr, après ses études, Juliette était rentrée au Texas et y avait monté son affaire, mais elle avait ramené avec elle un peu de cette culture anglaise dont elle s'était imprégnée et qu'elle aimait tant. Et elle l'avait mixée avec sa propre culture américaine, prenant le meilleur des deux pays, pensa avec amusement Chelsea en remarquant un petit cadre contenant la photo d'un chiot corgi, cette race si typiquement anglaise. Ce devait être Franklin, se dit-elle en se remémorant un mail de son amie lui racontant qu'elle venait d'adopter un petit chien issu d'une portée de corgis.

Elle avait hâte de le voir. Juliette avait dû le confier à quelqu'un pendant son absence. Dommage qu'elle ne puisse pas le récupérer avant son retour. Puisqu'elle était là, elle aurait pu s'en occuper. Mais elle ignorait où il était et elle n'allait pas appeler Juliette pour ça ; elle ne voulait pas la déranger une nouvelle fois. Un texto serait plus approprié, se dit-elle. Juliette pourrait lui répondre quand elle en aurait le temps.

Elle hésita encore, se demandant s'il était opportun de s'aventurer en dehors de la maison pour aller chercher le petit chien, puis elle se dit qu'après tout elle n'avait aucune raison de rester enfermée toute la journée. Il lui suffirait de rester discrète. Qu'elle se terre dans la maison pourrait même sembler louche. Et puis elle avait envie de faire connaissance avec le cadre de vie de son amie, de visiter son quartier, sa ville.

Quand elles étaient étudiantes, Chelsea avait souvent dit à Juliette qu'elle avait envie de connaître l'endroit où elle avait grandi. Elle disait même pour plaisanter qu'elle aimerait bien rencontrer un beau cow-boy. Mais Juliette avait toujours éludé la question et elles avaient choisi d'autres destinations de vacances, comme Paris, Venise ou Ibiza. Leurs études terminées, après s'être promis de ne pas se perdre de vue, chacune avait suivi sa route et s'était laissé absorber par ses occupations : elle occupée en Afrique et Juliette, à trouver des financements pour monter son entreprise d'organisation de mariages. Trois années étaient passées depuis, sans qu'elles aient trouvé le temps de se revoir. Ce scandale qui l'avait obligée à quitter Londres avait au moins un avantage : les réunir enfin.

Elle envoya le texto. La bouilloire se mit à siffler. Elle retourna à la cuisine et éteignit le gaz. Parmi toutes les boîtes de thé en vrac qu'elle trouva dans le placard, elle opta pour un Yorkshire Gold et mit deux cuillerées de feuilles dans la boule à thé puis versa l'eau bouillante dans la théière.

La boisson avait à peine eu le temps d'infuser qu'elle entendit un bruit de clé dans la porte d'entrée.

Qui cela pouvait-il être ?

Elle n'attendait pas Juliette avant la fin de l'après-midi. Si c'était encore Ethan qui se permettait d'entrer ainsi sans avoir la politesse de frapper avant, elle aurait deux mots à lui dire ! Certes, il avait la clé mais, maintenant qu'il savait qu'elle était là, il n'avait pas à aller et venir à sa guise, sans tenir compte de sa présence.

Elle abandonna son thé sur le comptoir en marbre de la cuisine et se dirigea vers le salon, se préparant à lui dire sa façon de penser. Elle en avait assez des gens qui se croyaient tout permis et…

— Chelsea ! Tu es là ? lança Juliette.

Celle-ci se précipita dans le salon, laissant la porte grande ouverte, et se jeta dans les bras de son amie.

— Tu es bien là, je n'arrive pas à le croire ! Je suis si heureuse !

L'espace d'une fraction de seconde, un sentiment de déception la traversa. Mais comment aurait-elle pu être déçue en voyant son amie si chère, alors qu'elle n'avait aucune envie de voir débarquer Ethan Campbell ici ?

Elle était si heureuse de retrouver Juliette qu'elle oublia sur-le-champ le mystérieux voisin. Enfin presque.

Toutes deux s'embrassèrent avec fougue.

— Il était temps que tu arrives, dit Chelsea en reculant un peu pour mieux voir son amie. Tu es toujours aussi belle !

Et c'était vrai. Avec son teint mat perpétuellement bronzé, ses longs cheveux noirs et ses yeux bleus, Juliette avait toujours eu un charme exotique. Elle semblait juste un peu… assagie. Plus sûre d'elle. Ce qui était normal après tout, puisqu'elle était à la tête d'une affaire florissante.

— J'ai fini plus tôt que prévu, alors je suis partie tout de suite, lui expliqua son amie. Je ne voulais pas que tu risques de t'envoler. Maintenant que tu es là, je te garde ! Mais qu'est-ce que c'est que cette histoire avec Hadden Hastings ? Tu sais que je ne l'ai jamais tellement aimé, mais tout de même…

Chelsea ne s'était pas préparée à cette question. Elle savait pourtant qu'il lui faudrait raconter toute l'affaire à Juliette. Mais les mots refusaient de sortir de sa bouche.

— Tu dois être fatiguée, dit-elle. Mets-toi à l'aise, défais tes valises. Pendant ce temps, je te sers un thé, je viens de faire bouillir de l'eau.

— Tu as raison, je rêvais d'un thé, répondit Juliette en la serrant à nouveau dans ses bras. Mais tu vas tout me raconter, je veux tout savoir, tous les détails, ajouta-t-elle en disparaissant dans le couloir.

C'était justement ce que Chelsea redoutait...

Quelques minutes plus tard, Juliette revint. Elle s'était changée et portait un confortable survêtement bleu ciel.

— Alors, comment ça s'est passé à San Antonio ? demanda sans attendre Chelsea, espérant éviter les questions de Juliette.

Celle-ci hocha la tête tout en disposant quelques muffins sur une assiette, à côté des tasses de thé.

— Très bien, c'était un mariage magnifique. La mariée est l'héritière d'une famille importante, qui a fait fortune dans le commerce des épices.

— Le commerce des épices ? On n'est plus au Moyen Âge...

— Non, mais leur entreprise est très ancienne.

Elles prirent le plateau de thé et s'installèrent confortablement sur le canapé du salon.

— Mais assez parlé d'eux, reprit Juliette en avalant une gorgée de thé brûlant. Raconte-moi, c'est encore ta mère qui te fait des misères ?

— J'aimerais que ce soit aussi simple, murmura Chelsea en baissant la tête. Apparemment, tu n'es pas au courant.

— De quoi ? Que s'est-il passé ? demanda Juliette, soudain inquiète. Tu m'as parlé d'une vidéo que Hadden avait livrée aux médias. C'est grave ?

Des larmes brûlantes lui montèrent aux yeux. Elle essaya de se rassurer en se disant que, si Juliette n'avait pas entendu parler du scandale, cela voulait dire que l'affaire n'était pas arrivée jusqu'ici.

Juliette posa une main sur son bras.

— Je t'en prie, ma chérie, dis-moi ce qui s'est passé.

— Hadden doit jubiler à l'heure qu'il est, j'en suis sûre..., dit Chelsea comme si elle se parlait à elle-même.

Elle prit une longue inspiration. Elle avait besoin de

parler, de se libérer de ce poids. Il fallait juste sauter le pas, se lancer d'un coup. Si elle réfléchissait trop, elle n'y parviendrait jamais.

— Avant que l'on se sépare avec Hadden, il nous a filmés en train de faire l'amour. Et quand on s'est quittés, il s'est vengé. Et en plus, la vidéo est sortie juste au moment où la candidature de Thomas pour le poste de Premier ministre a été rendue publique.

Juliette faillit s'étrangler avec son thé.

— C'est une blague ? demanda-t-elle quand elle eut fini de tousser et repris ses esprits.

Chelsea fit non de la tête. Une énorme boule dans sa gorge empêchait les mots de passer, comme à chaque fois qu'elle essayait d'aborder ce sujet.

— Quelle ordure ! s'exclama Juliette. Comment a-t-il pu faire ça ? Tu pourrais les poursuivre en justice, lui et les sites qui ont publié la vidéo. Ils auraient dû demander ton accord.

— Effectivement. Et je ne l'aurais jamais donné. Je n'aurais jamais autorisé Hadden à nous filmer non plus, si je l'avais su. Le problème, c'est que je n'ai pas la preuve que ce soit vraiment lui qui ait envoyé la vidéo. Même si c'est évident. Personne d'autre n'en connaissait l'existence. On était seuls tous les deux quand on faisait l'amour, tu penses bien…

Sa voix se brisa, et elle baissa les yeux sur ses mains qui tremblaient sur ses genoux. Elle éprouvait un tel sentiment de honte que même devant sa meilleure amie, qui ne la jugerait jamais, elle se sentait salie, humiliée, et totalement vulnérable.

— Comment a-t-il pu faire ça ? répéta Juliette, horrifiée. Ce genre de chose s'apparente tout simplement à du sexisme. Et la plupart du temps, ce sont les femmes qui en sont victimes. On n'a pas à étaler la vie sexuelle des gens comme ça, sans leur consentement. Là, la victime, c'est toi, tu comprends. Tu n'y es pour rien, tu n'as pas à avoir honte.

— Je te remercie pour ton soutien, Juliette. Je me sens tellement minable depuis que c'est arrivé. Je me suis sentie salie, c'est vrai, mais je ne voulais pas donner à Hadden le plaisir de croire qu'il avait gagné. Tu me connais, je ne suis pas du genre à baisser les bras. Mais ma propre famille ne veut plus me voir. Ils m'ont demandé de partir, de disparaître jusqu'à ce que le scandale retombe. En plus, ils m'accusent d'avoir mis en péril la carrière politique de Thomas. Ils veulent que je me fasse oublier. Pour cela, je n'avais qu'une solution, venir chez toi. Je n'ai pas d'autre endroit au monde où me réfugier. Je ne te remercierais jamais assez de m'accueillir, Juliette.

Juliette la prit dans ses bras et la serra très fort contre elle.

— Je suis si contente que tu sois là, Chelsea. Même si j'aurais aimé que ce soit en des circonstances plus heureuses. Mais tu n'es pour rien dans toute cette affaire. Hadden n'est qu'un sale type pervers et misogyne. Pourquoi c'est sur toi que retombe la faute ? C'est lui que l'on devrait poursuivre, lui qui devrait se cacher !

— Il a flouté son visage sur la vidéo. Personne ne peut prouver que c'est lui.

— Et le fait que tu sortais avec lui depuis un an, ça ne prouve rien ?

— Bien sûr, tout le monde parle, les gens savent. Mais il n'y a aucune preuve.

Elle rougit encore et enfouit son visage dans ses mains. Juliette lui caressa doucement les cheveux pour l'apaiser.

— Ce truc-là me rend dingue, dit-elle. Il est évident que tu n'aurais jamais ouvert volontairement la porte de ta chambre pour qu'on te filme. C'est une violation de l'intimité. Et ce que je ne comprends pas, c'est que les femmes sont toujours critiquées pour leur sexualité, on les traite de tous les noms dès qu'elles couchent avec un homme, alors que les hommes, eux, n'en tirent que de la gloire. Plus ils ont de conquêtes, plus on les adule !

— Oui, c'est totalement injuste, murmura Chelsea. On a cru à un moment que l'on était sortis de ces schémas archaïques. Mais il n'en est rien, les clichés ont la vie dure. Tu vois, je me suis fait traiter de fille facile et on a pris plaisir à m'humilier.

— Mais pourquoi les journalistes s'acharnent-ils sur toi ? Que savent-ils de toi ? Déjà quand tu travaillais pour End Hunger, ils ont essayé de te salir en te faisant passer pour une fille de la jet-set qui ne pensait qu'à faire la fête et qui se rachetait une conduite. Comment s'appelle déjà celui qui te traque partout ?

— Bertie Veal. Il ne m'a jamais lâchée. C'est lui qui a diffusé l'info à propos de la vidéo. J'espère qu'il ne sait pas que je suis ici. Si jamais il retrouve ma trace, je serai obligée de repartir. Je ne voudrais pas t'attirer des ennuis. Espérons qu'il ne fasse pas le lien avec toi.

— Bertie ne se souvient pas de moi. Je ne l'intéressais pas. Toi en revanche, c'était une véritable obsession. D'ailleurs, je pense qu'il était amoureux de toi, mais il savait que tu étais hors de portée pour lui. Du coup il se venge en s'acharnant sur toi. C'est une manière pour lui d'exister à tes yeux.

— Et sa raison de vivre, c'est de colporter des commérages, hélas. La vidéo de Hadden, c'était du pain bénit pour lui.

— Mais tu es juste une jeune femme normale, qui a une vie sexuelle normale pour son âge. Tu n'as rien fait d'extraordinaire. Malheureusement, il se trouve que tu es la fille du comte de Downing et que ton frère est sur les rangs pour être Premier ministre. Donc tu es une cible idéale, c'est simple.

Juliette conclut par un haussement d'épaules, comme si tout cela, au fond, n'était guère étonnant.

Chelsea savait que son amie avait raison. Mais ces explications, toutes logiques qu'elles soient, ne suffisaient pas à la consoler. Certains journaux, ainsi que les médias plus conventionnels, avaient déjà utilisé ces arguments. Cela n'avait conduit qu'à attirer encore plus l'attention sur elle et sur le fait que ce genre de photos ou de vidéos étaient à la portée de n'importe qui sur Internet.

— Je suis sûre que Hadden reçoit des félicitations pour son exploit, poursuivit Juliette. Personne ne peut retrouver l'adresse IP de celui qui a posté la vidéo ? C'est pourtant simple. En plus ton frère est bien placé, il siège au Parlement, il connaît même la reine. Il ne peut pas mettre les services secrets sur l'affaire ? Tu as pris un avocat au moins ?

— Thomas m'a aidée à engager un avocat et il a un ami qui est en train d'essayer de faire retirer la vidéo d'Internet. Mon frère fait ce qu'il peut, mais il n'a pas beaucoup de marge de manœuvre. Tu sais, la vidéo, c'est comme un virus, tu l'enlèves d'un site, elle réapparaît sur un autre.

— Oh chérie, je suis désolée…

Chelsea était venue à Celebration pour oublier et ne voulait plus discuter encore et encore du même sujet. Tout cela la fatiguait et la déprimait. Elle en avait assez d'être jugée.

Son père s'inquiétait davantage des conséquences de cette malencontreuse affaire sur la carrière de Thomas, au cas où son parti arriverait au pouvoir, que du chagrin et de la honte de sa fille dont l'intimité avait été violée. Pour ses parents, elle était la seule fautive. Si elle avait suivi une voie plus normale, si elle n'en avait pas fait qu'à sa tête dans sa vie professionnelle, elle ne se serait pas retrouvée dans cette situation.

— On a utilisé la carrière de Thomas, profité que tout le pays avait les yeux tournés vers lui, pour me démolir, reprit-elle. C'était ça, le but du scandale. Je…

Elle sentit à nouveau les larmes monter.

— Oh Juliette, je ne sais plus quoi faire…

Juliette reposa sa tasse de thé, se leva d'un bond, et la prit dans ses bras.

— Je suis désolée, Chelsea, je n'aurais pas dû te dire tout ça. Je ne voulais pas te blesser. Tu n'es pour rien dans cette affaire sordide, ta vie privée a été étalée au grand jour, de la pire manière qui soit. C'est juste que je ne peux pas supporter l'idée que cette crapule de Hadden Hastings marche la tête haute et s'en sorte avec les honneurs pendant que toi, tu es traînée dans la boue par la presse qui te traite comme si on était encore à l'époque de la chasse aux sorcières. Il ne manque plus qu'on te peigne un grand A sur le front.

Était-ce dû à l'émotion, ou encore à la fatigue, toujours est-il que la référence à *La Lettre écarlate*, la fit sourire.

— Si tu veux me trouver des points communs avec Hester Prynne, d'accord, mais premièrement, je ne suis pas mariée, et deuxièmement, Dieu merci, je ne suis pas enceinte de Hadden !

Ces mots, prononcés à haute voix, lui parurent nettement moins amusants qu'en pensée.

— Écoute, Juliette, je te remercie de ta sollicitude, mais ne pourrait-on pas changer de sujet ?

Juliette hocha la têt mais, sur son visage, la colère se lisait encore.

— Depuis ce matin, figure-toi, poursuivit Chelsea, je me demande si ton voisin Ethan Campbell est parent avec ton ancien fiancé, Jude Campbell. Je suis sûre que oui. Je me trompe ?

Juliette fit la grimace, et Chelsea vit avec surprise son regard s'assombrir.

— Tu as raison, c'est son frère. Mais je n'ai pas revu Jude depuis que je suis revenue à Celebration après mes études. Il a fait carrière dans le circuit du rodéo professionnel, je crois qu'il réussit très bien. Mais franchement, il ne me manque pas.

— Tu es encore amoureuse ?

Juliette se mordilla la lèvre et ne répondit pas.

— En tout cas, Ethan est très prévenant, dit Chelsea.

— Oui, c'est un type bien. Lui et son frère sont très différents.

— Et il te plaît ? Je veux dire, il est plutôt beau gosse, un peu trop grand peut-être, mais bien bâti. On peut trouver pire, comme voisin.

— Ethan est comme un grand frère. Il veille sur moi, c'est tout.

— *Il veille sur toi ?* Et tu veux me faire avaler ça ? À mon avis, il est amoureux de toi.

Juliette tressaillit.

— Ethan ? Certainement pas, dit-elle en faisant une drôle de moue de dégoût, comme si on venait de lui demander d'avaler les feuilles de thé détrempées au fond de la théière. Ce n'est pas mon genre. Il n'y a rien entre nous, tu peux me croire.

Comme tout à l'heure, lorsqu'elle cherchait vainement une photo d'Ethan dans le salon de Juliette, Chelsea reçut cette dernière affirmation avec une étrange satisfaction.

— Tu sais, on est sortis ensemble assez longtemps, Jude et moi, expliqua Juliette. Et c'était sérieux.

— Il ne t'a jamais donné de nouvelles depuis ?

— Non, et je n'ai pas très envie de parler de lui, dit Juliette avec un sourire un peu forcé.

— D'accord, mais tu sais que je suis là si tu veux t'épancher.

Juliette acquiesça en silence, et Chelsea sentit qu'il était temps de changer de sujet.

— En tout cas, je te remercie vraiment de m'accueillir chez toi. Je vais essayer de ne pas t'ennuyer trop longtemps. Et si ma présence te gêne, je peux me trouver une chambre d'hôtel en ville.

Juliette mit les poings sur les hanches en signe de protestation.

— C'est hors de question ! Tu peux rester aussi longtemps que tu voudras. Je suis très heureuse de t'avoir avec moi.

— Ma belle, tu prends des risques, méfie-toi ! Mais je crois que tu ne me laisses pas le choix.

— C'est bien ça.

Adorable Juliette. Chelsea savait qu'elle pouvait compter sur sa générosité. Mais elle savait que tôt ou tard, qu'elle le veuille ou non, dès qu'elle y verrait plus clair, elle devrait partir.

— C'est une belle journée, dit Juliette. Allons finir notre thé dans le patio. Un peu d'air frais nous fera du bien.

Chelsea la suivit dehors. À la lumière du jour, le petit jardin avait un aspect complètement différent, beaucoup plus riant. Son regard s'attarda sur la fenêtre de la salle de bains, et elle se dit après coup qu'elle avait été bien intrépide d'escalader le mur, la nuit dernière. Dans la foulée, elle se remémora la frayeur qu'elle avait eue en voyant la silhouette imposante d'Ethan Campbell apparaître devant elle. La chaise qu'elle avait utilisée pour grimper était toujours renversée, à l'endroit où elle était retombée la veille.

Elle la redressa et la remit à côté de la table.

— La scène du crime d'hier soir, expliqua-t-elle d'un air penaud.

— Je vois. C'est vrai que je t'avais dit que je laisserais la clé sous le paillasson. Mais j'ai un peu hésité à cause des cambriolages dans le quartier et, en plus, j'étais très en retard hier matin et j'ai complètement oublié cette histoire de clé.

Elles s'installèrent autour de la table.

— Ce n'est pas grave, dit Chelsea en souriant. Je

comprends que tu n'aies pas pris le risque de laisser ta clé si les voleurs sont toujours dans le secteur. Même pour une nuit. Mais tu avais oublié la fenêtre de la salle de bains… Heureusement pour moi !

Le silence s'installa pendant qu'elles savouraient leur boisson, chacune plongée dans ses pensées.

— Et ton charmant voisin, il est marié ? demanda tout à coup Chelsea, sans réfléchir à ce qu'elle disait.

— Pourquoi ? Il t'intéresse ?

— Pas du tout ! répondit-elle un peu trop vite. Simple curiosité.

Dans d'autres circonstances, c'est vrai, elle aurait pu être intéressée. Elle avait un faible pour ce genre d'homme, grand, brun, les yeux bleus et les épaules carrées. Mais ce n'était pas le moment de se laisser aller à ses fantasmes.

— Je suis venue ici pour me faire oublier, surtout pas pour me rajouter des ennuis, précisa-t-elle. La priorité pour l'instant, c'est de me trouver un logement.

Pourtant, une petite aventure avec un beau cow-boy serait peut-être un bon moyen d'oublier ses soucis… Mais elle devait rester prudente, ne surtout pas se faire remarquer.

— Tu peux rester ici, répéta Juliette. Fin de la discussion, d'accord ?

— C'est vraiment gentil.

— C'est le moins que je puisse faire. Combien de fois m'as-tu accueillie dans ta famille, quand nous étions étudiantes ?

— Tu ne risquais pas de les déranger, ils n'étaient jamais là ! répliqua Chelsea avec amertume.

Elle regarda autour d'elle le charmant petit jardin plein de fleurs entretenu avec soin. Juliette aimait beaucoup les jardins anglais et avait tenté de recréer un petit coin d'Angleterre dans son Texas natal.

— En tout cas, quand tu venais chez moi à Longbridge Hall, tu n'entrais pas par effraction ! ajouta-t-elle. Mais dis-moi, je suppose que tu es partie à l'aube de San Antonio pour être de retour si tôt ? Et moi qui viens à peine de me lever !

— J'étais sur la route à 6 heures. J'avais hâte de te voir.

— Tu es plus matinale que moi, dit Chelsea en levant sa tasse. Tu vois, c'est mon premier thé de la journée.

Juliette lui sourit avec tendresse.

— Tu n'as jamais été du matin, n'est-ce pas ?

Chelsea approuva d'un haussement d'épaules résigné.

— Écoute, ma maison n'est pas terrible mais…, commença Juliette.

Chelsea leva la main pour l'interrompre.

— Arrête ! Ta maison est charmante et je la préfère mille fois à Longbridge Hall. Mais je ne veux surtout pas te déranger trop longtemps. Tu es fatiguée quand tu rentres de ta journée de travail, tu as besoin d'être tranquille.

— Je ne veux plus discuter de ça. Pour moi, tu n'es pas une invitée, tu es la sœur dont j'ai toujours rêvé, dit Juliette en posant sa main sur le bras de son amie.

— Une sœur qui arrive avec de lourds bagages…

Ses joues s'empourprèrent et elle baissa ses yeux à nouveau embués de larmes. Pourquoi n'arrivait-elle pas à se débarrasser de ce sentiment de honte, même devant sa meilleure amie ?

Oui, le scandale avait éclaté au pire moment pour son frère mais, pour elle, c'était peut-être l'occasion de tout recommencer à zéro. D'entamer une nouvelle vie.

Une portière de voiture claqua dans la rue, et elles entendirent aboyer un chien.

— Ah, j'entends Franklin, dit Juliette en se levant. C'est Ethan qui le ramène.

Ethan ? Mon Dieu, cet homme était partout, songea Chelsea. Elle ne pourrait donc pas faire un pas dans cette ville sans le croiser ? Mais cela ne la dérangeait pas tant que ça, finalement…

— Ethan s'occupe aussi de ton chien ? demanda-t-elle d'un ton dégagé.

— Oui, c'est lui qui le garde quand je m'absente.

— C'est vraiment un voisin idéal.

Elles firent le tour de la maison et trouvèrent Ethan devant la porte d'entrée.

— Bonjour, voisin, dit Juliette en lançant un regard complice à son amie tandis qu'elle se penchait pour saluer son petit chien. On parlait justement de toi.

— Vraiment ?

Juliette ne répondit pas, trop occupée à câliner son adorable petite peluche à quatre pattes qui lui faisait la fête.

Chelsea vit Ethan poser les yeux sur elle.

— Bonjour, dit-elle en prenant soin de dissimuler son accent britannique.

— Oui, je disais justement à Chelsea que c'était toi qui avais la gentillesse de t'occuper de Franklin quand je devais m'absenter pour le travail, expliqua Juliette. Mais tu n'aurais pas dû te déranger, j'allais venir le chercher.

— Cela ne me dérange pas, dit Ethan.

Juliette fit signe à Franklin de la suivre dans la maison.

— Cet après-midi, je vais voir la grange avec Lucy, dit-elle à Ethan. Elle t'en a parlé ?

Lucy ? Sans doute la petite amie d'Ethan, se dit Chelsea. Bien sûr. Les hommes comme Ethan avaient toujours une petite amie. Ou une femme.

En réalité, elle ne savait rien de lui, sauf qu'il était un voisin serviable et attentif, très impliqué dans le quartier. Et qu'il était sacrément bien bâti. Mais les hommes trop beaux pouvaient être source de bien des ennuis, elle en avait fait l'amère expérience.

Ils étaient même son talon d'Achille. Il fallait qu'elle arrête d'être aussi fleur bleue, qu'elle cesse de perdre la tête à la vue de larges épaules et d'un torse bien musclé… Car elle devinait sans peine la belle musculature d'Ethan sous sa chemise de cow-boy. Ainsi que ses jambes longues et fortes sous son jean…

Elle devrait vraiment arrêter de se contenter du physique et regarder plus loin, plus loin que ces charmants yeux bleus et ces beaux cheveux bruns, ou encore que ce bras musclé et bronzé qui poussait la moustiquaire pour la laisser entrer dans la maison.

Et en plus, il était galant.

— Non, Lucy ne m'a rien dit, dit-il sur le même ton irrité qu'il avait employé la veille au soir avec elle. Je sais qu'elle est repartie à fond dans ce projet ridicule. S'il te plaît, Juliette, ne l'encourage pas trop dans ce sens.

Il laissa se refermer la moustiquaire derrière lui en la retenant pour qu'elle ne claque pas. Encore un bon point pour lui, nota Chelsea. Décidément, cet homme avait de très bonnes manières.

— Ethan, pourquoi ne laisses-tu pas ta sœur faire ce qui lui plaît ?

Sa sœur ?

Lucy était sa sœur ?

Ça, c'était une très bonne nouvelle…

Chelsea dissimula un sourire et se pencha pour caresser Franklin.

— Tu es très beau, Franklin, dit-elle. Je suis ravie de faire ta connaissance.

Le chiot laissa pendre sa langue de côté et inclina la tête en la regardant, l'air malicieux. Elle eut l'impression qu'il lui souriait. Avec leur tempérament joueur et leurs petites pattes courtes et trapues, les corgis étaient, pour elle, les clowns de la gent canine. Ils rendaient les gens heureux rien que par leur présence. Et c'était d'ailleurs pour cette raison qu'elle souriait, non parce que Lucy était la sœur d'Ethan.

— Je ne veux pas l'empêcher d'être heureuse, protesta ce dernier.

Non, elle ne souriait pas parce qu'elle avait remarqué ses biceps saillir lorsqu'il prenait appui sur le montant de la porte, ni parce que ses yeux se plissaient légèrement quand il était contrarié.

— Mais tu sais comment elle est quand les choses commencent à se mettre en place, poursuivit-il. Elle a tendance à se désintéresser du projet, et finalement elle laisse tomber. Elle n'a toujours pas fini de payer les dettes de son premier projet, l'atelier de tissage, tu te souviens ?

Juliette répondit par un soupir.

— Je crois que c'était un peu trop ambitieux pour débuter, fit-elle remarquer. Mais, là, c'est différent. Mon affaire marche bien maintenant et je pourrai lui envoyer beaucoup de clients.

— Ma sœur veut transformer la vieille grange familiale, sur notre propriété, en genre de salle des fêtes, expliqua Ethan en se tournant vers elle.

Il accompagna ses explications par une mimique signifiant que c'était l'idée la plus saugrenue qu'il ait jamais entendue.

— Pas une salle des fêtes, corrigea Juliette. Un lieu *culturel*, qui accueillerait toutes sortes d'événements. Il n'y a rien de tel à des kilomètres à la ronde. Je trouve que c'est une super idée qu'elle doit exploiter avant que quelqu'un d'autre ne le fasse. Et les mariages à la ferme, c'est très tendance, en ce moment.

Franklin s'approcha de sa maîtresse et s'assit contre sa jambe, comme pour lui exprimer son accord.

— Je doute qu'il y ait beaucoup de gens qui veuillent se marier dans une vieille grange au milieu de nulle part, marmonna Ethan. D'ailleurs, ce n'est même plus une grange, c'est une ruine.

— C'est pourquoi il faut la rénover, dit Juliette.

— Les travaux sont énormes, rétorqua Ethan en

croisant les bras sur sa poitrine, faisant ressortir à nouveau ses muscles impressionnants. Ça risque de coûter une fortune.

— Chelsea est designer. Elle pourrait nous donner une idée de ce que l'on pourrait faire pour aménager le bâtiment et, ensemble, on aiderait Lucy à chercher un entrepreneur pour les travaux. N'est-ce pas, Chelsea ?

Chelsea sursauta en entendant son nom.

— Quoi donc ?

— Tu pourrais nous aider à évaluer les travaux de la grange, lui expliqua Juliette. Tu verras, à mon avis, on peut faire quelque chose de bien.

— Mais mon diplôme n'est pas valable ici, objecta Chelsea.

— Tu as fait une école de design, ça suffit. Ce n'est pas toi qui feras les travaux. On veut juste avoir ton opinion. Et convaincre Ethan du potentiel de l'endroit.

Ethan la regarda d'un air dubitatif. Pouvait-il faire confiance à une inconnue ? semblait-il penser.

— Chelsea n'a pas forcément envie de s'engager là-dedans, dit-il en s'adressant à Juliette, mais sans la quitter des yeux.

— Je veux bien jeter un œil et vous dire ce que j'en pense, dit Chelsea par défi, un peu agacée par l'attitude méfiante d'Ethan. Sans aucun engagement de ma part, on est bien d'accord ?

— Vous êtes toutes liguées contre moi, ma parole ! s'exclama Ethan en se forçant à sourire. Mais je vous accompagnerai quand vous irez là-bas. Je ne veux pas que Lucy vous entraîne dans ses délires.

Il la regarda droit dans les yeux.

— Surtout vous, précisa-t-il. Je sais que vous avez des ennuis. Je l'ai su à la minute où je vous ai vue.

Chelsea aurait pu se froisser de cette attaque en règle, si ces paroles provocatrices ne s'étaient accompagnées d'une lueur espiègle dans ses yeux, une lueur qui ressemblait plus à une invitation qu'à une accusation. Son cœur fit un léger bond dans sa poitrine.

Des ennuis ? Oh ! il ne croyait pas si bien dire…

- 4 -

— En fait, tout est à refaire de fond en comble, fit remarquer Chelsea. Donc, tout est possible. C'est comme si on partait d'une page blanche.

Ethan l'observait faire le tour extérieur puis intérieur du bâtiment à l'abandon. Si l'ensemble était à refaire, autant tout raser, songeait-il.

Avec le sol recouvert de débris et les planches de bois vermoulu qui laissaient passer la lumière du jour, l'expression « page blanche » n'était pas celle qu'il aurait choisie pour décrire l'endroit. Mais on ne lui demandait pas son avis. C'était Chelsea, l'experte.

La jeune femme réservait bien des surprises. Et apparemment, elle voyait de nombreuses possibilités dans ce vieux tas de bois hors d'âge.

Ou alors elle était juste polie et ne voulait pas ruiner les espoirs de Lucy.

Polie *et* jolie.

Une combinaison fatale.

La nuit dernière, il n'avait pas particulièrement remarqué le premier élément. Mais lui non plus n'avait pas dû faire bonne impression. La situation ne s'y prêtait pas vraiment, pour être franc. Lui était sur ses gardes et elle, toutes griffes dehors, tel un chat attaqué par une meute de chiens.

Oui, la veille au soir, entre eux, l'ambiance n'avait pas été propice aux bonnes manières.

Aujourd'hui, c'était différent. Chelsea semblait plus reposée. Ses longs cheveux blonds étaient rassemblés en une queue-de-cheval qui accentuait ses pommettes hautes. Sa bouche était joliment dessinée, la lèvre inférieure, légèrement plus renflée, lui donnait un air d'innocence juvénile. Enfin, presque…

Elle portait un simple T-shirt bleu qui rappelait la couleur de ses yeux, suffisamment près du corps pour laisser entrevoir ses courbes là où il fallait. Décidément, la jeune femme qui se tenait devant lui était bien différente de celle qu'il avait surprise la nuit dernière !

Il fit un gros effort pour détacher le regard de cette charmante image. Il se ressaisit en remarquant qu'avec Juliette elles s'entendaient comme larrons en foire pour remplir la tête de Lucy d'idées plus folles les unes que les autres.

La première consultation était gratuite, mais il se méfiait de la jolie et polie Chelsea. Elle saurait sans aucun doute éblouir Lucy avec de séduisants projets de réhabilitation et des gadgets sophistiqués qui feraient grimper vertigineusement la note. C'est ce que faisaient tous les designers, non ? Surtout ceux qui entraient dans les maisons par la fenêtre et qui juraient leurs grands dieux qu'ils étaient innocents.

— Alors d'après vous, on peut tout faire ? demanda Lucy, le regard brillant.

— Oui, dans la limite de votre budget bien sûr, précisa Chelsea.

Ethan se raidit. Jusqu'à combien Lucy était-elle capable d'aller ? Il fallait tout de suite tempérer ses ardeurs.

— Le budget, c'est la clé de tout, Lucy, intervint-il. Je te rappelle que tu as encore des dettes. Je pense que tu devrais attendre d'avoir tout payé avant de te lancer dans un nouveau projet pharaonique.

Sa sœur fit mine de ne pas entendre.

Le seul bien qui lui restait était ses terres. Elle n'avait plus de liquidités. Elle avait déjà dépensé tout son héritage dans une école de graphisme de New York, puis elle avait suivi un ami en Californie. Celui-ci l'avait convaincue de partir pour la côte Ouest et de monter une affaire de fabrication de tissus. Ethan lui avait pourtant conseillé à l'époque de bien se renseigner avant de se lancer dans une telle aventure, mais elle avait rétorqué qu'elle savait ce qu'elle faisait et qu'elle avait la situation bien en main. Ethan savait qu'elle courait à la catastrophe, mais il avait été assez idiot pour la laisser faire. Car, même si lui la voyait toujours comme sa petite sœur, c'était une adulte. Elle était capable de prendre ses propres décisions et d'en assumer les conséquences.

Peut-être. Mais il n'allait pas rester les bras ballants en la voyant foncer tête baissée vers un nouveau désastre.

Une salle des fêtes ? Un centre culturel ? En pleine cambrousse ? Ridicule.

Les gens se mariaient dans des églises, des hôtels, des parcs, pas dans des granges vaguement restaurées au milieu de champs envahis par les ronces.

Mais qu'en savait-il après tout ? Juliette et Chelsea avaient l'air de trouver que c'était la meilleure idée depuis l'invention du téléphone. Et il savait que Juliette avait du flair. Elle l'avait prouvé.

Lucy était très attachée à ce vieux tas de planches que l'on appelait « la grange ». Surtout depuis que leurs grands-parents s'étaient installés dans la petite maison juste à côté.

Après leur mort, Lucy y avait pris place, à son retour de Californie l'automne dernier.

Il savait que si elle hypothéquait la maison et la terre pour obtenir un prêt à la banque, elle risquait de tout perdre si son affaire ne décollait pas. Et elle ne se remettrait pas d'un nouvel échec. Mais elle avait la tête dure et, quand elle avait une idée en tête, rien ne pouvait l'arrêter. Pas moyen de lui faire entendre raison ! Elle s'accrochait à son rêve comme un pitbull à son os.

Et il avait bien peur que, avec l'intervention de Chelsea, qui évidemment ébauchait une vision idyllique de la future salle des fêtes, il n'y ait plus moyen de la faire reculer.

— Vous pensez que l'on pourrait ajouter un étage ? demanda Lucy. On pourrait y installer le traiteur, pendant que le mariage se tiendrait au rez-de-chaussée. Ils n'auraient pas besoin de se déplacer entre la cérémonie et la réception. Oh ! et vous savez ce qui serait cool ? On pourrait diviser la salle du rez-de-chaussée en deux : une partie pour le vin d'honneur et l'autre pour le repas et le bal, une fois que les mariés auraient terminé leur séance photos ! Qu'est-ce que vous en pensez ?

Ça y est, elle s'emballait.

— C'est une très bonne idée, répondit Juliette. Dans un mariage que j'ai organisé récemment à la campagne, la cérémonie a dû avoir lieu à l'extérieur pendant que le traiteur préparait le repas à l'intérieur. Heureusement, il faisait beau ce jour-là, mais vous imaginez le problème en cas de pluie. S'il y a un espace réservé au personnel, au moins les mariés seront libérés du souci de la météo. Chelsea, qu'en penses-tu, c'est faisable ?

Tous les yeux se tournèrent vers la jeune femme.

— Comme je l'ai dit tout à l'heure, cela dépendra de votre budget, répondit-elle en regardant Ethan.

Elle semblait peser ses mots. Sans doute prenait-elle en compte ses objections, songea-t-il.

— Mais il y a assez de hauteur pour que l'on puisse envisager un étage supplémentaire, précisa-t-elle. Vous connaissez un entrepreneur pour ce genre de travaux ?

— À mon avis, ça va revenir très cher, répondit Ethan pour ramener sa sœur à la réalité.

Mais c'était trop tard.

— Ça m'est égal si c'est cher, dit Lucy. Si on fait les choses à moitié, ce n'est pas la peine d'y penser.

— Et où vas-tu trouver l'argent ? demanda Ethan.

Lucy fit un geste de la main signifiant qu'elle ne voulait pas s'embarrasser de ces détails pour l'instant.

— Bien sûr, les travaux ont un coût, fit remarquer Chelsea, mais on peut procéder par étapes. Vous pouvez tout d'abord aménager le bas avec la perspective d'ajouter un étage dans un deuxième temps. De cette façon, vous pourrez commencer à organiser des événements et faire rentrer de l'argent. Et vous profiterez de la saison creuse, quand il y a moins de mariages, pour continuer les travaux.

Ethan trouva l'argument judicieux. Vu comme ça, cela semblait réalisable. Au moins, elle n'essayait pas de pousser Lucy à la dépense. Il l'avait peut-être jugée un peu trop vite. Il jeta un regard sur Lucy pour voir sa réaction. Celle-ci fixait Chelsea avec insistance.

— C'est drôle, j'ai l'impression de vous avoir déjà vue quelque part, murmura-t-elle. On s'est déjà rencontrées ?

— Non, je ne crois pas, répondit Chelsea en secouant la tête. Vous m'avez sans doute vue sur des photos chez Juliette.

— Peut-être. Mais je ne crois pas, dit Lucy sans la quitter des yeux. Chelsea Allen ? Votre nom aussi m'est familier…

— J'ai plein de photos de Chelsea à la maison, intervint Juliette. Ça doit être là que tu l'as vue. Et la pièce de la mariée, tu penses la mettre où ?

Lucy mit quelques secondes à détourner le regard vers elle.

— Tu n'as pas oublié que tu dois prévoir une pièce pour la mariée, n'est-ce pas ? insista Juliette.

— Non, bien sûr. Enfin, je n'y ai pas vraiment pensé, en fait. On pourrait utiliser ma maison. Ou alors prévoir cette pièce dans les plans de rénovation.

— De quoi s'agit-il ? demanda Ethan. C'est quelque chose que l'on peut incorporer ici ou il faut prévoir une autre structure ?

— En fait, c'est un endroit où la mariée se prépare avant la cérémonie, répondit Lucy.

— Elle ne peut pas se préparer chez elle ?

Les trois femmes se tournèrent en même temps vers lui, les yeux écarquillés. Il avait dû dire une bêtise. Mais ça lui était égal. Il fallait bien qu'il se renseigne, il ne connaissait rien à ces histoires de mariage.

— Souvent, elle ne veut pas mettre sa robe tout de suite, pour ne pas qu'on la voie avant la cérémonie, lui expliqua Chelsea.

Et devant son air perplexe, elle poursuivit :

— Moi, si je me mariais, je ne voudrais pas mettre ma robe trop tôt avant le début de la cérémonie. Elle pourrait se froisser, ou se salir. Une pièce réservée sur place à cet effet permet d'éviter ce genre d'inconvénient. Et en plus, le futur marié ne doit pas voir la robe de la mariée avant l'heure, ça porte malheur. Il doit la découvrir quand sa fiancée entre dans l'église, pas avant.

Sur ces mots, Chelsea se dirigea vers le côté nord de la grange et Ethan lui emboîta le pas. Il entendit Juliette dire à Lucy quelque chose au sujet du mariage de Shay et Kyle Brighton, qui devait avoir lieu samedi. Toute la ville était invitée, y compris lui-même. Mais à vrai dire, il n'avait pas très envie d'y aller.

— Donc, si je comprends bien, vous n'avez jamais été mariée ? demanda-t-il à Chelsea.

Pourquoi posait-il cette question, il n'en avait aucune idée.

— Non, et vous ?

Ethan regarda Lucy prendre Juliette par le bras et l'entraîner de l'autre côté du bâtiment. Elles complotaient sans doute Dieu sait quoi…

— Je suis divorcé, répondit-il. Et mon mariage n'a pas

eu lieu dans une grange. Cette idée ne me serait jamais venue à l'esprit.

— C'est une mode assez récente, les gens ont envie de renouveler le genre.

Chelsea s'arrêta dans un rayon de soleil qui passait à travers une fenêtre cassée. On voyait la poussière danser dans la lumière, et Ethan trouva que la jeune femme était particulièrement jolie dans cette lumière rasante de fin d'après-midi. À contre-jour, ses cheveux blonds formaient un halo autour de son visage. On aurait dit un ange.

L'espace d'une seconde, il pensa qu'elle était venue pour le sauver. Mais il repoussa bien vite cette idée ridicule et pathétique tout au fond de son cerveau.

— Les mariages rustiques ne devaient pas être à la mode quand vous vous êtes marié, fit remarquer Chelsea. C'était il y a longtemps ?

Il n'aimait pas parler de cette période de sa vie. Il avait très mal vécu son divorce, même si c'était lui qui l'avait demandé. Avec le temps, certes, la douleur s'était atténuée. Il avait arrêté de boire, et les relations avec son ex-femme s'étaient apaisées. Désormais, avec Molly, ils étaient capables de se parler, et étaient même bons amis. Toute son amertume, sa déception avaient été noyées dans la boisson.

— Assez longtemps, oui, dit-il finalement. En général les modes changent vite. Aujourd'hui c'est le mariage à la campagne qui a le vent en poupe, mais demain ce sera autre chose. Et nous, on restera avec notre belle grange sur les bras.

— Pas nécessairement. Évidemment, je ne connais pas cette région, mais je pense que si la rénovation est bien pensée, votre grange aura du succès pour un bon moment, et pas seulement pour les mariages, d'ailleurs. Le cadre peut se prêter à toutes sortes d'événements.

C'était un peu ce qu'il craignait.

— Il faudra vérifier ce que dit la législation au sujet du bruit, dit-il. Nous avons peut-être un décret particulièrement sévère à Celebration, ce qui expliquerait que nous n'ayons aucun lieu de ce genre.

Chelsea haussa les épaules.

— Peut-être. Mais vous avez raison, il est plus prudent que Lucy vérifie tout cela avant de se lancer dans un projet coûteux.

— Rien n'est encore sûr…

— Comment ça ?

— Je ne suis pas très favorable à cette salle des fêtes version branchée.

Chelsea eut l'air vraiment étonnée.

— Lucy est votre sœur, je comprends que vous vouliez la protéger. Mais c'est une adulte, elle est libre de ses choix. Votre approbation est-elle obligatoire ?

— Elle peut faire ce qu'elle veut. Sans mon approbation.

— Juliette croit en elle et en son projet. Si je peux me permettre, pourquoi êtes-vous si réticent ?

Ethan poussa un long soupir. Une odeur de foin et d'avoine flottait dans l'air, même si le bâtiment n'était plus en activité depuis une bonne quinzaine d'années.

— Moi aussi je crois en elle, mais…

Il s'arrêta, comme s'il hésitait à continuer. Il ne voulait pas dire que sa sœur était inconstante, qu'elle avait du mal à se concentrer sur une seule chose, et qu'elle n'avait peut-être pas les épaules pour un projet aussi lourd. Il savait que c'était la vérité, mais il préférait la garder pour lui.

— … mais j'ai mes raisons.

C'était un peu court comme réponse, mais il ne trouva rien d'autre. Il vit dans les yeux de Chelsea qu'elle n'était pas satisfaite.

— Je n'en doute pas, dit-elle, et c'est très bien comme ça. Cela ne me regarde pas et je ne veux surtout pas m'immiscer dans vos affaires de famille. Maintenant, excusez-moi, je vais retrouver les autres.

Mais il ne pouvait pas la laisser partir sans tenter une explication.

— Lucy n'en est pas à sa première tentative, vous savez, dit-t-il. Et elle n'a pas eu beaucoup de chance jusqu'à présent dans les affaires.

Chelsea s'arrêta et se retourna. Son visage ne trahissait rien mais, dans ses yeux, il vit comme une lueur d'encouragement à continuer.

— Depuis la mort de nos parents, elle cherche quelque chose et ne l'a pas encore trouvé.

Le visage de Chelsea s'adoucit.

— Je suis désolée pour vos parents.

— Cela fait plusieurs années maintenant, mais merci quand même.

Les cigales choisirent ce moment pour cesser d'un coup leur chant strident. Le silence tomba sur eux comme un léger voile.

— J'ai peur que Lucy n'aille au-devant d'une nouvelle déception, vous comprenez, avoua-t-il.

— Vous croyez qu'elle n'est pas capable de mener ce projet seule ?

— Non, je ne pense pas.

— Ce n'est pas la première fois qu'elle essaie de monter une affaire, si j'ai bien compris.

Il approuva d'un hochement de tête.

— Et je suppose que c'est vous, son grand frère, qui la tirez d'affaire à chaque fois.

— Je ne veux pas m'attribuer tout le mérite, mais disons que oui, j'ai joué mon rôle de grand frère.

— Je comprends, dit-elle avec un sourire.

Mais ce sourire était empreint d'une grande tristesse, nota-t-il.

— C'est un sentiment universel, reprit-elle. Moi aussi,

j'ai deux frères, et il fallait toujours qu'ils se mêlent de nos projets avec ma sœur. Mais vous savez, il faut laisser les filles tenter leur chance. Nous n'avons pas toujours besoin de votre aide, il faut nous faire confiance. Et nous avons le droit à l'erreur, comme tout le monde.

— Vous voulez dire que vous aussi, vous avez commis quelques erreurs dans votre vie ?

— Bien sûr, Ethan. Je suis humaine.

Il ressentit un étrange pincement au cœur en l'entendant prononcer son prénom. Mais il n'y prêta pas attention.

— Je croyais que vous étiez quelqu'un qui savait parfaitement ce qu'il voulait, fit-il remarquer.

— Vous vous trompez. Nous nous connaissons à peine. Je ne connais pas votre sœur non plus, mais…

Elle hésita un court instant avant d'ajouter :

— Puis-je vous donner un conseil qui devrait vous aider à renforcer votre lien entre frère et sœur ?

Il hocha la tête.

— Je sais ce que c'est que de n'être pas prise au sérieux au sein de sa propre famille. C'est très difficile de se construire dans ces conditions. Votre sœur me semble être une personne intelligente et sensée. Faites-lui confiance, c'est primordial pour son avenir.

— Qu'est-ce qui est primordial ? demanda Lucy qui arrivait avec Juliette.

— Le permis de construire, répondit Ethan. Ce genre de réjouissances.

Lucy fronça les sourcils.

— Oui, on se demandait pourquoi il n'existait pas de lieu culturel à Celebration, renchérit Chelsea. Il y a peut-être une législation locale spéciale sur les nuisances.

— Je me suis souvent posé la question, intervint Juliette. Les seuls endroits où l'on peut organiser des soirées ou des fêtes sont le Regency Cypress Plantation et le Botanical Gardens, sinon il faut aller jusqu'à Dallas. Le Cypress est à une bonne vingtaine de kilomètres. Et il faut s'y prendre au moins deux ans à l'avance pour réserver la salle. Shay et Kyle ont réservé depuis trois ans. Qui a envie d'attendre trois ans pour se marier ?

Ethan haussa les épaules.

— Je ne sais pas, dit-il. Je n'ai pas d'avis sur la question.

— Évidemment, parfois on peut avoir de la chance, continua Juliette en gardant les yeux sur lui. Tu te rappelles quand Anna et Jake Lennox ont dû organiser leur mariage au pied levé, à la suite d'une annulation ?

— Non.

— Allez, arrête de faire celui qui ne sait pas. Tu es venu à leur mariage.

— Oui, mais je n'ai aucune idée du temps qu'ils ont mis pour le préparer. Je ne me souviens même pas de l'organisation du mien, alors tu vois…

— C'est peut-être parce que tu n'es plus marié, dit Lucy.

— Oh ! ça c'est méchant.

Lucy fit un geste d'impatience de la main et se tourna vers Chelsea.

— Tel que je vois les choses, dit-elle, nous rendrions service à la communauté en ouvrant cette salle.

— C'est certain, approuva Juliette. Le Botanical Gardens est toujours plein parce que c'est la seule salle en ville. C'était une plantation de sucre au XIXe siècle. Le bâtiment a été refait et réaménagé pour y organiser des réceptions, mais c'est son aspect historique qui fait son charme. Quand nos amis Jake et Anna ont bénéficié de cette annulation de dernière minute, ils n'ont eu que trois semaines pour organiser leur réception. C'était de la folie. Mais c'était un très beau mariage. Si nous ouvrons une autre salle à Celebration, les gens n'iront plus au Regency Cypress, croyez-moi, ils viendront ici !

Elle fit une pause.

— Comment vas-tu l'appeler, Lucy ?

— Je ne sais pas, je n'y ai pas encore réfléchi.

— Il faudra y penser, dit Juliette. Cette grange a tellement de charme que je suis sûre que les réservations ne se feront pas attendre. Et avant que j'oublie, puisque nous serons tous présents au mariage de Shay et Kyle samedi, vous pourrez voir le genre de services que je propose. Cela vous donnera des idées pour la rénovation.

— Vous allez venir aussi, samedi ? demanda Ethan en se tournant vers Chelsea.

— Non, je ne suis pas invitée. Et je ne connais pas les mariés, je ne voudrais pas m'imposer.

— Pas de problème, dit Juliette. Je ne vais pas te laisser toute seule à la maison. Tu viendras avec moi pour m'aider. J'ai toujours besoin de bras.

— D'accord, du moment que cela ne gêne personne. Je serai ravie de me rendre utile.

D'abord une consultation gratuite, puis un recrutement en tant qu'assistante, Juliette ne perdait pas le nord, se dit Ethan. Elle plaçait son amie. Il faillit lui lancer une plaisanterie à propos du travail au noir, mais se ravisa. Après tout, il était content que Chelsea vienne à ce mariage. Soudain, la perspective de cette soirée lui parut beaucoup moins ennuyeuse.

- 5 -

Chelsea craignait un peu de se montrer en public, mais maintenant qu'Ethan et Lucy savaient qu'elle était l'invitée de Juliette, il n'y avait plus de raison qu'elle se cache toute la journée dans la maison. Cela risquait même d'attirer les soupçons. En outre, elle était ravie de pouvoir se rendre utile à quelque chose. C'était une manière de remercier Juliette de son accueil.

Le samedi matin, toutes deux se rendirent au Regency Cypress Plantation pour commencer à préparer la réception du mariage. Apparemment, la mariée était occupée à l'église. Les deux jeunes femmes avaient donc du temps devant elles pour préparer la salle. Chelsea fut réquisitionnée pour l'installation des guirlandes de lumière au-dessus des tables, puis pour l'accrochage de grandes pièces de tulle blanc au plafond. Elle prêta ensuite main forte au chef pâtissier pour la décoration de la table des gâteaux, puis aida Juliette à l'agencement de la table des mariés. Elle installa les grandes tables rondes et les chaises des invités, puis les recouvrit de nappes en lin et dressa au milieu les compositions florales, faites de pivoines roses et d'hortensias blancs saupoudrés de délicates touches de vert. Cela ressemblait à du gui, mais elle demanda confirmation à Juliette.

— Juliette, il y a bien des branches de gui dans les compositions florales ? C'est original, pour un mariage.

— Oui, c'est bien du gui. Je suis contente que tu le remarques, dit Juliette en prenant une grande boîte posée dans un coin. Nous allons accrocher ces autres boules dans plusieurs endroits de la salle, et les gens pourront se mettre dessous et s'embrasser.

— Mais le gui, d'habitude, c'est pour le jour de l'an, non ?

— Mon travail, c'est de réaliser les rêves de mes clients, répondit Juliette avec un grand sourire. Dans la mesure du possible, j'accède à tous les désirs des futurs mariés. Ceux-là se sont rencontrés à un mariage placé sous le thème du gui, alors ils en ont voulu aussi pour leur propre mariage. Et même si on est en mai, je me suis arrangée pour m'en procurer.

Chelsea trouva l'idée très romantique. Ce devait être merveilleux de partager une sorte de code d'amour avec l'âme sœur, se dit-elle en accrochant çà et là, au plafond de la salle, les jolies boules vertes parsemées de gypsophile et de rubans roses assortis aux centres de table.

Une fois l'installation terminée, elle se dit que ce travail avec Juliette tombait à pic. Qui aurait l'idée de venir chercher ici, dans une salle de mariage de village, une jeune aristocrate anglaise ? D'autant plus que les Américains avaient mieux à se mettre sous la dent. Et puis à côté des frasques quasi quotidiennes d'une Kim Kardashian et autres vedettes de la téléréalité, sa petite sextape faisait pâle figure. De plus, elle n'avait même pas cherché à en tirer profit.

Partout dans le monde, il semblait que les célébrités aient adopté la même attitude : faire parler d'elles par tous les moyens, même les pires, plutôt que de tomber dans l'oubli. Ce n'était pas sa philosophie ; elle ne pouvait pas se résoudre à se délecter d'une telle diffamation publique. Tout ce qu'elle voulait, c'était disparaître, se fondre dans la foule, et qu'on l'oublie complètement.

Et elle se rendait compte à présent que travailler était le meilleur antidote qui soit. Ces petites tâches simples lui occupaient l'esprit et l'empêchaient de déprimer. Elle ne pensait plus à ses problèmes et aux épreuves qui l'avaient amenée jusqu'ici.

— Bien, je pense que tout est prêt, dit Juliette en parcourant la grande salle du regard.

On aurait vraiment dit un décor de mariage princier, avec le tulle tendu au plafond, les guirlandes de lumignons blancs et les magnifiques compositions florales sur les tables. Les boules de gui ajoutaient une touche finale originale.

— Je me suis bien amusée, avoua Chelsea. Si tu as encore besoin d'aide, je suis partante.

— Merci, c'est très gentil. Je note ta proposition. Maintenant, allons faire un brin de toilette et mettre nos habits de cérémonie ! La fête va bientôt commencer.

Ayant fait ses bagages dans la précipitation, Chelsea avait emporté peu de choses, et uniquement des vêtements de tous les jours. Elle n'avait pas du tout prévu d'être invitée à un quelconque événement, et encore moins à un mariage. Juliette lui avait prêté une robe et une paire d'escarpins.

Son amie avait raison. Après avoir traîné des tables, porté des chaises, monté sur des escabeaux, elles avaient bien besoin de se rafraîchir !

Elles se changèrent dans les toilettes des dames et se remaquillèrent devant le grand miroir commun.

— Tu ne voles pas ton salaire, dit Chelsea. Je suis impressionnée.

— J'adore mon boulot. Je n'ai pas vraiment l'impression de travailler.

— Tu t'en sors comme un chef.

— Merci. Ma récompense, c'est quand les mariés sont heureux. Là, je me dis que j'ai fait du bon travail.

— Et bien sûr, ils te paient bien.

— Oui, ça compte aussi, répondit Juliette en se pinçant la bouche pour étaler son rouge à lèvres rose vif qui lui allait si bien au teint. Mais c'est juste la cerise sur le gâteau. L'important, c'est que j'aime ce que je fais.

— C'est bien que tu aies trouvé ta voie. Je commence à croire que choisir un bon job est aussi difficile que de tomber sur l'homme parfait.

Et l'image d'Ethan Campbell lui vint instantanément à l'esprit. Il avait épousé une certaine Molly, d'après ce que lui avait dit Juliette. Il avait été l'homme parfait pour elle. En tout cas au début. Apparemment, c'était un homme bien, plein de qualités. Un peu trop protecteur à son goût. Pourquoi Molly l'avait-elle laissé partir ?

— Rien n'est jamais parfait dans la vie, dit Juliette, comme si elle avait lu dans ses pensées. Enfin, sauf les mariages que j'organise. Là, tout doit être irréprochable. Mais toi aussi tu trouveras ta voie, j'en suis sûre. C'est vraiment dommage, ce qui s'est passé avec Hargraves Designs.

Chelsea se rembrunit. Elle commençait tout juste à oublier l'histoire de la vidéo, des tabloïds. Elle n'avait pas besoin que Juliette lui rappelle un autre problème, tout aussi douloureux.

À l'origine, Hargraves l'avait embauchée pour son image. Elle était censée rajeunir la réputation un peu vieillotte du studio. Elle devait leur apporter une clientèle plus jeune, plus branchée et plus argentée. Mais quand le scandale autour de sa vie privée avait éclaté, tout s'était effondré. Elle ne pouvait plus représenter la jeunesse privilégiée et bien éduquée, et le studio ne pouvait se permettre de voir sa réputation entachée par cette image dégradante. Elle avait donc été licenciée sans autre forme de procès.

Elle chassa vivement ce souvenir déplaisant et revint à l'instant présent.

Elle se réjouissait vraiment de voir son amie s'épanouir

dans son travail. La réussite de Juliette lui redonnait espoir. Oui, on pouvait trouver son bonheur quelque part dans ce monde, ce n'était pas un mythe.

Ce séjour à Celebration allait lui permettre d'y voir plus clair dans sa vie. Tout s'était enchaîné très vite depuis le scandale, et elle n'avait pas eu le temps de réfléchir. Ici, elle pouvait se poser, prendre son temps. Et même une journée bien remplie comme celle-ci était utile pour lui vider la tête et lui permettre d'envisager la prochaine étape de sa nouvelle vie.

Elle mit une dernière touche à son eye-liner, passa la brosse dans sa longue chevelure et se pinça les joues pour leur donner un peu de couleur. Cela devrait suffire.

— Et maintenant, que fait-on ? demanda-t-elle à Juliette qui rassemblait ses crayons de maquillage pour les ranger dans son grand sac.

— Cela t'ennuierait d'aller mettre nos affaires dans la voiture pendant que je jette un dernier coup d'œil à la salle avant l'arrivée des mariés ? Les invités doivent être en train d'arriver pour le vin d'honneur. Les jeunes mariés devraient être là d'ici une dizaine de minutes.

— Bien sûr, pas de problème, répondit Chelsea en faisant passer son sac sur l'épaule, attrapant celui de son amie de sa main libre.

Un petit groupe d'invités se trouvait déjà dans le hall d'entrée quand Chelsea traversa la salle de réception pour gagner le parking. La première personne qu'elle vit fut Ethan. Il portait une chemise blanche et une cravate bleue, et tenait sa veste de costume à la main. Même de loin, elle remarqua que le bleu de la cravate était assorti à celui de ses yeux. Il avait beaucoup d'allure. Il attirait tous les regards, pas seulement le sien.

Lucy était avec lui, debout près du bar, en grande conversation avec un homme aux cheveux noirs. Elle était suspendue à ses lèvres, buvant littéralement ses paroles.

Ethan l'aperçut et se dirigea aussitôt vers elle, un grand sourire aux lèvres.

— Laissez-moi vous aider, dit-il en ouvrant la porte.

De sa main libre, il attrapa les deux sacs. Ils n'étaient pas très lourds mais assez encombrants, et elle aurait eu du mal à pousser la porte seule. Ethan les souleva comme s'ils étaient remplis de plumes.

— Merci.

Elle pensa tout à coup aux boules de gui et se demanda si Ethan embrasserait quelqu'un ce soir.

— J'allais les mettre dans la voiture, dit-elle. Je peux le faire si vous voulez, je ne veux pas vous embêter avec ça. C'est moi qui travaille aujourd'hui. Vous, vous êtes invité.

— Oh ! Rassurez-vous, je ne vous aurais pas offert mon aide si j'avais eu mieux à faire.

Elle ne le crut pas. Pour le peu qu'elle l'avait côtoyé, elle savait qu'il avait un abord un peu rustre, mais qu'il était toujours prêt à rendre service.

— Très bien, alors je passe devant. La voiture n'est pas loin. Merci, Ethan.

Elle actionna la télécommande et la voiture de Juliette émit un petit bruit en s'ouvrant.

— De rien, répondit-il tandis qu'elle ouvrait le hayon et reculait pour le laisser déposer les sacs. Vous êtes très élégante. Le rouge vous va très bien.

Elle devint presque aussi rouge que sa robe, gênée par le compliment.

— Merci. Vous aussi, vous êtes élégant.

C'était vrai. Même si, visiblement, il portait rarement le costume et la cravate, cela lui allait bien.

Il lui sourit en refermant le coffre, et ils retournèrent ensemble vers la salle de réception. Elle vit qu'il lui lançait plusieurs regards, chercha vivement quelque chose à dire… et ne trouva rien. Pourquoi était-elle si nulle aujourd'hui ? D'habitude, elle n'avait pas de problèmes pour faire la conversation avec des inconnus, elle trouvait toujours quelque chose à dire. Alors pourquoi perdait-elle ses moyens avec lui ? Elle avait l'impression d'être une collégienne avec son premier flirt.

— Est-ce que Lucy a réfléchi à la suggestion que j'ai faite l'autre jour pour la rénovation de la grange ? finit-elle par demander.

— Je ne sais pas. Elle ne m'a rien dit. Vous devriez lui demander ce soir. Mais là, elle est en train de discuter avec Zane Phillips. Je pense que la grange est le cadet de ses soucis en ce moment.

— C'est l'homme que j'ai vu au bar ?

— Oui.

— Ils sortent ensemble ?

Ethan laissa échapper un petit rire moqueur en ouvrant la porte pour la laisser passer.

— Oh non ! Pas du tout.

Sa réponse était si définitive qu'elle regretta presque d'avoir posé la question.

— Vous n'aimez pas cet homme ?

— Bien sûr que si. Il est comme un frère pour moi. Et c'est réciproque. Suivez-moi, je vais vous présenter.

En voyant la foule, elle hésita.

— Un peu plus tard peut-être, il faut que j'aille voir dans la grande salle si Juliette a besoin de moi.

— Vous me réservez une danse alors ?

La façon dont il la regarda à cet instant lui fit l'effet d'un coup de poing dans l'estomac. Sa respiration s'arrêta quelques secondes.

— Oui, si vous voulez, répondit-elle un peu platement après avoir repris ses esprits.

Elle sentit le regard d'Ethan la suivre tandis qu'elle s'éloignait. Elle pénétra dans la grande salle encore vide et referma très vite la porte derrière elle.

— Alors, où en est-on dehors ? lui demanda Juliette. Les invités commencent à arriver ?

— Oui, il y a pas mal de monde déjà. Tu peux me dire qui est Zane Phillips ?

— Zane Phillips ? répéta Juliette, l'air surpris. Tu l'as rencontré ?

— Non, je l'ai vu de loin. Mais si j'ai bien compris ce qu'Ethan a sous-entendu, je pense que Lucy a le béguin pour lui et que ça ne plaît pas à son frère. Il est toujours aussi intrusif ?

— Qui ça ? Zane ? demanda Juliette en redressant des fleurs sur une des tables.

— Non. Ethan.

Juliette sourit.

— Non, Ethan n'est pas intrusif. Surtout en ce qui concerne les flirts de sa sœur. Mais il connaît bien son ami. Zane aime les femmes. Et tu ne feras pas exception, d'ailleurs. Mais officiellement, il sort déjà avec quelqu'un en ce moment. Écoute, ici, tout le monde sait que Lucy est amoureuse de Zane, et ce depuis… je ne sais plus, depuis toujours en fait. Et Zane en profite, ça flatte son orgueil. Ethan surveille ça de loin, il ne voudrait pas que sa sœur y laisse trop de plumes.

— Et tu trouves qu'il n'est pas intrusif ? Il ne veut pas qu'elle sorte avec Zane. Il ne veut pas qu'elle ouvre une salle des fêtes. Même toi tu dis que c'est une bonne idée. J'avoue que je ne comprends pas.

— Ethan est quelqu'un de gentil, tu sais. Juste un peu trop prudent parfois. Il a traversé des moments difficiles avec son divorce et la mort de ses parents. Mais il va finir par changer d'avis, pour la grange. C'est une idée géniale, c'est tellement évident ! Regarde ce qu'on a fait ici, dit-elle en faisant un geste circulaire de la main. On pourra faire encore mieux là-bas ! Et la concurrence va relancer les affaires, j'en suis convaincue. Ethan veut juste protéger

Lucy, éviter qu'elle prenne des coups. C'est normal, non ? Il a le sens de la famille, tu ne peux pas le blâmer pour ça.

Chelsea n'avait rien à dire là-dessus. Pour elle aussi, la famille était tout. Et encore maintenant, malgré la réaction de ses parents après le scandale de la vidéo. Elle avait ça en commun avec Ethan. Sauf que, dans sa famille, c'était elle qui n'était pas à la hauteur…

Le téléphone de Juliette vibra, signalant l'arrivée d'un message.

— Les mariés sont là ! s'exclama-t-elle. Nous pouvons ouvrir les portes de la grande salle. Shay et Kyle vont faire leur entrée solennelle avec leur cortège dans dix minutes. Tu vas m'aider à faire entrer tout le monde, ensuite je te libère. Tu pourras profiter de la soirée.

— Profiter de la soirée ? Mais je ne suis pas invitée. Je suis là pour aider, rappelle-toi.

— Tu es bénévole, rectifia Juliette en se dirigeant vers les grandes portes. Et tu es payée en nature. Tu peux manger et boire à ta guise, et danser toute la nuit avec les plus beaux cow-boys de la région !

— Bien, si tu vois les choses comme ça, comment pourrais-je refuser ? Mais je ne connais personne ici. On va me prendre pour une pique-assiette. Je pourrais rentrer tout de suite en taxi, tu sais.

— Oui, si tu veux, tu es libre. Mais je serais déçue que tu ne restes pas. Tu n'es pas à Londres. Ici, tout le monde se connaît, nous formons une vraie communauté. Puisque tu es mon amie, tu es des nôtres. Alors reste avec nous et prends du bon temps !

Juliette vit que, malgré ses paroles rassurantes, elle semblait encore gênée.

— Ne t'inquiète pas, je vais te présenter aux jeunes mariés dès qu'ils seront installés, lui promit-elle.

— D'accord.

Elle n'avait pas le choix de toute façon. Pourquoi ne

pas se laisser aller et savourer les merveilleux gâteaux qu'elle avait vu passer tout à l'heure, et danser avec un beau cow-boy texan ? Ethan Campbell, par exemple ? Et si possible l'embrasser sous une boule de gui…

Cela pourrait être amusant. Et comme à chaque fois qu'elle pensait à lui, son cœur se mit à battre un peu plus vite et elle sentit une douce chaleur l'envahir.

Mais non. Elle n'embrasserait personne ce soir, même si l'homme était très séduisant.

Elle se plaça tout près de Juliette et aida les invités qui attendaient sagement à l'entrée de la salle à repérer le numéro de leur table.

Cette fois encore, elle aperçut Ethan au milieu de la foule et nota qu'il était déjà assis à sa table. Il avait dû demander son numéro à Juliette, ou bien trouver sa place seul. Mais ce n'était pas si compliqué que ça, pas besoin d'un plan, même si la salle était assez grande. Il était en compagnie de Lucy, Zane et deux autres couples. Il restait une place libre et elle se demanda qui devait les rejoindre. La petite amie de Zane, peut-être ? Ou celle d'Ethan ? Non, il ne devait pas en avoir, sinon il ne lui aurait pas demandé de lui réserver une danse. Ou bien était-il prévu d'installer là une jolie célibataire de la région pour favoriser les rencontres ?

Chelsea regretta de ne pas avoir regardé sur le plan tout à l'heure. Elle l'avait eu dans la main pourtant quand elle avait aidé à dresser les tables. Évidemment, elle aurait pu aller demander la liste à Susan, la responsable du placement des invités. Mais ce n'était pas le moment, car Juliette l'invita à la suivre pour aller rencontrer les mariés.

Pendant la demi-heure qui suivit l'installation des invités, il y eut une série de danses. D'abord les mariés, qui ouvrirent le bal bien sûr, puis ce fut le marié avec sa mère, la mariée avec son père. Le champagne coula à flots, puis les deux cent cinquante convives se massèrent autour du buffet tous en même temps. C'était épuisant pour le personnel. Mais Juliette lui fit signe de partir.

— Tu m'as déjà bien aidée toute la journée, dit-elle. Maintenant tu t'arrêtes et tu vas manger quelque chose.

Chelsea s'aperçut alors qu'elle avait faim. Elle était si occupée qu'elle n'avait pas remarqué que son estomac criait famine.

— Tu veux que je te prépare une assiette aussi ? proposa-t-elle à Juliette.

— Non merci. Il faut que je lance le découpage des gâteaux avec le pâtissier. Je mangerai plus tard. Mais vas-y toi, détends-toi, je n'ai plus besoin de toi.

Et sur ces mots, Juliette retourna à ses occupations, la laissant seule.

Presque tous les invités se pressaient autour du buffet, et la file d'attente était interminable. Quand son tour arriva, Chelsea se composa une assiette avec une côtelette d'agneau, des pommes de terre rissolées et un peu de salade. Elle jeta un coup œil dans la salle. Il restait toujours une place libre à côté d'Ethan. Elle hésita un moment. Oserait-elle s'inviter à sa table ? Tout à l'heure, il lui avait demandé une danse une fois son travail terminé. Mais des images romantiques lui trottaient dans la tête, des valses voluptueuses avec de beaux cow-boys, des baisers sous le gui… Non. Le rejoindre n'était peut-être pas une bonne idée. Elle ferait mieux d'aller s'asseoir dans le hall, où il n'y avait plus personne et où elle pourrait retirer ses chaussures. En effet, les escarpins que lui avait prêtés Juliette étaient magnifiques mais un peu trop petits. Elle avait des ampoules partout ! Et puis elle se sentait un peu perdue au milieu de tous ces gens qu'elle ne connaissait pas et qui se connaissaient tous entre eux.

Oui, elle était seule au milieu d'inconnus, et personne ne faisait attention à elle. Elle n'aurait pas du tout eu la même sensation si elle s'était introduite dans un mariage à Londres, où elle connaissait tout le monde. Elle était tellement habituée à être entourée d'amis, à ce que tout le monde la reconnaisse, que ce sentiment de solitude et d'anonymat était totalement nouveau pour elle. Et pourtant, c'était bien la solitude et l'anonymat qu'elle était venue chercher ici. Elle était à Celebration pour se cacher, pas pour faire de nouvelles connaissances. Donc, il valait mieux qu'elle aille s'installer dans un coin et qu'elle soulage enfin ses pieds qui la faisaient horriblement souffrir.

Elle jetait un dernier regard dans la salle avant de sortir quand elle remarqua qu'Ethan semblait aussi seul qu'elle. Lucy parlait avec Zane. Les autres convives de la table étaient plongés dans une conversation très animée. Ethan ne disait rien, perdu dans ses pensées. Pourtant, contrairement à elle, il était au milieu des siens.

Tout à coup, il se tourna vers elle et surprit son regard. Ethan lui fit signe de s'approcher. Il était trop tard pour faire semblant de ne pas l'avoir vu. Et pour être honnête, elle n'avait aucune envie de refuser l'invitation. Elle s'avança donc vers lui d'un pas incertain, les pieds en sang, le cœur battant.

Ethan se leva et tira la chaise vide à côté de lui pour l'inviter à s'asseoir.

Chelsea était vraiment très belle avec cette robe rouge. Depuis qu'il était entré dans la salle, il n'avait d'yeux que pour elle.

— Je vous en prie, dit-il avec un grand sourire, venez vous joindre à nous.

Ses paroles attirèrent l'attention des autres convives qui cessèrent leur conversation et se tournèrent vers elle. Dès qu'ils la virent, les hommes se levèrent galamment et esquissèrent une courbette pour la saluer. On se serait cru dans un vieux film.

— Merci, dit-elle. J'espère que je ne vous dérange pas.

— Non, bien sûr, la rassura Ethan. Mes amis, je vous présente Chelsea Allen, une amie de Juliette Lowell. Elle lui a prêté main forte aujourd'hui pour l'organisation de la réception.

Il fit le tour de la table pour achever les présentations.

Lucy fit un bref salut de la tête dans sa direction tandis qu'elle posait la main sur le bras de Zane, pour bien signifier à Chelsea qu'elle ne devait pas s'en approcher. Pour une fois, Ethan ne trouva rien à redire à l'attitude de sa sœur et au fait qu'elle considère que Zane était sa chasse gardée. Zane connaissait bien Lucy et savait qu'elle avait un faible pour lui, mais par amitié pour lui, et malgré son amour immodéré pour les femmes, il s'interdisait d'avoir une aventure avec elle, car il ne voulait pas lui briser le cœur.

Du côté de Chelsea en revanche, pas de problème, la voie était libre. Ethan n'était pas encore prêt à se relancer dans une histoire d'amour, et Zane était toujours sur les rangs quand il y avait une jolie femme dans les parages — d'autant plus que sa petite amie du moment n'était pas là. Mais Ethan savait que son ami ne tenterait rien à cause de Lucy. Et cette perspective… le soulagea quelque peu.

— Chelsea, je suis contente que vous soyez là, dit Lucy. Je vous ai vue tout à l'heure, mais vous étiez très occupée et je n'ai pas voulu vous déranger. Zane, Chelsea est la décoratrice d'intérieur dont je t'ai parlé. C'est elle qui m'a donné ces fabuleux conseils pour la rénovation de la grange.

Ethan n'aimait pas la façon dont Zane dévorait Chelsea des yeux.

— Décoratrice d'intérieur et organisatrice de mariages ? demanda Zane, le regard admirateur et gourmand. Vous avez de nombreux talents.

— Non, je ne suis pas organisatrice de mariage, rectifia Chelsea en dépliant sa serviette. J'ai juste donné un coup de main à Juliette ce soir. Et je n'ai suggéré que quelques idées de base pour la grange. Rien de révolutionnaire. Mais c'était avec plaisir.

— D'après Lucy, vous l'avez aidée à cristalliser son projet. Elle veut vous embaucher, je crois.

— Oh non ! protesta Chelsea en rougissant. Je suis de passage ici. Je ne vais pas rester longtemps, et je ne veux pas m'engager dans un projet que je ne pourrais pas mener à terme. Mais Lucy l'a bien compris, je crois, et je suis sûre qu'elle saura elle-même tirer parti de mes suggestions.

— D'où venez-vous ? demanda Zane.

— Je suis anglaise. J'étais à l'université avec Juliette.

— Mais vous n'avez pas l'accent anglais, s'étonna Lucy.

— Moi aussi je me posais la question, intervint Ethan. La plupart du temps, quand vous parlez, on dirait vraiment que vous êtes américaine. Mais sur quelques mots effectivement, on retrouve vos origines anglaises.

Chelsea fronça le nez, et Ethan remarqua les charmantes petites taches de rousseur qui le parsemaient. Elle était à la fois simple et naturelle, mais aussi très sexy et très sûre d'elle.

— Sans doute, répondit-elle avec un léger mouvement de l'épaule droite qu'Ethan avait déjà remarqué. Toutefois j'ai beaucoup d'amis américains.

— Regardez bien, intervint Lucy en s'adressant à la tablée. Chelsea ne vous rappelle pas quelqu'un ? Moi si, mais je n'arrive pas à trouver qui. Et ça me rend dingue.

Ethan secoua la tête. Chelsea ne lui rappelait personne. Tout ce qu'il avait remarqué, c'était qu'elle était très jolie. Ses manières singulières, son léger accent anglais, ainsi que de nombreux autres détails qu'il avait observés à chacune de leurs rencontres, la rendaient même unique à ses yeux.

Lucy soupira.

— Ça me reviendra…

Elle s'interrompit en entendant s'élever un air de country.

— Oh ! J'adore cette chanson ! Viens, Zane, on va danser !

Et joignant le geste à la parole, elle entraîna Zane sur la piste de danse. Les deux autres couples reprirent leur conversation, les laissant lui et Chelsea en tête à tête au milieu des bruissements joyeux de la fête.

La musique était forte et Chelsea avait commencé son repas, ce qui empêchait toute conversation suivie. Et quand elle reposa enfin ses couverts sur le bord de son assiette, Ethan ne sut pas quoi lui dire. Il n'avait jamais été très fort pour papoter de tout et de rien. Il n'aimait pas parler pour ne rien dire. Mais là, c'était différent. S'il voulait se montrer sous un jour avantageux, il fallait qu'il fasse un effort. Alors il se lança et dit la première chose qui lui passa par la tête.

— Vous savez qu'on a arrêté le cambrioleur ?

— Ah bon ? Celui avec qui vous m'aviez confondue ? répliqua Chelsea avec un petit sourire moqueur.

— Oui, c'est vrai, j'ai fait une grosse bourde. Mais reconnaissez que vous aviez fait fort. Ce n'est pas tous les jours que les amies de Juliette entrent chez elle par la fenêtre de la salle de bains.

— Je sais, vous aviez des excuses. Sinon je vous en aurais beaucoup voulu.

La conversation était facile avec elle. Tout coulait. Elle savait trouver le bon équilibre entre retenue polie et humour, et ne se prenait pas au sérieux. Il se sentait bien avec elle, et il avait l'impression que c'était réciproque. La chanson s'arrêta trop vite et Lucy revint toute seule, sans Zane. Elle s'immisça entre eux.

— J'ai bien envie de me faire faire un tatouage, annonça-t-elle sans préambule.

Ethan lui jeta un regard surpris. Qu'est-ce que cette histoire de tatouage venait faire maintenant ?

— Ça te prend comme ça, d'un seul coup ? demanda-t-il, déjà prêt à monter au créneau.

— Oui, pourquoi pas ? répondit Lucy en roulant de grands yeux. De toute façon, tu ne peux pas comprendre. Tu n'as jamais rien fait de spontané dans ta vie. Il faut toujours que tu prévoies tout.

Il aurait bien voulu être plus spontané, ce n'était pas l'envie qui lui avait manqué pendant toutes ces années ! Mais depuis que ses parents n'étaient plus là, il avait la lourde responsabilité de s'occuper de sa famille, et il ne pouvait pas se permettre d'être fantaisiste ou imprévisible. Son frère, Jude, gagnait sa vie en faisant des rodéos et n'était jamais là. Lucy, après ses études, était partie en Californie. C'était donc à lui qu'était revenue la lourde tâche de faire tourner le ranch familial, le Triple C. C'était un travail difficile, ingrat parfois, qui exigeait rigueur et abnégation. Un travail routinier qui ne laissait guère de place à la spontanéité.

Mais ça lui plaisait.

Il n'allait pas perdre son temps à se justifier. Et de toute façon, Lucy était à fond dans son idée de tatouage et n'écoutait personne.

— Oui, j'en ai vu un magnifique, dit-elle. C'est un proverbe sanskrit, ou un truc comme ça.

Tout en parlant, elle contemplait ses ongles.

— Je ne sais pas ce que ça voulait dire, mais la femme qui le portait était vraiment classe, précisa-t-elle.

Elle leva les yeux et se pencha un peu, comme si elle s'apprêtait à délivrer un secret.

— J'ai un aveu à vous faire… J'ai un plaisir coupable, j'adore lire les tabloïds, surtout les tabloïds anglais. Ce sont les plus forts. Enfin je les regarde sur Internet parce que je ne les trouve pas ici. Mais bref, la femme dont je vous parle, la pauvre, a été surprise dans une drôle de position, si vous voyez ce que je veux dire.

Ethan montra des signes d'impatience. Il ne comprenait rien à ce qu'elle racontait et s'en fichait complètement. Il essaya de croiser son regard pour lui faire signe de se taire, mais Lucy ne le regardait pas. Elle s'adressait à Chelsea.

— Oui, c'est son petit copain qui était furieux apparemment, et qui a publié une vidéo de leurs ébats amoureux, poursuivit-elle. Super humiliant, non ? Enfin ce que j'en dis, moi…

Bon sang ! Ethan adorait sa sœur mais parfois elle allait trop loin. Pourquoi se mettait-elle à parler de tatouage et de vidéo de sexe à quelqu'un qu'elle ne connaissait pas ? Chelsea était visiblement embarrassée car elle était devenue blanche comme un linge et semblait pétrifiée sur sa chaise.

— Lucy, arrête ça, maintenant ! lui lança-t-il, sans cacher sa colère.

Et, se tournant vers Chelsea.

— Je suis désolé, excusez-la…

— Non, ce n'est rien, Ethan, je vous assure, répondit Chelsea en essayant de maîtriser sa voix qui tremblait. Lucy, vous avez vraiment vu cette vidéo ?

Lucy fit la grimace, comme si l'idée la dégoûtait, alors que c'était elle qui avait lancé le sujet.

— Oh non, je n'ai pas voulu la regarder. En plus, j'avais peur d'attraper un virus en cliquant dessus et de bousiller mon smartphone. On peut choper un virus sur son smartphone ?

— Bien sûr, assura Chelsea avec véhémence. Il faut faire attention. Vous pouvez perdre toutes vos photos et vos contacts. Et on peut copier vos mots de passe.

Ethan n'avait jamais entendu parler de virus sur les téléphones et il avait l'impression que Chelsea menait Lucy en bateau. Mais il ne fit aucun commentaire.

— Vous ne devriez pas regarder ce genre de vidéo, continua Chelsea. C'est très malsain. Si cet homme l'a publiée sans le consentement de sa petite amie, c'est vraiment déplacé. Ce n'est pas bien d'humilier les femmes de la sorte.

— J'ai vu quelques photos quand même, dit Lucy en faisant une moue de dégoût. C'est comme ça que j'ai vu le tatouage. Il était vraiment beau. Vraiment très classe.

— Lucy, ça suffit, OK ? intervint Ethan en haussant le ton.

Il regarda autour de lui, cherchant Zane des yeux, espérant qu'il arrive pour détourner l'attention de Lucy. Il était même prêt à le supplier pour qu'il l'invite à danser et l'éloigne de cette table !

— Beaucoup de gens ont des tatouages en sanskrit, dit Chelsea. C'est très à la mode en ce moment.

— Beaucoup de gens ? s'étonna Lucy. Vous en avez un, vous ?

— Sérieusement, Lucy, ça suffit maintenant, décréta Ethan. Fin de la discussion. Chelsea, vous m'aviez promis une danse, vous vous souvenez ?

Lucy savait.

Elle avait tout compris, et Chelsea était paralysée d'effroi. Qu'allait-elle faire de cette information ?

Son cœur battait à toute vitesse et ses jambes se dérobaient sous elle tandis qu'elle suivait Ethan sur la piste de danse. Si Ethan ne l'avait pas invitée à danser, Lucy aurait-elle tout raconté ?

L'interrogatoire sur son accent avait déjà été perturbant. Quand Ethan l'avait surprise dans la salle de bains, elle avait eu le réflexe de parler avec l'accent américain, comme à chaque fois qu'elle se trouvait dans une situation délicate. Depuis, elle était obligée de faire constamment attention à la façon dont elle parlait, sauf quand elle était avec Juliette, évidemment. Ce qui l'obligeait à une gymnastique fatigante.

Maintenant, avec la découverte de Lucy, c'était sa fausse identité qui risquait d'être révélée. Que penserait-on d'elle si l'on apprenait qu'elle avait menti sur son nom ? Elle avait créé l'identité de Chelsea Allen pour éloigner les curieux, surtout dans les fêtes londoniennes, quand elle avait besoin d'anonymat.

Et voilà qu'elle était prise au piège de ses mensonges.

Elle n'avait pas esquivé la conversation, essayant de garder son calme et de ne pas se troubler face aux insinuations de Lucy. Pourtant, si elle avait pu, elle aurait quitté la table pour fuir tous ces regards posés sur elle. Mais elle n'avait aucun moyen de rentrer seule chez Juliette. Si elle quittait la réception maintenant, même pour aller prendre l'air cinq minutes, elle donnerait raison à Lucy : oui c'était bien elle, la malheureuse jeune femme trahie par son petit ami, et c'était bien elle qui portait un tatouage si classe, comme le disait Lucy.

Une spirale de mots en sanskrit au bas du dos, à la naissance des fesses.

Et comme par hasard, ce fut ce moment que choisit l'orchestre pour entamer un slow. Ethan ne lui laissa pas le choix et l'entraîna sur la piste de danse.

— Je suis désolé de ce qui vient de se passer, dit-il en la prenant dans ses bras. J'espère que les propos de Lucy ne vous ont pas mise trop mal à l'aise.

Il sentait bon.

Il avait posé la joue contre sa tempe. Soutenue par ses bras solides, si près de lui, elle avait l'impression d'être en sécurité. Elle ferma les yeux un instant et respira le parfum citronné de son après-rasage. Elle aurait pu tout oublier ainsi… Mais une petite voix insistante lui rappela qu'elle n'était pas à l'abri d'une nouvelle catastrophe, bien au contraire, car à tout moment Lucy pouvait lancer sa bombe.

Pour l'instant, elle était sur la piste de danse, dans les

bras d'Ethan, et elle essaya de profiter de ces quelques minutes de répit.

— Votre sœur a un sacré caractère, dit-elle. Quand elle a une idée en tête, elle ne la lâche pas.

— Oui, je vous l'avais dit. Elle peut être assez pénible quand elle s'y met.

— Avez-vous d'autres frères et sœurs ? demanda Chelsea, pour changer de sujet.

— J'ai un frère, Jude. Il est cavalier professionnel dans les rodéos, toujours par monts et par vaux.

— Alors il y a deux cow-boys dans la famille ? Et pourtant vous dansez très bien.

— Quel rapport ?

— Je croyais que les cow-boys savaient à peine marcher.

— Il ne faut pas croire tout ce que l'on raconte.

— Ne cassez pas mes illusions romantiques !

— Vous êtes quelqu'un de romantique ? demanda Ethan en faisant glisser sa main vers le bas de son dos.

Elle sentit sa chaleur et un frisson la parcourut, un frisson qui ressemblait à du désir.

— Je l'ai été autrefois. Mais plus maintenant.

— Pourquoi ? Un autre cow-boy vous aurait-il brisé le cœur ?

Non, Hadden Hastings était tout sauf un cow-boy.

Elle ne répondit pas et lui retourna la question.

— Je vous ai révélé un aspect de ma vie que vous ne connaissiez pas. À votre tour maintenant, voulez-vous ?

— Que souhaitez-vous savoir ?

Elle réfléchit un instant. Son regard tomba sur la table, Lucy n'y était plus. Elle n'aurait su dire si c'était une bonne nouvelle ou pas.

— Vous avez toujours vécu à Celebration ? demanda-t-elle.

— Non, je suis parti à Chicago après mes études.

— Chicago ? Tiens, c'est drôle.

— Pourquoi ?

— Je vous vois plutôt comme quelqu'un de la campagne, des grands espaces. Qu'êtes-vous allé faire dans cette grande ville ?

Elle le sentit se raidir légèrement.

— J'ai suivi Molly, ma femme. Elle avait trouvé un travail là-bas.

Sa femme. Évidemment. Parler de son ex-femme était sans doute le meilleur moyen de gâcher ce moment si romantique. Mais une curiosité morbide la poussait à creuser le sujet. Elle avait envie d'en savoir plus sur son passé.

— Et quel était son métier ?

Ethan ne répondit pas tout de suite, et Chelsea se demanda si elle n'avait pas été trop indiscrète.

— Je suis désolée, dit-elle. Nous ne sommes pas obligés de parler de ça si cela vous gêne.

— Non, pas du tout. Nous sommes en bons termes, elle et moi. Elle travaille dans un laboratoire pharmaceutique et vit toujours à Chicago. Nous nous sommes connus au lycée et nous nous sommes mariés très jeunes, sans rien savoir de la vie. Au départ, notre projet était de rester à Celebration et de reprendre le Triple C, le ranch familial.

— Le Triple C ? C pour Campbell ?

— Oui. C'est mon grand-père qui a fondé le ranch. Il avait trois fils. Moi, je savais depuis toujours que je voulais travailler avec les chevaux et, après mes études, je voulais revenir à Celebration. Mais Molly était attirée par la ville.

— J'adore les chevaux. Cela fait longtemps que je n'ai pas monté.

— Vous pourriez venir au ranch un de ces jours.

— Merci, j'en serais ravie.

Et elle plongea son regard dans les yeux bleus, si bleus d'Ethan tandis qu'ils dansaient lentement au son d'une ballade country. La chanson parlait d'un amoureux qui ne pouvait s'arrêter de regarder la femme qu'il aimait.

Dans un flash, Chelsea imagina Ethan en train de la déshabiller… Sentant toujours sa main sur ses reins, elle poussa la scène un peu plus loin et se vit faisant l'amour avec lui… Elle en eut la chair de poule et s'abandonna avec délice pendant quelques secondes à ce rêve éveillé.

Mais il fallait redescendre sur terre. Pour couper court à ses fantasmes, le meilleur moyen était encore de parler de son ex-femme.

— Excusez-moi, j'ai changé la conversation avec mes questions sur le ranch. Donc, vous vouliez rester à Celebration et vous vous êtes retrouvé à Chicago ?

— Oui. Molly a trouvé le job de ses rêves là-bas et nous sommes partis. Puis nous sommes revenus à Celebration et nous avons divorcé, dit-il en haussant les épaules, comme si cela devait forcément arriver. J'ai compris que l'on pouvait vivre à côté d'une personne sans pour autant la connaître. Je croyais que nous avions les mêmes aspirations, que nous voulions les mêmes choses. Mais je me trompais. Et je savais que l'un de nous deux en pâtirait si nous restions ensemble. Nous n'étions que des enfants quand nous nous sommes lancés dans la vie. On change après, vous ne pensez pas ?

Chelsea ne sut que répondre. Il n'y avait rien à répondre. Elle attendit qu'il continue mais il se tut, et ils poursuivirent leur danse en silence.

— Et vous ? Parlez-moi un peu de vous, reprit Ethan au bout de quelques minutes.

Elle savait que cette question allait venir, inévitablement. C'est ainsi que vont les choses. Quand deux personnes font connaissance, elles se livrent peu à peu, chacune à leur tour. Maintenant c'était à elle de dévoiler un pan de sa vie. Mais que pouvait-elle dire sur elle ? Elle n'avait qu'une envie en cet instant, c'était de fermer les yeux, d'enfouir sa tête contre l'épaule d'Ethan et de tout oublier.

Son anxiété fut à son comble quand elle vit le photographe officiel du mariage s'avancer sur la piste de danse entre les couples. Lucy l'avait reconnue, c'était déjà une catastrophe en soi. Elle ne voulait en aucun cas se retrouver dans l'album photo du mariage de Shay et Kyle !

— J'ai très envie d'un autre verre de vin, dit-elle en détournant le visage alors que le photographe arrivait à leur hauteur. Allons au bar et je vous raconterai tout ce que vous voudrez.

Enfin pas tout à fait, se garda-t-elle de préciser.

Pour l'instant, elle voulait à tout prix s'éloigner de ce maudit photographe.

Au bar, Ethan lui tendit un verre de vin rouge et se servit de l'eau gazeuse.

— Pas d'alcool ? demanda-t-elle, étonnée. C'est vous qui conduisez ce soir ?

— Oui. Et de toute façon, je ne bois pas d'alcool. Nous ne faisons pas bon ménage, la boisson et moi.

— Si cela vous ennuie, dit-elle en désignant son verre, je peux prendre de l'eau, moi aussi.

— Non, ce qui m'ennuierait, c'est que vous vous priviez du plaisir de boire un bon vin.

— Vous êtes sûr ?

Il hocha la tête.

— D'accord, dit-elle en trinquant avec lui.

C'était étrange de trinquer avec de l'eau, mais cela n'avait pas l'air de le gêner.

Et c'était étrange de voir ce cow-boy si grand, si viril, avec un simple verre d'eau à la main. Mais c'était courageux de sa part. Décidément, cet homme réservait bien des surprises. Il était sans doute beaucoup plus complexe qu'il en avait l'air, ce qui ne faisait qu'exciter sa curiosité. Elle avait encore beaucoup de choses à apprendre sur lui.

— Bien, je vous avais promis de parler de moi en échange d'un verre de vin, dit-elle. Que voulez-vous savoir ?

Au moment où il allait répondre, une demoiselle d'honneur s'interposa.

— Vous savez que vous êtes juste sous le gui ? dit-elle en pointant du doigt le plafond.

Ethan et Chelsea levèrent les yeux. C'était vrai, ils s'étaient mis sans le vouloir pile à la verticale d'une des grosses boules vertes.

— Un baiser ! Un baiser ! entonnèrent tous ceux qui se trouvaient autour d'eux.

Avant que Chelsea ait le temps de réaliser ce qui se passait, Ethan l'attira à lui et posa les lèvres sur sa bouche.

Ce fut un baiser très tendre, très doux, mais aussi très long. Il avait le goût du citron, mais aussi de quelque chose d'unique, qui n'appartenait qu'à Ethan… et qui était délicieux. Pendant quelques secondes, le monde entier disparut et il n'y eut plus qu'eux, la bouche d'Ethan sur la sienne, ses mains chaudes sur la peau nue de son cou…

Tous ses sens étaient en émoi et elle entendait le martèlement de son cœur dans sa poitrine. Quand elle repoussa Ethan, elle aperçut Lucy, son téléphone portable pointé sur eux.

— Souriez, dit-elle.

- 6 -

Le baiser l'avait bouleversée. Ébranlé toutes ses certitudes. Bien plus qu'elle n'aurait voulu l'admettre. Ce qui n'aurait pu être qu'un petit amusement avait déclenché un malaise et pénétré tout son être jusqu'au plus profond d'elle-même. Mais Chelsea n'avait pas eu le temps d'analyser ce cataclysme intérieur car, lorsqu'elle avait repris contact avec la réalité, elle s'était aperçue que tous les gens autour les regardaient, et qu'on les avait pris en photo à plusieurs reprises. Elle avait murmuré à l'oreille d'Ethan qu'elle devait retrouver Juliette et avait filé sans attendre sa réponse. Ethan n'avait pas cherché à la retenir. Lui aussi avait sans doute été perturbé par cette scène.

Lucy, en revanche, lui avait emboîté le pas.

— Venez, Chelsea, allons faire un tour dehors, proposa-t-elle en passant son bras sous le sien. Vous devez avoir besoin de prendre l'air.

Elles traversèrent le hall et sortirent dans le parc. Un peu plus loin, elles trouvèrent un banc près d'une fontaine et s'assirent. Elles étaient assez loin de l'entrée principale, personne ne pouvait les entendre, ni les serveurs ni les invités qui allaient et venaient. Le bruit de l'eau et celui des moteurs qui démarraient leur assuraient une intimité suffisante pour ce qu'elles avaient à se dire.

Lucy parla la première.

— Vous êtes Lady Chelsea Ashford Alden, hein ?

Dois-je vous faire une révérence ? Vous êtes de sang royal, n'est-ce pas ?

Chelsea étouffa un juron. Elle avait envie de vomir, comme à chaque fois qu'elle se retrouvait face à quelqu'un qui savait. Qui était témoin de son humiliation.

— Non, je ne suis pas une princesse.

— Mais vous avez un titre de noblesse.

— Oui, mon père est le comte de Downing. Lucy, qu'allez-vous faire avec ces photos ?

Lucy la regarda d'un air victorieux sans répondre.

— Effacez-les, je vous le demande.

— Pas question, elles sont super ! répondit Lucy en les faisant défiler sur son téléphone. Regardez.

Elle lui tendit l'appareil mais ne le lâcha pas.

Sur la première photo, Chelsea vit Ethan en train de l'embrasser. Elle ne put réprimer un petit soupir de soulagement en voyant que le visage d'Ethan masquait le sien. On ne distinguait que ses cheveux blonds et sa robe rouge. La seconde photo était hélas très parlante. Tous les deux faisaient face à l'appareil, les yeux écarquillés, comme des animaux pris dans les phares d'une voiture.

Il était évident que la femme qu'il embrassait sur la première photo était elle.

— Que comptez-vous en faire, Lucy ? demanda-t-elle avec angoisse.

— Je n'ai pas encore décidé.

— S'il vous plaît, par respect pour moi et votre frère, ne les mettez pas sur les réseaux sociaux.

Sa voix trahissait son désespoir, et elle s'en voulait. Mais si Lucy faisait circuler ces photos… Elle préférait ne pas y penser.

— Pourquoi pas ? répliqua Lucy, faussement innocente.

— Pour des raisons évidentes. Et vous savez parfaitement de quoi je parle.

Dieu du ciel, Lucy connaissait toute son histoire !

Allait-elle être obligée de la raconter une fois de plus ? Elle ne s'attendait pas à de la compassion de la part de la jeune femme, mais que cherchait-elle exactement ? S'amusait-elle juste à la torturer un peu, ou bien avait-elle des desseins plus noirs, comme lui extorquer de l'argent, par exemple ?

En proie à la panique, elle s'éclaircit la gorge, essayant de chasser la boule qui lui coupait presque la respiration.

— Écoutez, je suis venue à Celebration pour fuir la presse, expliqua-t-elle. Après ce qui est arrivé, j'ai besoin de me faire oublier pour essayer de reconstruire ma vie. Quand la vidéo que vous savez a été publiée, ma vie a été bouleversée, et ma famille a été très choquée. Si vous publiez ces photos, tout va recommencer. Vous ne pouvez pas me faire ça… Je ne veux pas revivre ce cauchemar.

— Mais ces photos sont très bonnes, et je n'ai jamais vu mon frère aussi heureux depuis des années.

— Il a l'air surpris, effrayé, mais pas heureux. Moi non plus d'ailleurs. Qu'attendez-vous au juste de moi, Lucy ? Vous voulez de l'argent ?

— Oh non, pour qui me prenez-vous ? Je veux juste que vous me conseilliez pour la grange.

— Je vous ai déjà aidée. Vous me faites du chantage ?

— Pourquoi croyez-vous ça ? rétorqua Lucy en la regardant avec de grands yeux innocents. Ça pourrait marcher, vous pensez ?

Chelsea la regarda à son tour avec étonnement, n'en croyant pas ses oreilles. Elle ne savait plus quoi dire.

Lucy dut remarquer sa détresse et se radoucit un peu.

— Je vous paierai pour votre travail, bien sûr, dit-elle. Je ne cherche pas à vous extorquer quoi que ce soit.

— Mais vous insinuez que, si je n'obtempère pas, vous publierez les photos de votre frère et moi sur Internet, c'est bien ça ?

— Je ne dirais pas ça comme ça.

— Eh bien moi, si. Et c'est une forme de chantage, c'est clair.

— Vous dramatisez un peu trop. Alors voilà ce que je propose. Je ne publie pas les photos, je ne révèle pas votre identité et, en échange, vous m'aidez à rénover la grange et à ouvrir ma salle. J'ai toujours pensé qu'entre amis on devait se rendre des services.

— Je ne crois pas que nous soyons amies.

— Bien sûr que si. Et nous le serons encore plus quand le travail sera terminé. Et il y a un bonus pour vous. Vous pourrez passer plus de temps avec mon frère. Vous formez un couple adorable, tous les deux.

Un couple ? Ce n'était pas parce qu'ils s'étaient embrassés une fois qu'ils étaient un couple. Elle eut envie de demander à Lucy ce qu'Ethan penserait de son petit jeu. Elle aurait pu aussi lui arracher le téléphone des mains et effacer elle-même les photos. Elle choisit toutefois de se placer sur un terrain plus officiel pour refuser l'offre de Lucy.

— Je n'ai pas le droit d'exercer ma profession sur le territoire américain, dit-elle. Mon diplôme n'est pas valable ici.

— Pas grave. Je ne vous demande pas de casser des murs. Juste des conseils en décoration intérieure.

— Mais vous parliez d'ajouter un étage au bâtiment. Cela, je ne peux pas le faire.

— Quelqu'un d'autre s'occupera de cette partie, Lady Chelsea.

— S'il vous plaît, n'utilisez pas ce nom.

— Pourquoi pas ? Moi, si j'avais un titre, j'adorerais que les gens m'appellent Lady Lucy. Bon, de toute façon, vous avez décrit exactement la vision que j'avais pour aménager la grange. Je ne vous demande pas de rester pour toujours, juste le temps des travaux. Je pense que c'est un marché correct, on est toutes les deux gagnantes.

Moi, j'ai ma grange, et vous, vous passez plus de temps avec Ethan.

Finalement, la proposition de Lucy n'était pas si farfelue, songea Chelsea. Elle devait reconnaître qu'elle était très tentée par le projet… et par la perspective de revoir Ethan. Enfin, surtout par le projet. Elle n'avait jamais eu l'occasion de suivre un processus de rénovation jusqu'au rendu final. Et puis, comme ça, elle ne resterait pas inoccupée pendant son séjour chez Juliette. Elle ferait même d'une pierre deux coups, rendant service à la fois à Lucy et à Juliette. En effet, cette dernière aurait un nouvel endroit à Celebration pour organiser ses mariages, plus près de chez elle. Et ses clients seraient ravis.

— Je veux bien accepter votre proposition, Lucy, mais il faut que vous me promettiez une chose.

— Pas de problème, dites-moi.

— Je vous demande de ne jamais vendre ou diffuser ces photos dans quelque média que ce soit. Je vous demande également de ne pas divulguer mon secret. Juliette est la seule à connaître mon identité, personne d'autre à Celebration ne doit savoir qui je suis et les raisons pour lesquelles je suis venue ici. Puis-je avoir votre parole ?

— Je ne peux pas promettre que personne d'autre ici ne lit les tabloïds anglais sur Internet. Mais je ne vous trahirai pas, je vous le promets. Je garderai pour moi ce que je sais et je ne ferai rien des photos.

En gage de sa bonne foi, Lucy conclut ses paroles en lui tendant la main. Chelsea regarda sans rien dire sa main tendue. Elle voulait la croire. Lucy semblait sincère malgré ses allures provocatrices.

Elle était peut-être naïve, mais elle accepta ce gage de bonne foi.

— Pour sceller notre pacte, dit-elle dans un esprit de bonne camaraderie, j'aimerais que vous effaciez ces photos devant moi.

Une lueur malicieuse passa dans les yeux de Lucy.

— Je vais faire mieux. Avant de les effacer de mon portable, je vous les envoie. Je suis prête à parier que dans pas longtemps vous serez heureuse d'avoir une photo de vous en train d'embrasser mon frère. Vous me donnez votre numéro ? De toute façon, j'en aurai besoin si nous travaillons ensemble. Et c'est une preuve de confiance mutuelle.

Tout en s'exécutant, Chelsea réalisa l'étrangeté de la situation. Son premier contrat en tant que designer indépendante était signé en échange de deux photos. Décidément, elle ne pouvait jamais rien faire comme les autres !

Un petit bruit annonça l'arrivée des photos sur son portable et elle vérifia qu'elle avait bien reçu les deux. Puis elle leva les yeux et, devant elle, Lucy envoya une à une les photos vers l'icône de la poubelle.

— C'est bon, elles ont disparu. Vous voulez vérifier vous-même ?

Chelsea prit le portable de Lucy et fit défiler l'album photo. Il y avait plusieurs selfies de Lucy faisant des grimaces, des photos avec des amies, quelques photos de la grange et, enfin, quelques images de la soirée la montrant avec Zane. Chelsea trouva qu'ils allaient bien ensemble.

Les deux photos d'Ethan et elle avaient bien été effacées. Elles n'étaient pas non plus dans le dossier des documents récemment effacés.

Elle rendit l'appareil à Lucy.

— Tout est bon ? lui demanda cette dernière.

Chelsea hocha la tête.

Lucy tapota de ses ongles vernis l'étui de son téléphone. Elle semblait vouloir dire quelque chose. Chelsea attendit sans rien dire.

— Vous savez, Chelsea, je ne voulais pas vraiment vous faire chanter. En fait, vous n'êtes pas obligée de faire ce travail si vous n'en avez pas envie.

— Je le fais de bon cœur, Lucy. Vous et moi, nous sommes un peu pareilles. Je sais que vous avez longtemps cherché votre voie. De plus, Juliette pense que ce projet peut vraiment marcher. Et en général, elle ne se trompe pas.

— Je vous remercie. Mais pourquoi pensez-vous que nous nous ressemblons ?

— Parce que, moi aussi, j'ai eu du mal à trouver ma voie. Et je sais ce que l'on ressent quand personne ne vous prend au sérieux, quand vous êtes le vilain petit canard de la famille.

Elle parla à Lucy de son frère et de sa sœur, qui avaient tous les deux bien réussi, et également du scandale de la vidéo qui avait affecté toute sa famille.

— Je ne voudrais pas être indiscrète, dit Lucy, mais il y a quelque chose que j'aimerais savoir. Pourquoi avez-vous laissé votre copain vous filmer si vous ne vouliez pas que ce soit diffusé sur Internet ? À notre époque, il faut se méfier de tout le monde, même de son amoureux.

— C'est vrai. Mais je ne savais pas qu'il filmait. Cela faisait quelque temps que l'on sortait ensemble, je n'aurais jamais pensé qu'il était capable d'un tel acte. Je lui faisais confiance. Comme je vous fais confiance aujourd'hui. Ai-je tort ?

— Oh non ! Vous pouvez me croire.

— Je l'espère, car si vous révélez mon identité et si la presse débarque à Celebration, je serai obligée de partir. Et je ne pourrai pas finir votre grange.

— Je comprends.

— Si la presse a vent de quoi que ce soit, même si ce n'est pas de votre fait, comprenez que je ne resterai pas ici. Je suis venue chez Juliette parce que je ne voulais pas me terrer chez moi dans mon appartement de Londres. Mais l'inconvénient de Celebration, c'est que c'est beaucoup plus petit que Londres, et il est plus difficile de rester anonyme.

— Je vous l'ai déjà dit, vous pouvez être tranquille, je ne

trahirai pas votre secret. Je saurai tenir ma promesse. Mais vous pouvez aussi vous confier à Ethan, c'est quelqu'un de très bon et il pourrait être un soutien précieux pour vous.

C'était exactement ce qu'elle craignait. Se laisser emporter par ses sentiments, prendre goût à ses baisers… et tout lui raconter. Non, ce n'était pas une bonne idée.

— Ah, vous êtes là.

La voix d'Ethan s'éleva dans la nuit, et Chelsea sursauta comme si elle avait vu le flash d'un appareil photo.

— Cela fait un moment que je vous cherche, toutes les deux. Tout va bien ?

- 7 -

Ethan n'arrêtait pas de penser à ce baiser. Cela s'était fait très spontanément, et Chelsea semblait avoir apprécié autant que lui. Mais ce maudit photographe avait tout gâché. En voyant le flash, elle avait pris peur. Plus tard, il l'avait retrouvée assise près de la fontaine avec Lucy, et elle lui avait demandé de la raccompagner chez Juliette car elle ne se sentait pas très bien.

Ils étaient restés silencieux pendant le trajet. Il se demandait s'il devait s'excuser pour le baiser. Mais si elle avait été vraiment en colère, elle ne lui aurait pas demandé de la ramener à Celebration.

Tandis qu'il réfléchissait à cette drôle de situation, Chelsea gardait les yeux fixés devant elle.

Où cachait-elle son tatouage ? se demanda-t-il soudain. À la manière dont elle avait réagi à la question de Lucy, il était sûr qu'elle en avait un.

Ils arrivèrent bientôt devant la maison de Juliette. Il se gara et descendit pour lui ouvrir la portière. Il avait une envie folle de l'embrasser encore, mais son instinct lui dit que ce n'était pas le moment. Il sentait qu'elle avait besoin d'être seule.

Il préféra lancer une plaisanterie.

— Vous voulez rentrer par où ce soir, par la porte ou la fenêtre ? Si vous choisissez la fenêtre, je peux vous faire la courte échelle. Je suis un gentleman.

— Vous savez parler aux femmes, Ethan Campbell, répondit-elle en brandissant un trousseau de clés.

L'espace d'un instant, à son regard, il crut qu'elle pourrait se laisser aller. Et même lui proposer d'entrer. Mais elle n'en fit rien.

— Et vous êtes un galant homme. Mais je vous remercie, je vais me débrouiller seule. Je vous souhaite une bonne nuit.

Très bien. Le message était clair. C'était sans doute mieux. Il ne cherchait pas à avoir une liaison en ce moment. Chelsea était de passage à Celebration et n'allait pas rester, de toute façon.

Il n'avait aucune idée de ce qui se passait dans sa jolie tête blonde, mais il était sûr d'une chose : le baiser lui avait plu. Donc, il ne lui était pas indifférent.

Ce soir, qu'il le veuille ou non, quelque chose s'était réveillé en lui. Un sentiment, des sensations qu'il n'avait pas éprouvées depuis très longtemps. Il ne cherchait pas à tomber amoureux, non, mais passer un peu de temps avec Chelsea pourrait peut-être le distraire de sa vie morne de célibataire. Car, sans vraiment se l'avouer, il souffrait de cette condition. Cela faisait cinq ans maintenant qu'il avait divorcé, et il avait arrêté de boire environ deux ans auparavant. Depuis, sa vie était calme mais monotone.

En embrassant Chelsea, il s'était soudain senti renaître. Cette femme était vivante, pétillante, vibrante. Qui sait, cela pouvait être contagieux ? Et puisqu'elle ne resterait pas longtemps, il ne risquait pas grand-chose à la revoir. Cela n'engageait à rien. Elle pourrait constituer un bon intermède, lui donner l'envie de repartir. Ce serait pour lui une manière de sortir de sa torpeur avant de prendre une nouvelle direction.

Mais il ne devait pas brusquer les choses.

*
* *

Le ranch Triple C était relativement récent comparé aux autres ranchs de la région. Il avait été fondé par son grand-père dans les années 1940. À son décès c'était son fils, leur père à eux trois, qui avait hérité des terres, mais aussi de la responsabilité de faire fructifier l'affaire pour la transmettre aux générations futures. Mais Leroy était plus porté sur la boisson que sur les affaires et, peu à peu, il avait sombré dans l'alcoolisme, incapable de s'occuper de son ranch. Son personnel, efficace et fidèle, avait pris le relais et maintenu l'affaire à bout de bras. Du moins en apparence. Car après l'accident de voiture dans lequel il avait trouvé la mort, et qui avait laissé sa femme paralysée, Ethan avait découvert que les finances du ranch étaient dans un état catastrophique.

Tout s'était écroulé autour de lui, ses parents, son ranch… Et petit à petit, sans s'en rendre compte, il s'était enfoncé dans la douleur et avait pris le même chemin que son père. Il avait commencé à boire et le ranch était parti à vau-l'eau.

Heureusement, il avait eu un sursaut et réalisé qu'il ne pouvait pas continuer sur cette voie. Avant de tout perdre, il avait décidé d'arrêter l'alcool.

Il n'avait pas toujours été aussi sérieux et sage dans sa vie. Il fut un temps où il n'aimait rien tant que de boire des verres avec des amis. Quand son couple avait commencé à battre de l'aile, il avait noyé son chagrin dans la boisson, refusant de voir la réalité en face. Mais c'était il y a longtemps. Aujourd'hui, il était un homme neuf. Il avait désormais une vie bien réglée, avec des horaires stricts. Fini les soirées jusqu'à point d'heure au bar, et les réveils la tête dans le seau. Il se levait tous les jours à 5 h 30, se lavait, s'habillait et commençait la journée avec une grande tasse de café. Une heure plus tard, il était dans son pick-up pour la visite quotidienne de son ranch. Les pâturages et les écuries étaient concentrés sur la parcelle dont il avait hérité, mais il aimait parcourir l'ensemble de la propriété, tant pour des raisons pratiques que sentimentales.

Il aimait parcourir la terre des Campbell non seulement pour l'incroyable beauté des paysages, mais aussi pour se rappeler qu'il n'avait pas été loin de tout perdre. Si jamais il était tenté de reprendre un verre quand il était fatigué, énervé ou un peu triste, il lui suffisait de sauter dans son pick-up et de partir admirer les belles terres qu'il avait reçues en héritage, et qu'il se devait d'entretenir en mémoire de son père et de son grand-père.

C'était plus efficace que n'importe quel programme de désintoxication. En tout cas, cela lui permettait de ne pas sombrer dans le défaitisme et de se remonter le moral instantanément.

Lors de sa tournée, les jours où il n'y avait rien de spécial, il vérifiait simplement ce qui pouvait poser un problème, comme la présence de prédateurs, une clôture arrachée, un cheval inquiet, une jument qui délaissait son poulain... Il faisait le point avec son assistant, et ce dernier agissait en conséquence.

En fin de matinée, il retournait dans son bureau où il passait une heure ou deux à répondre à ses mails. Ensuite il regardait les résultats des courses de chevaux de la région pour voir les performances des animaux qui venaient de son élevage, et relisait les comptes rendus des vétérinaires concernant les juments qui allaient mettre bas, ainsi que le programme de reproduction.

Ce lundi matin, à 9 heures, il avait fini sa tournée. Il passa à la cuisine pour prendre une thermos de café et quelques muffins qu'Allison, sa comptable, avait apportés le matin même. Puis il remonta dans son pick-up et prit le chemin de la grange de Lucy.

Samedi dernier, quand il avait raccompagné Chelsea,

elle avait dit qu'elle y serait pour aider Lucy à commencer les travaux.

Avec elle, il était resté sur une impression mitigée. C'était peut-être le début d'une histoire, mais il la sentait fragile. Au moindre faux pas de sa part, Chelsea pouvait se rétracter et se fermer comme une huître. Il fallait y aller sur la pointe des pieds.

Donc, il ne s'était pas manifesté depuis samedi.

Aujourd'hui était un nouveau jour et il avait un bon prétexte pour la revoir. Il fallait qu'il parle avec elle du projet de Lucy avant que celle-ci ne se lance dans des travaux trop grandioses.

Mais, en réalité, il pensait plutôt à ses lèvres douces et à son mystérieux tatouage…

Chelsea sursauta en entendant la porte de la grange s'ouvrir derrière elle.

Elle se retourna et vit Ethan qui venait à sa rencontre avec deux tasses fumantes et un petit sac en papier à la main.

— Bonjour, dit-il. Je savais que je vous trouverais ici.

— Bonjour, répondit-elle en saisissant la tasse qu'il lui tendait. Oui, nous commençons les travaux aujourd'hui. Qu'est-ce qui vous amène ?

— Je vous apporte une petite collation.

— Oh ! C'est gentil. Vous tombez bien, j'allais justement prendre une pause. Je suis là depuis 7 heures.

— Vous êtes seule ?

— Oui.

— Où est Lucy ? Pourquoi n'est-elle pas avec vous ?

— Elle va arriver un peu plus tard.

Lucy lui avait envoyé un texto la veille au soir, lui annonçant une bonne nouvelle. Après son départ, samedi, Lucy était retournée à la réception et était tombée sur un certain Connor Bryce, un vieil ami de la famille. Avec sa fiancée, ils avaient décidé de se marier. Lucy leur avait alors parlé de sa future salle des fêtes, qu'elle envisageait de louer pour des mariages. Elle devait les rencontrer ce matin à 8 heures pour en discuter avec eux. Comme tout était nouveau et encore un peu secret, Lucy lui avait demandé de ne pas parler de ce rendez-vous. Ni à Juliette ni à Ethan. Chelsea lui avait assuré qu'elle pouvait se débrouiller sans elle à la grange. Lucy avait raison de commencer à chercher des clients pour sa future salle, il ne fallait pas laisser passer une telle occasion.

Elle ne connaissait encore pas très bien Lucy mais, si on oubliait l'épisode du pseudo-chantage, cette attitude dynamique prouvait qu'elle était beaucoup plus responsable que ce qu'on lui avait laissé entendre. Bien sûr, il fallait voir ce que cela donnerait avec le temps. Mais tout était à créer, et Lucy montrait là une réelle volonté de prendre les choses en main.

— Ça commence mal, marmonna Ethan. Le projet est à peine lancé que ma sœur est déjà aux abonnés absents.

— Ne soyez pas si dur avec elle. Tout va bien. Et j'apprécie aussi d'être seule, cela me permet de réfléchir.

— Je vous dérange alors ? demanda-t-il avec une petite grimace.

Chelsea ne sut s'il plaisantait ou non. Sous ses dehors placides, Ethan avait un humour pince-sans-rire et ses remarques pouvaient être blessantes. Mais, au moins, il avait le sens de l'humour.

— Je ne sais pas…, répondit-elle sur le même ton. Tout dépend de ce que vous m'apportez, précisa-t-elle en désignant le petit sac en papier qu'il tenait serré dans sa main gauche.

— Rien ne vous échappe, je vois, dit-il en souriant. Ce sont des muffins faits par Allison, la comptable du ranch. Ils sont délicieux. Au chocolat et aux noix de pécan. Servez-vous.

— Mmm, j'en ai l'eau à la bouche, dit Chelsea d'un air gourmand.

Elle en prit un et lui rendit le sac.

— Nous devrions nous asseoir pour déguster cette collation, suggéra-t-elle. Vous avez un peu de temps ?

— Je vais le prendre.

Chelsea sentit son cœur faire un petit bond dans sa poitrine. Ethan lui avait apporté du café et des muffins, et il prenait un peu de temps pour rester avec elle…

— Asseyons-nous ici, dit-elle en désignant une vieille malle de l'armée entreposée dans un coin.

C'était tout ce qui restait dans la grange, avec une échelle, un établi et une vieille pelle.

La malle n'était pas très grande, et leurs genoux se frôlèrent lorsqu'ils s'assirent. Aucun des deux ne fit mine de s'écarter.

Ils s'installèrent dans un silence complice et burent leur café. Ethan avait raison, les muffins étaient délicieux, moelleux à souhait.

— Je me régale, dit Chelsea. Votre comptable doit être une femme merveilleuse, vous devriez l'épouser !

— Pourquoi pas… Mais elle pourrait être ma mère. La différence d'âge ferait jaser dans le coin, les gens ne comprendraient pas.

— Ah…

— Je reviens à Lucy. Cela m'ennuie vraiment qu'elle ne soit pas là. C'est un manque de respect pour vous.

Chelsea se tourna vers lui. Sa jambe se colla un peu plus contre la sienne. Elle eut l'impression que toute sa chaleur se diffusait dans son corps… et elle ne bougea pas d'un centimètre.

— Puis-je vous demander une faveur, Ethan ?

— Bien sûr.

— Faites confiance à votre sœur. Laissez-la faire ses preuves. Vous verrez, vous allez être agréablement surpris. Enfin j'espère.

Il la regarda un long moment. Elle lisait presque le cheminement de sa pensée sur son visage.

— Depuis le début, vous la soutenez, dit-il. C'est une habitude chez vous de prendre la défense des opprimés ?

— Je pourrais vous retourner la question. C'est une habitude chez vous de toujours voir le pire chez les gens ? En fait, je crois que vous êtes particulièrement dur pour votre petite sœur. Lucy est tout à fait capable d'être à la hauteur de vos attentes mais, pour cela, il faut lui faire confiance, croire en elle.

— Je suis juste réaliste.

— Je comprends. Dans ma famille, c'était moi qui étais l'opprimée, comme vous dites. Quoi que je fasse, tout le monde m'attendait au tournant. Je sais ce que c'est.

Elle s'arrêta, partagée entre le désir de convaincre Ethan et la peur de trop en dire.

— Enfin, je veux juste dire que je comprends ce que ressent Lucy, précisa-t-elle. On ne peut pas réussir ce que l'on entreprend quand personne ne croit en vous, quand vous êtes dévalorisé en permanence.

Le regard d'Ethan se perdit au loin, comme s'il réfléchissait à ses paroles. Elle s'attendait à être renvoyée dans les cordes : de quel droit se permettait-elle de donner des conseils alors que sa propre vie était un véritable chaos ? Mais non, Ethan ignorait tout cela et c'était mieux ainsi. Lucy avait tenu parole sur ce point.

— Si je suis un peu dur avec ma sœur, c'est que je me fais du souci pour elle. Je ne veux pas qu'il lui arrive quelque chose.

Il tendit la main vers elle et arrangea une mèche de cheveux qui s'était échappée de sa queue-de-cheval. Elle crut qu'il allait se pencher vers elle et l'embrasser. Comme l'autre jour, au mariage. Mais il n'en fit rien. Pourtant, aujourd'hui, ils étaient seuls dans la grange. Pas de gui. Personne pour les encourager. Pas d'appareil photo pour les surprendre. Ils étaient seuls, face à eux-mêmes. Que craignait-il alors ? Qu'est-ce qui l'arrêtait ?

Entre eux, il n'y avait eu qu'un baiser. Mais ce souvenir la hantait. Lorsqu'elle était seule, elle se remémorait la douceur des lèvres d'Ethan, la chaleur de son corps contre le sien… Pendant les quelques secondes qu'avait duré cet instant magique, elle avait tout oublié, tout, même la trahison de Hadden.

Et aujourd'hui, ils étaient là, à discuter de la pluie et du beau temps, comme s'il ne s'était jamais rien passé entre eux.

Ce n'était pas le moment pour elle de s'engager dans une nouvelle liaison. Pourtant, s'il l'embrassait maintenant, elle se laisserait faire.

Mais ce fut le moment que choisit Lucy pour faire son apparition.

— Chelsea ? Oh Ethan ! Super ! Vous êtes là tous les deux.

Son exubérance brisa le charme qui s'était installé entre eux. Instinctivement, ils s'éloignèrent l'un de l'autre.

— J'ai une grande nouvelle ! annonça Lucy.

À voir la joie débordante de Lucy, Chelsea devina que l'entrevue avec le couple s'était bien passée.

— On vous écoute, dit-elle. Ne nous faites pas attendre.

Lucy lui adressa un regard entendu, mais fit comme si elle n'était pas au courant du rendez-vous de ce matin.

— Tenez-vous bien… Ethan, tu peux ranger tes doutes au placard. J'ai mes premiers clients pour la future salle ! Je vais l'appeler « Mariez-vous à la ferme » ! Ça vous plaît ? Il fallait absolument que je trouve un nom, car tout s'accélère maintenant.

— Racontez-nous, dit Chelsea. On veut tous les détails !

Elle jeta un œil vers Ethan, qui restait de marbre, dubitatif devant l'excitation de Lucy.

— Ethan, Connor Bryce et sa fiancée seront mes premiers clients, déclara Lucy. Ils sont d'accord pour que leur mariage ait lieu dans notre grange. Ils vont venir voir l'endroit la semaine prochaine.

Ethan tressaillit.

— La semaine prochaine ? s'exclama-t-il. Tu plaisantes, j'espère ! Bravo pour les avoir convaincus, c'est super, mais tu ne crois pas qu'ils vont prendre peur en voyant l'état de la grange ?

Lucy secoua la tête.

— Je les ai avertis. Ils savent que la rénovation commence à peine. Ils m'ont promis qu'ils feront preuve d'imagination, et moi je leur ai promis une réduction sur le prix.

Chelsea et Lucy retinrent leur respiration en attendant la réaction d'Ethan. Un lourd silence s'installa.

— Vous avez fixé une date ? demanda-t-il.

— Oui. Ils veulent se marier le mois prochain.

— Le… ? Impossible, décréta Ethan. Comment veux-tu remettre cette ruine en état en un mois ? Si vous vous en tenez à votre projet, il faudra au moins six mois. Vous n'avez même pas encore fait les plans, et vous n'avez pas encore le permis de construire. Je ne vois vraiment pas comment nous allons faire.

Même s'il était pessimiste, il avait dit « nous », et c'était bon signe, nota Chelsea.

— Je pense que l'on peut y arriver, intervint-elle. Je ne suis pas habilitée à travailler ici, mais je peux au moins dessiner les plans, et on peut demander à un architecte de les finaliser et de les signer. Cela devrait suffire pour obtenir le permis de construire. Du moins d'après ce que j'ai lu sur la loi en vigueur dans votre État.

Une fois encore, Chelsea et Lucy retinrent leur respiration, redoutant la réaction d'Ethan. Bien sûr, Lucy n'avait pas besoin de l'accord d'Ethan, elle était chez elle, sur sa propriété. Mais Chelsea sentait bien que, pour l'un comme pour l'autre, l'unité familiale n'était pas un vain mot.

Le visage d'Ethan se radoucit.

— Combien de temps vous faut-il pour dessiner les plans, Chelsea ? demanda-t-il.

— Une fois que nous nous serons mises d'accord avec Lucy sur l'aménagement, je n'aurai besoin que d'une journée. J'ai un logiciel pour ça sur ma tablette.

— Bien entendu nous vous paierons, dit-il.

— Je ne sais pas si c'est légal, je ne peux pas émettre de facture ici. Considérez que c'est un cadeau, un geste commercial.

— Bien, je crois que nous sommes obligés d'accepter, répondit-il, l'air toutefois un peu sceptique. Prévenez-moi quand les plans seront prêts et je prendrai contact avec la mairie pour l'obtention du permis de construire. Je dois vous laisser maintenant, le travail m'attend. Il faudra que nous parlions, tous les deux, ajouta-t-il en s'adressant à Chelsea.

Puis, se tournant vers Lucy :

— Je suis fier de toi, petite sœur.

Une fois Ethan parti, Lucy poussa un cri de joie et se mit à sauter dans tous les sens.

— Je n'arrive pas à y croire ! s'exclama-t-elle. Il faut que je me pince pour être sûre que je ne rêve pas !

Chelsea lui sourit.

— Vous ne rêvez pas, Lucy. Vous avez gagné. Maintenant, la balle est dans votre camp, à vous de jouer.

Lucy regarda autour d'elle, comme pour évaluer l'ampleur de la tâche.

— Quand je suis arrivée tout à l'heure, vous aviez l'air d'être vraiment bien, Ethan et vous, s'écria-t-elle soudain. Je vous l'avais dit, notre accord est gagnant-gagnant.

— Je ne vois pas du tout de quoi vous voulez parler, répliqua Chelsea. Quoi qu'il en soit, le projet est en marche !

— Lequel ? demanda Lucy, une lueur de malice dans les yeux. La rénovation de la grange ou votre histoire avec Ethan ?

- 8 -

En sortant de l'hôtel de ville, Chelsea et Ethan s'arrêtèrent sur les marches, aveuglés par le brillant soleil du matin.

Chelsea était vraiment une personne de parole, se dit Ethan. Avec Lucy, elles avaient conçu un plan de rénovation assez simple, requérant peu de constructions lourdes. En s'y mettant tous et en travaillant d'arrache-pied, la nouvelle salle pouvait être prête en quelques semaines.

Chelsea avait préparé les plans en un temps record. Lucy avait convaincu un ami architecte de les valider. Ce dernier avait signé et tamponné les documents, puis Ethan et Chelsea s'étaient rendus à la mairie avec les épreuves pour déposer la demande de permis de construire. Lucy avait proposé de venir aussi, mais Ethan avait inventé un prétexte pour l'en dispenser, car il avait très envie d'être seul avec Chelsea.

L'employé de mairie avait promis que l'autorisation arriverait assez vite. La commission d'aménagement se réunissant le jeudi, ils auraient la réponse le lundi suivant au plus tard.

La procédure était lancée, ils n'avaient rien d'autre à faire qu'à attendre.

— Ça s'est bien passé finalement, dit Chelsea. Cela n'a pas l'air trop compliqué.

Ethan sentit son parfum, léger et floral, venir lui titiller les narines tandis qu'ils marchaient côte à côte sur le trottoir de la rue principale.

— Ne crions pas victoire trop vite, fit-il remarquer. On se sait jamais, avec l'administration.

Chelsea fronça le nez. Ethan adorait cette grimace.

— Vous pensez qu'il peut y avoir un problème ? demanda-t-elle, soudain inquiète.

— Non, j'espère que tout ira bien. Mais il y a deux parties distinctes dans notre requête. D'un côté, nous demandons l'approbation du plan de rénovation que vous avez eu la gentillesse de concevoir pour Lucy et, de l'autre, il s'agit d'un changement d'usage car, jusqu'à présent, la grange avait un usage privé uniquement. Mais je pense que cela devrait passer, car le ranch Triple C a déjà une activité commerciale. Même si, évidemment, c'est une activité d'un autre ordre, puisque c'est de l'élevage. Mais cela pourrait créer un précédent, on se sait jamais.

— Espérons-le. Vous avez l'air d'être connu à la mairie. Cela devrait nous aider.

Ethan était content que Chelsea le voie sous un jour nouveau. Leur première rencontre avait été plutôt mouvementée et il tenait à corriger l'image défavorable qu'elle avait pu avoir de lui. Elle était trop polie pour le dire mais elle avait dû penser qu'il n'était pas très aimable, et même un peu rustre. Évidemment, il l'avait surprise en train de rentrer par effraction chez Juliette. Mais avec le recul, il trouvait qu'il avait été trop agressif.

Chelsea Allen produisait un drôle d'effet sur lui. Face à elle, il avait envie de sortir de sa coquille, mais il se trouvait maladroit, rigide. Au diable les principes ! se dit-il. Il fallait vivre aussi, et prendre du plaisir. Avec Chelsea, il avait l'impression de retrouver le goût des choses.

L'hôtel de ville était situé non loin du grand parc de Celebration. De l'autre côté de l'immense pelouse luxuriante, Ethan aperçut des stands qui vendaient des sandwichs.

— Vous avez faim, Chelsea ?

— J'ai toujours faim.

— Ce sont des nouveaux stands, j'ai entendu dire que c'était très bon. On tente ?

— Je n'ai pas d'argent sur moi. Une autre fois peut-être ?

— Non, ce serait dommage. Je vous invite.

Qui avait dit qu'il n'était pas spontané ? Lucy le lui reprochait sans cesse, mais elle avait raison. Elle lui avait tendu un miroir et il s'était vu, avec ses défauts.

Après son divorce, il s'était laissé aller. Mais le temps avait passé, et aujourd'hui il se sentait un homme neuf. Il était temps de sortir de son antre et de croquer la vie à pleines dents.

Il sourit à Chelsea. Pour la première fois depuis longtemps, il se sentait étrangement léger.

Ils marchèrent jusqu'aux stands, leurs bras se frôlant par intermittence. Ils achetèrent des hamburgers et des donuts puis s'installèrent sur un banc pour manger. La discussion allait bon train, passant d'une chose à l'autre, sans véritable fil conducteur.

— Vos parents vivent à Londres ? demanda Ethan.

Elle s'essuya le coin de la bouche avant de répondre :

— Non, un peu en dehors de la ville, dans un quartier appelé Longbridge. Mais ils voyagent beaucoup.

— Et vous avez des frères et sœurs, si je ne me trompe pas ?

— Oui, deux frères et une sœur. Je suis la dernière.

— Que font-ils dans la vie ?

Elle réfléchit un instant.

— Ma sœur travaille dans la mode. L'un de mes frères est un médecin très brillant. Et l'autre… est dans l'administration.

— Alors vous devez connaître toutes les arcanes du système, puisque vous avez un fonctionnaire dans la famille.

— Non, je n'y connais rien. Et je pense que les lois

d'urbanisme sont très différentes entre l'Angleterre et les États-Unis.

— Sans doute, oui. Vos parents sont à la retraite ? Vous avez dit qu'ils voyageaient beaucoup.

Elle rit.

— C'est un interrogatoire de police ? répliqua-t-elle.

— Non, pas du tout. Je veux juste vous connaître un peu mieux. J'essaie de démêler les mystères de Chelsea Allen.

— Les *mystères* ?

— Oui, vous êtes une énigme.

— Qu'est-ce qui vous fait dire ça ?

— Une impression, comme ça… Je crois que vous cachez des choses et que j'ai encore beaucoup à découvrir sur vous.

Chelsea lui sourit. On aurait dit un ange. Mais les anges n'embrassaient pas les hommes sur la bouche, et n'avaient pas de courbes tentatrices qui faisaient perdre la tête à ces derniers.

Non, Chelsea Allen n'était pas un ange, mais il ne pouvait s'empêcher de penser que c'était elle qui allait donner un nouvel élan à sa vie. Grâce à elle, il allait enfin sortir de l'ornière où il s'était enfoncé depuis cinq ans.

— Vous savez de quoi j'ai envie ? dit Chelsea.

— Non, dites-moi.

— J'aimerais faire de la balançoire. J'adorais ça quand j'étais petite.

— Allons-y.

Ils se levèrent et se dirigèrent vers les jeux d'enfants, vides à cette heure-là.

— Je vous ai beaucoup parlé de moi, Ethan. À votre tour maintenant. Parlez-moi de vous.

— Que voulez-vous savoir ?

— Tout.

Leurs regards se croisèrent et Ethan esquissa un sourire, révélant une fossette sur sa joue gauche. C'était charmant. Chelsea se dit qu'elle pourrait passer des heures à regarder cette fossette. Parfois, il ne fallait pas grand-chose pour se sentir heureux.

— J'ai divorcé il y a cinq ans, dit-il. Pendant trois ans, on peut dire que j'étais au fond du trou. Mais je vais mieux maintenant, j'ai complètement arrêté l'alcool.

Ils s'installèrent chacun sur une balançoire et se tournèrent pour se faire face.

— Depuis quand vos relations avec votre ex-femme sont-elles redevenues normales ? Vous avez dit l'autre jour que vous étiez amis désormais.

— C'est vrai. Paradoxalement, nos relations sont bien meilleures que quand nous étions mariés. En fait, nous ne voulions pas les mêmes choses dans la vie, mais nous l'avons compris trop tard. Et c'est depuis que je ne bois plus que nous nous sommes rapprochés.

Chelsea ne fit aucun commentaire, ne posa aucune question. Il parlait avec franchise de son combat contre l'alcool, et elle avait envie qu'il aille plus loin. Alors elle lança les jambes en avant pour prendre de l'élan et se mit à se balancer, attendant la suite des confidences.

— J'ai commencé à boire quand nous sommes partis vivre à Chicago, reprit-il.

— Molly travaillait dans un laboratoire pharmaceutique, c'est bien ça ? Et vous ?

— Je bossais pour une entreprise agricole dans le secteur de l'alimentation. Rien de passionnant, mais je couvrais un énorme secteur dans le Nord-Ouest. Et donc je me déplaçais beaucoup.

Il se leva, se mit derrière elle et l'attrapa par la taille. C'était très agréable de sentir ses mains sur elle, mais il se contenta de la pousser. Elle arrêta de lancer ses jambes pour aller moins haut, car elle ne voulait pas perdre une miette de ce qu'il disait.

— Quand j'étais sur la route, je prenais juste deux ou trois bières le soir, parfois un peu plus, expliqua-t-il. Quand Molly n'était pas là, je retrouvais systématiquement des amis pour boire. Et quand elle était là, on buvait ensemble. Je pense que l'alcool m'aidait à calmer mes angoisses. Je détestais Chicago, mais je restais pour elle.

Tout en parlant, il continuait à la pousser. À chaque fois qu'elle sentait ses mains sur son dos, elle éprouvait un délicieux frisson tout à fait agréable, ma foi.

Elle ne voulait pas en rester là. Elle voulait qu'il l'embrasse à nouveau. Serait-ce aussi magique que la première fois ?

— Je ne vous imagine pas dans une grande ville. Vous êtes un homme des grands espaces.

— Effectivement. Nous n'avions pas prévu de quitter le Texas quand nous nous sommes mariés avec Molly. Nous nous connaissions depuis le lycée, nous avions fait nos études ensemble, et j'étais censé revenir à Celebration pour travailler avec mon père au ranch et prendre sa succession. Molly se serait occupée de la comptabilité. Puis nous aurions eu des enfants. Bref, le schéma classique. Mais tout cela doit paraître terriblement ennuyeux pour quelqu'un qui a grandi dans une ville comme Londres.

Elle tourna la tête vers lui en serrant la chaîne de la balançoire.

— Non, ne croyez pas cela. J'aime bien votre petite ville. C'est reposant.

— C'est vrai. Mais au bout d'un moment, vous allez tourner en rond, croyez-moi, assura-t-il.

— C'est votre cas ?

— Moi, non. J'ai mes racines ici et je ne me vois pas vivre ailleurs. Je ne suis pas contre les voyages, mais ma maison est ici. Au début, Molly aussi voulait vivre à

Celebration, y élever nos enfants. Mais finalement elle s'est plu à Chicago, et elle aimait son travail.

— Les gens changent, parfois, murmura Chelsea en ralentissant le mouvement de balancier. Pensez-vous vous remarier un jour ?

— Je ne sais pas. Le mariage, c'est compliqué. Ce n'est pas le conte de fées que l'on nous présente souvent. Nous sommes tous des humains, avec nos qualités mais aussi nos défauts, nos errements. Mais c'est ça qui nous fait grandir. Et si vous ne grandissez pas, vous stagnez. Le problème dans le couple, c'est que l'on n'évolue pas forcément de la même manière ni au même rythme. On peut même partir dans des directions totalement opposées. Et un jour on se réveille à côté d'une personne que l'on ne reconnaît pas.

— Quand avez-vous décidé de quitter Chicago ?

— Nous y étions depuis quelques années quand mes parents ont eu leur accident de voiture. Mon père a été tué sur le coup et ma mère est restée paralysée. Lucy avait quatorze ans. Alors Molly et moi avons tout quitté et nous sommes rentrés à Celebration. Molly s'est très bien occupée de Lucy et de ma mère, mais ce n'était pas ce qu'elle voulait. Puis ma mère est morte à peine un an plus tard.

Chelsea freina avec ses pieds et se tourna vers lui.

— Je suis désolée…

Il ne dit rien. Que pouvait-on dire ?

— Molly est retournée à Chicago après ? demanda-t-elle.

— Oui. Nous avions prévu de rester au ranch le temps que ma mère se remette. Elle n'était paralysée que des jambes, elle avait l'usage de ses bras. Molly était sûre qu'elle allait retrouver son autonomie. Mais l'état de ma mère s'est dégradé, et…

Il fit une pause, visiblement bouleversé par ces douloureux souvenirs.

— Ma mère ne s'est jamais remise de la mort de mon père. Lucy dit qu'elle est morte de chagrin.

— C'est sans doute vrai.

— Quand elle est morte, je ne pouvais pas abandonner Lucy, elle venait de fêter ses quinze ans et entrait au lycée. Jude, lui, s'était lancé dans le rodéo professionnel. Et moi, il me restait le ranch. Mais c'était ce que je voulais. Lucy avait besoin de moi, cela donnait un sens à ma vie. Le laboratoire de Chicago a accepté de reprendre Molly. Nous avons essayé pendant quelques mois de vivre ainsi, à distance. Mais nous nous sommes vite rendu compte que ce n'était pas possible et nous avons décidé de divorcer. Je me suis enfoncé dans l'alcool, j'ai passé trois années de déprime. Je n'aurais pas aimé vous rencontrer, à cette époque. Aujourd'hui je m'en suis sorti.

Chelsea avait les larmes aux yeux. Elle ne savait quoi dire.

Ethan Campbell était un homme bon. Il était fort et solide. Il avait traversé de rudes épreuves, il avait combattu ses démons avec courage. Malgré tout ce qu'il avait vécu, il ne manifestait aucune amertume et n'en voulait à personne. Il s'occupait de sa famille, de ses voisins et de la communauté. Il avait de bonnes relations avec son ex-femme.

Il lui avait ouvert son cœur alors qu'elle, de son côté, n'avait fait qu'effleurer les choses. En comparaison, sa vie était bien fade. Qu'avait-elle à lui raconter ? *J'ai eu pas mal de petits copains. Le dernier en date, en qui j'avais toute confiance, m'a trahie. Mes parents m'ont chassée quand ils ont découvert la vidéo sur Internet, ils ne veulent plus me voir. Et Chelsea Allen n'est pas mon vrai nom.*

Sa vie tenait en quelques lignes. Et quelles lignes !

Ethan serait-il aussi prévenant s'il découvrait l'histoire sordide qui l'avait amenée jusqu'ici ? Oui, tel qu'elle le voyait, il en serait capable.

Pour l'instant, il la regardait comme si elle était une déesse. Elle ne supportait pas l'idée que son regard sur elle puisse changer.

Dès qu'elle aurait remis de l'ordre dans sa vie, elle quitterait Celebration. Mais cet homme lui donnait envie de changer. Pour lui, elle voulait devenir meilleure. Pouvait-on lui reprocher de vouloir prendre un nouveau départ et laver toutes les taches de son passé ? N'avait-elle pas le droit à l'oubli ?

— Le destin prend parfois des chemins inattendus. Vous croyez au destin, Ethan ?

— Je ne sais pas. Peut-être.

Ses bras se resserrèrent autour de sa taille, et elle sentit ses lèvres effleurer sa joue. Elle tourna le visage et rencontra son regard, bleu comme un ciel d'été, brûlant de désir.

Son cœur se mit à battre à toute allure.

Elle ne sut pas qui bougea le premier, mais l'instant d'après, leurs lèvres se rencontraient… Elle l'attira contre elle, et le monde disparut.

S'embrasser fut pour eux à la fois nouveau et familier, comme s'ils se connaissaient depuis toujours. Leur baiser avait le goût de l'espoir et du chagrin.

En l'espace de quelques battements de cœur, elle entrevit un million de possibilités, toute une vie en couleur qui laissa une empreinte indélébile dans son esprit.

Tout ce qu'elle avait à faire, c'était de lui raconter simplement ce qui lui était arrivé. Elle lui devait la vérité. Mais elle avait tellement peur qu'il la quitte en l'apprenant…

Pourtant il fallait le faire, maintenant. Plus elle attendrait, plus ce serait difficile. Mais quelque chose la retenait encore.

Ethan laissa aller sa tête contre elle. Elle respira son parfum familier, savon et cuir, après-rasage citronné, un parfum terriblement attirant. Le désir, entêtant, irrésistible, la gagna. Les mains râpeuses d'Ethan sur la peau fine de son cou la rendaient folle.

Il l'embrassa encore, allumant en elle un feu violent. Tant qu'ils s'embrassaient, ils ne parlaient pas, et tant qu'ils ne parlaient pas, elle n'avait pas à lui avouer la vérité.

Pas encore.

Elle se sentait fondre sous sa bouche. Elle ne voulait plus qu'une chose : sentir son corps contre le sien, ne faire plus qu'un avec lui.

Mais bientôt ils revinrent à la réalité. Elle se demanda ce qu'il ressentait et le regarda sans rien dire. Ses yeux bleus semblaient plus sombres, brouillés par le désir. Mais c'était peut-être le fruit de son imagination tant elle espérait que ce baiser l'avait troublé autant qu'elle.

Après ce qui lui était arrivé avec Hadden, elle croyait qu'aucun homme ne pourrait percer la carapace qu'elle s'était forgée. Elle ne se remettrait pas d'une nouvelle déception.

— Dois-je m'excuser pour ça ? murmura Ethan en lui caressant les cheveux.

Leurs visages se touchaient presque et leurs lèvres ne demandaient qu'à se joindre à nouveau.

— Oh non !

— Tant mieux. Parce que je ne me sens pas en faute.

— Et moi je ne suis pas fâchée. Alors ne vous excusez surtout pas.

Elle se mordit la lèvre.

— Pour tout vous dire, je rêvais de ce baiser, précisa-t-elle. Vous pouvez recommencer quand vous voulez.

Armée d'une tête-de-loup fabriquée avec un rouleau de peinture à long manche et un chiffon enroulé autour du rouleau, Chelsea grimpa sur l'échelle pour nettoyer les poutres de la grange. La hauteur de l'échelle prolongée par le manche du rouleau lui permettait d'atteindre les recoins jusque sous le toit.

L'endroit n'avait pas été utilisé depuis des décennies. Et vu l'épaisseur des toiles d'araignée, il y avait fort à parier que, même à l'époque où le bâtiment était en service, personne n'avait nettoyé le plafond. L'homme qui avait été embauché pour le nettoyage avait dû partir un peu plus tôt pour amener son fils à son entraînement de foot. Il lui avait proposé de rester pour terminer, mais Chelsea avait insisté pour qu'il parte.

Comme il était payé à l'heure, elle faisait faire des économies à Lucy.

Ce week-end, Juliette était partie pour son travail. Chelsea s'occupait de la maison et de Franklin. Elle lui avait laissé un peu à manger ce matin puis était venue à la grange. Normalement, son travail de designer ne comportait pas les tâches de nettoyage, mais ce n'était pas grave. Elle était contente d'être occupée.

La maison de son amie était agréable et confortable, mais elle n'aimait pas rester à rien faire. Autant se rendre utile plutôt que de tourner en rond enfermée entre quatre murs. En prime, elle avait plus de chance de croiser Ethan en allant à la grange qu'en restant assise devant la télévision…

Elle ne l'avait pas vu depuis la veille, quand il l'avait ramenée chez Juliette après leur promenade au parc. Tous deux étaient encore troublés par ce qui venait de se passer et ils s'étaient séparés sans rien prévoir pour la suite.

Il avait dit qu'il devait retourner au ranch, ce qui l'arrangeait. Elle avait besoin d'être seule pour mettre de l'ordre dans ses pensées.

Il lui suffisait de fermer les yeux pour sentir le baiser d'Ethan sur ses lèvres, et le désir qui faisait son chemin jusqu'aux endroits les plus intimes de son corps. Elle avait déjà envie de le revoir.

Quand elle reprenait ses esprits, le bon sens lui disait qu'il fallait se calmer et que ce n'était pas le moment de perdre la tête pour un beau cow-boy.

Mais au diable le bon sens ! Ethan lui plaisait, et elle lui plaisait. Ils étaient des adultes consentants. Pourquoi ne pas se faire plaisir ? Pourquoi se refuser la possibilité d'une liaison pendant son séjour à Celebration ? Elle qui refusait d'endosser le rôle de la victime trouverait là l'antidote parfait à tous ses malheurs.

Et s'il lui prenait l'idée de filmer leurs ébats ?

Non, les gens normalement constitués ne faisaient pas ça.

Ethan était ami avec son ex-femme. Il n'avait pas cherché une quelconque vengeance après leur divorce. Il ne l'avait pas humiliée, n'avait pas rejeté la faute sur elle.

Elle se souvint d'une phrase brodée au point de croix et accrochée dans la maison de Juliette : « Je suis une adulte et je fais ce que je veux. »

Elle était adulte et allait faire ce qu'elle voulait.

Du haut de son perchoir, elle jeta un regard circulaire sur la pièce. S'ils voulaient que tout soit prêt pour le mariage de Connor Bryce, il y avait du travail ! D'ailleurs, elle allait proposer à Lucy de faire une sorte de soirée inaugurale avant le mariage, afin de voir si tout fonctionnait et de corriger les éventuels défauts.

Elle espérait que les sous-traitants respecteraient bien leurs délais. D'après Ethan, c'était tous des gens de confiance qui faisaient un travail remarquable. Sans doute l'avantage de vivre dans une petite ville. Tout le monde se connaissait, et une mauvaise réputation était vite faite.

Ils allaient être fixés rapidement, une fois que les plans seraient approuvés et qu'ils pourraient commencer le travail.

À Londres, les choses se seraient passées différemment. C'était le premier chantier qu'elle supervisait en tant que designer principal — bien que bénévole —, et la facilité avec laquelle s'enchaînaient les étapes la surprenait.

Chez Hargraves, elle avait entendu tellement d'histoires horribles, de chantiers qui n'avançaient pas, de tracasseries administratives…

Bien sûr, en tant que débutante, elle n'avait jamais eu la responsabilité totale d'un projet. Ses tâches étaient très variées chez Hargraves, mais subalternes. Elles consistaient surtout à trier des échantillons de tissu, à faire des sélections dans des listes de produits, à identifier et les articles manquants et à trouver comment les remplacer.

Durant le peu de temps qu'elle avait passé dans la société, Geoffrey Hargraves l'avait chargée de proposer trois projets pour l'aménagement de l'appartement d'une star de cinéma. Le client devait choisir entre les trois. Elle n'avait jamais su ce qui avait été retenu, ni qui était ladite star, car la société avait pour règle première de protéger la vie privée de ses clients. Elle n'avait donc pas vraiment pu exercer ses talents jusqu'à maintenant. Elle avait beaucoup de choses à se prouver, sur le plan professionnel.

C'était profondément satisfaisant de pouvoir mener un projet de A à Z, de faire parler sa créativité, et de voir se réaliser la chose devant ses yeux.

Elle espérait que Lucy éprouverait ce même sentiment de satisfaction quand son affaire démarrerait.

Perdue dans ses pensées, Chelsea continuait à passer son balai le long du plafond incliné. C'était étrange qu'elle n'ait jamais pu se sentir bien à Londres qui était pourtant sa ville natale. En fait, elle n'avait jamais aimé les mondanités, les soirées branchées. Pourtant, elle connaissait tout le monde, et cet univers lui était familier depuis l'enfance. Tout cela lui avait toujours paru superficiel, mais elle n'avait jamais réalisé que cette agitation vaine était à l'origine de son malaise. Il avait fallu qu'elle s'en éloigne et se confronte au silence de la campagne pour le comprendre.

Qui aurait dit qu'au lieu d'aller danser toute la nuit à

Ibiza, elle préférait passer sa soirée à nettoyer une vieille grange pleine de poussière ? Qui aurait pensé qu'elle se sentirait enfin en phase avec elle-même dans une petite ville perdue du Texas ?

Londres n'était qu'une pièce du puzzle. Tant que l'on n'avait pas réuni toutes les pièces, on ne pouvait pas savoir qu'il en manquait une. Et la pièce manquante de sa vie était peut-être Celebration. Ici, elle pouvait respirer, prendre le temps d'écouter son cœur. Et faire plus ample connaissance avec Ethan Campbell…

Le grincement de la porte la fit sursauter. Elle sortit de sa rêverie. En se retournant pour voir qui entrait, elle lâcha son balai qui tomba à terre avec un grand bruit.

Ethan !

Son cœur fit un bond et, comme à chaque fois qu'elle le voyait, un sentiment de joie l'envahit.

— Dieu du ciel, Ethan, vous m'avez fait peur !

Il leva les bras en signe d'excuse.

— Attention de ne pas tomber. Je ne voulais pas vous faire peur, je ne savais pas que vous étiez ici. Il est tard !

Chelsea posa la main sur sa poitrine comme pour tenter de calmer les battements désordonnés de son cœur.

— Kenny French a dû partir pour accompagner son fils à un entraînement, expliqua-t-elle. Il n'avait pas fini d'enlever les toiles d'araignée. Je termine le boulot, comme ça ce sera fait. Et vous, que faites-vous ici ?

En fait, ce qu'il venait faire ici lui était complètement égal. Il était là, c'était tout ce qui comptait.

— Désolé de vous avoir surprise. Je rentrais chez moi et j'ai vu la lumière en passant. Je croyais que quelqu'un avait oublié de l'éteindre.

Elle rit, toujours accrochée à son échelle.

— Surtout, ne m'abandonnez pas dans le noir !

Elle trembla en pensant à sa bouche, à ses mains fortes sur son corps… L'autre jour, elle lui en avait presque voulu quand il l'avait quittée un peu brusquement. Que se passerait-il si elle se retrouvait seule avec lui dans le noir ? Son pouls s'accéléra et son ventre se serra à cette pensée. Que ferait-il si elle descendait de l'échelle et tombait dans ses bras ?

— Cela ne me viendrait pas à l'idée ! s'exclama-t-il.

— Quoi donc ?

— Vous laisser dans le noir. Pas toute seule en tout cas.

Il ramassa le balai et l'observa avec une petite grimace.

— Il faudra changer le chiffon, dit-il.

— Non, je vais juste le rincer, répondit-elle en commençant à descendre.

— Il n'y a pas d'eau ici. Ils ne vont pas l'installer avant la semaine prochaine, quand nous aurons le permis.

— Il n'y a pas un robinet à l'extérieur ? Il me semble que Lucy m'en avait parlé.

— À propos de Lucy, où est-elle ? Pourquoi ne vous aide-t-elle pas ?

Chelsea avait maintenant les deux pieds sur la terre ferme.

— Elle avait un autre rendez-vous d'affaire. Cela ne me gêne pas de travailler seule. J'aime le calme.

Ethan la regarda avec son air sévère qu'il prenait parfois. Cet homme était plein de contradictions. Il était d'un abord un peu bourru, parfois même renfrogné, mais ne semblait pas s'en rendre compte. Il était nature, bien dans sa peau. Tellement rafraîchissant à côté des hommes qu'elle avait fréquentés jusque-là... Grand et bien bâti, Ethan Campbell semblait dire : « Prenez-moi tel que je suis ou alors laissez-moi, ça m'est égal. » Elle le voulait bien, tel qu'il était...

— Je ne crois pas que vous soyez du genre à aimer la solitude, dit-il.

— Qu'est-ce qui vous fait dire ça ?

La fossette sur sa joue gauche se creusa. Il jouait avec elle, et elle était sous le charme.

— Je me trompe rarement sur les gens, assura-t-il.

— Ah bon ?

Il hocha la tête.

Elle était sur le point de tout lui avouer, mais elle se retint.

— Alors dites-moi, que savez-vous d'autre sur moi ? demanda-t-elle en penchant la tête sur le côté.

Elle avait appris depuis longtemps à être prudente. Elle préférait laisser venir les gens. S'il avait eu vent de l'histoire de la vidéo, il aborderait le sujet lui-même. Mais elle était quasiment sûre qu'il ne savait rien.

Mon Dieu, faites qu'il ne sache pas.

Il la regarda avec attention un moment.

— Je pense que vous avez travaillé dur et que vous devriez prendre une pause, dit-il. Vous voulez venir chez moi pour manger un morceau ?

— Non, je ne…

— On ne va pas passer la soirée dans cette ruine, quand même ? On peut trouver mieux pour un vendredi soir, vous ne pensez pas ?

— Bien. Je suppose que je suis obligée d'accepter.

Quand elle fut sortie du bâtiment, il éteignit la lumière et referma la porte. La fraîcheur de la nuit était tombée, et elle respira une bouffée du merveilleux parfum qui flottait dans l'air printanier.

— Quelle est cette odeur ? demanda-t-elle en offrant son visage à la brise.

— C'est le jasmin. Il y en a beaucoup ici. Regardez, en voilà un buisson près de la barrière.

— Mmm, c'est délicieux…

Il la suivit jusqu'à la voiture, lui ouvrit la portière et l'aida à monter dans la cabine de son vieux Ford. Quand elle se retourna pour le remercier, elle vit que lui aussi respirait le parfum du jasmin.

— C'est drôle, murmura-t-il. Je suis tellement habitué à cette odeur que je n'y fais même plus attention.

Ils discutèrent de choses et d'autres en suivant le chemin poussiéreux bordé de clôtures blanches de chaque côté. Tout autour s'étendaient des prairies à l'herbe grasse où paissaient des chevaux. Bientôt, ils arrivèrent devant une bâtisse, située en retrait de la route principale.

Une lumière douce s'alluma sur la terrasse, révélant deux rocking-chairs et un alignement de jardinières remplies de fleurs de toutes les couleurs.

— C'est votre maison ? demanda-t-elle.

— Oui.

Elle ne se rappelait plus comment elle avait imaginé la maison d'Ethan Campbell avant de la voir, mais cela ne ressemblait pas du tout à ça.

— C'est joli, dit-elle, debout sous le porche, plissant les yeux pour essayer de deviner le paysage autour, plongé dans le noir. Tous ces champs sont à vous ?

— Oui, à moi, à Lucy et à Jude, mon frère. Nous en avons chacun un tiers.

Il ouvrit la porte et ils entrèrent à l'intérieur.

— Lucy a hérité de la parcelle avec la grange, précisa-t-il. Ici, c'est à moi, et Jude a pris la partie ouest de la propriété. Nous avons chacun environ sept cent cinquante hectares.

— C'est grand, dit-elle en le suivant dans le salon. Cela doit demander beaucoup d'entretien.

Le décor était simple, dans le style des années 1980, mais tout semblait propre et en ordre. Cela n'avait probablement pas changé depuis qu'Ethan était petit. Il devait s'y sentir bien, cela lui rappelait ses parents.

— Oui, il y a de quoi faire, répondit-il. J'ai un emploi du temps bien rempli. Mais j'aime bien être actif, ce n'est pas un problème pour moi.

— Nous avons au moins un point commun. Moi aussi, j'aime être occupée.

Il souleva les sourcils, comme s'il avait décelé un message caché dans ses paroles. Il désigna le canapé.

— Asseyez-vous. Vous voulez boire quelque chose ?

— Oui, un verre de vin ?

Au moment où elle prononça ces mots, elle se dit qu'elle avait fait une gaffe. Il n'avait sans doute pas d'alcool chez lui.

Elle fit un signe de la main comme pour effacer son erreur.

— Non, de l'eau, ça ira très bien. Je suis désolée, Ethan, je ne voulais pas...

— Ne vous excusez pas, j'aurais bien voulu vous offrir du vin, mais je n'en ai pas. Mais nous pouvons aller au Murphy's, il a des bonnes bouteilles.

— Non, je peux m'en passer, je n'aurais pas dû...

— Ne vous sentez pas gênée par rapport à l'alcool. Ce n'est pas vous qui avez eu un problème avec ça, c'est moi. Vous pouvez très bien boire un verre de vin en ma présence, cela ne me dérange pas du tout.

Elle repensa à sa vie londonienne. Les soirées bien arrosées, les lendemains difficiles, les réveils avec la migraine... Mais elle n'avait jamais pensé qu'elle buvait trop. Peut-être que si elle avait moins bu, Hadden ne les aurait pas filmés et rien ne serait arrivé.

Un peu plus de sobriété ne lui ferait pas de mal finalement.

— Alors un café ? demanda-t-elle.

— Très bien, je vous prépare ça.

Elle le suivit dans la cuisine qui, elle aussi, semblait sortie tout droit des années 1980, avec ses placards beiges, ses carreaux bleu ciel, ses plans de travail en bois et son sol en linoléum jaune et bleu.

Comme dans le salon, cela sentait bon le propre, et tout était bien rangé. Une simplicité à l'image de son propriétaire. Tout était authentique et sans fioritures. Aucune arrogance, aucune prétention. Ethan ne cherchait pas à plaire, et c'était là tout son charme.

Tandis qu'elle le regardait préparer le café, sa colère contre Hadden et le dégoût d'elle-même qu'il avait provoqué lui donnèrent la nausée. Elle se sentait presque en fraude chez Ethan, se faisant passer pour une fille honnête et sans histoire, alors qu'elle ne l'était pas, dissimulant sa véritable identité. Ethan ne méritait pas qu'elle lui cache la vérité.

L'envie de tout lui dire lui revint avec plus de force encore.

Comment réagirait-il en entendant son histoire ? Que penserait d'elle cet homme qui était l'honnêteté et la droiture incarnées, qui endossait ses responsabilités familiales avec tant d'abnégation ? Et s'il voyait la vidéo ? Elle n'osait imaginer sa réaction… À cette pensée, elle rougit de honte.

— Tout va bien, Chelsea ?

— Oui, dit-elle en s'efforçant de sourire. Pourquoi, vous en doutiez ?

Il la fixa un instant. Finalement, elle ne savait peut-être pas si bien mentir.

— Vous avez l'air contrariée. Si vous ne vous sentez pas bien…

La cafetière commença à siffler sur la gazinière.

— Non, je me sens parfaitement bien. Je vous assure.

Elle disait vrai. Elle se sentait bien avec lui, très bien même. Pour cela, elle ne mentait pas. Elle aurait juste voulu que tout soit clair entre eux.

Et elle avait envie de l'embrasser. Elle voulait même plus que ça, pour être tout à fait honnête. Cela faisait longtemps qu'un homme ne lui avait pas fait un tel effet. Ethan Campbell était l'antithèse de Hadden Hastings.

Mais elle s'égarait. Pour l'instant, ils prenaient un café, c'était tout. Cela faisait du bien de rencontrer quelqu'un qui s'intéressait à elle, non pour ce qu'elle représentait, mais pour ce qu'elle était vraiment. Ethan ne cherchait pas à obtenir des passe-droits par son frère, ou des places au premier rang pour les défilés de la Fashion Week par sa sœur.

— Très bien, dit-il. Parce que, moi, je suis content que vous soyez là.

Ce fut comme une révélation pour elle. Voilà comment cela devait se passer entre un homme et une femme. Une attraction physique, rien de plus. Rien de prémédité, rien de conventionnel. Avec Ethan, elle pouvait être elle-même.

C'était beau… et très intime. Elle en était toute troublée.

— Je n'ai pas eu l'occasion de vous demander, reprit-il. Combien de temps allez-vous rester ici ?

— Je ne sais pas très bien, en fait.

Il eut l'air surpris.

— Êtes-vous en vacances ? Ou entre deux jobs ?

— Non, pas vraiment… Mais c'est une longue histoire, répondit-elle.

— Nous avons toute la nuit…

Cette phrase, prononcée d'une voix grave, pénétra dans ses entrailles jusqu'au plus profond de son être. C'était comme une invitation. Tout devenait possible.

- 9 -

Ethan brûlait de désir pour Chelsea, il ne pouvait le nier. Cela faisait bien longtemps que cela ne lui était pas arrivé.

Bien sûr, il avait eu quelques aventures après Molly. Mais aucune n'avait duré, principalement à cause de son problème d'alcool. Et depuis qu'il avait arrêté de boire, l'idée du sexe pour le sexe ne lui faisait plus envie. Bien sûr, il avait des besoins, comme tout homme normalement constitué, mais il en avait assez des aventures sans lendemain. Et puis, dans une petite ville comme Celebration, il était difficile de coucher avec sa voisine ou la serveuse du bar sans que tout le monde le sache. Les femmes parlaient, comparaient.

Avec Chelsea, c'était différent. Pas seulement parce qu'elle était de passage. Au début il s'était dit qu'il pourrait avoir un flirt avec elle, cela n'engagerait à rien. Mais elle était l'amie de Juliette, et Juliette faisait partie de la famille, même si elle ne sortait plus avec Jude. Chelsea ne pouvait pas entrer dans la catégorie des aventures d'un soir.

Et pourtant…

Elle était la première femme à avoir allumé une petite étincelle dans son cœur endormi depuis trop longtemps, à avoir éveillé en lui une perspective autre que le sexe, et autre que la simple amitié.

Ils avaient pris le café dans le salon, confortablement installés sur le canapé, assis côte à côte. Ils avaient parlé de tout et de rien, de la grange, d'une éventuelle balade à cheval cette semaine, du temps aussi… Mais il avait tellement envie de l'embrasser, de la prendre dans ses bras et de l'emmener dans son lit qu'il aurait été incapable d'avoir une conversation suivie.

Il avait le regard sans cesse attiré par la peau délicate de son décolleté, et il essayait d'imaginer ce qu'il y avait sous son T-shirt.

Mais il s'obligeait de temps en temps à lever les yeux vers son visage, car il ne voulait pas qu'elle lui prête de mauvaises intentions.

Finalement, ce fut elle qui posa sa tasse et se tourna vers lui.

— Quand allez-vous vous décider à m'embrasser ?

L'instant d'après, elle était dans ses bras. Elle leva la tête et lui offrit sa bouche. En la sentant s'abandonner, il repensa au baiser qu'ils avaient échangé au parc, l'autre jour. Ils n'en avaient pas reparlé depuis. Mais, à la minute où il était entré dans la grange ce soir et qu'il l'avait vue sur son échelle, il avait su qu'il l'embrasserait encore. Et qu'il lui ferait l'amour. Visiblement, elle ne s'y opposerait pas.

Il rêvait déjà de la caresser, d'explorer son corps souple et voluptueux qu'il sentait contre lui. Ses mains commencèrent à errer tandis qu'il l'embrassait, avec douceur d'abord, puis de plus en plus fort.

— Tu es si belle…, murmura-t-il en suivant du doigt les contours de son visage puis de sa bouche.

Elle soupira de plaisir quand il suivit le même chemin avec ses lèvres. Il la serra plus fort contre lui tandis que ses mains descendaient le long de son dos jusqu'à la limite de son T-shirt, où il sentit sa peau nue.

Sa bouche et sa langue se firent de plus en plus pressantes, et la manière dont elle l'encourageait était si sensuelle qu'il ne put réprimer un râle venu du fond de sa gorge.

Il recula un instant pour l'observer. Il voulait être

sûr qu'elle était consentante. Car s'il sentait la moindre hésitation de sa part, il arrêterait là et la ramènerait chez Juliette. C'était maintenant ou jamais. Après, il ne répondrait plus de rien.

— On continue ? demanda-t-il.

— Oui, on continue, répondit-elle en posant un léger baiser sur ses lèvres. Ne nous arrêtons pas en si bon chemin…

Et elle couvrit sa bouche de la sienne, écartant définitivement tout doute dans son esprit. Elle le voulait autant que lui. Il allait enfin pouvoir lui montrer combien il la désirait.

Peu à peu, ils s'enhardirent. Chelsea passa les mains dans ses cheveux, sur ses épaules… Chaque caresse était comme une décharge électrique. Quand il sentit les mains de Chelsea glisser sous sa chemise, il crut qu'il allait exploser. Ils étaient si proches l'un de l'autre qu'ils pouvaient à peine respirer. Mais il n'avait pas besoin d'air, ses baisers lui suffisaient, comme si elle insufflait la vie en lui. Il ne s'était jamais senti aussi vivant qu'étouffé par elle. Elle entrait en lui par effraction, comme elle était entrée chez Juliette. Avec fracas.

Quelques instants avaient suffi pour qu'elle renverse toutes les barrières et atteigne son cœur.

À présent il la voulait tout entière. Un peu plus tôt, tandis qu'ils bavardaient, il avait eu du mal à trouver ses mots pour parler de lui. Maintenant qu'elle lui en laissait le loisir, c'était avec son corps qu'il allait lui montrer ce qu'il ressentait.

En la prenant dans ses bras, il eut l'impression que tout le poids qui pesait sur ses épaules depuis des années s'envolait d'un seul coup. Il la serra très fort, comme s'il avait peur qu'elle ne disparaisse aussi vite qu'elle était apparue dans sa vie. Il l'embrassa encore avec urgence, dans une intensité partagée.

Sa peau était douce, son corps ferme et sexy, si féminin, si attirant qu'il avait du mal à se retenir de la prendre ici, sans attendre.

— Allons dans ta chambre…, murmura-t-elle, comme si elle avait lu dans ses pensées.

Il la souleva tout en continuant à l'embrasser tandis qu'elle commençait à déboutonner sa chemise et à mordiller sa poitrine.

Dans une effusion de caresses et de baisers brûlants, ils finirent par arriver dans la chambre.

De ses mains fébriles, il explora sa poitrine à travers le T-shirt, puis passa la main sous le tissu et remonta jusqu'aux seins. Elle poussa un long soupir entrecoupé de hoquets. Il s'attarda sur les pointes qu'il sentit durcir à travers le fin tissu du soutien-gorge. Elle soupira encore… et il faillit perdre le contrôle.

Chelsea était comme hypnotisée, immobile sous les caresses d'Ethan. Il lui retira son T-shirt, son jean, son soutien-gorge et sa culotte.

— Où est-il ? murmura-t-il d'une voix si sexy qu'elle sentit une bouffée de désir monter en elle.

— De quoi parles-tu ?

— Ton tatouage, où est-il ?

Il fit glisser sa main le long de son corps, jusqu'à ses fesses et l'attira à lui. Elle sentit sa puissante érection et frissonna.

— Qu'est-ce qui te fait penser que j'ai un tatouage ? demanda-t-elle d'une voix ensorceleuse.

— J'y pense depuis la conversation que vous avez eue, Lucy et toi, au mariage. Tu lui avais dit que même des femmes chics pouvaient avoir des tatouages. Et tu es la femme la plus classe que j'aie jamais rencontrée. Depuis, j'essaie de trouver où une femme comme toi peut bien cacher cette part de sauvagerie.

Chelsea tressaillit. Oh non... Il savait. Ils allaient faire l'amour. Il fallait qu'elle lui raconte tout, maintenant.

— Oh ! Il est bien caché... Regarde, répondit-elle en se dégageant de son étreinte et en se retournant, révélant la spirale de mots en sanskrit tatoués en haut de sa fesse droite. Cela signifie : « Vivez sans regrets, la plénitude est le seul chemin vers le bonheur. »

Un sifflement d'admiration s'échappa des lèvres d'Ethan. Il l'embrassa encore.

Quelle que soit la tournure que prendrait leur relation, qu'elle dure ou pas, elle devait lui dire la vérité maintenant. Elle voulait croire en lui. Ils ne pouvaient pas entamer une relation sereine sur la base d'un mensonge. Si elle voulait se donner tout entière, s'étendre nue à côté de lui, l'autoriser à entrer dans son intimité, il fallait que tout soit clair entre eux.

— Ethan, il faut que je te dise quelque chose...

— Chut... Pas maintenant, murmura-t-il en l'embrassant sur le front. Ne bouge pas, je reviens.

Elle le regarda se lever, nu, éclairé par un faible rayon de lune qui filtrait entre les rideaux tirés. Son corps était magnifique, fin et musclé partout : les cuisses, le torse, les biceps. Il se pencha pour prendre quelque chose dans un tiroir, un préservatif sans doute. Puis il revint s'allonger à ses côtés et se dressa sur un coude pour la regarder.

— Toujours d'accord ? demanda-t-il en effleurant ses lèvres d'une caresse.

Elle acquiesça en silence.

Vas-y, parle, c'est le moment.

— Je ne veux surtout pas te forcer, insista-t-il.

— Je suis d'accord.

Elle voulait parler, mais elle n'arrivait pas à trouver les mots, troublée par les caresses d'Ethan sur son ventre.

Elle trembla, incapable de dire si c'était la culpabilité qui la rongeait, ou son désir pour lui qui la submergeait.

Les deux, peut-être.

En le voyant glisser le préservatif sur son membre incroyablement long, fascinée, elle commença à fantasmer sur ce corps d'homme si fort, sur ce qu'il allait lui faire, sur les sommets de plaisir où il allait l'emporter. Les mots qu'elle avait préparés, cette vérité qu'elle lui devait furent repoussés très loin dans son cerveau. Qui elle était, pourquoi elle était venue à Celebration, son faux nom… Tout cela s'évanouit pour faire place à son désir pour Ethan. Elle ne voyait plus que ses yeux brillants et ses cheveux noirs éclairés par la lune. Elle passa les mains dans sa chevelure épaisse, écarta avec douceur les mèches collées sur son front.

Il fallait avouer maintenant…

Mais comment faire alors qu'il avait commencé à caresser les endroits les plus sensibles de son corps, la nuque, le creux de l'épaule, les aisselles ? Lui clouant les mains au-dessus de sa tête, il posa la bouche sur son ventre et descendit jusqu'au repli entre ses cuisses… De la langue, il se fraya un chemin vers l'endroit le plus secret, le plus sensible de son corps.

Il fit monter le désir lentement, par vagues, la tenant en son pouvoir, jusqu'à ce qu'elle laisse éclater son plaisir dans un long cri.

En la regardant dans les yeux, il s'allongea sur elle et la pénétra doucement. Elle se cambra pour aller à sa rencontre et le faire venir plus loin encore.

Ils restèrent immobiles, comme s'ils craignaient de briser cet instant fragile et merveilleux où ils s'étaient rejoints. Elle regarda les yeux de son amant, plus bleus que jamais, mais sombres comme de l'encre, ou comme un ciel sans lune. Puis elle posa les mains sur ses fesses et le serra contre elle.

— C'est encore meilleur que ce que j'avais imaginé, murmura-t-il en posant la bouche sur la sienne pour l'embrasser à nouveau.

Elle le serra encore, s'abandonnant au plaisir de le sentir en elle.

Puis il commença à bouger lentement, trop lentement à son goût, chaque mouvement étant pesé, mesuré, destiné à faire monter le plaisir.

Elle accompagnait ses allées et venues, ne le quittant pas des yeux. Il passa sa main sous ses fesses pour pouvoir entrer en elle plus profondément. Le corps brûlant de passion, elle l'enlaça de ses jambes tandis qu'il accélérait le rythme.

Le feu qui incendiait son corps devenait plus insupportable à chaque secousse. Son corps se mit à trembler et elle sentit Ethan bouger en elle. Il mettait maintenant toutes ses forces et elle entendait son souffle rauque et saccadé tout près de son oreille.

Quand la vague de plaisir atteignit son point culminant, un long gémissement s'échappa de ses lèvres. Leurs bouches se rejoignirent à nouveau. Elle suspendit son orgasme une seconde qui lui parut une éternité puis se laissa emporter. Ethan étouffa son cri de sa bouche et la suivit.

— Chelsea…, grogna-t-il dans un dernier assaut.

Il ferma les yeux, et son corps encore secoué par l'orgasme retomba sur elle de tout son poids.

Elle caressa ses biceps encore tendus, puis ses cheveux. Il se redressa sur les avant-bras, le souffle court. Il était sexy en diable et semblait comblé. Elle le serra contre elle mais, avant de couvrir son corps du sien, il l'embrassa une dernière fois, comme pour s'abreuver à la fontaine de leur étreinte.

Puis il s'allongea à côté d'elle et l'enlaça.

Épuisée et comblée, elle se blottit contre lui.

Elle était vidée, mais la proximité physique d'Ethan,

la façon dont il la tenait contre lui emplissait son cœur d'un bonheur intense. Elle laissa son corps se détendre peu à peu.

Mais, bientôt, une petite voix se réveilla dans sa tête, comme un refrain entêtant… *Tu aurais dû lui dire, tu aurais dû lui dire…*

Elle allait le faire.

Bientôt.

Mais pas maintenant.

- 10 -

Dans la cuisine, Ethan prépara avec plaisir du café pour deux. Mais quand il revint dans la chambre, Chelsea dormait encore et il n'eut pas le cœur de la réveiller. Il avait plutôt envie de se glisser sous les draps, de lui faire l'amour toute la journée et d'oublier le reste du monde.

Mais ce n'était pas possible. Il avait été réveillé par un texto de Tyler Jennings, le vétérinaire qui soignait les chevaux de son ranch. Celui-ci lui annonçait que Calendula, une jument qu'il voulait croiser avec un étalon de Kingston Farm, était prête. Comme la saillie se faisait de manière naturelle, il fallait attendre le bon moment pour l'amener au mâle.

Inutile de dire qu'il aurait préféré rester avec Chelsea. Tout son corps la réclamait. Mais il dut revenir à la réalité : il n'avait pas beaucoup de temps pour faire monter Calendula dans le camion et la conduire au ranch Kingston, situé à une heure environ de Celebration. C'était un crève-cœur, mais il n'avait pas le choix. S'il ne le faisait pas maintenant, il faudrait attendre au moins un mois, le temps d'un nouveau cycle de la jument.

Chelsea était si belle dans son lit, ses cheveux blonds formant un halo sur l'oreiller…

Il posa le café sur la table de nuit et s'assit sur le rebord du lit. Il tendit la main vers le visage de Chelsea pour dégager une mèche de cheveux sur son front. À ce moment, elle battit des paupières. Elle cligna des yeux pendant quelques secondes, comme si elle ne savait plus où elle était. Puis elle esquissa un sourire.

— Bonjour, murmura-t-elle en s'étirant avec volupté, comme un chat.

Elle avait la voix encore pleine de sommeil, et c'était très érotique.

— Bonjour, répondit-il avec un large sourire.

— Je sens une odeur de café ou je me trompe ?

— Je t'ai apporté une tasse. Bien noir, comme tu l'aimes.

Même s'il ne connaissait son goût en matière de café que depuis la veille, cette attention créait une sensation de profonde intimité entre eux. Comme s'il la connaissait depuis toujours. Et il avait envie d'en savoir plus. Il lui tendit la tasse. Elle se redressa, tira le drap sur elle pour se couvrir et prit la boisson fumante.

— Merci, Ethan. Le café au lit, super. Attention, je vais prendre de mauvaises habitudes.

Pas de problème ! Il voulait bien lui apporter son café au lit pour le restant de ses jours.

— Désolé de te réveiller si tôt, dit-il, mais il faut que je convoie une jument ce matin. C'est le vétérinaire qui vient de m'avertir.

— Tout va bien ? Rien de grave, j'espère.

— Non, c'est juste l'appel de la nature. Elle est prête pour la saillie.

— Vous ne la faites pas ici ?

— Si, parfois. Mais nous avons un arrangement entre ranchs. C'est plus facile de transporter une jument qu'un étalon en rut. Cela faisait quelques jours que l'on attendait le moment propice.

— Oh ! Il ne faut pas te mettre en retard à cause de moi. Je vais partir.

Elle fit mine de reposer sa tasse, mais il l'en empêcha.

— Non, prends ton temps, bois ton café. J'ai une ou deux choses à faire avant de partir.

Il se leva, puis s'arrêta.

— Et pourquoi ne viendrais-tu pas avec moi ?

— Accompagner la jument ?

— Oui, c'est à Burleson, à une heure d'ici à peu près. Le trajet est joli, cela te fera une occasion de visiter la région. Nous pourrons déjeuner sur la route en rentrant. On sera de retour en début d'après-midi.

Elle parut enchantée de la proposition.

— Oh ! Tu sais que j'adore les chevaux !

Oui, il savait. Un élément de plus à ajouter à son tableau déjà parfait.

— Très bien, alors je t'emmène.

— Mais je ne suis pas habillée pour la situation, dit-elle. Je ne suis même pas habillée du tout, ajouta-t-elle avec un petit sourire coquin.

— Et tu es très belle comme tu es.

— Oui, mais je ne vais pas y aller toute nue !

Il se pencha vers elle et posa un baiser sur ses lèvres qui avaient le goût du café.

— En fait, je crois que je vais te laisser à tes affaires, reprit-elle. Je dois…

Il l'embrassa encore pour lui montrer qu'il ne la laisserait pas parler. Mais elle persista.

— Moi aussi j'ai du travail, Ethan. Le temps passe et, si nous voulons que la grange soit prête, il faut s'y mettre maintenant.

— Oui mais j'ai quelque chose de beaucoup mieux à te proposer… Une affaire qui ne peut pas attendre non plus.

Il lui prit la tasse des mains, la posa sur la table de nuit et s'allongea à côté d'elle. Ils s'embrassèrent à nouveau et oublièrent tout pendant quelques instants.

— Franklin ! s'exclama soudain Chelsea.

— Euh non, moi c'est Ethan.

Elle éclata de rire.

— Oui, je sais qui tu es. Mais il faut que je rentre chez Juliette pour m'occuper de son chien. Il est enfermé. Je l'ai sorti hier soir vers 9 heures avant d'aller à la grange. Il doit m'attendre avec impatience, le pauvre.

Ethan se redressa sur son coude et regarda la jeune femme allongée dans son lit. Il fit courir les doigts le long de son cou, jusqu'au drap qui cachait sa poitrine. Il avait une envie folle de le rabattre pour explorer le reste de son corps. À la lueur du petit jour, il se dit que cela serait même meilleur que cette nuit. Chelsea avait une beauté naturelle ; les yeux bleus, le regard clair, des pommettes hautes, une jolie bouche incurvée et un petit nez recouvert de taches de rousseur qui se plissait quand elle riait. C'était cette image qu'il voulait garder d'elle, détendue et mutine après leur nuit d'amour.

— On peut s'arranger pour Franklin, dit-il. On passe chez Juliette et je m'occupe de lui pendant que tu te changes. Et je te conseille le jean. Désormais, j'ai mon avis à donner sur ce que tu portes, n'est-ce pas ?

Elle rit en le repoussant.

— Si je t'écoute, je crois que je vais être arrêtée pour attentat à la pudeur. Allez, laisse-moi sortir du lit maintenant, sinon je te retiens ici toute la journée.

— Je n'avais pas pensé à cette option…, murmura-t-il en caressant le visage de Chelsea. C'est très tentant…

— Non, ce n'est pas possible, rétorqua-t-elle, attrapant son doigt avec ses lèvres pour le sucer. Enfin pas maintenant, précisa-t-elle. Allons accompagner cette jument, et quand nous rentrerons, nous aurons tout le temps de reprendre là où nous nous sommes arrêtés.

Elle conclut ses mots par un sourire sans équivoque.

Elle était si sexy qu'il eut du mal à résister. Mais la voix de la raison se rappela à lui. Il prit une grande respiration pour se contenir.

Il lui fallait maintenant sortir de cette chambre et aller accrocher la remorque à son camion. Pas très sexy, mais c'était la seule chose à faire. Mais pas avant de donner à Chelsea un dernier baiser, long et sensuel…

Elle le regarda longuement, les mains agrippées à sa chemise.

— Je crois que, de toute ma vie, je n'ai jamais eu aussi peu envie de me lever, avoua-t-elle.

Calendula était une jument pur-sang à la robe baie et à la crinière noire. Chelsea caressa sa tête et admira ses beaux yeux marron, son encolure gracieuse et ses longues pattes élégantes. Elle avait préféré rester dehors avec les chevaux pendant qu'Ethan terminait quelques papiers dans son bureau. Se retrouver au grand air, à la campagne, lui rappela combien elle aimait monter à cheval. Elle avait hâte de se mettre en selle.

Avant de venir ici, à Burleson, ils étaient d'abord passés chez Juliette. Chelsea lui avait demandé par texto si elle pouvait lui emprunter un vieux T-shirt et une casquette. Généreusement, son amie lui avait dit de fouiller dans son placard et de prendre tout ce dont elle avait besoin. Chelsea avait trouvé une casquette, rassemblé ses cheveux et fait passer sa queue-de-cheval dans le petit trou prévu à cet effet. Elle portait aussi une salopette, un T-shirt et des lunettes de soleil. Elle espérait qu'ainsi vêtue personne ne la reconnaîtrait. Se sentant en sécurité à Celebration, elle avait un peu relâché sa vigilance et regrettait d'avoir embrassé Ethan dans un lieu public l'autre jour.

Mais elle décida de ne pas se mettre martel en tête et de profiter de cette journée avec Ethan. C'était par pur hasard que Lucy l'avait reconnue. Combien d'autres personnes vivant au Texas étaient susceptibles d'avoir lu des tabloïds anglais et de faire le rapprochement ? Elle avait plus de chance de gagner au Loto que d'être reconnue dans la foule. Elle avait envie de passer du temps avec Ethan. Elle avait envie d'être une personne normale, de se promener librement avec un homme qu'elle appréciait. De faire tout ce qu'un couple normal faisait. D'oublier la pression, de ne pas être épiée et jugée dans ses moindres faits et gestes comme quand… Elle secoua la tête pour ne pas laisser ces mauvais souvenirs lui gâcher cette belle journée.

— Est-ce que nous pourrions faire une balade demain ? demanda-t-elle alors qu'Ethan et elle revenaient à Celebration. Je m'arrangerai pour trouver un moment de libre. Même si je n'ai pas travaillé beaucoup aujourd'hui. Mais je n'ai pas si souvent que ça l'occasion de monter à cheval. Et j'ai l'impression que cela fait des années que je ne me suis pas retrouvée à la campagne.

— On peut y aller quand tu veux. Tu avais un cheval à toi quand tu étais petite ?

— Oui. Il s'appelait Bromley. Je l'adorais, il faisait partie de la famille.

— Qu'est-il devenu ?

— Il a vieilli, et moi j'étais de plus en plus occupée ailleurs. Puis il est mort, et je n'ai pas remonté depuis.

Au loin, elle aperçut des néons qui clignotaient.

— Qu'est-ce que c'est ? demanda-t-elle, heureuse de trouver une diversion lui évitant de parler d'elle.

— La Fête du printemps de Celebration. Ça vient de commencer.

— On peut aller voir ?

— Bien sûr. Autant profiter de la journée jusqu'au bout.

— Je croyais que tu avais un planning très serré aujourd'hui.

— Oui, mais j'ai un assistant. Je vais l'appeler pour lui donner des instructions.

— Je n'ai jamais vu de fête comme ça ! s'exclama-t-elle, tout excitée.

Il rit, tendrement moqueur.

— J'adorais y aller quand j'étais gosse, ce sont mes meilleurs souvenirs, dit-il. Cela fait quelques années que je n'y suis pas retourné.

— J'aurais bien aimé te voir petit garçon. Tu devais être adorable.

Il ne répondit pas, se gara et passa quelques appels. Peu après, ils déambulaient au milieu de la foule.

Un orchestre de musique country jouait au milieu des stands. Chelsea ne reconnut pas le morceau car la musique était à moitié couverte par les cris des gens qui s'amusaient comme des fous dans les différents manèges. Elle se laissa gagner par l'ambiance joyeuse et bon enfant.

L'air était saturé d'odeurs de bétail, d'essence et de nourriture émanant des stands de viande grillée, de pop-corn, de barbe à papa… Tout se mêlait dans un joyeux désordre.

Elle n'avait jamais vu autant de choix de nourriture : des spaghettis, des grillades, des brochettes, des pizzas, du poulet rôti, des pâtisseries de toutes sortes, des sucres d'orge, des glaces…

— Tu veux manger un morceau ? demanda Ethan.

— Ici ?

— Oui, il n'y a rien qui te plaît ?

— Je ne sais pas. Mais rien qu'à regarder ces stands j'ai dû prendre trois kilos ! Personne ne vend de salade, je suppose ?

Elle plaisantait, bien sûr, mais c'était vrai qu'elle n'avait jamais goûté à cette nourriture de foire, grasse et sucrée à souhait. Élevée dans la bonne société londonienne, elle s'était conformée aux préceptes de son milieu et ne mangeait jamais de junk food. Mais au diable les principes, aujourd'hui ! Elle avait envie de goûter à toutes ces tentations aux couleurs criardes. Le menu traditionnel, en particulier, attira son attention : beignets de saucisse, frites, gâteau spécial fête et barbe à papa.

— Tu n'as jamais goûté à ça ? demanda Ethan, étonné.

— Non, je t'ai dit, je n'ai pas l'habitude d'aller dans les fêtes foraines.

— Cela explique que tu ignores que tout légume, à moins d'être frit ou pané, est proscrit dans ce genre d'endroit. C'est même contraire à la loi ! Mais j'ai du mal à croire que tu ne sois jamais allé dans une fête foraine, ajouta-t-il en la regardant avec attention.

Elle haussa les épaules.

— En Angleterre, nous avons des foires aux bestiaux aussi, mais je n'ai jamais eu l'occasion d'y aller.

— Pas l'occasion, hum… Ce n'est pas ton genre, c'est ça ?

— Eh, c'est moi qui ai voulu m'arrêter ici, je te rappelle. Tu as l'air d'insinuer que je suis snob.

— Toi, snob ? Pas le moins du monde. Mais puisque nous sommes là, faisons la totale. Tu vas faire l'expérience d'une authentique foire texane jusqu'au bout.

Joignant le geste à la parole, il se dirigea vers les stands où il acheta toutes sortes de sandwichs et de sucreries. Ils trouvèrent une table de pique-nique à l'ombre et prirent leur temps pour savourer. Tout était délicieux, et Chelsea eut peur de ne pas pouvoir repartir tellement elle avait mangé. Mais à peine avait-elle terminé qu'Ethan la prit par la main et l'entraîna vers les manèges.

— Allons nous promener, dit-il. Tu as goûté ma nourriture préférée, maintenant je vais te montrer mes attractions favorites.

Chelsea éprouvait un sentiment étrange de se promener ainsi, la main dans la main avec cet homme, étalant au grand jour leur… comment dire… leur idylle ? Leur liaison ? Mais quel que soit le nom de ce qu'ils vivaient, malgré ses doutes, au lieu de retirer sa main, elle serra encore plus fort celle d'Ethan. Et elle se dit que, s'il décidait de l'embrasser devant tout le monde, eh bien elle se laisserait faire ! Elle avait même envie qu'il le fasse, et tout de suite. Car la seule chose qu'elle avait envie de goûter après tout ce qu'elle venait de manger, c'était ses lèvres.

Après tout, que risquaient-ils à s'embrasser en public ? Pourrait-on la reconnaître ? Non, pas avec sa casquette et ses lunettes. Aucune chance.

Et puis un couple qui s'embrasse dans la rue, c'est banal après tout. Il y a toujours des rabat-joie pour regarder de travers, mais qu'importe. Ici, ils étaient un couple ordinaire. Elle était une jeune femme perdue dans la foule. Anonyme. Et libre comme l'air.

Deux possibilités s'offraient à elle. Soit elle continuait à se cacher, donnant raison à Hadden, soit elle vivait sa vie au grand jour. Et pour la première fois depuis longtemps, elle prenait du bon temps avec un homme auprès de qui elle se sentait bien.

Une petite voix tout au fond d'elle essaya de lui rappeler que, si elle voulait que ça marche avec Ethan, elle devait lui dire la vérité. Mais elle l'ignora.

Ce n'était pas le moment.

Pour l'instant, le soleil brillait, l'air était léger, et elle marchait main dans la main avec lui. Elle ne s'était pas sentie aussi bien depuis des années. Quand il apprendrait la vérité, il lui reprocherait sans doute de ne pas la lui avoir apprise plus tôt. Et il la repousserait à cause de son passé, refusant d'être mêlé au scandale qui l'avait amenée à Celebration.

Donc, autant profiter à fond de cette belle journée. Elle était juste une jeune femme qui se promenait avec son amoureux.

Ce soir. Elle lui dirait ce soir. En attendant, elle le suivit sur tous les stands, le serra dans ses bras quand il lui offrit une peluche gagnée au chamboule-tout. Ils essayèrent tous les manèges, partagèrent une barbe à papa, et elle ne protesta pas quand il sortit un billet de dix dollars devant le stand de baisers à deux dollars chacun, en soutien aux vétérans.

Mais il n'embrassa pas la jolie rousse qui tenait le stand. C'est elle qu'il prit dans les bras pour lui planter un baiser langoureux sur la bouche, devant Dieu et tous ceux qui voulaient bien regarder.

— Voilà, dit-il à la jeune femme du stand quand ils reprirent leur souffle. Je ne vais pas vous faire perdre votre temps avec des petits smacks sur la bouche. Ça devrait pouvoir compter pour cinq, non ?

Puis, sans attendre la réponse, il la reprit par la main et l'entraîna vers la grande roue. Il l'aida à monter et ils s'installèrent en silence dans la nacelle, le gros ours en peluche à leurs pieds. Ils s'élevèrent lentement au-dessus de Buxton County. Ethan lui montra Celebration au nord, puis Burleson, où ils avaient amené la jument, derrière eux.

Chelsea ne s'était jamais sentie aussi légère. Même l'horrible vidéo de ses ébats avec Hadden lui semblait loin.

D'ailleurs, les gens en Angleterre l'avaient peut-être déjà oubliée, cette vidéo. Surtout s'ils avaient quelque chose de plus récent à se mettre sous la dent.

Ethan et Hadden étaient aussi différents que le jour et la nuit. Ethan, sous ses abords de vieux loup solitaire, avait pris sur son temps de travail pour passer un moment avec elle.

Hadden, lui, aimait avant tout être sous l'œil des caméras. Il n'était avec elle que par intérêt. Jamais il ne l'aurait emmenée à une fête foraine ou embrassée sur la grande roue.

Le baiser romantique et fougueux que lui donna Ethan renvoya Hadden aux oubliettes. Quand elle rouvrit les yeux, elle vit que la grande roue s'était arrêtée alors qu'ils étaient tout en haut.

La brise, plus fraîche qu'en bas, apportait les bruits étouffés de la fête. Vus de là-haut, les gens et les manèges paraissaient minuscules. Chelsea se sentit loin, très loin de tout. Ici, rien de mauvais ne pouvait lui arriver.

— Tu ne dis rien, fit remarquer Ethan. Tout va bien ?

— Oui, oui… Heureusement que je n'ai pas le vertige. On est bien ici, la vue est magnifique.

— Oui, et je ne donnerais ma place pour rien au monde. J'avais oublié ce que c'était d'être amoureux. J'ai l'impression de sortir d'une longue nuit.

Il l'embrassa à nouveau, et la roue se remit en mouvement.

Elle aurait voulu rester là pour toujours. C'était comme si elle flottait dans les nuages et que le temps était suspendu.

- 11 -

Chelsea et Ethan restèrent à la fête foraine jusqu'en début de soirée. Ils passèrent ensuite chez Juliette pour s'occuper de Franklin, puis allèrent dîner dans un restaurant du centre-ville avant de revenir dormir chez Juliette, car Chelsea se sentait un peu coupable vis-à-vis du petit chien. Il avait besoin de compagnie et sa maîtresse ne rentrerait pas avant deux jours.

Elle avait passé une journée magnifique, comme elle n'aurait jamais osé en rêver. Parfois la vie vous offrait des cadeaux inattendus, et il fallait savoir les saisir.

Le lendemain matin, elle enfila un jean et une simple chemise en coton bleue. Avec Ethan, ils avaient prévu de se retrouver l'après-midi pour une balade à cheval. Mais avant cela, elle avait rendez-vous à la grange à 9 heures avec Lucy, et elles avaient du pain sur la planche.

Elle mit un peu de mascara sur ses cils et du gloss sur ses lèvres, puis se sécha les cheveux dans la salle de bains du bas. Elle était surprise que tout se passe si naturellement avec Ethan. C'était la deuxième nuit qu'ils passaient ensemble, mais elle avait l'impression qu'ils se connaissaient depuis toujours. Avec lui, tout glissait, les tâches quotidiennes se déroulaient sans heurt. Elle se sentait bien, tout simplement. Se réveiller avec lui le matin, s'habiller et se maquiller pendant qu'il préparait le café dans la cuisine, puis prendre le petit déjeuner ensemble, tout lui semblait à la fois simple et magique.

Elle arrêta le sèche-cheveux et regarda son reflet dans le miroir. Pour la première fois, elle se dit qu'avec lui cela pouvait marcher.

Et elle avait envie que ça marche. Elle n'avait jamais rencontré personne avec qui elle ressentait une telle plénitude. Elle se sentait rassurée et aimée. La veille, il lui avait avoué ses sentiments pour elle, il avait dit que tout avait changé pour lui depuis qu'il l'avait rencontrée, ce fameux soir dans la maison de Juliette.

Elle se tourna pour regarder la petite fenêtre par laquelle elle était entrée. Celle-ci ressemblait à n'importe quelle fenêtre de salle de bains mais, pour elle, elle évoquait une rencontre merveilleuse. C'était là, peut-être, que s'était joué son destin.

À cette idée, son cœur battit un peu plus vite. Elle posa ses mains sur le lavabo et prit quelques longues inspirations. L'évidence lui sautait aux yeux. Ce qu'elle vivait avec Ethan était l'exact opposé de ce qu'elle avait connu avec Hadden. Avec Hadden, elle n'avait jamais imaginé l'avenir ; en réalité, elle ne l'aimait pas. Jusqu'à ce jour, elle ignorait ce qu'était le vrai amour.

Et voilà qu'elle était en train de tomber amoureuse d'Ethan Campbell. C'était la dernière chose à laquelle elle s'attendait en arrivant dans cette petite ville perdue du Texas ! Mais, désormais, elle se sentait prête à offrir son cœur à cet homme simple et généreux qu'était Ethan.

Elle savait qu'il en ferait bon usage, qu'il le traiterait avec respect, douceur et fermeté.

Elle retourna dans la chambre, se coiffa et s'attacha les cheveux. Elle s'assit sur le bord du lit pour mettre ses Doc Martens. Ce n'était pas de vraies chaussures de travail, ni des bottes de cow-boy, mais cela ferait l'affaire pour aller travailler à la grange.

Soudain elle se rappela la remarque d'Ethan à propos de son ex-femme. Il avait cru l'aimer, mais s'était aperçu qu'en réalité il ne la connaissait pas. Après cette amère expérience, il était devenu méfiant et s'était refermé sur lui-même. Avec elle, il avait le sentiment que la vie recommençait, lui avait-il avoué. Il reprenait confiance.

À cette pensée, elle se figea. Elle avait des aveux à lui faire… C'était maintenant ou jamais.

Elle prit son temps pour lacer ses chaussures, reculant encore un peu le moment où elle devrait tout lui dire.

S'ils passaient cette épreuve, leur amour en serait renforcé. Elle lui devait la vérité.

Elle s'en faisait toute une montagne mais, après tout, peut-être qu'Ethan réagirait très bien. C'était une affaire de confiance. Elle avait souffert de la trahison de Hadden car elle lui faisait confiance. Elle ne pouvait pas infliger la même chose à Ethan. Prendrait-il sa confession comme une trahison ? Avait-elle été déloyale en lui cachant sa véritable identité et les raisons qui l'avaient amenée à Celebration ? Elle ne savait plus.

Mais si Ethan l'aimait, s'il lui ouvrait son cœur pour la première fois depuis son divorce, elle ne pouvait le trahir.

Son estomac se noua. Elle ne pouvait plus repousser cet instant. Elle vérifia son reflet dans le miroir en pied une dernière fois, redressa les épaules et sortit de la chambre, priant silencieusement pour qu'il ne la quitte pas en apprenant la vérité.

Ses talents culinaires étaient plutôt limités. Mais il ne se laissait pas mourir de faim. Son petit déjeuner favori était les œufs au bacon. Il savait faire cuire un steak, préparer la sauce piquante typique de la région, et il était en train de travailler sur une sauce barbecue pour le concours de grillades de l'été prochain. Quand il voulait impressionner quelqu'un ou quand il était amoureux, il préparait des pancakes à la banane… En fait, jusqu'à présent, seule Molly y avait eu droit. Mais ce matin, en trouvant des bananes dans la cuisine de Juliette, Ethan avait décidé d'en faire à Chelsea.

Il était train de mettre l'assiette de pancakes dans le four pour les garder au chaud quand son téléphone sonna.

Le nom de son assistant, Ben Harper, s'afficha.

— Bonjour, Ben. Que se passe-t-il ?

— Bonjour, Ethan, désolé de te déranger si tôt, mais Lulabelle a commencé le travail. Tyler est avec elle. J'ai préféré t'avertir, au cas où tu voudrais passer à l'écurie avant ta tournée.

Lulabelle était une autre jument du ranch Triple C, qu'il avait fait saillir par un étalon pur-sang à la descendance prestigieuse. Il savait qu'elle devait mettre bas ces jours-ci. Mais, là, ça tombait mal.

Il n'avait pas envie de partir maintenant. Il aurait eu l'impression d'abandonner Chelsea. Allait-elle lui en vouloir s'il la laissait prendre son petit déjeuner seule ?

C'est ce moment qu'elle choisit pour entrer dans la cuisine, sa tasse de café à la main, belle à se damner. Aussitôt, il se sentit ragaillardi. Depuis son divorce, jamais il n'aurait pensé se sentir aussi bien.

Bien sûr, il fallait du temps pour guérir mais, peut-être qu'en réalité, il attendait Chelsea. Il ne le savait pas évidemment mais, avec le recul, il se dit qu'il avait bien fait d'attendre.

— Bonjour, beauté, dit-il.

— Bonjour.

Son accent anglais s'entendait plus que d'habitude ce matin. Elle n'était peut-être pas complètement réveillée. Mais cela lui donnait un charme supplémentaire.

Elle se versa une autre tasse de café.

— Ethan, dit-elle sans se retourner, je suis désolée de te prendre au saut du lit, mais il faut que je te parle.

« Il faut que je te parle. »

La dernière phrase qu'un homme en train de tomber amoureux avait envie d'entendre. Soudain, il se réjouit d'avoir une bonne excuse pour repousser ce moment.

— Tout va bien ? demanda-t-il.

Elle se retourna, et il n'eut pas besoin d'attendre sa réponse. Elle semblait bouleversée. Il redouta d'entendre ce qu'elle avait à lui dire.

— Écoute, dit-il, mon assistant vient de m'appeler, j'ai une jument qui est en train de mettre bas, il faut que j'y aille. On parlera plus tard, d'accord ?

Elle hocha la tête, et il eut l'impression qu'elle était un peu soulagée. Mais peut-être qu'il se faisait des idées.

— Si tu trouves que les choses sont allées trop vite entre nous, on peut faire une pause si tu veux, précisa-t-il.

Il prit un torchon et sortit l'assiette de pancakes du four, la posa sur la table et retira la feuille d'aluminium.

— Pour l'instant, prenons notre petit déjeuner, proposa-t-il. Nous aviserons ensuite, quand nous aurons le ventre plein. Inutile de prendre des décisions hâtives, tu ne crois pas ?

Chelsea ne savait pas quoi faire. Elle avait essayé. Vraiment. Elle était entrée dans la cuisine, prête à tout dire à Ethan. Mais le destin en avait décidé autrement en lui accordant quelques heures de répit.

Elle se demanda si c'était mieux comme ça. Elle s'était préparée à cet aveu si difficile et, ce soir, elle devrait tout recommencer.

En aurait-elle la force ?

En attendant de pouvoir enfin parler à Ethan, elle se rendit à la grange et se mit à la tâche. Elle mesura toutes les dimensions de l'espace, les reporta dans son carnet de croquis. Grâce à son logiciel, les plans de l'aménagement intérieur furent vite dessinés. Puis elle exécuta un travail de recherche minutieux sur Internet pour chaque élément de la décoration ; tout devait être parfait pour la future salle de réception. C'était la partie qu'elle préférait dans ce travail. Elle s'y accomplissait, elle était dans son élément. Elle avait hâte de voir le résultat.

Soudain, la voix rieuse de Lucy s'éleva dans son dos.

— Salut, Chelsea ! Tu es matinale aujourd'hui !

Comme elles passaient beaucoup de temps ensemble, elles avaient décidé de se tutoyer.

Chelsea se força à sourire.

— Oui, il faut que je rattrape mon absence d'hier. Je mets les bouchées doubles.

— Tu plaisantes ? Tu méritais bien une pause, après tout le travail que tu as fait ces derniers jours. Tu en as bien profité ? Je suppose que tu étais avec mon frère, je ne l'ai pas vu depuis deux jours. Et je ne sais pas ce que tu lui as fait, mais il est transformé. Mais bon, je suis peut-être indiscrète…

Chelsea ne put s'empêcher de sourire. Elle n'avait aucune envie de discuter de ses ébats amoureux avec Lucy.

— Lucy, nous devrions organiser une soirée d'inauguration pour l'ouverture de la grange. Ainsi tu pourrais faire connaître tes services dans le secteur. Ce sera aussi une manière de montrer que tu sais organiser des réceptions de grande qualité. Qu'en penses-tu ?

— Excellente idée ! Pourquoi n'y ai-je pas pensé plus tôt ? Chelsea, tu as toujours des idées si ingénieuses ! Essayons de nous fixer un délai de trois semaines, juste avant le mariage de Connor. D'ici là, nous devrions avoir fini les travaux. C'est une superbe idée, je fonce préparer les cartes d'invitation !

Et Lucy s'en alla en fredonnant un air joyeux.

Chelsea, quant à elle, fit une liste des différentes entreprises à contacter pour les travaux. Il fallait faire vite.

Au fil des jours, plombiers, électriciens et plâtriers défilèrent. Les travaux avançaient bien, Chelsea et Lucy étaient satisfaites. Mais Chelsea fut encore plus heureuse lorsque la livraison de la décoration arriva, la dernière semaine. Elle commença alors sa partie préférée. Elle disposa des lumignons aux quatre coins du bâtiment. Elle avait pris un soin particulier au choix des ampoules, afin qu'une lumière douce et conviviale soit diffusée. Au-dessus du centre de la pièce pendait un lustre confectionné de milliers de petits miroirs qui reflétaient la lumière naturelle. Les tables, le bar, la sonorisation, la scène, l'espace repos, tout était magnifique.

Mais au moment où elle commença à déballer les chaises, elle s'aperçut que quelque chose n'allait pas. Elle avait commandé deux cents chaises, mais il n'y en avait que cent.

— Je ne comprends pas. Cela fait plusieurs fois que je recompte et j'arrive toujours au même résultat. Nous n'avons que la moitié des chaises.

— Mais c'est scandaleux ! s'exclama Lucy. Comment ont-ils pu se tromper à ce point ? Ce n'est pas grave, tu n'as qu'à rappeler le transporteur et demander que le reste soit livré avant samedi.

Chelsea s'exécuta. Au bout de quelques minutes d'une conversation tendue, elle raccrocha, l'air soucieux.

— Il y a eu un problème de transport, dit-elle. Le responsable m'a assuré que le reste de la livraison ne pourrait pas arriver avant la semaine prochaine.

— Impossible. Comment va-t-on faire si le compte des chaises n'est pas bon ?

— Nous n'avons qu'à reporter la date d'inauguration.

— Non, j'ai déjà envoyé les invitations et passé commande chez le traiteur. C'est la catastrophe !

— Calme-toi, Lucy, je vais essayer de trouver une solution.

Chelsea ouvrit son ordinateur portable et rechercha le nom du responsable de l'entreprise. Autant le contacter directement, puisque le service des transports semblait défaillant. Elle finit par trouver ses coordonnées et appela.

— Bureau de M. Johnson, j'écoute.

— Bonjour, j'aimerais parler à M. Johnson en personne, de la part de Chelsea Allen.

— Il n'est pas disponible actuellement. Puis-je lui transmettre un message ?

— Oui, je souhaite qu'il me rappelle de toute urgence. J'ai commandé deux cents chaises à votre entreprise, qui devaient être livrées cette semaine. Mais il y a eu un problème avec le transporteur, et nous n'en avons reçu que la moitié. Le reste ne pourra être livré que la semaine prochaine. Or, nous en avons absolument besoin pour ce samedi.

— Très bien, madame, je lui transmettrai le message.

— Merci, au revoir.

Elle raccrocha, pas rassurée pour autant. Et s'il ne rappelait pas ? Elle ne pouvait pas commander d'autres chaises, elle avait déjà utilisé tout le budget prévu. Elle pourrait éventuellement s'en faire prêter, mais à qui demander ? Et puis non, cela serait un terrible manque de professionnalisme.

Alors qu'elle essayait désespérément de trouver une solution, son téléphone sonna.

— Allô ?

— Bonjour. Chelsea Allen ? Johnson à l'appareil. J'ai bien eu votre message. Sachez que nous sommes navrés pour cet incident. Je vous propose de vous faire livrer deux cents chaises d'un autre modèle avant samedi, et ce sans frais supplémentaires. Cela vous convient-il ?

— Non, c'est hors de question. Il nous faut ce modèle en particulier, car c'est celui-ci que nous avons choisi et pas un autre.

— Je suis désolé, mais cette livraison n'arrivera pas avant samedi, c'est notre faute évidemment mais…

— Justement. C'est *votre* faute, donc à vous de trouver une solution.

— Dans ce cas, nous pourrions modifier le transfert en reclassant la livraison en colis express, mais cela engendrera des coûts supplémentaires…

— Nous ne débourserons pas un centime de plus. Et si nous ne recevons pas notre matériel à temps, croyez-moi, je ne recommanderai pas votre entreprise autour de moi.

— Très bien, répondit Johnson, contrarié. Dans ce cas, nous ferons notre possible pour que vous soyez livrée samedi matin, mais pas avant.

— Très bien. Je vous remercie, au revoir.

Croisons les doigts pour que cela arrive bien samedi matin, songea-t-elle en raccrochant.

Pour évacuer son angoisse, elle se mit à poncer une étagère qu'elle trouvait un peu trop rugueuse. Les invités pourraient attraper des échardes.

Et très vite, ses pensées revinrent vers Ethan. Le temps passait, et elle n'avait toujours pas trouvé le bon moment pour lui parler. Plus elle reculait, plus c'était difficile. Comment allait-il réagir quand il apprendrait la vérité ? Qui sait, peut-être allait-il accepter sans sourciller. Il pourrait même trouver son histoire de sextape excitante… Non. Elle n'aimerait pas qu'il pense ça.

Mais cela dépendrait sans doute de la manière dont elle lui présenterait les choses. Si elle tournait tout au tragique, il réagirait mal. Alors que si elle lui présentait les choses avec humour…

Oh ! Si seulement les choses pouvaient être aussi simples ! Ethan avait sans doute sa propre opinion, il n'allait pas se laisser influencer comme ça. Elle devait se préparer à tout, au pire comme au meilleur.

S'il la jugeait mal à cause de cette vidéo, alors il n'était pas fait pour elle. Elle avait eu assez d'épreuves dans sa vie, elle ne voulait pas vivre avec quelqu'un qui la laisserait tomber à la moindre difficulté.

Elle ne savait plus quoi penser. Il fallait qu'elle demande conseil à Lucy.

Elle reposa le papier de verre qu'elle avait à la main.

— Je voulais te dire, Lucy, combien j'apprécie ton silence sur ma vie passée.

Lucy haussa les sourcils, surprise.

— Oh ! On peut me reprocher des tas de choses dans la vie, mais pas de trahir la confiance de mes amis, assura-t-elle. Quand j'ai donné ma parole, je m'y tiens.

Ainsi Lucy la considérait désormais comme une amie, nota Chelsea, très touchée. Elle avait toujours eu autour d'elle de nombreuses connaissances, des parasites qui pensaient pouvoir obtenir quelque chose d'elle, de son frère qui était dans la politique, ou de sa sœur qui travaillait dans la mode. Mais elle avait l'habitude et, au premier coup d'œil, elle savait les reconnaître et les tenir à distance.

Lucy, elle, n'attendait rien d'elle. Enfin si, mais la jeune femme avait joué carte sur table : elle avait besoin de ses compétences de designer. C'était une bouffée d'air frais pour elle, songea Chelsea. Elle était reconnue pour ce qu'elle était et, finalement, elle en retirait un grand bénéfice car elle se sentait à sa place.

— Lucy, j'ai besoin d'avoir ton avis sur quelque chose.

— Bien sûr, répondit Lucy, un peu surprise. Il y a un problème ?

Chelsea sentit ses yeux se remplir de larmes.

— Chelsea ! Qu'y a-t-il ? Viens, asseyons-nous et dis-moi ce qui se passe.

Elles allèrent s'installer sur la vieille malle de l'armée, là où Chelsea s'était assise le premier jour avec Ethan. Le jour où tout avait commencé, d'une certaine manière. D'après Ethan, c'était la rencontre dans la salle de bains de Juliette qui avait tout déclenché. Quand elle y repensait, elle avait dû offrir un drôle de spectacle…

— Vas-y, dit Lucy. Je t'écoute.

— Il faut que je dise la vérité à ton frère.

L'expression de Lucy passa de la compassion à la surprise.

— Oh. Je suppose que les choses ont pris un tour plus sérieux entre vous.

Chelsea haussa les épaules.

— Peut-être, avoua-t-elle. Enfin oui, je crois. Il m'a dit qu'il ne s'était jamais senti aussi heureux depuis qu'il avait divorcé.

Elle s'arrêta. Elle en avait déjà trop dit, elle ne voulait pas dévoiler leur intimité. Elle n'aimait pas raconter ces choses-là, elle savait ce qu'il pouvait lui en coûter de s'exposer ainsi.

Lucy ne dit rien. Elle se contenta de hocher la tête en silence, comme si elle comprenait parfaitement la situation.

— J'étais prête à lui parler l'autre jour, mais il a reçu un appel et il a dû partir en urgence pour un de ses chevaux, reprit Chelsea. J'ai juste eu le temps de lui dire que l'on devait parler, et il m'a dit qu'on le ferait plus tard. Et depuis, je n'ai jamais trouvé le bon moment pour le faire.

Elle s'arrêta un instant, hésita, puis décida de continuer. Ça lui faisait du bien de parler.

— Il ne connaît même pas mon vrai nom, il ne sait pas pourquoi je suis ici. Et surtout, il ne connaît pas l'existence de la vidéo, ajouta-t-elle en rougissant d'un coup. Que va-t-il penser de moi quand il l'apprendra ?

Lucy prit une grande respiration avant de parler, semblant peser ses mots.

— Si votre relation est appelée à durer, il doit connaître la vérité.

Chelsea se mordilla la lèvre. Son téléphone vibra, annonçant un message. Lucy posa son regard sur le téléphone et vit le nom de son frère s'afficher.

— Quand on parle du loup… Vas-y, lis-le, je sais que tu en meurs d'envie, dit-elle avec un large sourire.

Si cela avait été n'importe qui d'autre, Chelsea n'aurait pas interrompu leur conversation pour lire ce message. C'était impoli. Mais c'était Ethan.

Elle prit son temps pour l'ouvrir, car elle ne voulait pas montrer à quel point elle était nerveuse.

En lisant, elle faillit lâcher son téléphone.

Regarde. Nous sommes célèbres.

C'était une photo où on les voyait s'embrasser devant un stand de la fête foraine.

La photo faisait la une du *Dallas Morning News*, dans la rubrique des sorties, illustrant un article sur la Fête du printemps de Celebration.

Ce fut comme si le ciel lui tombait sur la tête.

La terre entière savait désormais où elle se trouvait, et les journalistes anglais n'allaient pas tarder à débarquer. Pour rien au monde elle ne voulait mêler Ethan à cette histoire. Si elle voulait l'épargner, elle n'avait qu'une chose à faire : quitter la ville au plus vite.

- 12 -

À peine avait-elle pris connaissance du message d'Ethan que son téléphone sonna. Elle sursauta. Elle n'avait même pas eu le temps de montrer la photo du journal à Lucy.

Elle pensa que c'était Ethan qui voulait connaître sa réaction. Mais son cœur fit un bond quand elle regarda le numéro qui s'affichait. Elle ne le connaissait pas, mais cela venait de l'international et elle comprit tout de suite de quoi il retournait.

— Qu'y a-t-il ? demanda Lucy. On dirait que tu as vu un fantôme.

— C'est presque ça, murmura-t-elle, le cœur battant à tout rompre. Plutôt un monstre, d'un genre très spécial.

— Qui est-ce ? dit Lucy en lui prenant le téléphone des mains pour voir elle-même. Tu vas écouter le message ?

Chelsea secoua la tête vivement, d'un air horrifié, comme si Lucy lui avait demandé de sauter à pieds joints dans un nid de vipères.

Elle était persuadée que c'était Bertie Veal qui l'avait retrouvée. Pourtant, il y avait une autre possibilité. Cela pouvait être un membre de sa famille qui l'appelait d'un autre téléphone. Elle ne leur avait pas parlé depuis qu'elle était arrivée aux États-Unis.

Avec cette nouvelle photo dans la presse, les journaux à scandale pouvaient repartir à l'attaque. La machine était relancée. Grâce à l'histoire d'une aristocrate anglaise qui se cachait aux États-Unis pour fuir le scandale, ils étaient sûrs de faire grimper leurs ventes en flèche. Surtout si cette jeune femme était la sœur d'un candidat au poste de Premier ministre.

Elle aurait pu rester assise là toute la journée, à spéculer sur les conséquences de cette photo. Mais il n'y avait qu'une seule façon d'en avoir le cœur net : écouter le message laissé par le mystérieux correspondant. Elle prit une grande inspiration et appuya sur l'icône. Elle mit le haut-parleur pour que Lucy entende.

« — Lady Chelsea, vous étiez craquante dans le journal ce matin. »

L'accent cockney la fit frissonner.

« — Mais je suis très contrarié que vous ne m'ayez pas donné la primeur de votre réapparition dans la presse. Je me sens un peu propriétaire de votre histoire, vous comprenez. Soyez rassurée, je ne vous en veux pas. Je sais maintenant où vous vous cachez. Pourquoi ne pas donner un petit coup de fil à votre vieil ami Bertie ? Faute de quoi, je me verrai dans l'obligation de venir vous rendre une petite visite aux États-Unis, dans quelques jours tout au plus. J'ai hâte de vous revoir. À bientôt, très chère. »

— Qui est-ce ? demanda Lucy, les yeux tellement écarquillés que l'on aurait cru qu'elle avait eu une hallucination.

— C'est Bertie Veal, le journaliste qui est la cause de tous mes malheurs. Si je suis venue à Celebration, c'est à cause de lui. Cette ordure me poursuit depuis que je suis étudiante. J'ai changé de numéro de téléphone avant de quitter l'Angleterre, mais il a tout de même réussi à me joindre. Il est redoutable. Je ne veux pas qu'il débarque ici. Je vais partir, Lucy. Je n'ai pas le choix.

— Attends, Chelsea, réfléchis avant de prendre une telle décision. Dans la vie, on a toujours le choix. Tu n'as pas à fuir ce journaliste minable. Il faut en parler à Ethan, il va t'aider.

— Non, ce n'est pas possible. S'il apprend la vérité, Ethan va lui casser la figure.

— Justement ! C'est ce qu'il mérite.

— Non. Si Ethan s'en prend à lui, même avec l'accord des autorités, il va attirer l'attention sur moi, et l'histoire de la vidéo va ressortir au grand jour. Et ça, je ne le veux pas. Pour rien au monde, je ne voudrais mêler Ethan à cette affaire.

— Tu préfères lui briser le cœur ? Ce n'est pas forcément mieux, tu sais.

— J'ai déjà pris ma décision. Je ne vais pas rester ici à attendre que Bertie Veal arrive et se mette à fouiller dans la vie des gens qui m'ont si généreusement accueillie. C'est une vraie teigne, tu n'imagines même pas ! Quand il est là, on ne peut plus s'en débarrasser.

— Tu pourrais peut-être demander une mesure d'interdiction d'entrer sur le territoire. Ou alors juste essayer de parlementer avec lui. Ça vaut le coup d'essayer, non, plutôt que de prendre la fuite une fois de plus ? Tu ne peux pas passer ta vie à fuir, Chelsea.

Lucy avait raison, elle n'avait plus envie de fuir. Elle avait envie de rester ici avec Ethan, de s'installer, et pourquoi pas d'ouvrir un studio de design…

Elle réfléchit à la proposition de Lucy. Essayer de discuter avec Bertie ? Non, ce n'était pas une bonne idée.

— On ne peut pas discuter avec le diable, Lucy. Tu ne connais pas ce type, c'est une brute dénuée de scrupules. Il est fondamentalement malhonnête. Et il n'a aucune empathie. Rien ne peut l'arrêter quand il veut quelque chose. Il sait trouver la faille, appuyer là où ça fait mal. Il se fiche de détruire la vie des gens du moment que ça fait vendre. Si tu te mets sur son chemin pour me protéger, il te détruira. Imagine les conséquences sur ton projet, sur l'entreprise de Juliette. La seule possibilité que j'ai, c'est de quitter Celebration avant qu'il me retrouve. Ce qui me chagrine le plus, c'est que je vais manquer la soirée d'inauguration de la grange. Mais tu y es presque, regarde. On a quasiment fini le boulot. Et je sais que ce sera une grande réussite.

— Je n'ai pas envie que tu partes, Chelsea…

— Moi non plus, je n'ai pas envie de partir, mais je suis obligée.

Elles restèrent ainsi un long moment, silencieuses et abattues. Elles d'ordinaire si fortes, si déterminées, habituées à aller de l'avant, se trouvaient dans une impasse. Elles ne voyaient pas de solution.

Ce fut Lucy qui rompit le silence.

— Promets-moi de ne pas partir avant d'avoir parlé à Ethan.

Chelsea sentit son estomac se nouer.

— Bien sûr.

C'était le moins qu'elle puisse faire.

Après avoir quitté Lucy, Chelsea envoya un texto à Ethan, lui demandant de venir la rejoindre chez Juliette après son travail. Après réflexion, elle préférait le voir en terrain neutre, plutôt que chez lui ou dans la grange, des endroits trop chargés d'émotion pour tous les deux.

En l'attendant, elle réserva une place sur un vol pour Dallas, fit sa valise, rangea et nettoya sa chambre pour que Juliette trouve sa maison en ordre à son retour.

Puis elle téléphona à son amie. Comme Lucy, Juliette essaya de la convaincre de rester ; elle aussi pensait qu'Ethan pourrait l'aider à se débarrasser de Bertie.

— Tu sais, Chelsea, plus tu le fuis, plus il va te poursuivre. Il faut mettre fin à cette spirale infernale. Si tes parents ne veulent pas t'aider, je peux te mettre en contact avec des personnes qui pourront le faire ici.

— Non, Juliette, je crois que ce serait pire. Je ne veux pas vous attirer des ennuis. Ni à toi, Ethan ou Lucy.

— Tu sais, j'aime beaucoup ta famille, mais je suis déçue par leur attitude. Ils ne devraient pas te laisser tomber.

— Ils disent que c'est moi la première responsable de ce qui m'arrive. Écoute, Juliette, tu sais combien je t'aime. Tu es ma meilleure amie, presque ma famille désormais. Je te remercie pour tout ce que tu as fait pour moi, mais c'est à moi de me sortir seule du piège où je suis enfermée. Et pour cela, je dois partir.

Un petit coup à la porte attira son attention, et elle sentit ses jambes se dérober sous elle.

— Ethan est là, je dois te laisser, dit-elle. Je vais tout lui dire.

— Tu me rappelles plus tard, d'accord ?

— Promis, dit-elle en raccrochant.

Elle essaya de se concentrer, puis alla ouvrir à Ethan.

Il la regarda et, en l'espace de quelques secondes, elle le vit passer de l'espoir le plus fou à l'incompréhension, puis à l'abattement. Il avait compris que leur histoire s'arrêtait là.

Elle le fit entrer, et ils s'installèrent dans le salon.

— Ethan, je suis désolée, mais je suis obligée de partir. Je dois quitter Celebration. Lucy le sait déjà. Dès le départ, je lui avais dit que je ne pourrais peut-être pas rester jusqu'au bout. Elle a compris et j'espère que tu comprendras aussi.

Oh ! Comme elle aurait voulu ne jamais avoir à prononcer ces paroles…

— Tu veux partir avant l'inauguration ? demanda Ethan, surpris. Je ne comprends pas. Tu avais promis à Lucy que tu l'aiderais jusqu'au bout. J'avoue que je suis un peu perdu. Tout se passe bien entre nous, non ? J'ai fait quelque chose de mal ? Ou dit quelque chose qui t'a blessée ? Est-ce que l'on peut en parler ?

L'expression qu'elle lut sur son visage lui brisa le cœur. Il croyait qu'elle le rejetait. Comme elle aurait voulu le prendre dans ses bras…

Au lieu de ça, elle baissa les yeux sur ses mains, comme si elle allait y trouver une réponse.

Il fallait lui raconter l'histoire depuis le début.

— Ethan, quand je t'ai dit ce matin que je voulais te parler, ce n'était pas pour te dire que je partais. Il y a encore peu, je ne le savais pas. Jusqu'à ce que tu m'envoies cette photo, en fait.

— Je ne comprends pas. Qu'est-ce qu'elle a de si terrible, cette photo ?

— Oh, Ethan, c'est une très belle photo… Ce n'est pas ça le problème. Ethan, je…

Sa voix se brisa. Dans son affolement, elle avait failli lui dire qu'elle l'aimait. Oui, elle l'aimait, mais ce n'était plus la peine de le lui dire, cela rendrait les choses encore plus difficiles.

Pour l'instant, ce qu'elle devait lui dire, c'était la vérité.

— Je n'ai pas été totalement honnête avec toi, Ethan.

Il la regarda en fronçant les sourcils, mais resta calme, comme si cet aveu ne le surprenait pas outre mesure. Avait-il deviné dès le début ce qu'elle lui cachait ? Non, il ne pouvait pas savoir. Et il était là, assis les bras croisés, attendant en silence qu'elle se décide à parler.

Elle avait souvent entendu ce proverbe : « Le premier qui parle a perdu. » C'était même un jeu. Mais elle ne pouvait plus reculer maintenant. C'était à elle de parler. Il attendait.

— Je vais commencer par le commencement, dit-elle lentement. La nuit où on s'est rencontrés, je ne m'attendais pas à tomber sur quelqu'un dans la maison. Et il se trouve que c'était toi, et que je suis tombée amoureuse de toi. Mais ça, c'est une autre histoire. Je ne m'appelle pas Chelsea Allen, mais Lady Chelsea Ashford Alden.

« Allen » était le nom que j'utilisais quand nous sortions avec Juliette et que je voulais rester incognito.

Ethan fronça les sourcils.

— Rester incognito ? Pourquoi donc ? Je sais que les femmes redoutent parfois d'être ennuyées, est-ce de cela qu'il s'agit ?

— Non, en fait, je ne voulais pas être reconnue.

— Pourquoi ? Tu es quelqu'un de célèbre et je ne le saurais pas ?

Elle haussa les épaules.

— C'est un peu ça. Mon père est le cinquième comte de Downing. Et mon frère s'appelle Thomas Ashford Alden. Son nom te dit quelque chose ?

Ethan ne parut pas impressionné, ce qui n'était pas surprenant. Elle ne s'attendait pas à ce qu'il soit au fait de la politique anglaise.

— Mon frère a de bonnes chances d'être nommé Premier ministre…

— Et tu ne pouvais pas me dire *ça* ?

Il secoua la tête comme pour chasser des pensées désagréables, se leva et se mit à arpenter la pièce de long en large.

— Si ton père est un comte, cela veut dire que tu as du sang royal ?

— Oui. Enfin noble. Mais je suis très très loin du trône, si c'est ça que tu veux savoir. Et ce n'est pas très important.

— Si, ça l'est. Ce sont tes origines, tes racines. Pourquoi ne m'as-tu rien dit ? Je me suis habitué au nom que tu m'as donné le premier jour. Depuis, on a partagé beaucoup de choses. Je ne comprends pas, tu ne me faisais pas confiance ?

Elle ne l'écoutait plus. Elle pensait à la suite. Le moment qu'elle redoutait tant était arrivé.

— Ethan, s'il te plaît, assieds-toi. Je ne t'ai pas tout dit encore. Je vais t'expliquer pourquoi je t'ai menti.

Et elle se lança, raconta tout depuis le début sans rien omettre. Bertie Veal, Hadden, la vidéo, la rupture, la publication sur Internet, le scandale, la réaction de ses parents, et enfin la fuite aux États-Unis, dernier refuge où elle pensait pouvoir échapper à la furie des paparazzis.

— Maintenant qu'il m'a vue dans le journal de Dallas, Bertie Veal est capable de me retrouver, c'est pour cela que je dois partir, conclut-elle. Je ne veux pas qu'il t'importune. Ni toi, ni Lucy, ni Juliette. Je ne veux pas que ton nom soit associé au mien et qu'il soit traîné dans la boue.

Elle s'arrêta. Son cœur cognait si fort dans sa poitrine qu'il lui faisait mal.

Elle aurait voulu qu'Ethan la prenne dans ses bras et lui dise que tout allait bien, qu'il l'aimerait toujours, qu'il la défendrait contre le monde entier, et que Bertie Veal ne lui ferait plus jamais de mal.

Mais il restait assis sans bouger, le regard fixé sur elle, l'air atterré. C'était ce qu'elle redoutait depuis l'instant où elle avait compris qu'elle l'aimait.

Elle l'avait trahi, lui avait menti depuis le début. Il ne le lui pardonnerait jamais.

Chelsea était partie depuis quatre jours et, depuis, chaque seconde qui passait le mettait à la torture. La femme qu'il aimait ne pourrait jamais être à lui, le destin en avait décidé ainsi. Il n'avait pas cherché à la retenir, ne l'avait pas suppliée de rester, alors que tout son corps la réclamait. Ce n'était pas par lâcheté, ni par orgueil, mais il savait que le combat était perdu d'avance. Il n'était pas défaitiste, juste réaliste.

Dès qu'elle lui avait annoncé son départ, il avait compris que rien ne l'arrêterait. Si Molly, qui était née et avait grandi ici, n'avait pas supporté de rester à Celebration, comment une jeune femme de la haute société anglaise, élevée dans les plus prestigieuses écoles de Londres ou d'Oxford, aurait-elle pu se plaire au fin fond du Texas ? Elle était même apparentée à la famille royale ! Il refusait de croire que l'on pouvait renoncer aux fastes de la vie de château pour venir vivre dans un ranch avec un cow-boy aux vêtements toujours crottés.

Il ne lui en voulait même pas de lui avoir caché son vrai nom, de ne pas lui avoir raconté tout son passé. Enfin, il avait été un peu fâché au début, mais la colère était passée. S'il l'avait laissée partir, c'était par pur bon sens.

Par curiosité, il était allé sur Internet pour chercher des renseignements sur Lady Chelsea Ashford Alden. Il avait trouvé des articles, des photos, mais pas la fameuse vidéo tournée par son ex-petit ami — si l'on pouvait appeler ce genre de crapule « un petit ami » ! Et même s'il l'avait trouvée, il ne l'aurait pas regardée. Il s'était dit que sa famille avait dû utiliser ses relations pour la faire retirer des réseaux sociaux.

En revanche, il était tombé sur un article sur lui et Chelsea, écrit par le journaliste qui la harcelait. Il était intitulé : « Simple amourette de printemps ou enfin le grand amour pour Lady Chelsea ? » Et le journal avait reproduit sans autorisation la photo où ils s'embrassaient à la fête foraine.

La douleur qui ne le quittait pas depuis le départ de Chelsea lui lança un nouveau coup d'aiguillon dans le cœur. Il ne savait pas s'il se faisait du mal à lire toutes ces histoires ou si, au contraire, cela le soulageait.

La vidéo avait visiblement été effacée, mais le Net regorgeait d'histoires plus sensationnelles les unes que les autres, visiblement toutes fausses. Il arrêta ses recherches en se disant que la « Chelsea Ashford Alden » dépeinte dans ces articles abracadabrants n'était pas la même jeune femme que celle qu'il avait connue. Ce n'était pas

Chelsea. C'était juste le fruit de l'imagination de quelques pseudo-journalistes en mal de sensations.

Chelsea n'était pas différente de toutes les jeunes femmes qui veulent sortir et s'amuser. Au moins, elle ne prenait pas de substances illicites et n'abusait pas de l'alcool. Il l'avait vu tout de suite. La Chelsea qu'il avait connue était simple, généreuse, respectueuse des autres. Elle était aussi très jolie et bien éduquée, comme il se doit dans son milieu. Et donc la cible parfaite pour un journaliste sans scrupules comme Bertie Veal.

Mais tout cela ne changeait rien au fait qu'elle était anglaise, et lui américain pur jus. Une lady issue de la haute société ne pourrait jamais se plaire dans une petite ville rurale comme Celebration.

Il n'avait plus qu'une seule chose à faire, à présent : se replonger dans le travail et ignorer l'énorme vide que Chelsea avait laissé dans sa vie et dans son cœur.

Après une courte escale à Dallas, Chelsea arriva à Londres le lendemain matin. Le ciel était gris et la pluie menaçante. *Quel plaisir de rentrer dans ce cher pays pour revoir cette famille si bienveillante*, pensa-t-elle avec ironie. Elle se demandait comment elle allait être accueillie. Elle était sûre que sa présence embarrasserait plutôt les siens qu'elle ne leur ferait plaisir. Mais lorsque, le jour de son départ de Celebration, elle avait reçu sur son téléphone l'invitation formelle de ses parents pour l'anniversaire de Victoria, une garden-party avec la famille et les amis proches, elle avait eu le sentiment que derrière ce ton un peu sec se cachaient les prémices d'une possible réconciliation.

Et puis, dans son malheur, cette invitation tombait à pic.

Dans le taxi qui l'amenait au domaine familial, elle imagina les scènes de retrouvailles avec Victoria, ses parents, et celui dont elle redoutait le plus la réaction, Thomas. Depuis son départ, il était le seul à ne lui avoir donné aucune nouvelle, sûrement trop occupé à briller au sein de son parti ou à préparer son prochain meeting. Avec un peu de chance, il se serait exempté de cette réception.

Le chauffeur interrompit ses méditations.

— C'est un bien beau domaine où vous vous rendez, jeune demoiselle ! lança-t-il gaiement. Vous en avez de la chance. Vous y séjournerez longtemps ?

— Quelques jours seulement. Oui, le domaine est magnifique.

Elle se garda bien de dire qu'il appartenait à sa famille. Elle régla sa course et descendit de voiture. Elle sentit le regard du chauffeur la suivre un long moment alors qu'elle remontait l'allée principale. Puis elle l'entendit démarrer. Au moins, il ne l'avait pas reconnue, elle en était persuadée. Elle n'avait pas remarqué dans son regard cette lueur obscène que tous les hommes avaient au lendemain de quand ils la reconnaissaient.

En guise de bonjour, elle reçut un baiser rapide de sa mère, qui donnait des ordres au personnel.

— Sois prête à 16 heures, Chelsea.

Les préparatifs de la garden-party occupaient toute la maison, les invités devaient arriver sous peu. Elle n'avait plus qu'à se réfugier dans sa chambre et attendre le moment voulu pour se retrouver sur le perron pour le traditionnel accueil des invités.

Victoria n'avait pas dérogé à la règle, elle lui avait choisi une tenue et l'avait accrochée à son armoire. Petite, Chelsea se laissait faire par sa grande sœur, et suivait docilement ses conseils. Mais à l'adolescence, elle s'était rebellée et, depuis, elle ne supportait plus qu'elle lui dicte ses choix. Elle devait pourtant avouer que Victoria avait un talent fou pour lui trouver des tenues qu'elle n'aurait jamais eu l'idée de porter. Victoria aimait que sa petite sœur soit à l'image des réceptions que l'on donnait en son honneur et ne comprenait pas que l'on puisse s'habiller uniquement par nécessité. C'était là un des nombreux points qui les opposaient.

Mais étant donné les circonstances, Chelsea était rassurée que sa sœur ait eu cette attention pour elle.

Alors qu'elle était en train d'admirer la combinaison blanche à bustier, Victoria entra dans la chambre.

— Alors, comment va ma petite sœur d'Amérique ? Mais dis donc, l'anonymat te sied à merveille, tu as minci, on dirait. J'espère que la tenue t'ira tout de même, je l'ai fait faire sur mesure par le dernier couturier en vogue du moment. Enfile-la vite, que je t'admire.

— Tu es sûre que ce n'est pas un peu trop décolleté ? s'écria Chelsea après l'avoir passée. Je ne me sens pas à l'aise.

— Non, cela reste très sage. Elle te va à merveille. Je crois que tu vas me voler la vedette ce soir ! Mais ne t'inquiète pas, l'eau a coulé sous les ponts ici, personne ne te jugera. Les gens ont oublié, ajouta-t-elle devant sa mine inquiète.

Et Victoria repartit aussi vite qu'elle était venue, la laissant plantée devant son miroir. Elle espérait que sa sœur disait vrai, sans vraiment trop y croire. Même si elle avait conscience de n'être qu'un pion dans le décorum que Victoria avait monté de A à Z, elle était touchée par les attentions de sa sœur. Celle-ci lui avait apparemment pardonné, et cela lui fit chaud au cœur.

La garden-party fut moins désagréable qu'elle ne l'avait imaginé. Le soleil fit même quelques apparitions. Victoria avait réussi à créer une ambiance détendue et printanière sans trop en faire. Et Chelsea avait été soulagée : personne ne s'était vraiment intéressé à elle, ni n'avait eu l'inconvenance de lui demander quels étaient ses projets. Elle avait discuté de tout et de rien, des derniers sondages qui plaçaient le parti de Thomas en bonne place pour les prochaines élections, faisant mine de s'y intéresser. Son frère n'avait fait qu'une brève apparition. Il lui avait posé un baiser fraternel sur le front, entre deux poignées de main. Il avait toutefois pris le temps de lui glisser la carte d'un de ses amis devenu brillant avocat, spécialisé dans les questions du numérique, lui conseillant de faire appel à lui pour régler définitivement le problème de la vidéo.

Elle avait repris espoir, tout cela serait bientôt loin derrière elle, s'était-elle dit. Finalement, les retrouvailles avec sa famille s'étaient mieux passées qu'elle ne le craignait. Chacun à sa manière avait eu un geste pour elle.

Mais son avenir était désormais aux États-Unis, elle en avait la certitude.

- 13 -

Le jour de l'inauguration de la grange était arrivé. C'était un moment important car il servirait de grande répétition pour le mariage de Connor Bryce. Il fallait que tout soit parfait.

Ethan avait revêtu un pantalon beige et une chemise blanche, qu'il avait pris soin de repasser. Il tenait à faire honneur à Lucy car elle le méritait. Elle avait tenu ses délais et était allée au bout de son projet. Cette soirée était l'aboutissement d'un travail acharné qu'elle avait mené avec courage et virtuosité de bout en bout. Il était fier d'elle. Cette soirée était la sienne.

Mais Chelsea, qui avait joué un grand rôle dans cette aventure, ne serait pas là. Elle lui manquait cruellement. Ce n'était pas, hélas, la première épreuve qu'il traversait dans sa vie. Il avait appris à vivre avec la douleur et il s'en sortirait, comme à chaque fois.

Ce soir, il venait avant tout pour sa sœur. S'il le fallait, il mettrait la main à la pâte, même si Juliette, organisatrice hors pair, semblait avoir les choses bien en main. Ce soir, il ne serait pas question de Chelsea.

Cela faisait deux semaines qu'elle était partie. Depuis, il ne s'était pas passé un jour sans qu'il ait envie de l'appeler. Mais il s'était retenu. De tout son cœur, il aurait voulu la revoir, au moins une fois, mais la raison lui disait que c'était inutile. Elle était retournée à Londres, et il ne voulait pas d'une relation à distance. Il avait déjà vécu une situation similaire avec Molly et savait que cela ne pouvait pas tenir longtemps. Comment imaginer que Chelsea renoncerait à la vie facile et aux fêtes londoniennes pour venir s'enterrer dans un ranch perdu au milieu de nulle part ?

Car le problème était là, il en était bien conscient. C'était la triste vérité, mais il survivrait. C'était du moins ce qu'il se répétait chaque jour, comme un mantra. À force, il finirait bien par y croire.

La soirée commençait à 19 heures. D'habitude, il n'était pas très fan de ce genre de fête. Il avait appelé Lucy ce matin pour lui demander si elle avait besoin qu'il vienne un peu avant pour aider. Mais elle lui avait assuré que Juliette et elle se débrouilleraient toutes seules. Du coup, il avait pris son temps pour faire sa tournée et vérifier que tout était en ordre au ranch.

Le soleil commençait à décliner. Le paysage se teintait de couleurs chatoyantes, orange, jaune, rose, rouge, puis le ciel s'embrasa avant que le soleil disparaisse derrière les collines. Une nouvelle journée se terminait. Depuis que Chelsea était partie, il se sentait toujours un peu triste au crépuscule. Pendant la journée, aux heures les plus chaudes, il lui semblait que le soleil lui tenait compagnie, lui faisait oublier sa peine. À la tombée de la nuit, en revanche, l'angoisse refaisait surface, comme si un grand manteau noir se posait sur son âme douloureuse.

Heureusement, il n'avait pas retouché à la boisson. Ce n'était pourtant pas l'envie qui lui avait manqué. L'alcool, avec son pouvoir anesthésiant, lui aurait permis d'oublier son chagrin, ne serait-ce que quelques heures. Il avait dû appeler son tuteur à l'aide deux fois, car il sentait qu'il était sur le point de craquer.

L'envie de prendre un verre était toujours plus forte au coucher du soleil. Sa mère appelait ce moment « l'heure grise », et il comprenait pourquoi, maintenant.

Mais il n'allait pas se laisser détruire par un chagrin d'amour.

Pourtant, ce soir comme tous les soirs depuis deux semaines, en visitant ses pâturages et ses étables, il voyait Chelsea partout. Chaque endroit lui rappelait un souvenir, un moment passé avec elle. Partout où il regardait, il la voyait… À l'ombre du grand chêne, le long de la clôture, dans les collines environnantes…

Combien de temps lui faudrait-il pour chasser son fantôme de ses pensées ?

Ces accès de mélancolie le mettaient en colère contre lui-même. Chelsea n'était pas morte. Elle était juste partie. Et il ne lui en voulait pas, il ne la haïssait pas. Il n'avait rien à lui reprocher. Elle était simplement d'un autre milieu que lui, d'un autre pays. Elle était une aristocrate anglaise, lui un cow-boy texan. Normalement leurs chemins n'auraient jamais dû se croiser. Le hasard de la vie les avait réunis et, contre toute attente, ils avaient été attirés l'un par l'autre.

Mais il l'aimait encore et il s'en voulait de l'avoir laissée partir sans rien dire, sans essayer de sauver au moins une petite partie de leur histoire. Ils auraient pu rester amis. Garder le contact malgré la distance.

Croyait-il vraiment à cette possibilité ?

Pour être honnête, non. Il ne pourrait jamais être juste son ami. Il voulait être son amour, son amant, et rien d'autre.

Pour la première fois depuis qu'elle était partie, il réalisa que s'il pensait toujours à elle, c'était parce qu'ils n'avaient rien réglé entre eux. Tout était resté en suspens, après les aveux qu'elle lui avait faits. Il ne savait pas ce qu'elle avait ressenti, et il n'avait rien exprimé de son côté. Ils s'étaient séparés, arrachés l'un à l'autre si brusquement que la blessure ne pouvait se refermer.

Il jeta un coup d'œil sur l'horloge de son tableau de

bord et fit une gymnastique mentale pour savoir quelle heure il pourrait être en ce moment à Londres. Il y avait six heures de décalage. S'il était 19 h 30 à Celebration, il devait être 1 h 30 du matin à Londres. C'était tard. Mais on était samedi soir. Il se demanda ce qu'elle faisait, à cette heure. Était-elle en train de dormir ? Ou bien était-elle sortie avec des amis ? Ou avec un nouveau prétendant… ? Même cela ne le regardait pas. Cette pensée fut comme un coup de poignard dans son cœur.

Il arrêta son camion sur le côté de la route et prit son téléphone. Il fit défiler les derniers messages qu'ils avaient échangés et s'arrêta sur celui où elle lui demandait de le rejoindre chez Juliette car elle avait quelque chose d'important à lui dire. C'était le fameux soir où tout avait basculé. Il le relut pour la millième fois et se tortura l'esprit pour savoir ce qu'il aurait pu faire pour que tout ceci n'arrive pas, pour changer le cours des choses.

Évidemment, il ne découvrit rien de nouveau. Sauf la même idée obsédante : il aurait dû lui parler. Mais il avait beau tourner et retourner la situation dans tous les sens, il ne trouvait aucun argument qui aurait pu la convaincre de rester. Et il revenait au point de départ.

Ce cheminement tournait en boucle dans son esprit tous les jours pendant qu'il faisait le tour de son ranch, et faisait maintenant partie de lui.

Quelle triste fin pour une histoire qui avait si bien commencé ! Il avait été complètement abasourdi par les révélations de Chelsea. Quand elle lui avait demandé de venir ce soir-là, il avait cru qu'elle allait lui dire que tout était allé trop vite entre eux et qu'elle avait besoin de temps.

Comme un idiot, il avait cru qu'il lui suffirait de prendre un peu de distance, pour qu'elle réalise à quel point ils étaient bien ensemble. Il comprenait parfaitement qu'elle ait besoin d'air, qu'elle n'ait pas envie d'être vingt-quatre heures sur vingt-quatre avec lui. Pourtant il savait au fond de lui qu'ils étaient faits l'un pour l'autre. Et la vie les avait séparés.

Mais étaient-ils vraiment faits l'un pour l'autre ? Tous ces doutes se mélangeaient, rebondissaient dans sa tête comme des balles de ping-pong, et il ne savait plus où il en était.

Il passa les textos du dernier jour et revint sur des messages plus insouciants.

> Chelsea : Qu'est-ce que tu aimerais pour dîner ce soir ?
> Ethan : Toi, dans le lit.

Ou encore :

> Ethan : Tu veux faire une balade à cheval cet après-midi ?
> Chelsea : J'ai plutôt envie d'une sieste…

Il sourit en relisant ces phrases pleines de légèreté et de gaieté. Les allusions coquines auraient pu laisser croire que leur relation était basée sur le sexe. Et Dieu sait que, de ce côté, ils avaient atteint des sommets. Mais leur histoire ne pouvait être réduite à ce seul aspect. C'était bien plus profond.

S'il lui envoyait un message maintenant, elle le lirait en se réveillant… Et elle pourrait répondre quand elle en aurait envie. Si elle en avait envie.

Il appuya sur la touche « Écrire un message » et commença à taper :

> Salut, j'ai terminé ma tournée du ranch. Nous n'avons jamais monté à cheval finalement. La prochaine fois que tu viens chez Juliette, fais-moi signe, et on fera une balade.

Aussitôt ce message écrit, il commença à l'effacer, du moins la dernière partie : « fais-moi signe et on fera une balade ». Il trouvait sa phrase ridicule. Il chercha autre chose, une autre formule qui ne soit ni trop pathétique ni trop légère, mais en vain.

Bon sang, pourquoi perdait-il son temps à ces enfantillages ? Qu'est-ce qu'il avait à se torturer les méninges pour un simple texto comme si sa vie en dépendait ?

Il s'agissait juste d'envoyer un message à une amie. Rien de plus. Il le saisit à nouveau et appuya sur « Envoyer ». Immédiatement, une vague d'angoisse le submergea, et il s'accrocha des deux mains au volant en attendant que ça passe.

Il en avait vu d'autres, dans sa vie. Il avait surmonté l'accident, puis la mort de ses parents, il s'était sorti de l'alcoolisme, s'était reconstruit après son divorce. Il n'allait pas flancher maintenant, pour une banale histoire d'amour.

Une de perdue, dix de retrouvées.

Au moment où il posa la main sur le levier de vitesse, un petit bruit signala l'arrivée d'un nouveau message sur son téléphone.

Son cœur fit un bond dans sa poitrine. Il saisit l'appareil et lut la réponse de Chelsea.

Salut. Contente d'avoir de tes nouvelles. Je pensais justement à vous. C'est ce soir la grande fête d'inauguration, n'est-ce pas ? Tout se passe bien ?

Il répondit aussitôt :

Je ne sais pas, je suis en chemin pour y aller. Je sais qu'il est tard à Londres, j'espère que je ne t'ai pas réveillée.

La réponse de Chelsea ne se fit pas attendre.

Non, tu ne me réveilles pas. Moi aussi je suis à une fête ce soir. Je vous embrasse, Lucy et toi. Je suis avec vous en pensées.

Il se demanda s'il devait lui répondre. Il avait bien remarqué qu'elle n'avait pas relevé sa proposition. Mais elle savait bien comme lui que la balade à cheval était juste une entrée en matière, un prétexte. Il n'allait pas arrêter de vivre en attendant qu'elle repasse un jour à Celebration, ce qui était fort peu probable. Mais s'ils se donnaient régulièrement des nouvelles, peut-être qu'un jour il pourrait aller lui rendre visite à Londres.

On n'y était pas encore, toutefois. C'est pourquoi il décida de répondre ceci :

Merci. Je transmets à Lucy dès que je la vois. À bientôt.

Il jeta son téléphone sur le siège du passager et prit le chemin de la grange. Le parking était déjà rempli de voitures et de pick-up, comme si toute la ville de Celebration était venue apporter son soutien à Lucy.

Il trouva une place dans la partie en terre battue derrière le bâtiment et nota mentalement de ne pas oublier de dire à sa sœur qu'elle devrait rapidement faire agrandir le parking.

Il fit le tour de la grange et, en arrivant devant la porte, il entendit l'orchestre qui jouait un air de country. On entendait aussi le joyeux brouhaha des invités. Il s'en félicita pour Lucy. Il n'avait pas vraiment réalisé, quand elle s'était lancée dans ce projet un peu fou, qu'elle était vraiment dans son élément. Si quelqu'un savait organiser des fêtes et créer une ambiance, c'était bien Lucy. Il vérifia sa tenue avant de pousser la grande porte en bois décorée d'une guirlande de petits lampions et d'une grosse couronne d'épis de blé noués avec un ruban à carreaux.

Il n'était pas d'humeur à faire la fête, certes, mais il n'allait pas gâcher la réussite de sa sœur. La main sur la porte, il hésita encore, se demandant s'il aurait dû lui apporter des fleurs pour l'occasion. Il faillit repartir pour aller en acheter, mais il se rendit compte que c'était encore une excuse pour reculer le moment d'entrer. Le plus beau cadeau qu'il pouvait faire à Lucy, c'était d'être là et de s'amuser.

Et plus tôt il arriverait, plus tôt il pourrait repartir !

Alors il ouvrit la porte et entra dans la grande salle. Et au milieu de la centaine d'invités qui se pressaient, la première personne qu'il vit fut Chelsea.

Quand Chelsea aperçut Ethan, ses jambes se dérobèrent sous elle. Elle avait longuement hésité avant de se décider à faire ce voyage, mais elle tenait à être là pour Lucy. Elles étaient restées en contact depuis qu'elle avait quitté Celebration, et elle lui avait même donné quelques ultimes recommandations à distance. La nouvelle salle des fêtes était loin d'être terminée, mais elle était assez présentable pour que l'on y organise cette soirée rustique et bon enfant. Le plus gros était fait. Il manquait encore quelques aménagements pour que le mariage de Connor puisse s'y tenir mais, ça, c'était l'affaire de Lucy et Juliette, à présent. Elle, elle avait assuré le principal pour ce soir. Et elle avait succombé aux prières de Lucy, qui l'avait suppliée d'être présente le jour J.

Peu de temps auparavant, elle avait contacté l'ami avocat de son frère. Grâce à son intervention, la vidéo avait été totalement retirée d'Internet, et Hadden Hastings et Bertie Veal avaient été rappelés à l'ordre. Non seulement l'ami de Thomas avait fait planer la menace de poursuites judiciaires contre les deux hommes, faisant référence à divers procès intentés à des journaux ou sites Internet pour non-respect de la vie privée, mais il avait également averti Bertie Veal que, s'il quittait le territoire britannique, il pourrait avoir des difficultés pour y revenir. Le journaliste semblait en effet traîner quelques casseroles derrière lui, de vieilles affaires enterrées, mais qui pourraient bien être ressorties pour l'occasion.

L'ami de Thomas avait mis les deux hommes devant leurs responsabilités : soit ils continuaient à harceler Lady Chelsea et sa famille, et alors ils le trouveraient sur leur chemin et ils risquaient de le regretter toute leur vie, soit ils laissaient la famille Ashford Alden tranquille et il cesserait les poursuites judiciaires. C'était à eux de voir.

Le marché avait été mis entre leurs mains deux semaines plus tôt et, depuis, Chelsea n'avait plus entendu parler d'eux.

Elle avait l'impression de renaître, de sortir d'un long cauchemar. Elle était prête pour un nouveau départ, et ce nouveau départ aurait lieu à Celebration, Texas.

Bien sûr, elle n'avait aucune garantie qu'Ethan l'accueillerait à bras ouverts. Depuis ce jour funeste où elle lui avait tout avoué et où elle était partie précipitamment, elle n'avait eu aucune nouvelle, jusqu'à ce petit texto, amical mais prudent. Elle ne savait pas vraiment quoi en penser. Impossible de savoir dans quel état d'esprit il se trouvait.

Certes, il avait pris l'initiative de la contacter, mais rien ne lui disait qu'il voulait reprendre leur relation amoureuse brusquement interrompue. Il voulait peut-être juste rester ami avec elle, comme il était resté ami avec Molly.

Pouvait-il à nouveau lui faire confiance après ce qu'il avait appris d'elle ?

Elle le regarda s'avancer vers elle et les mêmes petites clochettes tintèrent dans sa tête, comme à chaque fois qu'elle le retrouvait. Son cœur se mit à battre plus fort, lui prouvant que ses sentiments pour lui étaient intacts. Oui, elle était toujours amoureuse de lui et elle ne désirait qu'une chose : le reconquérir.

Elle n'avait aucune idée de ce que lui ressentait, mais elle sut à cet instant qu'il était l'homme de sa vie et que, cette fois, elle ne laisserait pas filer sa chance.

Tandis qu'il s'approchait, la nervosité la gagna et devint presque intenable. Elle dut faire un effort surhumain pour desserrer les doigts de sa main crispés sur son verre. Lorsqu'il arriva devant elle, elle fit un petit sourire timide pour le saluer.

Le visage d'Ethan ne laissait rien paraître. Ses yeux brillaient d'un éclat intense, mais l'expression de son visage était neutre. Elle ne savait pas s'il était heureux de la trouver ici, ou si, au contraire, il allait lui demander de partir.

Il fallait qu'elle dise quelque chose, n'importe quoi !

— Bonjour, Ethan. C'est une belle fête, n'est-ce pas ?

— Tu es là. Tu es revenue.

Il voulut continuer, mais s'arrêta et baissa la tête, comme s'il cherchait ses mots.

— J'ai cru que tu ne reviendrais jamais, murmura-t-il. Ton départ avait l'air si définitif.

— J'étais obligée de partir, je n'étais plus en sécurité ici, répondit-elle, une boule dans la gorge. Mais maintenant le cauchemar est terminé. Je suis là parce que je me sens bien ici, je me sens chez moi.

Ethan esquissa à peine un sourire, ce sourire qui lui avait tant manqué, comme l'air à une personne en train de se noyer. Elle n'avait pas vraiment réalisé à quel point il lui avait manqué, jusqu'à aujourd'hui. En le voyant devant elle, elle mesura le vide qu'il avait laissé en elle.

Elle était follement attirée par lui, elle l'aimait plus que tout au monde. Mais ce n'était pas cela qui comptait. Ce qu'elle désirait de toute son âme, c'était qu'il lui pardonne. Et que peut-être, peut-être, il l'aime pour ce qu'elle était, malgré ses errements et ses mensonges.

— Tu ne m'as pas répondu au sujet de la balade à cheval, dit-il.

— Oh ! Nous avons tout notre temps désormais, puisque je suis revenue.

Pourquoi s'obstinait-il à lui parler de balade à cheval ? Ce n'était pas cela qu'elle voulait entendre. Peut-être n'osait-il pas parler de l'essentiel ? Elle devait l'aider.

— Tu en as vraiment envie, Ethan ?

Les mots étaient sortis tout seuls. Tant pis, elle ne pouvait plus reculer.

— Je l'espère, en tout cas, poursuivit-elle comme il ne répondait pas. Car quand je suis partie, après ce que je t'avais raconté, j'avais peur que tu ne veuilles plus jamais me parler. Et même ne plus jamais me voir. Je regrette de t'avoir menti, je ne voulais pas. Je n'ai pas l'habitude de mentir aux gens que j'aime. Mais je sais ce que tu t'es dit. Tu t'es retrouvé devant une inconnue, alors que tu croyais me connaître. C'est très déstabilisant, et je comprendrais que tu ne veuilles plus me voir.

— Non, tu te trompes, Chelsea. Je te connais très bien. Je sais qui tu es, et je sais pourquoi tu m'as caché la vérité. Tu ne pouvais pas faire autrement. Quant à la vidéo, je m'en fiche, je ne l'ai pas regardée.

— De toute façon, elle a été définitivement effacée. Et Bertie Veal ne m'embêtera plus. Enfin ne *nous* embêtera plus. Tout cela, grâce à Thomas. C'est ça, les grands frères…

— Je t'aime, Chelsea. Pour quelle raison ne voudrais-je plus te voir ?

Chelsea sentit la salle se mettre à tanguer autour d'elle. Elle n'avait pas rêvé, il l'aimait !

Quand elle reprit ses esprits, elle put enfin libérer le flot de paroles qui jaillirent de son cœur, désordonnées, presque incohérentes.

— Tant mieux parce que moi aussi je t'aime, et il fallait vraiment que l'on fasse quelque chose pour nous sortir de cette impasse. Moi à Londres, toi à Celebration, ce n'était plus possible. Puisque nous nous aimons, nous devons nous parler. En fait, je crois que je n'ai jamais été aussi malheureuse que ces deux dernières semaines, seule à Londres, loin de toi. Et j'ai tellement de choses à te dire que…

Mais elle ne put terminer sa phrase. L'instant d'après, elle était dans les bras d'Ethan qui la souleva de terre et posa la bouche sur la sienne, comme pour absorber ses mots.

— Voilà ma réponse, dit-il en desserrant un peu son étreinte avant de la reposer à terre.

Elle avait la tête qui tournait mais elle eut assez de présence d'esprit pour demander :

— Donc, tu penses que c'est une bonne idée pour moi de revenir à Celebration et d'y ouvrir un studio de design ?

Ethan la serra à nouveau contre lui.

— C'est la meilleure idée que j'aie entendue depuis des années, lui murmura-t-il à l'oreille. La seule chose qui pourrait me rendre encore plus heureux serait que tu m'épouses. Je t'ai déjà laissée partir une fois, et je ne referai pas la même erreur deux fois.

Chelsea fut secouée d'un tremblement.

— Ethan Campbell, j'ai bien entendu ? C'est une demande en mariage ?

— C'est bien ça. Comme je ne l'avais pas vraiment prévue, je n'ai pas la bague, mais on va faire comme si, répondit-il en s'agenouillant devant elle. Chelsea Ashford Alden, voulez-vous faire de moi l'homme le plus heureux de la terre ? Voulez-vous m'épouser ?

Tout à coup, Chelsea se rendit compte que la musique s'était arrêtée et que tous les yeux étaient braqués sur eux.

— Oui ! dit-elle d'une voix claire.

Toute la salle applaudit et l'orchestre entonna une chanson d'amour que Chelsea connaissait mais dont elle avait oublié le titre.

— Une dédicace spéciale pour les amoureux ! annonça le chanteur.

Et tout le monde s'écarta pour les laisser s'avancer sur la piste de danse.

Ils s'enlacèrent et commencèrent à se balancer doucement en musique. Chelsea plongea son regard dans celui d'Ethan.

— Je pense que c'est la demande en mariage la plus romantique de l'année, dit-elle. Et aussi la plus spontanée. Plus personne ne pourra dire que tu manques de spontanéité.

— Je me fiche de ce que l'on peut dire de moi à l'avenir, du moment que nous sommes ensemble. Plus rien ne pourra nous séparer.

LAUREN CANAN

Exquise tentation

Traduction française de
FRANCINE SIRVEN

Passions

HARLEQUIN

Titre original :
ONE NIGHT WITH THE TEXAN

- 1 -

Flanqué de ses deux gardes du corps, Cole Masters descendit avec nonchalance les quelques marches de l'hôtel, en direction de la limousine qui devait le conduire à l'aéroport. Retour à Dallas. Affaire conclue sans le moindre accroc. Une fois de plus. Un moment, il avait espéré que la partie adverse émettrait une objection, histoire de casser un peu la routine. Mais cette fusion, en fin de compte, s'était révélée aussi facile et ennuyeuse que les autres.

Sur le trottoir, il fit une pause pour regarder autour de lui, souriant à la douceur du soleil de cette fin d'après-midi sur son visage. La Nouvelle-Orléans. Big Easy, la bien nommée tant il y faisait bon vivre. Cela faisait des années qu'il n'avait pas pris le temps de flâner dans le Quartier français, connu pour sa gaieté et sa musique. Mais il en gardait un souvenir ému. Soudain, une idée lui traversa l'esprit.

— Trouvez-moi une friperie, dit-il au chauffeur au garde-à-vous. Style dépôt-vente et vêtements d'occasion.

— Pardon, monsieur ?

— Tout de suite, merci.

Le type disparut dans la voiture et en émergea une minute plus tard avec une adresse.

— Parfait. Vous pouvez m'y emmener ?

— Bien sûr, monsieur.

— Gene ! lança-t-il à son chef de la sécurité. Vous

pouvez rentrer à la maison, Marco et vous ! Le jet est stationné devant le terminal D. Prenez-le.

— Mais, monsieur Masters, je ne sais pas si c'est bien prudent de…

— Tout ira bien. Dites au pilote de revenir me chercher demain après-midi, ordonna Cole tout en montant dans la limousine. Et maintenant, shopping, dit-il au chauffeur.

Ses gardes du corps le regardèrent s'éloigner, les yeux ronds, comme s'il avait perdu la tête. C'était peut-être le cas, après tout. Il avait envie d'être fou, de vivre le moment présent, de se libérer de tout et de tous pour se fondre dans la masse des autres piétons et jouir pleinement de cette parenthèse qu'il venait généreusement de s'octroyer.

Il en avait assez. Assez de ces béni-oui-oui qui acquiesçaient à ses moindres faits et gestes en lui faisant des courbettes. Assez des affaires, des manigances. Des intrigants, des ambitieux. Mais, plus que tout, il en avait assez d'être l'otage de la compagnie familiale. L'image qu'il était censé donner de lui-même commençait à lui peser. À l'étouffer. Et impossible de tomber le masque ou d'espérer un répit.

Résultat, il était devenu amer, agressif. Il disait des choses qui ne lui ressemblaient pas. Peu à peu, ses proches prenaient leurs distances avec lui. Difficile de leur en vouloir. Cynique, méfiant, dédaigneux, tel était le reflet qu'on lui renvoyait de sa personne. Il n'aimait pas ce qu'il était devenu. Directeur financier d'une entreprise pesant plus de huit milliards de dollars, il ne retirait en réalité aucune fierté de sa réussite.

Après avoir acheté un jean, un T-shirt, une veste et une paire de chaussures éraflées, il congédia son chauffeur et se changea. Puis il sortit dans la moiteur de la rue, espérant que personne ne le reconnaîtrait. Il voulait se perdre, se laisser emporter par l'atmosphère si particulière de La Nouvelle-Orléans.

*
* *

L'homme avait quelque chose de plus troublant encore, vu de près. Son visage était d'une beauté ténébreuse, marqué du sceau de l'expérience. Fascinée, Tallie Finley continua de l'observer à la faveur de la nuit tombante, sous les lampions de la terrasse du bistro. Ses cheveux châtain foncé, parsemés de mèches plus claires, faisaient ressortir comme des paillettes dorées dans ses yeux. Des yeux magnétiques, qui donnaient envie d'y plonger. Mais tout ça n'était rien à côté de ses lèvres, pleines et sensuelles, faites pour aimer. Elle ne put s'empêcher d'imaginer cette bouche sur la sienne, ces mains fortes et puissantes sur elle, dans le feu de l'action. Il devait être capable de vraies prouesses au lit, songea-t-elle en rougissant. Bref, le partenaire idéal.

Grand, athlétique, il portait un jean râpé avec un T-shirt noir délavé et une veste noire, trop grande pour lui — chose surprenante, étant donné la largeur de ses épaules. On avait l'impression de voir un homme qui avait eu son heure de gloire, avant de tout perdre.

— On fait quoi maintenant ? demanda soudain Kate « Mac » McAdams, après avoir vidé son verre de vin.

— Le lancer de colliers ! Pas question de rentrer sans notre cargaison de perles, décréta Ginger Barnes en bondissant de sa chaise.

À regret, Tallie abandonna l'inconnu derrière elle, avec l'espoir de le revoir un peu plus tard. En effet, elle le croisait partout où elle allait, ce soir. Elle suivit ses deux amies dans Bourbon Street pour vivre l'un des moments forts de La Nouvelle-Orléans. Durant le Carnaval, la tradition voulait que des femmes montrent leurs seins aux passants, pour recevoir en échange des colliers de perles. Si Tallie était intriguée par cette coutume, elle ne prévoyait pourtant pas d'y participer.

Quand elles furent de retour dans leur chambre, au deuxième étage de l'hôtel-pension, Tallie se rendit immédiatement sur le balcon pour contempler la foule en dessous. Les mains pleines de perles violettes, dorées et vertes, de jeunes hommes encourageaient les filles de l'appartement voisin, totalement surexcitées, à exhiber leur poitrine.

Il régnait une atmosphère électrique. Des musiciens de rue rivalisaient avec les rythmes jazzy et R'n'B qui se déversaient par les portes grandes ouvertes des bars, mais bizarrement sans que cela tourne à la cacophonie. Pas ici, pas dans cette ville. Tout n'était que rires et cris de joie, couleurs flamboyantes, parfum d'épices et de grillades. Un monde déroutant, enivrant, dont Tallie aurait forcément la nostalgie au moment de rentrer au Texas, pour sa recherche d'emploi.

— Ne reste donc pas plantée comme ça ! lui lança Ginger. Si tu veux un collier, ma fille, tu sais ce qui te reste à faire.

— Allez ! insista Mac.

Tallie sourit devant la gaieté de ses amies. Ginger avait été sa camarade de chambre durant les six années qu'elles venaient de passer à l'université. Quant à Mac, la troisième de la bande, elle était venue à Big Easy avec une seule idée en tête : faire la fête.

— Je n'en ai pas très envie, répondit-elle néanmoins. Mais je vous en prie, ne vous privez pas pour moi.

— Oh ne t'inquiète pas pour ça, répondit Mac avec un clin d'œil. J'ai bien l'intention de ramener un collier à la maison. Si tu te dégonfles, je passe la première !

— Tu sais que tu peux acheter ce genre de verroterie dans n'importe quelle boutique de la ville ?

— Oui, mais où serait le plaisir, dans ce cas ? rétorqua Mac.

Celle-ci rejoignit aussitôt le balcon en dansant, puis

elle déboutonna lentement son chemisier, provoquant le délire de la foule dans la rue.

Elle ne dévoila sa poitrine qu'un quart de seconde, pas plus. Mais apparemment ce fut suffisant, puisque les garçons en remerciement lancèrent aussitôt plusieurs colliers à Mac, qui les attrapa au vol. Incrédule, Tallie vit alors Ginger s'avancer à son tour sur le balcon en se déhanchant pour imiter leur amie. Puis toutes deux se tournèrent vers elle.

— Non, merci, dit Tallie. Ce n'est pas mon truc. Et à vrai dire, je suis assez surprise de vous voir faire quelque chose d'aussi… bizarre.

— Ne me dis pas qu'avec ton diplôme tout neuf en poche tu vas te lancer dans la vie active sans te lâcher au moins une fois ? hurla Ginger dans un éclat de rire, avant de vider son verre.

Encore un, le quatrième au moins. Et la soirée ne faisait que commencer !

— Eh bien si, c'est exactement ce que je compte faire, répondit Tallie en riant.

Pas question de boire au point de se retrouver à exhiber ses seins devant tous ces gens. Qu'arrivait-il à ses amies, habituellement si studieuses, si collet monté ? Tallie comprenait que l'on éprouve le besoin de relâcher la pression après toutes ces années d'études, mais pas à ce point.

— Venez, dit-elle à ses amies en rentrant dans la chambre. Il y a tant de choses à voir. Et j'ai envie de danser !

— Moi aussi, acquiesça Ginger. Un slow, de préférence. Tiens…, ajouta-t-elle en lui glissant quelques colliers autour du cou. Il faut que tu sois élégante, si tu veux trouver un cavalier.

— Elle a raison, renchérit Mac qui rajouta d'autres perles au cou de Tallie. Et voilà ! Bien, il est temps de passer aux choses sérieuses, mesdames !

Aux choses sérieuses ? Tallie comprit tout de suite à quoi son amie faisait allusion.

— C'est bien joli tout ça, mais on est vendredi soir, les clubs et les pubs doivent tous être bondés, soupira Ginger.

— Il doit bien rester de la place pour nous quelque part, fit Mac.

— Oh oui, et je sais où, gloussa soudain Ginger. J'ai entendu un groupe tout à l'heure discuter d'un endroit près du Quartier français. Super, paraît-il. Le Gator Trap Bar & Grill. Sur Bourbon Street, direction St. Ann. Ils font de fabuleux cocktails, apparemment. Le Horny Crock, le Swamp Itch.

— Bof, fit Tallie, peu convaincue.

— Je meurs d'envie d'en goûter un, insista Ginger. Peut-être même les deux !

S'étant mises d'accord sur leur destination, elles sortirent de la chambre et, après avoir rempli leur verre au comptoir d'un marchand ambulant, elles descendirent Bourbon Street.

Une fois sur place, Tallie marqua un temps d'arrêt. Il ne devait pas se trouver bar plus lugubre que le Gator Trap dans toute La Nouvelle-Orléans. L'endroit était plongé dans la pénombre, juste éclairé par des bougies sur les tables et des guirlandes de Noël défraîchies, au-dessus du miroir, derrière le comptoir. Au fond de la salle, un quartet interprétait un blues aux accents nostalgiques.

À peine arrivées, Ginger et Mac se rendirent aux toilettes, la laissant seule au bar.

— Qu'est-ce que je vous sers ? demanda le barman, qui passa un rapide coup de chiffon sur le zinc avant de prendre sa commande.

— Préparez deux Swamp Itch, dit un homme à sa droite en jetant quelques billets sur le comptoir. Pas question de partir de La Nouvelle-Orléans sans y avoir goûté… Vous allez adorer. C'est *la* spécialité du Gator.

Tout sourire, Tallie se retourna et reconnut avec surprise l'homme mystérieux croisé à plusieurs reprises, au cours de la soirée. Une lueur d'amusement traversa son regard lorsque, à son tour, il la reconnut.

— On dirait que nous avons les mêmes goûts…

— Vous parlez des poissons, sans doute ? fit-elle, se rappelant qu'elle sortait de l'aquarium, la première fois où elle l'avait remarqué.

— Et des artistes, sur Jackson Square.

— Ils étaient excellents ! En revanche, vous ne semblez pas fan de pédalo ni du zoo…, ajouta-t-elle.

— Non, peut-être la prochaine fois…

Sa voix était grave, hyper sensuelle, résolument sexy. Quand le barman les eut servis, l'inconnu leva son verre pour porter un toast.

— Aux nouvelles expériences ?

— Aux nouvelles expériences, acquiesça Tallie en souriant.

En réalité, il ne s'agissait que de cela, ce soir. Elle avait passé son doctorat ici, sans jamais pourtant s'autoriser la moindre sortie dans la ville de toutes les tentations. À cause de l'argent bien sûr, car elle ne roulait pas sur l'or, mais surtout à cause de ses études. L'archéologie était plus qu'un diplôme, pour elle. C'était une passion.

Elle ferma les yeux. Ginger ne croyait pas si bien dire à propos des cocktails du Gator. Fameux. Troublée par la chaleur, l'humidité et la proximité de cet homme, elle engloutit son verre en moins de deux minutes.

— Deux autres, merci ! lança l'inconnu au barman avant de se tourner vers elle. Vous dansez ?

Ce n'était pas une question, plutôt une injonction, mais quand il prit sa main dans la sienne, il ne lui vint même pas à l'idée de protester. Il l'entraîna sur la petite piste de danse et, passant les bras autour de sa taille, l'attira contre lui. Comme elle s'y attendait, il était tout en muscles et en puissance. Et malgré son mètre soixante-quinze, c'est à peine si elle lui arrivait au menton. Il ne se lança pas dans de grands discours, se contentant apparemment de bouger avec elle au rythme de la musique soul. Ce à quoi Tallie ne trouva rien à redire.

Elle jeta un bref regard à Ginger et Mac, de retour dans la salle, toutes deux lui faisant un clin d'œil au passage, pouce levé. Après trois chansons, son cavalier la ramena au comptoir où leurs cocktails les attendaient. Comme la première fois, Tallie vida son verre en un temps record et, lorsque le barman approcha, l'inconnu passa une nouvelle commande.

— Vous vivez ici, si je comprends bien, dit-elle.

Elle était fascinée par le va-et-vient de sa pomme d'Adam quand il buvait. À croire que tout chez cet homme était sexy.

— Non. En fait, je vis… un peu partout. Je n'ai pas vraiment de maison.

— Oh. Comme je vous plains…

— Vous me plaignez ? D'avoir la possibilité de vivre ici et là, sur cette planète ?

— Attention, je ne dis pas que le voyage n'est pas une bonne chose. À condition d'avoir un chez-soi, comme une base, un repère. Un endroit où on aime revenir. Quelque part où on peut se laisser aller, éteindre son téléphone, dormir dans son lit, parce qu'on est… Eh bien, oui, chez soi.

Avec un sourire, Tallie lui tapota le bras.

— Mais ne vous en faites pas. Un jour, vous verrez le bout du tunnel et trouverez une maison. Je vous le garantis.

— Je vous crois sur parole, répondit-il avec un petit sourire, comme si sa remarque l'amusait. Et vous, ajouta-t-il, vous avez un… chez-vous ?

Sur ces mots, il commanda deux autres cocktails.

— Oui, le Texas. Le Nord-Est. C'est là-bas que j'ai

grandi et que vit ma famille. J'ai fait mes études ici, à l'université Tulane, mais, demain, je rentre à la maison.

Le quartet entama un nouveau morceau au moment même ou le barman déposait leurs verres sur le comptoir. Les yeux rieurs, l'inconnu la regarda boire une gorgée de son cocktail.

— C'est un vrai régal, commenta-t-elle.

— Ravi que ça vous plaise, dit-il en se levant. Vous venez ?

— Oui.

Le morceau interprété par le groupe était un slow, le tempo idéal pour danser collé-serré. Elle se blottit entre ses bras puissants, appuyant sa tête contre son épaule. Les yeux clos, elle s'abandonna à la musique, grisée par son odeur, la chaleur de son corps, tandis qu'il promenait ses mains sur son dos.

Soudain, il prit son visage entre ses mains et, avec délicatesse, écarta quelques mèches sur son front. Ce qu'elle vit alors, dans la pénombre, lui coupa le souffle. Une lueur ardente dansait dans ses yeux couleur d'ambre. Mais ce furent ses lèvres, surtout, qui la fascinèrent. L'idée d'un baiser devint alors une obsession. Une obsession à laquelle il mit heureusement bien vite un terme.

Quand il l'embrassa, doucement mais fermement, Tallie resta un moment sous le choc. La souplesse de ses lèvres contrastait avec ce corps tout en robustesse et en muscles.

Leur baiser fut si bref qu'elle crut un moment avoir rêvé. Il la regardait à présent, comme s'il s'attendait à ce qu'elle proteste, sauf qu'elle sourit, au contraire.

— Vous êtes si belle…, lui murmura-t-il alors à l'oreille, visiblement satisfait.

La chaleur de son souffle la fit frissonner. Il délaissa son oreille pour ramener sa bouche sur la sienne et, cette fois, sa langue s'insinua entre ses lèvres, insistante. Il avait un goût d'épices, ainsi que de cocktail et, par-dessus tout, une saveur éminemment masculine qui acheva de la troubler. Lorsqu'elle lia sa langue à la sienne, il gémit et son baiser se fit plus pressant.

Tallie n'avait jamais été embrassée de cette façon, avec un tel savoir-faire, une telle sensualité. Une telle sexualité. Ce baiser était à des lieues de ceux qu'elle avait reçus, vertueux, tellement sages. En fait, on ne l'avait jamais vraiment embrassée, voilà la vérité.

Bien trop tôt, il détacha sa bouche de la sienne et couvrit sa gorge de baisers, avant de ramener ses lèvres sur les siennes. Une fois de plus, elle fut emportée par une tornade de sensations et d'émotions, le contact de son corps, de sa peau lui donnant le vertige.

Comme il se pressait contre elle, elle sentit son érection, et son premier réflexe fut de se frotter à lui. En réaction, il laissa échapper un soupir, juste avant que sa bouche ne s'empare à nouveau de la sienne, avec plus d'ardeur cette fois. Il avait une façon de la tenir, de l'embrasser, tellement primitive. Si troublante. Elle ressentait sa puissance dans son corps, dans tout son être.

Il posa une main dans le creux de ses reins et enfouit l'autre dans ses cheveux, lui tirant la tête en arrière pour lui offrir un baiser encore plus fougueux. S'accrochant au col de sa veste, elle laissa la passion la submerger.

L'accord de leur corps était stupéfiant. Parfait. Une bouffée de chaleur l'enveloppa soudain, réveillant ce qu'il y avait de plus féminin en elle, balayant ce qui lui restait de raison.

Tallie se mit à onduler contre lui, perdant toute notion du temps et de l'espace. Elle n'osait plus rouvrir les yeux, de peur de rompre le charme.

- 2 -

Le monde autour d'eux se dissipa. Tallie n'avait plus conscience que de la chaleur de l'inconnu, de la saveur de ses lèvres, des sensations qu'il éveillait en elle. De son odeur virile. Il était clair qu'il avait de l'expérience, beaucoup d'expérience. Quelque chose dans sa voix, dans le langage de son corps l'attirait, irrémédiablement. Simple affaire de phéromones ? Peut-être, mais qu'importe. Il était temps pour elle de prendre quelques risques et de rompre, le temps d'une soirée, avec son existence si platement conformiste.

Cet homme semblait avoir vécu bien des choses, le pire comme le meilleur. Quel genre d'épreuves avait-il endurées ? Il n'avait pas de maison, portait des vêtements râpés. Et à chaque fois qu'elle l'avait croisé au fil des heures, il était seul. Eh bien, elle ne voulait plus qu'il soit seul.

Avec la musique, leur baiser prit fin, mais il ne la lâcha pas pour autant, au contraire.

— Je sortirais bien prendre l'air, dit-il d'une voix riche et profonde. Pas vous ?

Comme elle acquiesçait d'un signe de tête, il la prit par la main et ils sortirent du bar. Une fois dehors, ils descendirent la rue, zigzaguant sur le trottoir défoncé entre les groupes de joyeux fêtards qui ne leur accordèrent pas même un regard.

— Merci pour ce moment, fit Tallie. J'adore danser et je n'en ai guère l'occasion.

Elle regrettait qu'une soirée aussi magique puisse s'arrêter là, déjà.

— Tout le plaisir a été pour moi. Je vous raccompagne à votre hôtel.

— Merci. C'est par là, dit-elle en désignant un pâté de maisons un peu plus loin, avant de se raviser. Euh, non, par là plutôt…

L'air amusé, il lui sourit.

— En fait, je ne me souviens pas, ajouta-t-elle en haussant les épaules. Mais je retrouverai bien mon chemin. Vous n'êtes pas obligé de rester avec moi.

— Comment s'appelle votre hôtel ?

Elle se creusa un moment la tête. En vain.

— Il me semble que c'est un nom français…, dit-elle tout en se mordillant les lèvres, avant de regarder autour d'elle.

— Et si nous allions chez moi ? proposa-t-il. Nous pourrons grignoter quelque chose, prendre un thé. Je suis sûr que la mémoire vous reviendrait.

— Vous a-t-on jamais dit que vous étiez l'homme le plus gentil de la terre ?

— Ne vous y trompez pas, répondit-il en s'engageant dans une ruelle sombre. Je ne suis pas si gentil, surtout quand je tiens une belle femme entre mes bras.

Tallie, qui ne s'était jamais considérée comme belle, prit cela pour un trait d'humour et rit de bon cœur. Soudain, elle se sentit légère, comme si elle flottait, puis elle comprit. En fait, il l'avait prise dans ses bras et la portait. Après ça, tout devint flou. Une clochette retentit et une porte s'ouvrit devant eux. Tête sur son épaule, elle sourit tout en l'observant dans l'obscurité. Les rides de chaque côté de sa bouche le rendaient encore plus séduisant. Genre baroudeur ou agent secret qui en aurait vu de toutes les couleurs. Mais c'était surtout cet or dans ses yeux qui la fascinait.

Quelques secondes plus tard, ils étaient dans un appartement privé, entièrement plongé dans le noir.

— Je vais faire le thé, dit-il en la déposant par terre.

N'étant pas disposée à le laisser lui échapper, Tallie se hissa sur la pointe des pieds et pressa ses lèvres contre les siennes. Instantanément, la passion entre eux resurgit.

— Vous pourriez bien vous brûler à jouer comme ça avec le feu, dit-il d'une voix suave. Mais quoi qu'il puisse se passer entre nous, sachez que je ne cherche pas à m'engager.

— Et que cherchez-vous, dans ce cas ?

Elle n'avait pas l'habitude de minauder ainsi mais, avec lui, flirter était si agréable…

— Je ferais mieux d'aller préparer ce thé.

— Vous avez vraiment envie de thé ?

En guise de réponse, il la dévisagea en silence. Un silence pesant. Elle sentit son cou, ses joues s'embraser.

— Moi non plus, je ne cherche pas à m'engager. Et je sais quand un homme me désire ou pas.

Sur ces mots, elle tourna les talons et le planta là.

— Merci en tout cas pour ces quelques danses. Bonne nuit, ajouta-t-elle en se hâtant vers la porte.

L'humiliation agissait sur elle, tel un antidote à la passion qui la consumait une minute plus tôt. C'était une bonne chose qu'elle ait repris ses esprits, car elle éviterait ainsi de faire une bêtise qu'elle pourrait regretter. Elle n'aurait jamais dû accepter de danser avec lui.

— Où allez-vous ?

— Je rentre à l'hôtel. Le problème, c'est que je ne me souviens pas très bien de l'adresse… Je vais appeler un taxi.

— Et que direz-vous au chauffeur ?

Lui prenant son sac des mains, il le jeta sur le canapé. Puis, avant qu'elle ne réagisse, il la souleva de terre pour l'emmener dans une chambre. Là, il la déposa en douceur sur ses pieds, juste devant le lit.

Alors, il l'embrassa, la faisant fondre de plaisir. Et quand il entreprit de déboutonner son chemisier, puis de dégrafer son soutien-gorge, c'est à peine si elle en eut conscience. Tandis qu'il la faisait s'allonger, elle caressa les draps, si frais sous sa peau. Un parfum d'encens flottait dans la pièce. En une poignée de secondes, il retira sa veste et son T-shirt, puis elle entendit le bruit de la fermeture Éclair de son jean.

Tout en regardant cet inconnu beau comme un dieu, Tallie sut qu'ils étaient sur le point de franchir la ligne rouge. Si elle ne disait pas non tout de suite, il allait lui faire l'amour. Comme s'il devinait son appréhension, il plongea les yeux dans les siens. Des yeux presque incandescents, sous l'effet du désir.

— Êtes-vous… Êtes-vous marié ? chuchota-t-elle en faisant courir ses doigts sur ses lèvres.

Il mordilla le bout de son index, avant de le prendre doucement dans sa bouche. Une chaleur intense l'envahit aussitôt.

— Non, répondit-il. J'ai envie de vous faire l'amour. Mais je dois savoir si vous êtes d'accord.

— Oui, j'ai envie de faire l'amour avec vous, répondit-elle simplement.

Bien plus qu'il ne le saurait jamais. Manifestement, quelques cocktails avaient suffi ce soir à vaincre sa timidité. À moins qu'elle ne doive cette audace nouvelle au seul charme de cet homme.

— J'espérais que vous diriez cela…

Il se plaça au-dessus d'elle et l'embrassa sur la joue, avant de descendre le long de son cou, déclenchant en elle une salve de frissons.

Oh oui, aucun doute, elle avait envie de lui. Elle voulait balayer toute prudence, toute pensée rationnelle. Elle lui caressa le visage, à cette heure déjà tapissé d'une barbe naissante. Elle se sentait comme incomplète, et il était le seul à pouvoir l'apaiser en faisant d'elle un tout.

Il lui embrassa la paume de la main, lécha chacun de ses doigts avec application, tout en s'allongeant sur elle. Tandis qu'il gémissait, elle tressaillit à la puissance de son érection contre son ventre. Le désir, tel un torrent furieux, la submergea, la laissant éperdue, aux abois. Le monde se mit à tournoyer autour d'elle. Elle se cambra, recherchant de toutes ses forces le contact de ce corps qui pesait sur elle.

Cet homme extraordinaire, un parfait inconnu, allait lui faire l'amour. Et elle ne demandait que cela. Elle avait perdu la tête. Elle inspira de toutes ses forces, mais le désir mettait en déroute le peu de bon sens qui lui restait. Rêvait-elle ? Ou bien s'agissait-il peut-être du prince charmant ? Quelle importance ? Elle n'aspirait qu'à une chose, être sienne.

Il la débarrassa de son pantalon et de sa petite culotte, puis il se leva pour retirer son jean, avant de revenir sur elle. Les colliers de perles roulaient sur sa poitrine, presque froids comparés au brasier qui faisait rage en elle. Il fit descendre sa main le long de son ventre, puis plus bas, de manière à s'assurer qu'elle était prête pour lui. Quand il se positionna au-dessus d'elle, elle fut prise de panique face à la puissance de son désir, craignant de ne pouvoir y répondre. Un sentiment de vulnérabilité l'envahit.

— C'est votre dernière chance de dire non, murmura-t-il comme s'il lisait dans ses pensées.

Sa voix était empreinte d'émotion. Son souffle était court. Elle sentit son sexe prêt à la pénétrer.

— Une fois que je serai en vous, je ne vous garantis pas de pouvoir m'arrêter, acheva-t-il.

Pour toute réponse, Tallie hocha la tête, tout en espérant ne pas se tromper sur cet homme. Car elle avait envie de lui. Une fois dans sa vie, elle voulait ressentir ce qu'elle n'avait jamais ressenti, cette sensation qui paraît-il vous fait voir les étoiles.

Doucement, sans la moindre hâte, il déposa une pluie de baisers sur sa gorge, avant d'aspirer le bout de son sein entre ses lèvres, caressant l'autre avec une expertise telle qu'elle gémit sous ses doigts. Puis il prit son visage entre ses mains dans un geste de tendresse, qui eut aussitôt pour effet d'amener son corps à se détendre, son esprit à se libérer de toute pensée dérangeante. Enfin, elle acceptait ce qui allait suivre. S'enivrant de son odeur, elle laissa échapper un soupir, puis les contours du monde s'estompèrent et il ne resta plus que lui.

Il vint alors en elle, lentement, en prenant soin de ne pas lui faire mal et elle l'accueillit, n'ayant jamais rien ressenti de tel, tant il était fort et puissant. Soudain pourtant, elle suffoqua. Comme s'il comprenait, il se figea en elle.

— Doucement, chérie, murmura-t-il. Laisse-toi aller…

Les secondes s'égrenèrent et le désir atteignit son paroxysme. Et lorsqu'elle se pressa contre lui, il commença à bouger. À plonger un peu plus en elle. Plus fort. Il n'en fallut pas davantage pour qu'elle jouisse dans un cri. Il la serra contre lui, l'encourageant avec des mots qui amplifièrent encore son plaisir.

Elle reconnut le bruit d'un sachet de préservatif que l'on déchire. Quelques secondes après, il était de retour au-dessus d'elle. Déjà, il lui plaçait les mains au-dessus de la tête et couvrait de baisers son cou, ses seins. Il plongea de nouveau en elle, se remit à bouger. Le rythme était intense, teinté d'urgence. Encore et encore, il l'entraîna aux limites de la jouissance, avant de la retenir chaque fois au bord du précipice. Tallie n'était plus que sensations.

— Dis-moi ce que tu veux, murmura-t-il, la voix rauque, alors qu'elle gémissait, l'implorait.

— Je t'en prie, haleta-t-elle. Je crois que je… Je vais me consumer.

Car la chaleur entre ses cuisses la mettait à la torture. Lui seul avait le pouvoir de la soulager. Il reprit son va-et-vient et, cette fois, avec une intention bien claire. Tallie était totalement déconnectée du monde et de la réalité, son corps ne faisant plus qu'un avec le sien.

Soudain, elle bascula dans la jouissance, où il la rejoignit avec un rugissement fauve, sans doute le son le plus sexy qu'elle ait jamais entendu.

Il s'effondra à côté d'elle et, tout de suite, l'attira contre lui. Tête sur son épaule, Tallie se blottit entre ses bras, contre son corps chaud, vibrant. Plus tard, il la réveilla et ils sombrèrent de nouveau ensemble dans la folie, dans la spirale divine de la passion, avant de se rendormir.

— Tallie ! appela une voix féminine suivie de trois coups à la porte. Tallie, tu es là ?

Elle ouvrit les yeux, regarda autour d'elle, sans reconnaître les lieux.

— Ici, répondit-elle d'une voix endormie, juste avant que Ginger et Mac n'apparaissent.

— Comme tu n'es pas revenue à l'hôtel, nous étions mortes d'inquiétude, expliqua Mac en faisant le tour de la pièce dans laquelle perçait un rayon de soleil, à travers les rideaux épais. Et tôt ce matin, un homme nous a appelées depuis ton téléphone. Il nous a laissé un message pour nous dire que tu allais bien et où nous pouvions te trouver.

Tallie s'assit et, réalisant qu'elle était nue, se couvrit avec le drap.

— Quelle heure est-il ? demanda-t-elle en bâillant.

— Bientôt 8 heures, vilaine fille, répondit Ginger avec un clin d'œil. Toi, Tallie, la plus sage de nous trois ! Qui aurait pu imaginer une chose pareille ?

— 8 heures… ? Du matin ?

— Parfaitement. Nous devons libérer la chambre d'hôtel. Notre vol est à midi, lui rappela Mac. Tu auras alors deux heures pour nous faire le récit détaillé de ta petite escapade nocturne, ajouta-t-elle en jetant ses vêtements sur le lit.

— Tu vas le revoir ? demanda Ginger. Je ne l'ai pas très bien vu, au bar. Il est mignon ?

Tallie ne sut que répondre. Le mot « mignon » était loin d'être approprié. Il aurait pu qualifier un ado, or l'inconnu était un homme, un vrai. Quant à son visage, difficile de savoir. À chaque fois qu'ils s'étaient rencontrés, il faisait sombre. Serait-elle même capable de le reconnaître ? Peut-être, mais pas sûr.

— Je dirais plutôt qu'il est beau, finit-elle par répondre. Et terriblement sexy.

— Ça, nous l'avons compris…

— Sa voix au téléphone était d'une sensualité…, ajouta Mac en joignant les mains.

Tallie entreprit de se lever, faisant aussitôt la grimace lorsque la rappelèrent à l'ordre des courbatures en des endroits de son corps dont elle ne soupçonnait même pas l'existence, jusqu'à aujourd'hui. Elle sourit. Il avait fait preuve d'une patience, d'un savoir-faire… Quel amant merveilleux !

À la seconde où elle posait le pied sur le tapis moelleux, quelque chose attira son regard, sur la table de chevet. Un ticket de caisse plié en deux, au dos duquel étaient écrits quelques mots :

Vous êtes extraordinaire. Merci, C.

— Qu’est-ce que c’est ? demanda Ginger.
— Il t’a laissé un mot ? enchaîna Mac en se dirigeant vers le lit. J’espère que c’est son numéro de téléphone !
Le ticket dans la main, Tallie secoua doucement la tête.
— Je ne connais même pas son nom.

- 3 -

Trois mois plus tard

Tallie regarda autour d'elle les champs à perte de vue. Une rivière serpentait à travers les étendues d'un blé blond haut sur tige, des arbres sans doute centenaires se dressant ici et là sur ses berges. Sur la droite, les branches d'un immense chêne abritaient une vieille cabane de trappeur. À l'est, on distinguait des falaises, dont la pierre ocre contrastait avec la couleur du blé, qui cachaient probablement des grottes, demeures jadis de troglodytes.

Elle avait dû se battre bec et ongles pour faire taire sur cette terre les bulldozers et autres engins du même acabit. Mais une fois l'homme responsable des travaux identifié, elle lui avait mis sous le nez les documents délivrés par le tribunal. À présent, les moteurs des machines à l'arrêt, on n'entendait plus que le souffle du vent et le chant des oiseaux.

Quelque part ici, au milieu des bois, au pied de ces falaises ou encore dans le sol fertile de ces champs, elle était censée trouver des preuves de l'existence d'une ancienne tribu amérindienne. Une tribu qui n'était référencée dans aucun livre d'histoire, ni mentionnée par aucun érudit et sur laquelle les anciens eux-mêmes n'avaient jamais dit un mot. Excepté sa grand-mère paternelle, la veille de son décès.

Lorsque cette parente, si chère à son cœur, lui avait demandé de partir à la recherche de son peuple disparu en lui glissant dans le creux de la main un petit anneau, Tallie n'avait eu d'autre choix que de lui en faire le serment. Son *ipokini* lui avait alors souri, comme apaisée, avant de lui confier un autre objet. Une peau de daim d'environ vingt centimètres sur vingt, roulée et liée par une tresse de cuir, support d'une carte grossièrement dessinée à la main. La carte montrait une zone coloriée d'un rouge fané, à l'évidence l'endroit dont parlait sa grand-mère, un territoire entre une rivière à l'ouest, dont les eaux baignaient les racines d'un énorme chêne, et des falaises, à l'est. À l'intérieur de la zone rouge, des dessins maladroits, presque enfantins. Un cheval. Un guerrier armé d'une lance. Un village de tipis. En haut, les montagnes et, en bas, le mot « Oshahunntee ». Le nom d'une tribu fantôme. Comme beaucoup d'autres mots que sa grand-mère lui avait appris, celui-là n'était connu que par une poignée d'initiés.

Son *ipokini* n'avait jamais été riche, mais elle avait un cœur d'or, une générosité, une bonté qu'elle avait dispensée sans compter pendant presque cent ans, autour d'elle. Tallie avait été très touchée que sa grand-mère lui donne cet anneau et cette carte ; il s'agissait d'une grande preuve d'amour et de respect de sa part. Elle avait alors promis d'aller jusqu'au bout de cette mission sacrée.

Tallie avait été surprise lorsque son patron, le conservateur du musée où elle travaillait depuis trois mois, lui avait donné son feu vert pour ses recherches, ne cachant pas son enthousiasme en découvrant la carte. Au lieu de lui demander de prendre un congé sans solde, le Dr Sterling avait aussitôt intégré ces fouilles dans le programme officiel du musée, laissant à sa charge ses frais personnels. Le conservateur l'avait même aidée à identifier la région du Texas décrite sur la peau de daim. Aujourd'hui donc, avec l'autorisation légale d'explorer le site, elle pouvait accomplir sa mission sans que rien ne l'en empêche.

Sauf qu'elle était enceinte.

Le Dr Sterling lui avait d'ailleurs confié son inquiétude à propos de son état, lui faisant promettre de ne pas se tuer à la tâche. Pour cause de restrictions budgétaires, il ne pouvait se séparer d'une autre collaboratrice pour l'assister dans ses recherches. Tallie ne pourrait donc compter que sur elle-même. Elle avait mis tout son cœur à le convaincre. Elle allait bien, il n'y avait aucune raison de s'inquiéter. Au début de son troisième mois de grossesse, elle en avait quasiment fini avec les nausées matinales. Du moins l'espérait-elle.

Découvrir qu'elle était enceinte suite à cette nuit magique à La Nouvelle-Orléans avait été un choc. Ses souvenirs de sa rencontre avec l'inconnu demeuraient assez vagues, contrairement à ce qui s'était passé ensuite, dans cette chambre. Cela resterait sans doute gravé dans sa mémoire à jamais.

Naturellement, sa première réaction avait été de chercher à retrouver le père. Mais comment l'aurait-elle pu ? Il ne fallait même plus y songer. Quant à ses projets d'avenir, elle avait craint un moment devoir tirer un trait dessus. Elle n'imaginait pas en effet arpenter le monde au gré de ses expéditions archéologiques, avec un bébé sur les bras.

Si elle n'avait pas prévu cette grossesse, l'idée d'avoir un enfant s'était pourtant peu à peu imposée à elle avec douceur. Et sur ce plan-là, désormais, elle était parfaitement en paix et sûre d'elle. Des millions de femmes célibataires travaillent et élèvent seules leurs enfants, non ? Eh bien, elle en ferait autant. Bien sûr, elle devrait mettre un terme à ses voyages dans les coins les plus reculés de la planète jusqu'à ce que le bébé grandisse. Mais elle n'allait certainement pas renoncer à sa passion, après des années d'études, juste parce qu'elle était maman.

Mais chaque chose en son temps, elle devait d'abord se concentrer sur le présent. Elle était en bonne santé, heureuse et déterminée à mettre au jour les preuves de l'existence de cette tribu perdue, comme elle l'avait promis à sa grand-mère. Du moins essaierait-elle. Si l'aventure était stimulante, une question l'obsédait néanmoins. Pourquoi sa grand-mère avait-elle attendu son dernier souffle pour se confier à elle ? Et cette carte, où était-elle pendant toutes ces années ? Enfant, Tallie passait beaucoup de temps dans la maison de son *ipokini*, mais pas une fois elle n'avait vu quelque chose qui ressemblât à cette peau de daim. Quoi qu'il en soit, sa grand-mère avait sans doute ses raisons d'avoir tardé à lui révéler ce secret et, aujourd'hui, Tallie ne pouvait que se résigner : certaines questions resteraient sans réponse.

L'injonction du tribunal dans la main, elle balaya encore une fois le paysage du regard. Le document exigeait du propriétaire des lieux l'arrêt immédiat de toute activité pour trois mois, de manière qu'elle puisse exhumer des vestiges de cette tribu… Si vestiges il y avait.

Soudain, le vent forcit et se mit à chahuter avec ses cheveux. Elle s'empressa de sortir un bandeau de la poche de son jean pour les attacher. À cet instant, le bruit d'un hélicoptère au loin vint rompre le silence. L'appareil ne tarda pas à se poser, entre la cabane de trappeur et la rivière, à une vingtaine de mètres d'elle.

Cole Masters — car il ne pouvait s'agir que de lui — venait de faire son entrée en scène. Le Dr Sterling l'avait mise en garde contre ce multimillionnaire propriétaire des lieux. Masters, qui avait la réputation de vouloir toujours tout faire à son idée, pourrait bien lui créer quelques difficultés.

L'homme qui descendit de l'hélicoptère était d'une carrure impressionnante, le genre musclé et large d'épaules. Vêtu d'une chemise blanche, manches retroussées, il portait une cravate bleu ciel dénouée au niveau du col. Avec ses cheveux châtain foncé coupés court et sa barbe épaisse, il avait l'allure d'un guerrier. À la détermination qui émanait de son visage, on devinait l'homme rompu à toutes les batailles. Il avait une mâchoire volontaire, des lèvres pincées dans un rictus de dédain, et dans ses yeux brillait un éclat presque meurtrier. Cole Masters, en chair et en os.

Comme il avançait vers elle, Tallie sentit la panique l'envahir, en dépit de son expérience. Prenant une profonde inspiration, elle tenta de se concentrer sur les raisons de sa présence ici. Ces fouilles étaient la chance de sa vie. Pas question de se pâmer face au sex-appeal de cet homme, encore moins de se laisser intimider par l'arrogance et l'amertume du bonhomme. Elle devait rester professionnelle.

— Cole Masters, se présenta-t-il, main tendue.

— Dr Tallie Finley, archéologue rattachée au Muséum de Sciences naturelles du Nord-Texas, répondit-elle en lui serrant la main, chaude et deux fois plus grande que la sienne.

À ce contact, il y eut comme un courant entre eux, qui lui remonta tout le long du bras. Lui aussi l'avait ressenti, elle le voyait à la façon dont il fronçait les sourcils. Troublée, elle s'empressa de retirer sa main de la sienne.

— Mais… C'est *vous* ? dit-il, l'air surpris.

Se connaissaient-ils ? Cet homme lui rappelait vaguement quelqu'un.

— Euh, oui. Je suis moi, en effet…, répondit-elle, songeuse. Et voici l'autorisation d'explorer la zone indiquée sur la carte…, enchaîna-t-elle en lui présentant les documents du tribunal.

— Le « Dr Finley »… C'est *vous* ?

À cet instant, l'hostilité de sa voix disparut au profit d'une certaine douceur. Ne sachant à quoi elle devait ce changement de ton, Tallie se sentit déstabilisée. D'autant qu'il la regardait maintenant avec un petit sourire en coin. Aurait-elle oublié de boutonner son chemisier ?

— Oui, c'est moi.

— Docteur Finley..., répéta-t-il en lui rendant les documents. Bien, voilà le problème.

Il désigna les bulldozers et autres bétonneuses.

— Vous avez vu tous ces engins ? Nous sommes en pleins travaux. Ces gars, vingt-cinq au total, sont là aujourd'hui pour les fondations. Et voilà que je dois tout arrêter, parce que vous avez eu l'idée de procéder à des fouilles sur mes terres ?

Elle regarda ses lèvres, si généreuses et appétissantes. Mis en valeur par de longs cils noirs, ses yeux brillaient d'une couleur ambre. À nouveau, elle eut un sentiment de déjà-vu, mais le seul visage qui lui venait à l'esprit était celui du mystérieux inconnu qui l'avait séduite. Non, impossible qu'il s'agisse du même homme.

— Je comprends que ma présence puisse vous gêner, monsieur Masters, mais la raison de ma présence ici est très importante, dit-elle, ignorant son haussement d'épaules. Ce que je recherche peut très bien se trouver sous la dalle de béton que vous vous apprêtez à couler. D'où le problème. Vos travaux risqueraient d'endommager d'éventuels vestiges. Mais si vous demandez à vos ouvriers d'évacuer tout de suite la zone, je m'engage à travailler aussi vite que possible, de manière à ne pas vous retarder inutilement dans la réalisation de votre chantier.

Il la scruta avec intensité, la faisant tressaillir.

— C'est votre proposition ? Nous stoppons nos travaux et dégageons le terrain, de façon que vous puissiez y faire je ne sais quoi ? Chez moi ?

Il s'exprimait calmement, mais avec une animosité glaçante. Pourtant, quelque chose dans sa voix, une intonation particulière, faisait écho en elle. Elle avait déjà entendu cette voix quelque part, mais où ? Elle n'en avait pas la moindre idée. Elle ne fréquentait pas les mêmes cercles que les millionnaires.

— Je présume que le juge savait que cette terre vous appartenait lorsqu'il a accordé le permis de fouilles. Et je doute qu'il change d'avis. Bien sûr, vous pouvez toujours faire appel de cette décision, mais cela ne fera que prolonger ma présence ici…

Elle s'abstint d'ajouter que si, par chance, elle trouvait une quelconque preuve de l'existence d'une ancienne civilisation, le délai de trois mois serait aussitôt prolongé. À quoi bon évoquer cette possibilité maintenant ? Elle n'avait aucune envie d'envenimer la situation.

— Oui, le juge et moi, nous nous connaissons. Je vais demander à mes avocats de s'en occuper.

— C'est votre droit, dit-elle.

Elle doutait cependant que cet homme puisse faire annuler une décision de justice. Pas question néanmoins de le lui faire remarquer, il le prendrait mal et cela compliquerait tout ; or elle avait déjà perdu un temps précieux.

— Harvey ! cria-t-il à l'attention d'un de ses hommes, à proximité. Voici le Dr Finley. Elle a une carte détaillée du site sur lequel elle doit travailler, avec une autorisation en bonne et due forme du tribunal. Je veux que vous isoliez la zone. Si besoin, demandez à Michaels, notre géomètre, de vous donner un coup de main.

— Entendu, monsieur, répondit l'intéressé, l'air pas vraiment convaincu.

— Et vous me dégagerez les engins d'ici. Il faut libérer toute la zone d'intervention de madame. Quant aux bétonneuses, on les renvoie chez Latham Equipment.

Comme son contremaître acquiesçait, il reporta son attention sur elle.

— Alors, docteur, que cherchez-vous, au juste ? Les traces d'une tribu indienne ?

— Quelque chose comme ça, oui…

Il s'agissait de bien davantage mais, face à tant d'hostilité, elle hésitait à exposer son projet. Il s'en moquerait de toute façon, et puis, elle le savait par expérience, moins le propriétaire d'une terre en sait, mieux c'est pour l'équipe de recherches.

— En fait, cette tribu est aussi celle de mes aïeux, expliqua-t-elle. Mais, surtout, la découverte de ces reliques serait d'une importance majeure, sur le plan scientifique, pour la Société historique des Indiens d'Amérique comme pour l'Association de l'histoire nationale.

Elle fronça les sourcils, avant de poursuivre :

— Au fait, vous avez du bétail ? Je dois absolument le savoir, pour prendre quelques précautions éventuelles.

— Non. Ni vaches ni autres bestioles de ce côté-ci de la propriété…

Stupéfait, Cole regardait la jeune femme qui se tenait devant lui. Ces yeux, cette bouche, ces seins… Oui, c'était bien elle. Quel choc il avait eu en la découvrant. Tallie Finley était la jeune femme avec qui il avait passé la nuit, à La Nouvelle-Orléans. Aucun doute là-dessus.

Se remémorant les moments qu'ils avaient partagés, il sourit. Apparemment, elle ne l'avait pas reconnu. Pas encore. Logique, avec sa barbe et son costume cravate. Comment pourrait-elle faire le rapprochement ? Lui en revanche gardait un souvenir précis de son corps comme de son visage, de ses longs cheveux ébène et de son accent du Sud.

Bientôt trois mois qu'il pensait à elle, rêvait d'elle. Au plus fort de leurs étreintes, cette nuit-là, dans l'obscurité, ses yeux ne lui avaient pas semblé avoir le même éclat. Aujourd'hui, ils étaient émeraude.

— Vos yeux sont si verts…, dit-il, presque malgré lui.

Et elle lui décocha un regard assassin.

— Qu'est-ce que la couleur de mes yeux vient faire là ? rétorqua-t-elle, visiblement furieuse.

— Oh ! rien… C'est juste que leur couleur est… surprenante.

— Oui, eh bien, la vie est pleine de surprises, non ?

Rien n'était moins vrai. Et elle ne tarderait pas à en avoir la preuve. Combien de temps lui faudrait-il pour reconnaître son amant d'une nuit ?

Comme elle retirait le bandeau dans ses cheveux, le vent aussitôt les fit voleter autour de son visage. Bon sang, quelle belle femme ! Presque aussi grande que lui, elle semblait à la fois forte et fragile. Chose qu'il avait pu constater, dans l'intimité. Mais, aujourd'hui, son regard était surtout déterminé. Elle n'était pas ici pour plaisanter. Elle se battrait jusqu'au bout pour mener ses fouilles à terme et découvrir les preuves de l'existence de la tribu de ses ancêtres. Et il voyait mal comment il pourrait l'en empêcher, puisqu'elle était dans son droit. À supposer bien sûr qu'elle soit vraiment venue pour ça.

— Y a-t-il autre chose que je puisse faire pour vous, monsieur Masters ?

Il s'avança vers elle, si près qu'il pouvait presque sentir la chaleur de son corps.

— En voilà une question pertinente…

— Oui, eh bien, si vous n'y voyez pas d'inconvénient, j'ai du travail qui m'attend, répondit-elle en reculant d'un pas.

Jamais il n'aurait pensé la revoir un jour. Il l'espérait, mais sans y croire vraiment. Cent fois, il s'était reproché de ne pas avoir pris son nom, son numéro de téléphone, avant de partir ce dimanche-là, au petit matin. Mais elle était là aujourd'hui. Quant à son travail, il attendrait. Cole avait mieux à faire dans l'immédiat.

Tandis qu'elle se tressait les cheveux, il eut soudain l'impression qu'ils étaient seuls au monde. Il sentait son corps frémir et le désir s'emparer de lui. Plus intense encore qu'à La Nouvelle-Orléans.

Il avait envie d'elle. Des images se bousculaient dans sa tête. Elle était alanguie sur les draps froissés, après l'amour. Sur son visage, un sourire béat. Ses longs cheveux déployés sur son torse quand il tenait son corps brûlant, vibrant, entre ses bras.

À ce stade, une seule question s'imposait donc. Combien de temps devrait-il attendre avant de la tenir dans ses bras à nouveau ? Car il n'imaginait pas qu'il puisse en être autrement.

Cole laissa échapper un soupir. Il devait se ressaisir et prendre le plus vite possible ses distances avec cette femme. Cesser de nourrir de telles pensées. Il toussota, nerveux.

— Bien, je vous laisse travailler, dit-il.

Tournant les talons, il fit un premier pas en direction de l'hélicoptère, puis un deuxième, avant de s'arrêter net pour lui faire face.

— Avez-vous déjà été à La Nouvelle-Orléans, docteur Finley ?

Elle plissa les yeux, trouvant manifestement la question étrange.

— C'est là-bas que j'ai fait mes études. Alors oui, j'y ai vécu six ans. Pourquoi ?

— C'est juste que vous ressemblez à une femme que j'ai connue, là-bas…

Il n'en dit pas plus, c'était suffisant. La petite graine était plantée, ne restait plus qu'à voir combien de temps elle mettrait pour germer.

Il la contempla encore un long moment, puis cette fois s'éloigna pour de bon. Une fois à bord de l'hélicoptère, il mit les gaz et s'envola.

*
* *

— Eh bien, merci pour l'accueil, marmonna Tallie entre ses dents en retournant à sa vieille Ford toute cabossée.

Quel homme antipathique ! Et toujours cette vague impression de l'avoir déjà vu quelque part…

Tu le connais ! Impossible. Lui parcourait le monde en jet privé, brassait des millions de dollars, et elle travaillait le nez dans la poussière, avec une épargne ridicule sur son compte en banque. N'empêche…

Pourquoi lui avait-il posé cette question, à propos de La Nouvelle-Orléans ? Si elle l'avait connu là-bas, elle s'en souviendrait. Elle ne quittait que rarement l'enceinte de l'université. En fait, la seule vraie sortie qu'elle s'était autorisée, c'était avec Mac et Ginger, après avoir décroché leur diplôme.

Ce soir-là, elle avait rencontré cet inconnu qui l'avait fait chavirer. Mais il ne pouvait s'agir de Cole Masters. Son bel amant était gentil, pas du tout arrogant. Et sans le sou. À peine plus grand qu'elle… À peu près de la taille de Cole Masters, en fait. Secouant la tête, elle chassa ces pensées de son esprit. Elle finirait bien par se rappeler où elle l'avait vu. Ou pas.

Décharger le break lui prit un certain temps. L'idée était d'emménager dans la cabane de trappeur. Après tout, celle-ci se trouvait sur les terres désignées par l'ordre du tribunal, et Tallie était donc en droit de l'utiliser. Et si cela ne plaisait pas à Cole Masters, elle pourrait toujours monter sa tente.

L'endroit, une pièce en tout et pour tout, était d'un confort plus que spartiate. Un poêle datant de la Préhistoire trônait à côté d'un petit lit dont le matelas, blanc dans sa jeunesse, avait pris la couleur de la poussière locale. Le toit était percé ici et là, comme le plancher. Quant à l'unique fenêtre, ses carreaux étaient cassés, et elle était dépourvue de volets.

Bon, elle avait campé dans des conditions bien pires.

Une fois dans son sac de couchage, elle n'aurait plus rien à craindre des insectes et autres bestioles répugnantes de la région. Elle était habituée à vivre à la dure, mais sa grossesse avait un peu changé la donne. Le médecin l'avait mise en garde, en lui conseillant de prendre bien soin d'elle. Dans l'immédiat, la cabane ferait l'affaire. Et elle resterait vigilante quant à sa santé et éviterait de trop en faire.

Le temps qu'elle s'installe, les bulldozers avaient été déplacés. De petits drapeaux rouges délimitaient maintenant avec précision toute une zone, un peu plus grande que ce qu'elle imaginait au début. Elle se promit de remercier M. Masters pour sa coopération, la prochaine fois qu'il lui rendrait visite. Ce qui ne devrait pas tarder, si elle s'en tenait à sa pratique des propriétaires terriens. Il serait là d'ici deux ou trois jours au maximum.

Tallie balaya le site du regard, de manière à décider du meilleur endroit pour entreprendre ses fouilles. Elle commencerait près des falaises. Et la première chose à faire était de quadriller le terrain.

Elle retourna à la voiture récupérer ses dernières affaires. Sa vieille tente attendait sagement sous une pile d'autres choses. Elle devrait peut-être la sortir et réparer accrocs et autres déchirures. Lors de sa dernière mission, un fort coup de vent avait emporté la toile dans un champ de cactus. Oh ! et puis non, ça attendrait, elle était trop impatiente d'entamer ses recherches.

Elle se contenterait de la cabane de trappeur. Et si M. Masters y voyait un inconvénient, il n'avait qu'à l'en informer. Elle attrapa le rouleau de ficelle orange, quelques piquets et un marteau, puis sélectionna un bout de terrain. Elle en avait probablement jusqu'au soir, mais plus vite elle se mettrait au travail, plus elle aurait de chances de découvrir des preuves de l'existence de cette tribu fantôme.

Elle travaillait en équipe le plus souvent, pourtant elle

trouva quelque chose d'apaisant à cette solitude. Elle espérait juste que Masters se trouverait une occupation, au lieu de venir l'ennuyer. Non seulement elle n'appréciait pas ses menaces à peine voilées, mais elle se méfiait de son magnétisme sexuel, qui avait affolé son cœur et sa raison, bien malgré elle.

Après un long soupir, elle enfonça le premier piquet dans le sol. Puis un deuxième. Au crépuscule, elle avait délimité une zone d'environ onze mètres carrés, divisée en petites sections, dont elle avait déjà pu examiner les quatre premières. Demain, elle installerait le tamis et, avec un peu de chance, peut-être réaliserait-elle ses premières trouvailles.

Ramassant son équipement, elle retourna à la cabane, déposa le marteau et le reste de piquets derrière la porte, puis s'assit sur le lit inconfortable. La nuit serait longue.

Cole descendit de l'hélicoptère pour se diriger vers la maison, toujours aussi incrédule. Et furieux. Pour la loi de ce pays, les fouilles de Tallie Finley passaient avant son chantier ! Et dire qu'elle avait débarqué le jour même où ils s'apprêtaient à poser les fondations !

Le juge Mitchell avait décidé, ne restait plus qu'à s'exécuter. Le plus incroyable, c'est qu'il n'existait aucun moyen de contrer cette décision, d'après ses avocats.

Cette situation aurait été intolérable si elle n'avait pas présenté un intérêt : ses retrouvailles avec l'inconnue de La Nouvelle-Orléans.

Depuis la fin de ses études, Cole avait concentré ses efforts sur les affaires, multipliant les initiatives pour développer Masters Corporation, avec l'ambition d'en faire le premier groupe immobilier du Texas, voire des États-Unis. Il avait enchaîné les heures de travail, de jour comme de nuit, parcouru des milliers de kilomètres, participé à d'innombrables réunions. Toujours pour la compagnie familiale, jamais pour lui seul.

Mais aujourd'hui, il avait un projet — la construction d'un centre de loisirs, où les entreprises les plus performantes de la planète pourraient envoyer leurs équipes, pour un séjour de formation et de détente. Ce projet était son bébé, en quelque sorte. L'occasion pour lui de prouver à ses frères ce dont il était capable, sans l'aide de sa famille. Et puis, il voulait surtout se prouver à lui-même ce qu'il valait. À trente-quatre ans, il pourrait enfin se vanter d'avoir accompli quelque chose par lui-même.

Après des années de dépôt de dossiers et de démarches administratives, il voyait enfin le bout du tunnel. Du moins le croyait-il. La brochure détaillée du projet avait été expédiée à tous les P-DG de la planète, ou presque. Par ailleurs, une invitation à visiter le site avait été envoyée à quelques grands patrons du pays, afin de les inciter à investir dans le projet. Comme il avait été naïf de croire qu'à ce stade il était désormais à l'abri des problèmes et autres contretemps…

Mais la naïveté n'était-elle pas sa marque de fabrique ? Il n'y a pas si longtemps, il était tombé de haut en découvrant que son ex-femme le trompait. Et si un mois plus tôt, on était venu lui dire qu'un petit bout de femme viendrait interrompre ses travaux, il aurait ri à cette idée. Aujourd'hui pourtant, il n'avait plus envie de rire. Il devait absolument découvrir si Tallie Finley ne faisait pas partie d'un complot ourdi par l'un de ses concurrents pour saboter le projet. À moins qu'elle ne soit venue avec l'intention de lui soutirer de l'argent. Peut-être jouait-elle la comédie, en feignant de ne pas le reconnaître ?

Trois ans plus tôt, il avait appris à se méfier des femmes, de vraies championnes dans la catégorie double jeu. Après ce qu'il avait traversé avec son ex, il pensait avoir tout entendu. Fausses grossesses, chantages divers.

Mais voir squatté le terrain sur lequel devait s'élever son centre de loisirs, le rendait malade. Décidément, le sort s'acharnait sur lui.

Bien sûr, il faisait des envieux et l'intervention de Tallie ne devait probablement rien au hasard. Combien toucherait-elle pour le sabotage de son projet ? Qui la payait ? Que lui réservait-elle, au juste ? Se pouvait-il que leur rencontre à La Nouvelle-Orléans fasse déjà partie du plan ?

À peine entré dans la maison du Circle M Ranch, Cole s'empara de son téléphone et appela le responsable de la sécurité au siège, à Dallas.

— Jonas ? Salut. J'ai besoin de vos services. Je veux tout savoir sur une certaine femme. Quand elle a perdu sa première dent de lait, le nom de ses amis au lycée, celui de son petit copain… Je veux que vous fouilliez dans les moindres recoins. Elle s'appelle Tallie Finley, et est employée au Muséum d'histoire et d'archéologie du Nord-Texas en tant qu'archéologue. Ce sont toutes les infos dont je dispose.

— Ça devrait me suffire. Je m'y mets tout de suite, patron, répondit Jonas. Je vous enverrai un mail…

— Appelez-moi plutôt. À ce numéro.

— Entendu.

Cole raccrocha et glissa son téléphone dans sa poche. Plus il y réfléchissait, plus cela lui semblait évident. Non, ces fouilles n'étaient pas innocentes. Tallie Finley devait être là pour autre chose qu'un vulgaire tesson de poterie. Mais il finirait par savoir ce qu'elle était réellement venue chercher. Et comment elle comptait s'y prendre pour l'obtenir.

Il repensa à Gina. Au début de leur mariage, il avait une confiance absolue en elle. D'autant qu'elle avait reçu la bénédiction de son propre père, plutôt du genre méfiant. Mais moins d'un an après les noces, les signes alarmants avaient commencé à se multiplier. Elle s'était mise à mentir, à disparaître un après-midi ou une soirée entière, à dilapider son argent — alors que son compte en banque était doté de dizaines de millions de dollars ! Lorsque, bizarrement, son père lui avait conseillé de ne pas s'inquiéter, Cole avait demandé au chef du service sécurité de la compagnie de la faire suivre. Le rapport qui avait fait suite à ses investigations était éloquent. Gina avait une liaison, et attendait un enfant. Qui était le père, telle était la question. Mais Cole doutait que ce bébé fût le sien.

Puis il y avait eu cette tragédie. Ce malheureux bébé n'avait jamais vu le jour. Gina avait perdu le contrôle de sa voiture sur une route détrempée par de fortes pluies. Précipité au fond d'un ravin, le véhicule avait pris feu. Ce même soir, Cole attendait son épouse, décidé à rompre avec elle.

Hasard, coïncidence… La vie réserve parfois de ces surprises…

L'arrivée du Dr Finley lui semblait tout simplement suspecte. Cole n'était pas né de la dernière pluie. Comme son ex-femme, Tallie allait-elle tenter de lui planter un poignard dans le dos ? Il préférerait bien sûr qu'elle n'ait aucune mauvaise intention, mais il n'allait pas attendre bêtement qu'elle anéantisse son projet.

- 4 -

Trois jours après leur face-à-face, Cole ne s'était toujours pas remis du fait que le Dr Finley avait pris possession de son terrain. Il savait qu'elle s'était installée dans la vieille cabane, ce qui ne lui posait aucun problème. Au contraire. Vivre à la dure ne ferait probablement qu'accélérer son départ. Il avait envoyé des hommes à lui l'espionner. La journée, elle travaillait et, le soir, elle se baignait un moment dans la rivière, avant de disparaître dans la petite cahute en bois.

Si cette routine semblait inoffensive, il avait appris à se méfier des apparences. Quelque chose avait dû leur échapper. Peut-être rôdait-elle, à la nuit tombée, cherchant Dieu sait quoi. Il avait donc décidé d'aller se rendre compte de la situation par lui-même, et il était arrivé la veille pour cela.

En l'observant avec ses jumelles, il avait pu constater qu'elle travaillait en effet de l'aube au crépuscule, avant d'aller faire quelques brasses dans la rivière. Il avait éprouvé de sérieuses difficultés à garder son sang-froid au spectacle de son corps généreux, de ses courbes voluptueuses, comme elle entrait dans l'eau et en sortait. Après ça, elle retournait dans la cabane pour la nuit.

Une chose était sûre, c'était une travailleuse acharnée. Mais en trois jours de fouilles, elle n'avait apparemment rien trouvé. Rien en tout cas qui vaille la peine de l'informer, lui, le seul maître des lieux. Et pendant ce temps-là, son chantier était au point mort.

Son chef de la sécurité l'avait appelé pour lui faire son rapport. Il n'avait rien trouvé d'anormal à propos du Dr Finley. Aucun élément que Cole puisse utiliser contre elle. Aucune ombre au tableau, elle était blanche comme neige. Elle avait travaillé pour être en mesure de poursuivre ses études. Elle avait décroché son diplôme haut la main. Un doctorat à l'université Tulane. Elle avait des origines irlandaises du côté de sa mère, une enseignante. Son père, lui, était un Indien Chacta. Archéologue, celui-ci était décédé accidentellement lors de fouilles au Brésil, quatre ans plus tôt. Le Dr Finley avait rompu avec son petit ami, un professeur de littérature, un an auparavant. Bref, elle était tout sauf suspecte.

Il se concentra sur les raisons qui avaient pu la pousser à s'inscrire à Tulane. Cole vouait une véritable passion à La Nouvelle-Orléans. En fait, ce fameux soir, c'était la première fois depuis des années qu'il prenait le temps de s'immerger dans la ville. Cette nuit-là, il l'avait passée avec la plus belle femme du monde. Une seule nuit, oui, mais qu'il n'était pas près d'oublier. Jamais il n'aurait imaginé la revoir sur sa propriété et que cela interrompe du même coup son projet. Que la vie était étrange. Il y avait quoi ? peut-être un million de chances que cela se produise.

Mais si enchanté fût-il de ces retrouvailles — et de connaître cette fois le nom de sa fabuleuse maîtresse —, il n'allait pas pour autant laisser son chantier à l'arrêt pendant quatre-vingt-dix jours ! Il devait trouver une solution.

Peut-être qu'en lui parlant, avec amabilité, sans hostilité, parviendrait-il à lui faire comprendre les problèmes qu'elle lui causait ? Et pourquoi pas tout de suite ? Il sauta dans son pick-up et mit le cap sur le site, l'apercevant bientôt en train de scruter la terre, un petit pinceau entre les doigts.

Elle leva brièvement la tête à son approche, puis se remit

au travail, l'ignorant ostensiblement. Elle procédait sur une superficie de deux mètres carrés environ avec méthode et délicatesse. À quatre pattes, fesses en l'air. Dans une position que Cole, en tant qu'homme, appréciait à sa juste valeur. Coiffée d'un chignon, les joues barbouillées de poussière, elle était hyper sexy. Quelle femme pourrait se prévaloir d'être aussi séduisante dans de telles conditions ? Preuve qu'elle se souciait plus de gratter la terre que de séduire. Un bon point pour elle.

— Comment allez-vous aujourd'hui, docteur Finley ?

— Très bien, répondit-elle en lui jetant un regard suspicieux.

Il hésita quelques secondes, peu habitué à parler à quelqu'un qui lui tournait le dos.

— Je comprends l'importance de ces fouilles pour vous. Mais le fait est que, pendant que vous jouez ici avec votre petit râteau dans la poussière, je perds chaque jour plusieurs milliers de dollars.

— Vous m'en voyez désolée, fit-elle sur un ton qui disait tout le contraire.

— Je dois finir ce que j'ai commencé, voyez-vous…

— Si reporter votre projet vous coûte autant d'argent, peut-être devriez-vous songer à choisir un autre terrain, suggéra-t-elle avec un haussement d'épaules, sans quitter le sol des yeux.

— Impossible. Tout le réseau de plomberie est déjà installé. Les fondations sont prêtes à poser. Et puis, ce ne peut pas être ailleurs qu'ici. Déplacer le chantier, c'est impensable…

Elle consentit enfin à le regarder.

— De toute façon, si je trouvais le moindre vestige, vous auriez l'obligation de défoncer vos fondations. Mieux vaut patienter douze petites semaines, et qui sait, peut-être moins. L'homme d'affaires avisé que vous êtes doit savoir que l'on ne fait pas toujours ce que l'on veut, non ?

Cole sentit la colère enfler en lui. Néanmoins, en dépit de sa frustration, il était forcé de le reconnaître, cette femme l'attirait.

— Nous avons toutes les raisons de penser que ce sol renferme les vestiges d'une ancienne civilisation, poursuivit-elle. Désolée de ne pas avoir été là, il y a quelques millénaires, pour déloger ces gens sous prétexte qu'au XXIe siècle quelqu'un souhaiterait y construire je ne sais trop quoi.

À ces mots, elle attrapa un autre pinceau, minuscule, et se remit à épousseter le sol sous son nez.

— Les musées sont pleins de vestiges de toutes sortes, docteur Finley, marmonna-t-il. Qu'espérez-vous trouver qui me vaille de prendre trois mois de retard dans mon projet ? Ces fouilles sont-elles si capitales pour l'humanité ? Ou bien y a-t-il autre chose en jeu, dont vous ne voulez pas me parler… ?

Soudain, elle lâcha son pinceau, retira ses gants et se leva.

— Je vous ai déjà expliqué pourquoi vous deviez interrompre votre chantier. Par deux fois, si ma mémoire est bonne. Et pourquoi dites-vous que je cache quelque chose ? Quoi donc ? Vous croyez que je cherche de l'or ? Le trésor des conquistadors ? Le magot de Jesse James, peut-être ? lança-t-elle, sarcastique. Je peux vous assurer que non. Si cela arrivait, vous en seriez le premier bénéficiaire. Enfin, vous et les services fiscaux. Pour terminer, sachez que plus vous serez là à me harceler, plus je prendrai du retard dans mes fouilles et plus vous en prendrez vous-même dans votre projet.

— Très bien, répliqua-t-il en la fusillant du regard. Faites ce que vous avez à faire. Mais n'espérez aucune aide de ma part ou de celle de mes employés…

La plantant là, il retourna à son pick-up.

*
* *

Une douce brise s'invitait de temps en temps dans la cabane, par la fenêtre, et Tallie espérait bien profiter de cette climatisation naturelle toute la nuit. Comme elle allait se coucher, elle entendit sous le lit un drôle de bruit, comme la course précipitée d'une bestiole. Un rat ou une marmotte, peut-être un raton laveur.

— Va-t'en d'ici ! Allez, zou ! s'exclama-t-elle, apeurée, tout en attrapant un bâton pour donner des coups dans les pieds du lit rongés par la rouille. Aussitôt, deux sconses s'enfuirent par la porte restée ouverte, grâce au ciel sans laisser la moindre odeur nauséabonde derrière eux.

Tallie regarda sous le lit, au cas où d'autres visiteurs nocturnes squatteraient l'endroit. Rassurée, elle ressortit dans l'espoir de trouver dans sa voiture quelque chose pour maintenir la porte de la cabane fermée. Mais après quelques pas, elle perdit l'équilibre quand son pied heurta un petit renflement au sol. Dans sa chute, elle essaya de se rattraper à une branche, avant de réaliser qu'elle avait mis la main dans une toile d'araignée. Prise de panique, elle secoua ses cheveux, ses vêtements. Un bruit suspect se fit alors entendre dans les buissons, juste à côté. Et elle sentit soudain quelque chose se glisser dans son cou, sous sa chemise.

Elle hurla. Peu de chose l'effrayait, mais elle avait la phobie des araignées depuis son enfance. Terrifiée, elle retira son chemisier et se frotta le dos avec frénésie. La chose se faufila cette fois dans son pantalon. Un nouveau cri lui échappa et elle chercha, affolée, à se débarrasser de son jean. Mais, s'emmêlant les jambes, elle tomba à la renverse dans un tas de feuilles mortes datant de l'automne dernier.

Une fois à terre, elle continua de se démener pour enlever ce maudit jean, coincé aux chevilles. Trois secondes plus tard, elle était enfin libre, mais elle n'eut pas le temps de souffler car Cole, soudain, apparut. S'agenouillant devant elle, un revolver entre les mains, il balaya les alentours du regard.

— Que se passe-t-il ici ? On vous a agressée ?

— Oui… Une… Une araignée.

— Une quoi ?

— Une arairai… Une araignée, sanglota-t-elle, réalisant qu'elle était assise par terre, à demi nue, son chemisier accroché à une branche, son jean gisant dans la poussière.

Cole inspira, expira, puis il rangea son arme dans la poche arrière de son jean, avant de se redresser.

— Debout, ordonna-t-il.

La prenant par le bras, il la fit se lever sans aucun ménagement. Puis il sortit une minitorche de sa poche et lui inspecta les cheveux, promena sa main sur ses épaules, son dos. Il dirigea ensuite la lampe sur son visage, son cou puis ses seins, heureusement encore bien à l'abri dans son soutien-gorge. Impassible, il poursuivit son examen par son ventre, ses jambes.

— Je ne vois rien, dit-il après deux minutes, une note d'agacement dans la voix. Vous devriez venir coucher à la maison. Ce ne sont pas les chambres qui manquent.

Il alla détacher son chemisier de la branche, ramassa son jean et secoua énergiquement les deux avant de les lui tendre.

— Où sont vos chaussures ?

— Je ne… Je ne sais plus.

Sans un mot, il l'emporta alors dans ses bras et, foulant les feuilles mortes, se dirigea droit vers son pick-up. Blottie contre son torse, Tallie noua instinctivement les bras à son cou. Il était fort, musclé. Une telle puissance émanait de lui… Elle n'avait ressenti pareille force que chez un seul homme. Peut-être était-ce la raison pour laquelle Masters lui rappelait tant l'inconnu de La Nouvelle-Orléans. Comme lui, il bougeait avec grâce, la portant comme si elle ne pesait pas plus lourd qu'une plume. La chaleur de son corps l'enveloppait tout entière. Il sentait vaguement le pacanier et autre chose aussi, d'épicé. Une odeur sexy. À nouveau, elle eut le sentiment d'avoir déjà rencontré cet homme. Mais comment ? Où ?

L'adrénaline retombant progressivement, elle se sentit un peu bête. Pour ne pas dire ridicule. Lorsque Cole s'arrêta devant le pick-up, elle attendit les reproches, les moqueries. Mais rien ne vint. Elle le regarda alors dans les yeux, et décela chez lui de l'inquiétude mêlée à autre chose d'indéfinissable.

Ses lèvres, pleines et sensuelles, étaient si proches qu'elle crut un instant qu'il allait l'embrasser. Mais il détourna le regard, ouvrit la portière et l'assit sur le siège passager, sur lequel Tallie se recroquevilla aussitôt.

Une dizaine de minutes plus tard, Cole se garait devant chez lui. Ils descendirent du pick-up et passèrent devant l'immense piscine avec cascade pour pénétrer dans sa maison. Un véritable palais, avec un salon suffisamment vaste pour que l'un de ses hélicoptères puisse s'y poser. Les murs étaient revêtus de bois jusqu'au plafond, digne d'une cathédrale, et une immense cheminée en pierre naturelle faisait office de séparation entre le salon et la cuisine.

Tallie le suivit dans l'escalier monumental. Au deuxième étage, il la précéda dans un long couloir, avant d'ouvrir une porte, à sa droite. Tallie resta bouche bée devant la splendeur de la chambre, ornée d'un tapis couleur crème dans le même ton que les murs. Les moulures au plafond, les portes et le manteau de la cheminée étaient en acajou, tout comme le lit à baldaquin king size aux colonnes de bois sculpté.

— Les serviettes sont dans le placard de la salle de bains, avec shampoings et sels de bain. Rejoignez-moi en bas quand vous aurez fait un brin de toilette. André vient juste de se mettre aux fourneaux, prenez votre temps.

Elle acquiesça d'un signe de tête, notant un drôle d'éclat dans ses yeux, comme s'il se retenait de sourire.

— Merci, chuchota-t-elle.

La salle de bains abritait une baignoire à remous et une cabine de douche toute parée de marbre, assez grande pour accueillir une bonne dizaine de personnes. Tallie avait lu dans les magazines que ce type de douche, équipée d'un banc et d'un système à jet de vapeur, pouvait servir de sauna. Le must. Les placards contenaient tout le nécessaire, serviettes, gants de toilette, shampoings et savonnettes. Dans un tiroir, elle trouva même un assortiment de T-shirts noirs et bleu marine, tous taille XXL. Des prestations dignes d'un palace !

Elle prit un gant et une serviette puis, après s'être débarrassée de son soutien-gorge et de sa culotte, se glissa sous le jet brûlant, s'abandonnant avec délice au massage de l'eau sur ses épaules et son dos. Elle se lava, se rinça et, un quart d'heure plus tard, sortit de la douche pour se sécher. Elle hésita alors à remettre ses vêtements sales, convaincue par ailleurs que l'araignée se cachait toujours dans son jean. Pourquoi n'emprunterait-elle pas un T-shirt à Cole ? Elle en choisit un bleu marine et l'enfila aussitôt. Il lui descendait jusqu'aux genoux. Satisfaite, elle prit le temps de se coiffer et, ses vêtements sales sous le bras, descendit au salon.

Elle s'installa sur le canapé et ferma les yeux. Alors qu'elle essayait de se détendre, elle fut soudain prise de nausées, aussi subites que violentes. Elle remonta en toute hâte dans la salle de bains, où elle s'agenouilla devant la cuvette des W-C. Avec un peu de chance, au deuxième trimestre, elle en aurait fini avec ce problème. Elle repensa au Dr Sterling, qui lui avait déconseillé de venir ici, inquiet pour sa santé. Mais Tallie ne reviendrait pas sur la promesse faite à sa grand-mère. De toute façon, où qu'elle aille, ce serait la même chose.

La crise passée, elle se rinça la bouche et avala une gorgée d'eau fraîche, puis elle attrapa une brosse neuve dans l'armoire pour se laver les dents, espérant un peu de répit. Quoi qu'il en soit, elle ne pouvait s'en prendre qu'à elle-même. Voilà ce qui arrive quand on abuse de cocktails à La Nouvelle-Orléans et que l'on est abordée par l'homme de ses rêves.

Elle laissa échapper un soupir. Même quand le médecin avait confirmé sa grossesse, elle avait eu le plus grand mal à y croire. Un bébé. Un petit bout de chou.

La seule chose qui aujourd'hui encore la mettait en colère, c'était la manière dont l'inconnu s'était éclipsé au petit matin, sans lui laisser la moindre chance de connaître son identité. Quel mépris pour elle !

De retour dans le salon, elle trouva Cole, qui l'attendait.

— Pouvez-vous me ramener ?

— Vous êtes malade ? demanda-t-il en la dévisageant avec insistance.

— Non, ce n'est rien, répondit-elle avec un haussement d'épaules, priant pour qu'il ne la voie pas rougir. Sans doute une piqûre d'insecte. Ça va mieux déjà…

— Vous êtes sûre de ne pas vouloir rester ?

— Merci, mais je préfère retourner à la cabane. Mais si vous n'avez pas le temps, je peux y aller à pied.

— À pied ? dit-il en secouant la tête. Parcourir deux kilomètres de sous-bois et de champs de blé, pour tomber sur une autre araignée ou marcher sur un serpent ? Pas question. Mais si vous insistez pour que je vous reconduise à la cabane, allons-y.

Ses vêtements sales dans un sac plastique, elle le suivit jusqu'au pick-up.

— Vous savez, en vous obstinant à vivre dans cette vieille cabane, vous vous mettez en danger. Pourquoi ne pas renoncer et revenir à l'automne, quand le temps est plus frais et les conditions plus favorables pour faire du camping ?

À l'automne, Tallie serait en train de pouponner.

— Je crains d'avoir d'autres obligations, à cette période, répondit-elle. Et puis, si j'attends l'automne, je n'aurai plus accès au site. Dès que je partirai, nous savons vous et moi que le chantier redémarrera.

Il ne releva pas. Masters ne voulait qu'une chose, qu'elle disparaisse, et apparemment il dirait ou ferait n'importe quoi pour parvenir à ses fins.

Le lendemain matin, Tallie finissait juste de s'habiller lorsque des voix masculines retentirent à proximité. Sortant de la cabane, elle aperçut trois hommes munis de pelles. Une fois ses bottes aux pieds, elle se dirigea vers eux, et ne tarda pas à constater qu'ils avaient déjà défoncé en plusieurs endroits la zone qu'elle avait mis tant de soin à délimiter.

— Mais arrêtez ! Je vous en prie, arrêtez ce massacre ! cria-t-elle aux hommes qui aussitôt se figèrent. Qui êtes-vous ? Et que faites-vous ici ?

— Nous travaillons pour le Circle M Ranch, répondit l'un d'eux en retirant son chapeau. C'est Cole qui nous a demandé de prendre des pelles pour creuser la terre à l'endroit que vous avez marqué.

— Mais si vous ne faites pas plus attention, vous risquez de détruire des vestiges datant de plusieurs milliers d'années. Ce que je recherche est très ancien et fragile, vous comprenez ?

Celui qui avait parlé se tourna vers les deux autres, qui haussèrent mollement les épaules.

— Nous ne faisons que ce que l'on nous a dit de faire, madame.

— Et le patron nous a dit de creuser, ajouta le deuxième.

— C'est ridicule, enfin, soupira-t-elle en faisant face au troisième, visiblement le plus âgé de la bande. Je vais de ce pas parler à M. Masters. En attendant que le problème soit réglé, je vous en prie, arrêtez de creuser.

— Je ne sais pas si Cole est encore là, répondit l'homme tout en remettant son chapeau sur sa tête. Il doit se rendre à Dallas pour ses affaires. Écoutez, nous allons patienter une petite heure pour vous faire plaisir, madame. Peut-être réussirez-vous à l'intercepter pour lui parler. Sinon, nous devrons exécuter ses ordres…

Sans perdre une seconde, Tallie courut jusqu'à la Ford, bien décidée à demander à Masters de se mêler de ses affaires à l'avenir. Si prudente au volant d'habitude, elle appuya à fond sur l'accélérateur, sa vieille voiture patinant bruyamment dans la poussière avant de dévaler la piste jusqu'à la route menant à la propriété. Arrivée devant la maison, elle se précipita et sonna à plusieurs reprises. Enfin, une femme, la gouvernante sans doute, vint lui ouvrir.

— Je suis désolée, dit-elle, mais M. Masters vient juste de partir pour l'aérodrome, derrière la grange. Peut-être pouvez-vous encore le rattraper ? C'est par là…

Tallie la remercia et, de retour dans sa voiture, démarra sur les chapeaux de roue. Très vite, elle aperçut devant elle la piste privée et un hangar puis, sur le terrain, un hélicoptère marqué du logo Masters Corporation, les pales en mouvement. Cole était aux commandes. Occupé à noter quelque chose sur un carnet, il ne la vit pas approcher. Elle ne pouvait le laisser partir sans lui avoir parlé. Sautant de la voiture, elle courut jusqu'à l'appareil, dont elle ouvrit la portière.

Les yeux de Cole exprimèrent la surprise, mais aussi la colère, pourtant Tallie ne se laissa pas impressionner et soutint son regard. Il finit par couper les gaz, puis il retira son casque avant de descendre de l'appareil. S'il était manifestement très contrarié, il l'était moins qu'elle.

— Mais à quoi jouez-vous ? l'apostropha-t-il.

— Je pourrais vous poser la même question.

— Vous auriez pu vous faire tuer.

— Qu'est-ce que ça peut vous faire ? rétorqua-t-elle, furieuse. Vous envoyez trois de vos hommes saccager le site de mes fouilles, puis vous vous éclipsez en vitesse comme un voleur, de peur que je vienne vous trouver ! ? Comme c'est sournois, Masters.

— Mon intention était simplement de vous aider, protesta-t-il. Et je n'ai jamais fui devant rien.

Visiblement, elle avait touché un point sensible. Il était sur la défensive. Parfait.

— Je vous ai déjà expliqué que mon travail exige du temps et de la patience. Et de la délicatesse, aussi. Car il n'est pas question de prendre le risque d'érafler un objet vieux de plus de cinq cents ans. Si cela se produisait, ma présence ici, le retard de votre chantier, tout ça n'aurait aucun sens.

— De mon point de vue, c'est déjà le cas.

— Quelque chose manifestement vous échappe. Est-ce que vous faites exprès de ne pas comprendre ou en êtes-vous incapable ?

— Docteur Finley…

— Ce que vous avez fait est criminel. Vous auriez pu détruire un vestige d'une valeur historique inestimable en demandant à vos hommes de creuser bêtement. J'espère que vous n'êtes pas aussi négligent dans la direction de vos affaires.

Elle le vit blêmir sous le coup, la maudissant sans doute en silence, mais il fit en sorte de garder son calme.

— Bien, que voulez-vous au juste, docteur Finley ? J'ai une réunion à Dallas et je suis pressé.

— Vous posez la question ? répliqua-t-elle avec un ricanement plein de sarcasme. Il faut que je vous l'écrive, peut-être ! Dites à vos trois cow-boys de dégager de mon site illico et d'aller s'occuper ailleurs !

— Entendu, grommela-t-il. J'y vais. Si vous voulez bien avoir l'amabilité de vous écarter de mon hélicoptère, maintenant.

— Tout de suite.

— Vos désirs sont des ordres…

L'ironie avec laquelle il prononça ces mots ne lui fit pas le moindre effet. Méfiante, elle retourna à sa voiture et attendit. Moins de trois minutes plus tard, l'hélicoptère s'élevait dans les airs et prenait la direction de la zone des fouilles. Après un atterrissage parfait, à la seconde où Tallie arrivait sur le site, Cole descendit de l'appareil pour parler à ses hommes. Puis, avant même qu'elle ait le temps de se garer et sans lui accorder un regard, il se remit aux commandes de l'hélicoptère et repartit, direction le sud cette fois, Dallas.

Tallie reporta son attention sur les trois cow-boys, qui rangeaient maintenant les pelles dans la benne de leur pick-up.

— Bonne fin de journée, madame, marmonna le plus âgé.

Aussitôt après, elle se retrouva seule, avec pour toute compagnie les petits oiseaux.

Elle ne croyait pas une seconde que Cole ait pris cette initiative pour lui venir en aide. Il n'avait qu'une idée en tête, saboter son travail pour l'obliger à quitter les lieux. Et il y avait pire encore. Il lui avait gâché ce rituel auquel elle était si attachée : son thé du matin. Bien, puisque monsieur voulait la guerre, il l'aurait.

Elle attrapa sa pelle et s'attela à la tâche, tout en espérant que les hommes de Cole n'avaient pas causé trop de dégâts.

Après plusieurs heures, elle finit par tomber sur des vestiges présentant un certain intérêt. Dans le tamis, en effet, elle découvrit des pointes de flèches, des éclats de poterie ainsi que des fragments de bijoux, tous datant de plusieurs centaines d'années, mais aucune preuve de l'existence de cette tribu fantôme, beaucoup plus ancienne.

Une chance, elle ne constata aucune dégradation suite à l'intervention des cow-boys. Elle prit une photo de chaque objet et consigna ses trouvailles sur son carnet de bord, avec le jour et l'heure.

Elle procédait au dernier tamis quand le soleil se cacha derrière les collines. Elle devrait attendre le lendemain pour délimiter une nouvelle zone de fouilles.

De retour à la cabane, elle se laissa tomber sur le lit branlant et retira ses bottes. Morte de fatigue, elle ferma les yeux, se demandant juste avant de s'endormir ce que Cole Masters pouvait encore lui réserver.

- 5 -

Ce fut une sensation plus qu'un bruit qui l'arracha à son sommeil. À la lumière bleutée qui régnait dans la cabane, elle comprit tout de suite que le soleil n'était pas encore levé. Elle s'assit avec l'impression étrange qu'on l'observait.

Elle tourna la tête vers la porte, retenant aussitôt un cri de surprise. Une vache se tenait dans l'entrée. Tallie se leva à la hâte mais, avant même de pouvoir enfiler son jean, elle vit une deuxième génisse passer à son tour la tête dans l'embrasure. Puis vint une troisième, manifestement curieuse de savoir ce qui suscitait autant d'intérêt chez ses copines.

— Psstt ! cria Tallie en faisant de grands gestes pour effaroucher les bestiaux.

En vain. Elle s'empara alors d'un bout de carton qu'elle agita devant ses trois invitées-surprises. Cette fois, les vaches comprirent le message et s'éclipsèrent sans demander leur reste. Mais combien étaient-elles dehors ? Tallie s'avança pour regarder. Une bonne dizaine de ruminants erraient autour de la cabane.

Elle mit son jean, ses bottes, s'empara du carton et sortit en l'agitant en tous sens à grand renfort de cris. Le troupeau apeuré finit par s'éloigner de la cabane en direction de la clôture de fil de fer barbelé. Toutes les bêtes s'enfuirent par le portail à moitié déglingué que Tallie s'empressa d'aller refermer tant bien que mal, espérant toutefois que les vaches ne s'étaient pas blessées au passage. Angoissée aussi à l'idée des dommages causés par le troupeau au campement et sur le site des fouilles.

Une heure plus tard, elle était encore occupée à remettre les choses en ordre sous le porche. Tout ce temps perdu, par la faute de Cole Masters. Car c'était forcément lui qui était derrière cette invasion. Oh ! elle ne pouvait pas le prouver, mais à quoi bon, c'était l'évidence même.

Assise sous le porche de la cabane, elle finissait de réenrouler la dernière bobine de ficelle orange quand elle entendit un moteur sur la piste.

— Bonjour, docteur Finley ! lança Cole en descendant de son pick-up.

Elle le fusilla du regard, préférant ne rien dire.

— Vous avez déjà démarré votre journée ? demanda-t-il.

Elle haussa les épaules, toujours aussi muette.

— J'ignore si vous les avez aperçues, mais une dizaine de vaches couvertes d'égratignures viennent de rentrer au ranch. Elles doivent s'être blessées à une clôture. Mais je suppose que vous n'êtes pas au courant ?

— Pourquoi le serais-je ? répliqua-t-elle. Je n'ai pas bougé d'ici. Et, si je me souviens bien, vous m'avez dit qu'aucune vache ne venait jamais dans le coin. C'est bien ce que vous avez dit, non ? répéta-t-elle, narquoise.

— Oui, en effet, répondit-il, l'air perplexe.

— Bien. Si je vois une vache pénétrer sur le site de mes fouilles, je ferai en sorte de vous en informer.

— Parfait, dit-il, visiblement sceptique. Un problème avec votre ficelle ?

— Oh ! quelques bobines à réenrouler, c'est tout, marmonna-t-elle. Mais vous n'avez pas de travail qui vous attend ? Je veux dire, depuis que je suis ici, je ne vous ai pas vu partir pour vos affaires plus de deux fois.

— Vous croyez que je suis obligé d'aller à Dallas pour pouvoir travailler ?

— Eh bien oui, Dallas ou New York, là où se trouvent vos bureaux, dit-elle avec un nouveau haussement d'épaules. J'ai l'impression que vous passez l'essentiel de votre temps ici, à vous inquiéter pour vos vaches et à demander à vos hommes de venir « m'aider ». C'est une bien étrange façon de diriger une compagnie, il me semble…

Posant le rouleau à côté d'elle, elle s'appuya au poteau supportant le toit du porche.

— À l'origine, riposta-t-il, je devais passer cette période à superviser la première phase du chantier qui, comme vous le savez, a dû être interrompu. Me voilà donc avec du temps libre pour m'intéresser à l'avancée de vos fouilles. Mais je vous trouve là, tranquillement assise avec votre bobine, et je m'inquiète. Ne devriez-vous pas plutôt être en train de gratter et d'épousseter la terre ?

Tallie sentit la colère la gagner. Elle n'était pas violente pour un sou, mais cela ne l'empêcha pas de s'imaginer envoyer une gifle à cet homme arrogant.

— Chaque chose en son temps. Et ne vous inquiétez donc pas pour l'avancée de mes fouilles, dit-elle de sa voix la plus charmante, sourire en prime. Je suis une femme obstinée et je ne renonce jamais.

Il marmonna quelque chose qu'elle ne comprit pas, puis tourna les talons pour remonter dans son pick-up. Tallie se félicita alors d'avoir de nouveau remporté la partie.

Les jours passèrent, puis les semaines, et Tallie n'avait toujours pas trouvé la moindre preuve de l'existence d'une ancienne tribu. Elle était déçue, mais également fatiguée en raison des nausées qui maintenant la prenaient au beau milieu de l'après-midi.

Un matin de sa cinquième semaine sur le site, alors

qu'elle venait de se réveiller, elle sortit sous le porche pour regarder le soleil se lever. Ce dernier mois avait été éreintant. Elle était fourbue, comme si on l'avait rouée de coups. Son inquiétude pour le bébé la ralentissait dans sa tâche, elle devait reprendre son souffle plus souvent. Bref, le temps filait à toute allure et les fouilles n'avaient rien donné.

Retournant dans la cabane, elle attrapa son bâton en bâillant et tapa sur les pieds métalliques du vieux poêle à bois. Aussitôt, apeurés par le bruit, les deux sconses sortirent de sous le lit et s'échappèrent par la porte. Normalement, elle n'acceptait aucun hôte, la nuit. Mais trop fatiguée pour faire la chasse ces derniers temps, elle rentrait directement se coucher le soir, après son bain dans la rivière. Après tout, du moment qu'aucune bestiole ne s'amusait à lui grignoter les orteils…

Tallie venait juste de finir son thé quand le fracas d'un ou plusieurs moteurs retentit. Se précipitant dehors, elle regarda, médusée, une bonne dizaine de quads gravir les collines alentour et en redescendre à toute vitesse, sans jamais empiéter sur le site, évitant soigneusement même la zone des fouilles. Un pick-up les suivait, s'arrêtant ici et là pour planter un piquet numéroté.

Bien. Qu'avait donc inventé Masters pour l'embêter, cette fois ? Agacée, elle interpella le conducteur du pick-up.

— Excusez-moi, dit-elle en esquivant deux quads de justesse. Que faites-vous ?

— Bonjour, madame, répondit l'homme en soulevant son chapeau. C'est notre rallye, pour la kermesse locale. Le pilote le plus rapide remporte le trophée et, cette année, l'argent récolté sera versé à l'orphelinat de Calico Springs. Les propriétaires de ranch mettent leurs terres à notre disposition, pour l'événement, c'est la tradition. Un endroit différent à chaque fois, pour ne pas avantager l'un ou l'autre des concurrents.

— Et cette année donc, la course a lieu ici.

— Oui, m'dam. Mais ne vous inquiétez pas. Cole nous a expliqué que vous travailliez sur la zone et nous a demandé de bien éviter le site archéologique.

— Oh. Vraiment ?

— J'ai tracé le plan du circuit avec lui, pour être sûr.

Une certaine sérénité l'envahit. Elle devait le reconnaître : quand Masters avait une idée en tête, rien ne l'arrêtait. Il ferait tout ce qui était en son pouvoir pour la perturber. Mais, cette fois, elle ne perdrait pas son sang-froid. Elle ne crierait pas, ne le traiterait pas d'idiot. Car il savait très bien ce qu'il faisait. Or, elle n'avait pas l'intention de partir et comptait bien lui rendre la monnaie de sa pièce.

— Où est M. Masters ?

— Il avait une réunion à Dallas, il sera de retour en fin d'après-midi.

Ça doit aller, songea Tallie.

Résolue à ne pas se laisser faire, elle se rendit peu après à l'imprimerie, en ville, où tout le monde se montra charmant avec elle, l'aidant même à concevoir une annonce accrocheuse. Les enfants du patron, trop contents à l'idée de recevoir cinq dollars pour leur collaboration, se chargèrent ensuite d'inonder la ville de ses prospectus.

Au-dessous de lui, des dizaines de véhicules de toutes catégories étaient rangées côte à côte. Une véritable forêt de toits et de capots de toutes les couleurs de l'arc-en-ciel. Un spectacle fascinant en soi, sauf que cette concentration automobile se tenait sur sa propriété. Aux commandes de son hélico, Cole, intrigué, décrivit une boucle pour mieux voir.

Apparemment, la fête battait son plein, en bas. Des gens entraient et sortaient de la maison, certains levèrent leur verre à son passage, comme pour trinquer. D'autres, autour de la piscine, gesticulèrent et applaudirent. En dépit du bruit du moteur de l'hélicoptère, il crut même entendre de la musique. Plus loin, d'autres voitures étaient rassemblées autour du circuit provisoire tracé pour la compétition du jour.

Une fois posé, Cole se dirigea aussitôt vers la maison, téléphone à la main, pour tenter de joindre son service de sécurité. Et lorsque quelqu'un enfin daigna répondre, il en resta un moment bouche bée.

— Hé, salut patron ! Vous arrivez juste à temps pour la deuxième fournée de pizzas !

— Marco ? C'est vous ? s'exclama Cole, stupéfait. Je vous donne deux minutes pour venir me retrouver dans mon bureau ! ajouta-t-il avant de raccrocher.

Aux abords de la piscine, il fut accueilli par des cris joyeux et des *merci*, un parfait inconnu lui glissa même un verre dans la main. Il se fraya tant bien que mal un passage parmi tous ces gens jusqu'à la porte de derrière, bien décidé à savoir ce qui se passait chez lui. Mais, déjà, il était convaincu de devoir tout ce dérangement à une certaine archéologue.

Après une rapide réunion avec son chef de la sécurité, il ressortit côté piscine et balaya la foule du regard. Il reconnut des employés du ranch, la moitié des habitants de la ville et là, juste au milieu, Tallie Finley. Allongée sur un transat, elle portait un bikini rose fluo, le plus petit qu'il ait jamais vu. Comment, face à une telle vision, pouvait-il rester en colère ?

— Docteur Finley, fit-il en l'accostant, mains sur les hanches. C'est une belle fête que vous organisez là… Chez moi.

Elle le regarda derrière ses lunettes de soleil.

— Oh… Ce n'est pas ma fête. En réalité, je travaillais comme d'habitude, jusqu'à ce que j'en sois empêchée par une compétition de quads. La suite, eh bien, vous savez comment ça se passe. Un peu de repos, un petit verre, bref je me suis laissée tenter…

À ce moment, quelqu'un plongea dans le bassin juste derrière, et Cole fut copieusement éclaboussé.

— Mais trouvez-vous un transat et joignez-vous à nous, ajouta-t-elle, avec un sourire innocent.

Agacé par son ton narquois, il alla récupérer un siège pour s'asseoir à côté d'elle. Si sa réaction la surprit, elle n'en laissa rien paraître.

— Vous risquez d'avoir trop chaud dans votre costume étriqué…, remarqua-t-elle, bien décidée apparemment à le provoquer.

— Comme c'est gentil à vous de vous inquiéter. Peut-être pourriez-vous m'aider à l'enlever ?

— Je me réjouis que vous ayez pu rentrer à temps pour participer à la fête, poursuivit-elle, ignorant ostensiblement sa suggestion.

— Très aimable de votre part. Malheureusement, la fête est terminée. La sécurité demande en ce moment même à ces gens de bien vouloir rentrer chez eux. Mais je ne voulais pas passer à côté de l'occasion de partager quelques instants avec la femme la plus sexy à des kilomètres à la ronde…

— Pourquoi faut-il que les hommes ne voient toujours que le physique, chez une femme ? répondit-elle, tendue soudain.

— Parce que nous sommes des hommes, précisément, répondit-il avec un sourire. Mais donnez-nous une chance d'apprendre à mieux vous connaître et vous verrez qu'il y a aussi un cœur en nous, qui bat.

— Un cœur, vous ? Permettez-moi d'en douter.

— Et pourtant… J'ai une idée. Si vous dîniez avec moi, ce soir, Tallie ? Vous avez perdu une journée de travail, alors un peu plus, un peu moins…

— Vous voulez dîner avec moi ? s'exclama-t-elle en le dévisageant.

— Tout à fait. Contrairement à beaucoup de mes semblables, je ne suis pas rancunier.

— Je ne vois pas ce que vous voulez dire mais, pour en revenir à ce soir, désolée, j'ai du travail. Je dois mettre mon journal à jour. Et franchement, je n'ai pas envie d'une énième discussion sur les désagréments que ma présence ici vous cause.

— En revanche, peut-être serez-vous intéressée par le fait que je songe à me mettre en relation avec votre musée, comme donateur. Sous condition, bien sûr…

— Quelles conditions ?

— Le report de vos fouilles.

— Certainement pas.

— Et pour le dîner ?

— Il n'en est pas question, et voici pourquoi. Vous n'êtes qu'un égocentrique imbu de sa personne, un dragueur impénitent qui croit que tout lui est dû. Les hommes comme vous me fatiguent. À présent, si vous voulez bien m'excuser…

Cole fut amusé par sa tirade, mais n'en laissa rien remarquer. Car, quoi qu'elle dise, Tallie avait craqué pour lui, à La Nouvelle-Orléans. Qu'elle ne l'ait pas encore reconnu relevait d'ailleurs du miracle. À moins qu'elle ne joue la comédie ? Il devait en avoir le cœur net.

Elle se leva, tout sourire. Ce sourire qui l'avait rendu fou de désir. Ce soir-là, il était tombé sous le charme. Vraiment. Peut-être comme jamais auparavant. Alors, non, le Dr Finley ne s'en tirerait pas comme ça. Et lorsque la petite voix de la raison dans sa tête voulut le mettre en garde, Cole la réduisit instantanément au silence.

*
* *

Tallie se leva, déterminée. Une longue journée l'attendait. Elle s'habilla à la hâte, attrapa la bouteille d'eau et alla à la voiture pour y chercher le thé. Sauf que la boîte était vide. Elle eut beau fouiller dans son stock, rien, pas la moindre feuille de thé. Ce fut là qu'elle se rendit compte qu'elle manquait à peu près de tout.

Ces derniers jours, elle avait accompli quelques progrès sur le site, mettant au jour des fragments de poterie datant selon elle du XVIe siècle, peut-être même étaient-ils antérieurs. Et l'idée de s'interrompre dans sa tâche l'insupportait. Mais une chose était sûre, sans sa tasse de thé matinale, elle ne valait rien. Elle se mit donc en route pour Calico Springs, à une quinzaine de kilomètres du site.

Retourner à la civilisation était toujours une joie, même si elle mettait un peu de temps à se réadapter chaque fois. Elle se rendit au supermarché où elle trouva tout de suite sa marque de thé préférée. Pour plus de sécurité, elle en prit trois boîtes, ainsi qu'une bombe insecticide et de l'antimite. On lui avait dit un jour que les sconses détestaient la naphtaline. Après tout, pourquoi ne pas essayer ?

Sur la route du retour, elle appela le Dr Sterling, qui se montra très enthousiaste à l'annonce de la découverte de ces quelques tessons de poterie. Il l'encouragea à persévérer, du moins tant que son état le lui permettrait, s'excusant une fois encore de ne pouvoir lui envoyer un autre membre de l'équipe pour l'assister dans ses recherches, qui dureraient encore sept semaines. Un délai que son patron n'avait pas besoin de lui rappeler, songea Tallie. Cole Masters s'en chargeait très bien.

À environ deux kilomètres de la cabane, la Ford se déporta subitement sur la gauche. Une crevaison ? Malheureusement, son intuition se confirma lorsqu'elle sortit examiner les roues.

Elle balaya du regard les collines autour d'elle. Il n'y avait pas âme qui vive. Elle commença donc à sortir de la voiture ses sacs de provisions, de manière à avoir accès à la roue de secours. Elle n'avait pas eu recours à cette roue depuis longtemps, aussi se trouvait-elle tout au fond du coffre. Heureusement, elle la retrouva non seulement gonflée, mais accompagnée du treuil. En revanche, quand elle retira la jante de la roue crevée, les écrous, rouillés, refusèrent de bouger.

Après s'être relevée, elle se massa le cou tout en envisageant ses différentes options. Il lui faudrait faire au moins dix fois le voyage pour transporter ses courses jusqu'au camp. Appeler au secours ? Elle se couvrirait de ridicule. Le plus embêtant dans l'histoire, c'était que l'incident allait lui coûter une journée de fouilles.

À cet instant, elle entendit un pick-up arriver dans sa direction. Évidemment, Cole était au volant. Pourquoi fallait-il que ce soit lui précisément, son sauveur ? Elle ne voulait rien lui devoir.

— Passez-moi la clé, dit-il sans préambule, l'air bourru.

— Je peux très bien le faire moi-même, merci.

— Sauf que vous risquez de trouver une araignée tapie derrière le pneu…

— Très drôle, répliqua-t-elle en le fusillant du regard.

Il lui arracha l'outil des mains et se mit aussitôt au travail, débloquant les écrous rouillés en un rien de temps. Tout en l'observant, elle eut à nouveau le sentiment de l'avoir déjà vu quelque part. Ce fut alors qu'elle remarqua le petit tatouage dans le creux de son cou, le col de sa chemise étant ouvert.

— Vous êtes tatoué ? demanda-t-elle, tous ses sens en alerte. Je ne veux pas me montrer indiscrète, mais qu'est-ce que ça représente ?

Il se figea, puis dévissa le dernier écrou. Puis il retira le pneu et se leva.

— Oh ! rien d'original, marmonna-t-il en remontant son col.

— En fait, je suis sûre d'en avoir déjà vu un semblable… Mais je n'arrive pas à me rappeler où…

Il lui sourit. Un sourire sans joie, comme résigné. Et, soudain, Tallie eut comme un déclic.

Lui ? Mais comment ? Que faisait-il ici ?

Il portait un jean noir et une chemise gris foncé. Ses cheveux avaient poussé depuis qu'elle était arrivée au ranch. Et si on faisait abstraction de la barbe, oui, il ressemblait comme deux gouttes d'eau à l'inconnu de La Nouvelle-Orléans. *Lui ?*

Reculant d'un pas, elle le regarda, effarée, le cœur battant. Non, c'était impossible. Ce ne pouvait pas être lui. Cole Masters ne pouvait pas être l'homme qu'elle avait rencontré à La Nouvelle-Orléans.

Elle secoua la tête, dans le déni le plus total. Impossible. L'homme avec qui elle avait fait l'amour était doux, gentil. Pas du tout arrogant. Bien sûr, tous deux se ressemblaient physiquement mais, pour le reste, ils n'avaient rien en commun.

Pourtant, au fil des secondes, les pièces du puzzle se mettaient en place. Cole pouvait très bien être son bel inconnu. S'il portait des vêtements usagés à La Nouvelle-Orléans, était-ce pour rester incognito ? Il ne vivait pas sous un pont ni dans un appartement quelconque de La Nouvelle-Orléans, mais dans des palaces, tout autour de la planète.

Elle se rappela certains articles qu'elle avait lus sur Cole Masters lorsque le Dr Sterling lui avait conseillé de se méfier de lui. Sterling ne croyait pas si bien dire…

- 6 -

La vérité s'imposant peu à peu à elle, Tallie se sentit chanceler.

— Tu savais. Tout ce temps, tu savais…, bafouilla-t-elle. Et tu ne m'as rien dit.

— Je me demandais combien de temps il te faudrait pour me reconnaître.

En proie à toutes sortes de sentiments, elle se prit la tête entre les mains. Le sang pulsait à ses tempes, son cœur était en pleine débandade.

— Espèce de… multimillionnaire arrogant, faux jeton, sale menteur ! explosa-t-elle. Ça t'amuse de… de jouer avec les émotions des gens ?

Dans son esprit, les questions n'en finissaient pas de se bousculer. Était-ce vraiment le même homme, l'inconnu de La Nouvelle-Orléans, si doux, si attentionné ?

Tandis qu'elle rougissait, elle tenta désespérément de chasser de son esprit cette idée qu'il puisse être cet amant magnifique qui n'avait eu aucun mal à l'attirer dans son lit. Un homme qui lui avait fait des choses extraordinaires avec ses mains, sa bouche, son corps, lors de cette nuit magique dont elle garderait le souvenir à jamais.

— Tu m'as menti.

— Non, en aucun cas.

— Bien sûr que si. L'honnêteté aurait voulu que tu me dises la vérité dès que tu as compris que je ne te reconnaissais pas. Et je ne t'aurais pas reconnu sans ce tatouage. Et cette chemise noire. Et ce jean, dit-elle, ébranlée.

Pour toute réponse, il lui sourit.

— Que les choses soient bien claires, poursuivit-elle, je n'avais jamais fait ça, jamais…

— Fait quoi ?

— Coucher avec un parfait inconnu.

— Cette nuit-là a été merveilleuse. Pourquoi vouloir à tout prix te justifier ?

— Je ne justifie rien du tout, rétorqua-t-elle. Je tenais juste à rétablir la vérité.

— Je n'ai rien fait que tu ne voulais que je fasse, ce fameux soir. Tu te poses trop de questions, Tallie… Nous avons passé ensemble une nuit inoubliable. Voilà tout ce qui compte, pour moi. Pour le reste, inutile d'en faire un drame…

À le voir si désinvolte, elle sentit la colère monter en elle.

— Si je comprends bien, embarquer une inconnue dans un bar, c'est la routine, pour toi. Je trouve ça d'une tristesse…

— Pas du tout, répondit-il en soutenant son regard. En fait, pour moi aussi c'était une grande première. Mais je ne vais certainement pas te dire que je regrette.

— Permets-moi d'en douter, rétorqua-t-elle.

Il se renfrogna aussitôt, ne comprenant manifestement pas à quoi elle faisait allusion.

— À mon réveil, tu avais disparu, poursuivit-elle. Volatilisé, comme ça. Je ne connaissais même pas ton nom. Franchement, un tel comportement en dit long sur un homme.

— Écoute, Tallie…

— Non, il n'y a pas de « Écoute, Tallie » qui tienne. Et si tu avais été malade et que tu m'avais contaminée ?

— J'avais pris les précautions nécessaires. Et puis, tout va bien, aujourd'hui, non ?

Eh bien non, justement ! Elle était sur le point de lui expliquer que les choses étaient plus compliquées que ça lorsqu'il reprit la parole :

— Je le reconnais, Tallie, je n'ai pas eu un comportement très digne. Mais à chacun de mes déplacements, qui ont lieu plusieurs fois par mois, une femme cherche à me piéger. Si j'ai une aventure, il n'est pas rare que la belle se déclare enceinte peu après. Si je sors au restaurant, elle va tomber et se faire une méchante entorse. Le but de toutes ces manœuvres, c'est de me soutirer de l'argent en guise de dommages et intérêts.

Il marqua une pause, avant de poursuivre :

— À La Nouvelle-Orléans, j'ai préféré taire mon identité, mais je t'ai dit la vérité sur l'essentiel : je n'étais ni marié ni fiancé. Et puis, si je me souviens bien, je ne t'ai pas menti sur mes intentions. Je ne souhaite pas m'engager, pour la simple raison que je ne veux pas fonder de famille. Toi-même ne cherchais pas de relation durable, il me semble. Quant à mon départ précipité, j'ai préféré jouer la carte de la prudence. Tu aurais pu être une de ces intrigantes. Et puis, je ne pensais pas te revoir un jour. Alors, à quoi bon s'ennuyer avec les formalités ?

Avec un haussement d'épaules, il rangea la clé dans le coffre de la Ford et s'avança vers elle.

— Tu aurais pu me demander mon nom, lui fit-elle remarquer. Je te l'aurais donné. Surtout… dans ces circonstances.

— Je n'ai pas réfléchi, sur le moment. Et toi non plus, ne prétends pas le contraire.

Il n'avait pas tort. Elle avait été séduite, un vrai coup de foudre. Et aujourd'hui, quand elle pensait à lui, elle en tremblait encore. Leur rencontre à La Nouvelle-Orléans avait été si magique, si romantique. Du moins, jusqu'à ce qu'elle apprenne qu'elle était enceinte. Elle s'était prise alors à rêver. À penser à lui comme époux et père.

Quelle folie ! Aujourd'hui, elle avait sa réponse. Si elle lui annonçait qu'elle portait son enfant, il l'accuserait du pire. À cette idée, elle faillit éclater en sanglots. Fini de rêver. Jamais il ne croirait en sa bonne foi, jamais il ne lui demanderait de l'épouser. Elle élèverait seule son enfant. Cole avait été clair là-dessus, il n'avait aucune envie de fonder une famille.

À le voir si détaché quand il évoquait leur nuit ensemble à La Nouvelle-Orléans, elle n'avait plus le moindre doute sur le fait qu'il l'enverrait promener si elle avait le malheur de lui parler du bébé. Elle s'entendrait traiter de tous les noms, il lui reprocherait d'avoir tout prémédité.

Tallie sentit son cœur se serrer à l'idée que son enfant puisse un jour souffrir parce que son père avait refusé de le reconnaître. Avec un peu de chance, elle finirait par rencontrer un homme gentil et dévoué, qui élèverait cet enfant comme le sien.

En attendant, son bébé ne manquerait de rien, elle pourvoirait à tous ses besoins. L'amour est mille fois plus important que l'argent.

En quelques minutes à peine, Cole changea la roue. Il lui tendit le cric et glissa le pneu à plat dans le coffre de son pick-up. Tandis qu'elle l'observait, encore bouleversée par ce qu'elle venait d'apprendre, elle s'efforça de mettre un peu d'ordre dans ses émotions. La chose serait sans doute plus aisée, une fois qu'elle serait seule.

— Selon moi, ce pneu est réparable, dit-il. Je vais le déposer chez le garagiste en ville.

— Merci, monsieur Masters. Je te serai à jamais redevable, crois-le bien…

Il la dévisagea avec froideur, n'appréciant visiblement pas son ironie.

— Pourquoi ne pas laisser tomber le « monsieur » ? Appelle-moi plutôt par mon prénom, Cole.

— Je me moque de ton prénom, *monsieur* Masters. Si

tu ne m'as pas jugée digne de me le donner il y a trois mois, aujourd'hui, c'est moi qui n'ai pas envie de le connaître.

— Qu'est-ce que tu es têtue, Tallie !

L'espace de quelques secondes, elle retint son souffle. Pas question de faire copain copine avec Cole Masters en l'appelant par son prénom. Cet homme-là n'avait rien de commun avec celui rencontré à La Nouvelle-Orléans, même si elle devait reconnaître qu'il correspondait assez à l'image qu'elle avait eue de lui au début. Impitoyable. Dangereux.

Elle n'avait que faire d'un semblant de relation avec cet individu. Car toute cette histoire ne les mènerait jamais à rien, c'était l'évidence même.

Sauf qu'elle était enceinte de lui, qu'elle le veuille ou pas.

C'était bien là le problème. Elle n'avait jamais eu de chance, avec les hommes. Sa dernière relation en était la preuve manifeste. John Mosby, avec qui elle était sortie une année entière, était un égoïste, un véritable tyran. Elle s'était pliée à toutes ses exigences, ce qui ne l'avait pas empêché de la plaquer, profitant de ce qu'elle était en déplacement professionnel pour déménager, avec toutes ses affaires. Le choc passé, elle s'était consolée en se disant que c'était mieux ainsi. Comme si elle avait eu le choix ! Il ne lui avait même pas laissé un petit mot. Elle avait dû ravaler sa fierté pour demander à ses amies si elles avaient des nouvelles de John.

Mais au moins pouvait-elle enfin respirer, libérée de son obsession de l'ordre, de cette manie de toujours vouloir la prendre en défaut. Alors non, après l'enfer qu'elle avait vécu, elle n'allait pas tomber dans les griffes de Cole Masters.

— Passe devant, dit-il, je vais te suivre jusqu'au campement, au cas où…

— Non, répondit-elle en lui tournant le dos pour rejoindre la Ford.

Mais avant qu'elle puisse réagir, il l'attira à lui et

l'embrassa. Elle tenta de s'arracher à cette étreinte, mais la saveur de ses lèvres lui fit perdre la tête. Elle s'était pourtant juré de ne plus commettre l'erreur de succomber à cet homme dangereux. Pourtant, elle s'abandonna à lui, et son baiser se fit alors plus intense, plus passionné.

Une éternité plus tard, il détachait sa bouche de la sienne, la laissant désemparée, et frustrée. Car elle désirait maintenant bien davantage encore.

— Et si nous recommencions à zéro, Tallie ? J'ai envie de connaître la femme que tu es, et pas uniquement la maîtresse prodigieuse qui a partagé mon lit.

Sa voix riche et profonde fit aussitôt courir un long frisson dans son dos

— Dis-moi que tu le veux aussi, Tallie, ajouta-t-il, ses lèvres à un souffle des siennes.

Puis à nouveau il l'embrassa, sa langue venant à la rencontre de la sienne. Grisée par le désir manifeste de Cole, elle laissa échapper un gémissement.

Une main sur sa nuque, il la maintenait contre lui, s'appliquant à lui faire tourner la tête. Tallie était en proie à une chaleur torride et, lorsqu'il s'arracha à elle dans un grognement, elle frissonna, glacée.

Désemparée, elle resta immobile quelques instants, ne voulant que ses baisers, son corps, encore et encore. Elle ferma les yeux, ivre de son odeur, de sa puissance. Elle avait souvent rêvé de leur nuit ensemble, de leurs étreintes. Tout en lui donnant du plaisir, cet homme merveilleux lui avait susurré des mots interdits de sa voix chaude, la couvrant de baisers en des endroits insensés, la faisant chavirer.

Mais, aujourd'hui, il ne s'agissait plus de l'inconnu de La Nouvelle-Orléans, mais de Cole Masters — le fameux play-boy. Il savait parfaitement ce qu'il faisait. Ne connaissait-il pas le corps des femmes par cœur ? Bientôt, il sentirait son ventre sous ses doigts, et découvrirait ce qu'elle lui cachait. Il en oublierait alors son désir pour l'accuser de l'avoir piégé.

— Peut-être pourrions-nous discuter, non ? suggéra-t-elle, mal à l'aise.

— Si c'est tout ce que tu peux m'offrir dans l'immédiat… Mais je ne désespère pas d'obtenir beaucoup plus de toi que des paroles. Passe devant, je te suis jusqu'à la cabane…

Elle se mit au volant et démarra. Elle devait le reconnaître, il avait eu la gentillesse de s'arrêter pour l'aider à changer sa roue. Et si elle n'avait aucune expérience avec les millionnaires, encore moins les multimillionnaires, elle doutait qu'un autre homme doté du même statut se serait montré aussi serviable. Il avait été d'autant plus aimable qu'ils n'avaient eu de cesse de se disputer, ces dernières semaines.

Après quelques minutes de trajet, elle se garait à proximité de la cabane. Le temps de sortir de la voiture, Cole se précipitait pour ouvrir le coffre de la Ford.

— J'apprécie beaucoup ton aide. Vraiment, je…

Elle ne put achever sa phrase car, déjà, il la plaquait contre la voiture pour l'embrasser. Incapable de lui résister, Tallie lui rendit son baiser tandis qu'une chaleur intense la gagnait. Puis, comme si sa vie en dépendait, il prit son visage entre ses mains pour lui offrir un baiser presque désespéré, allumant en elle un feu prodigieux.

— Cole…, gémit-elle à bout de souffle, ses lèvres contre les siennes.

Troublée par le contact de sa virilité contre son ventre, elle riva son regard au sien. Il la désirait autant qu'elle le désirait, et elle sut à cet instant que tous deux ne trouveraient pas la paix tant qu'ils ne feraient pas l'amour.

— Tallie, est-ce que tu as quelqu'un dans ta vie ?

Elle hésita à répondre. En quoi cela le regardait-il ?

— Non.

Il l'embrassa avec une ferveur nouvelle, comme si elle lui appartenait, pressant son corps contre le sien. Elle sentit le bout de ses seins frémir contre son torse, la sensation se propageant à l'ensemble de son corps. Électrisée par cette charge érotique entre eux, elle soupira.

— Tallie, murmura-t-il.

Puis ce fut un nouveau baiser. Stupéfiant. Ses lèvres douces, souples, et tout à la fois fermes. Elle avait envie de se perdre, de se fondre en lui. Dans un sursaut de lucidité, elle chercha à échapper à ses bras, mais c'était oublier la puissance d'attraction de Cole Masters. C'est à peine s'ils se connaissaient tous les deux et, pourtant, il exerçait un redoutable pouvoir sur ses sens. Luttant contre son propre désir, elle réussit finalement à le repousser.

Il marqua un temps d'arrêt, visiblement désemparé. Sans doute était-ce la première fois qu'une femme résistait à ses avances.

— Je te l'ai déjà dit. À l'exception de cette nuit avec toi dans le Quartier français, je n'ai pas pour habitude de coucher avec les inconnus.

— Dans ce cas, pourquoi moi ? Pourquoi m'avoir laissé te séduire ? demanda-t-il en la dévisageant. Qu'est-ce qui a fait que cette nuit était différente des autres ?

— Je suppose que j'avais trop bu. Je ne savais plus ce que je faisais…

— Je n'en crois pas un mot. Tu savais très bien ce que tu faisais. Ce soir-là, la femme libre et passionnée que tu es au fond de toi a décidé de laisser parler son désir.

Tallie frémit. Avec John, il lui avait fallu des mois pour ressentir la moitié du plaisir que Cole avait tout de suite su lui donner. Et encore. En réalité, même sur le plan sexuel, John pensait d'abord à lui. À moins que leur mésentente au lit ne soit venue d'elle. Au fond, John la laissait froide. Cole, en revanche…

Il était là, devant elle, prêt à lui faire l'amour. Tout ce

qu'elle avait à faire, c'était de dire oui. À cette pensée, elle tressaillit. Puis elle recula, déterminée, et, cette fois, il ne tenta pas de la retenir.

Elle ignorait s'il voulait la séduire parce qu'il la trouvait à son goût ou pour la faire partir de ses terres au plus vite. Et elle penchait plutôt pour la deuxième option. D'une certaine manière, elle restait au fond d'elle cette fille naïve qui, autrefois, s'était totalement dévouée à John, se pliant à toutes ses exigences. Tout ça pour une simple raison : il avait été le premier et le seul à lui avoir jamais montré de l'intérêt.

Une question donc s'imposait. Que lui trouvait Cole Masters, au juste ?

Quoi qu'il en soit, si son but était de la séduire pour mieux la manipuler afin de récupérer le site des fouilles, il allait au-devant d'une sérieuse déception. Car elle ne partirait pas d'ici, séduite ou pas.

Bien que les choses soient plus compliquées à présent, Tallie n'était pas dupe. Cole voyait en elle une femme influençable, vulnérable. Si elle avait reçu la meilleure éducation, jamais elle n'avait été confrontée à ce monde dans lequel lui se mouvait comme un poisson dans l'eau. Jamais un homme aussi riche, aussi puissant ne lui avait fait des avances.

Elle le reconnaissait, elle était dépassée par la situation, mais restait réaliste. Cole saisirait la moindre occasion pour lui faire quitter les lieux. Il profiterait de chacun de leurs ébats pour arriver à ses fins. Et elle serait bien stupide de perdre cela de vue.

— Au revoir, Cole.

Sur ces mots, elle tourna les talons, direction la cabane.

Une fois réfugiée à l'intérieur, elle s'assit sur son sac de couchage et regarda luire, à travers les planches de la vieille baraque, les feux arrière de son pick-up qui s'éloignait.

Elle ne connaissait pas cet homme, et réciproquement.

Et elle n'avait pas la moindre idée de la façon de s'y prendre pour apprendre à le connaître, sans mettre son cœur en danger. Une autre à sa place aurait peut-être dit oui, mais, après son expérience avec John, elle se méfiait des hommes comme de la peste. Alors non, plus jamais ça !

Le lendemain, aux alentours de 16 heures, le garage l'appela pour l'informer que le pneu de Tallie était fichu.

— Bien. Mettez-en un neuf sur mon compte, répondit Cole qui s'apprêtait à raccrocher quand il se ravisa. Ray ? Je voudrais que ce nouveau pneu ressemble à l'ancien. Comme s'il avait parcouru des milliers de kilomètres, vous voyez ? Roulez-le dans la poussière une dizaine de fois et appelez votre chien à la rescousse.

— Mon chien ?

— Oui, comment dire… Faites-lui faire ses besoins dessus et, ensuite, roulez-le encore une fois dans la poussière.

— Vous avez de drôles d'idées, parfois, Cole.

— Merci, Ray, répondit-il en riant.

Cole en était persuadé, Tallie insisterait pour régler elle-même la facture du garagiste et refuserait tout net ce pneu neuf. Il se contenterait donc de lui demander dix dollars pour l'intervention de Ray. Et avec un peu de chance, pour le reste, elle n'y verrait que du feu.

Vers 17 heures, un type du garage lui amena le pneu en question. Qui à vrai dire paraissait avoir dix ans d'âge, constata Cole, satisfait. Il le rangea à l'arrière du pick-up et prit aussitôt la route du site des fouilles. C'était l'occasion rêvée pour aller voir où Tallie en était. Ce matin, apparemment, elle travaillait sur la dernière grille de la zone délimitée à son arrivée. Que ferait-elle ensuite ?

Il se gara à proximité de la cabane, puis attrapa dans le coffre le faux vieux pneu, qu'il fit rouler jusqu'à la Ford. Il avait presque fini de changer la roue quand elle apparut.

— Combien je te dois ?

— Dix dollars.

— Dix dollars ? Pour un pneu neuf ? remarqua-t-elle avec un petit air narquois.

— Oh ! ne t'inquiète pas, je le mettrai sur le compte de la compagnie, marmonna-t-il, un peu déçu d'avoir raté son effet.

— Bien. Je te rembourserai avant mon départ.

Cole n'en doutait pas une seconde. Elle ferait tout pour ne rien lui devoir.

- 7 -

Le jour n'était pas encore levé quand Tallie fut réveillée par un drôle de bruit. Jetant un œil en direction des fouilles, elle distingua, à la lueur de l'aube naissante, le système d'irrigation automatique pour le blé, à l'arrêt depuis son arrivée. Hélas, l'un des jets se répandait en ce moment même sur la zone qu'elle avait prévu de fouiller aujourd'hui !

Son sang ne fit qu'un tour. Elle sauta dans son jean, enfila un T-shirt, ses bottes. Puis elle attrapa la bâche en plastique servant à protéger un site lors d'un orage, avant de se précipiter dehors. Elle installa sa bâche tout en pestant. Et zut. La terre était déjà gorgée d'eau !

Elle fit un pas en direction du jet mais, très vite, la boue collant à ses bottes l'empêcha d'avancer plus loin. Elle reçut alors une salve d'eau glacée en plein visage et perdit l'équilibre, basculant au ralenti côté gauche, perdant sa botte droite au passage. Les fesses dans la gadoue, elle tenta d'arracher son pied gauche enlisé. Mais lorsqu'elle voulut éviter de recevoir encore une fois le jet en pleine figure, elle ne vit pas d'autre option pour se sortir de ce mauvais pas que de ramper en direction de ce maudit engin. Elle tenta de couper l'arrivée d'eau, en vain. Comme si le système était contrôlé à distance.

Du ranch, bien sûr ! Et inutile de demander qui était aux commandes.

Elle regagna en pataugeant la Ford, aveuglée par la

colère. Il faudrait des jours et des jours avant de pouvoir reprendre les fouilles sur la zone. Et cette maudite flotte qui continuait de couler. La situation empirait de minute en minute.

Serrant les dents, elle maudit Cole Masters. Car c'était forcément lui qui était derrière tout ça. L'homme qui ne renonce jamais. Tant qu'elle n'aurait pas plié bagage, il ne la laisserait pas en paix. Et à vrai dire, après ce dernier coup bas, elle sentait sa détermination vaciller. La pensée de rendre les armes faisait plus que l'effleurer.

Non. Elle se battrait jusqu'à son dernier souffle. Sautant dans sa voiture, elle démarra en trombe.

Quelques minutes plus tard, elle franchissait à toute vitesse le portail et s'engageait sans même lever le pied sur la petite route sinueuse, jusqu'à la maison. Là, elle descendit de voiture pour remonter l'allée jusqu'à la porte, puis elle sonna. Et frappa. Trente secondes, c'est le temps qu'elle lui donnait pour venir lui ouvrir, pas plus. Après cela, elle entrerait sans y être invitée.

Elle attendit, fulminant contre ce diable d'homme et priant en même temps pour qu'il soit présent. Ce furent sans aucun doute les secondes les plus longues de son existence.

Alors qu'elle s'apprêtait à faire irruption dans la maison, la porte s'ouvrit. Cole se renfrogna aussitôt à sa vue. Elle n'osait imaginer à quoi elle ressemblait, trempée, maculée de boue, chaussée d'une seule botte.

Elle le fusilla du regard, avant de remarquer un autre homme, assis sur le canapé du salon, derrière lui.

— Si tu crois que tu vas réussir à te débarrasser de moi avec tes petites manigances, tu te trompes, dit-elle, la voix vibrante de colère. Coupe le système d'irrigation tout de suite, ça suffit !

— Comment ? Quelle irrigation ? Le système n'est

pas programmé pour fonctionner là-bas. La moisson du blé est imminente.

— Ah ! Et tu imagines que je vais te croire ? Prouve-le.

— Tallie, je n'ai rien fait, fit-il, mains levées, l'air contrit. Je ne comprends pas comment cela a pu se produire, mais je vais me renseigner, ajouta-t-il, tout en la regardant de haut en bas avec un sourire niais.

— Tu as quinze secondes, rétorqua-t-elle en lui mettant son index sous le nez. Ton petit stratagème va me coûter plusieurs jours de travail. Mais j'attendrai le temps qu'il faut, pas question que je m'en aille. Alors, fais-toi une raison une bonne fois pour toutes, Masters.

— Bien sûr… Mais entre donc, je t'en prie…, dit-il alors, tout mielleux.

Tallie s'exécuta, tout en vérifiant si elle ne laissait pas une traînée de boue derrière elle. Elle salua d'un signe de tête l'autre homme dans le salon, qui la salua à son tour. De toute évidence, il se retenait d'éclater de rire.

— Bonjour. Je suis Wade, le frère de Cole. Vous devez être le Dr Finley…

— Je vous serrerais bien la main, mais…

Elle haussa les épaules en regardant ses mains noires de boue tandis que Cole attrapait son téléphone.

— Allô, Griff ? Je croyais vous avoir demandé de couper le système d'irrigation dans la partie est du domaine…

Il se tut et écouta.

— Oui mais, quoi que vous ayez fait, ça n'a pas marché. L'eau a apparemment endommagé le site des fouilles du Dr Finley. Coupez-moi ça tout de suite et allez voir ce qui cloche, conclut-il avant de raccrocher.

— Désolé, Tallie, reprit-il en se tournant vers elle. Mais je n'y suis pour rien. Tu pourrais peut-être concentrer tes fouilles sur une autre zone, en attendant que le site sèche. Car, visiblement, tu ne vas pas pouvoir travailler avec toute cette boue.

Et il promena longuement ses yeux sur elle. Imaginait-il qu'elle allait le croire quand il prétendait n'avoir aucune responsabilité dans cette histoire ? Il avait beau prendre ce ton soucieux, il se fichait bien de l'importance de sa mission.

— Sans blague ! As-tu la plus petite idée de ce que j'essaie d'accomplir, ici ? Est-ce que tu t'en soucies un tant soit peu ?

— Eh bien, tu cherches à découvrir quelques débris de poteries anciennes ? En fait, non, je ne sais pas vraiment ce que tu fais. Pourquoi, c'est un problème ?

— Non, bien sûr, tu te moques de tout cela. La seule chose qui compte pour toi, c'est le retard que mes fouilles occasionnent sur ton précieux chantier.

Avec un soupir, elle tourna les talons pour regagner sa voiture. Elle devait absolument rentrer et essayer de récupérer sa botte, dès que l'eau serait coupée.

Une fois revenue au camp, Tallie appela le conservateur du musée, sur sa ligne privée.

— Tallie ! Comme je suis content de vous entendre ! s'exclama le Dr Sterling. Alors, comment ça se passe ?

— Excusez-moi, monsieur, fit l'une de ses employés de maison en entrant dans son bureau. On vous demande sur la une.

— Prenez le message.

— Je crains que cela ne soit possible. C'est le gouverneur Mitchell.

— Le gouverneur ? s'exclama Cole, décrochant aussitôt.

Mitchell, visiblement mécontent, se lança dans une sorte de réquisitoire dont Cole ne retint que deux mots, « tuyau » et « arrosage ».

— Pardon ? dit Cole et le gouverneur répéta. Je peux

vous assurer que je ne l'ai pas agressée avec un tuyau d'arrosage.

— De mieux en mieux, lâcha Wade en riant derrière lui.

— Il s'agit forcément d'un dysfonctionnement du système d'irrigation, expliqua Cole. Mais tout a dû être réparé à l'heure où nous parlons.

— Je ne devrais pas vous le dire, reprit Mitchell, mais le Dr Finley est là pour une mission de la plus haute importance. Et j'espère que vous saurez l'assister du mieux possible. D'après ce qu'on m'a dit, vous avez tenté à plusieurs reprises de saboter le site de ses fouilles…

Le gouverneur marqua une pause.

— Écoutez, Cole, vous portiez des culottes courtes quand je vous ai connu et, honnêtement, je suis surpris et plutôt contrarié par ce que m'a raconté le conservateur du musée où travaille le Dr Finley.

Hors de lui, Cole bondit de son siège et se mit à arpenter son bureau. Elle avait osé ! Le gouverneur Mitchell était un ami des Masters depuis toujours et il avait souvent rendu service à la famille, en tout bien tout honneur, bien sûr. Mais, apparemment, Cole n'était pas le seul à pouvoir compter sur lui, et Tallie avait su à qui aller se plaindre.

— Il y a sûrement un malentendu, Ted, dit-il sur un ton qu'il voulut convaincant. J'ai même tenté à plusieurs reprises de l'aider. En tout cas, je n'ai certainement pas cherché à détruire son travail.

— J'ai l'impression que vos efforts sont passés inaperçus, répondit le gouverneur. D'après ce que j'ai pu comprendre, elle sera là encore pour six ou sept semaines. Faites votre possible avec elle, Cole. Elle est très appréciée dans son milieu. Diplômée avec les honneurs et probablement promise à une grande carrière de chercheuse. J'ai bien peur que si le Dr Finley devait finalement renoncer à ces fouilles par votre faute, ni vous ni moi n'en sortions gagnants…

— Je comprends…

— Je l'espère. Bien, comment vont Chance et Holly ? Le mariage leur réussit ?

Mitchell faisait allusion à son plus jeune frère, marié depuis à peine plus d'un an.

— J'en ai bien l'impression, oui, marmonna Cole. Ils viennent juste d'emménager dans leur maison, ici, sur le ranch.

— Saluez-les pour moi. Et mes amitiés à Wade…

— Comptez sur moi, gouverneur. Merci pour votre appel.

Puis Cole raccrocha, sous le choc.

— Tu as le bonjour du gouverneur Mitchell, dit-il à son frère.

— J'ai comme l'impression que cet appel concernait notre petite archéologue, fit Wade, un sourire aux lèvres.

— La ferme, grommela Cole.

— Tous deux feriez un joli couple…

— Wade, je te préviens…

— Quand vous êtes-vous rencontrés ?

— Quelle importance ?

— Simple curiosité.

— C'était à La Nouvelle-Orléans. Le week-end suivant la signature de la fusion avec Coleman.

— La Nouvelle-Orléans ? La ville de toutes les débauches ? Intéressant.

— Encore une fois, la ferme…

— Cette histoire devient passionnante.

— Eh bien, moi, je m'inquiète, vois-tu. Je la soupçonne d'être de mèche avec quelqu'un qui voit l'aboutissement de mon projet d'un mauvais œil.

— Peut-être que si tu l'aidais dans sa mission, elle quitterait les lieux plus vite.

— J'ai essayé. Et ça n'a pas marché.

— Et que voulait Mitchell, au juste ?

— Me remonter les bretelles. On lui a dit que je ne cessais de la harceler, répondit Cole.

— Ce qui est faux, bien sûr. N'est-ce pas ?

— Bien sûr que c'est faux, rétorqua Cole, furieux à nouveau. Bon, c'est vrai, l'autre jour, j'ai envoyé Red avec deux de ses gars retourner la terre sur son site.

— Tsst, ça ne m'étonne pas de toi. Quoi d'autre ?

— Eh bien, j'ai demandé à Stuart de lâcher quelques vaches, devant sa cabane. Mais elle les a chassées, et les pauvres bêtes affolées se sont blessées à cause de la clôture, en mauvais état là-bas. Cette pauvre Holly a porté des pansements une semaine entière et on a dû vacciner tout le troupeau contre le tétanos. Mais pour ce qui est du système d'irrigation, honnêtement, je n'y suis pour rien.

Le plus rageant dans l'histoire, c'était qu'en dépit de tout il continuait à trouver Tallie terriblement séduisante. Un moment, il s'était imaginé lui savonner le corps, centimètre par centimètre, pour la débarrasser de toute cette boue. L'idée lui était venue alors qu'elle se tenait devant lui, hors d'elle et trempée jusqu'aux os. À la fois attendrissante et sexy.

Il ravala un soupir. Dommage qu'ils ne se soient pas rencontrés en d'autres circonstances. Même si, somme toute, c'était le cas. Si seulement il pouvait revenir en arrière. Revivre ce week-end à La Nouvelle-Orléans, pour apprendre à mieux la connaître et peut-être aller plus loin avec elle.

Chose impossible à imaginer, aujourd'hui. Elle ne le supportait pas. Il était l'ennemi, l'homme à abattre.

Il n'allait quand même pas se mettre à genoux devant elle, si ? Non, le mieux à faire, c'était de passer à autre chose, de faire abstraction des sentiments qu'elle lui inspirait.

- 8 -

— Cole ?

Reconnaissant la voix de Debra Davis, sa secrétaire, Cole pria en silence pour qu'elle soit porteuse d'une bonne nouvelle. Il attendait en effet avec impatience qu'une archéologue très sexy disparaisse de ses terres, une bonne fois pour toutes.

Il se trouvait dans une position délicate. Tallie lui plaisait — beaucoup trop. Depuis le décès de Gina, il ne pensait pas pouvoir ressentir à nouveau ce genre d'émotions pour une femme.

Or, il devait absolument rester concentré sur son objectif : le centre de remise en forme. Chaque fois qu'il se retrouvait face à Tallie, il déraillait. Il avait perdu le sommeil, l'appétit. Elle le hantait. Bref, il y avait urgence. Il en allait de sa santé mentale comme de l'aboutissement de son projet.

— Je vous écoute, Debra. Que se passe-t-il ?

Le long silence qui s'ensuivit, à l'autre bout du fil, n'augurait rien de bon.

— Rien de grave, finit par répondre sa secrétaire.

Cole se redressa sur son siège.

— Mais encore ? insista-t-il, se préparant au pire.

Travaillant à son service depuis dix ans, Debra était une collaboratrice hors pair. Même quand la situation semblait désespérée, elle était capable de dénicher l'information qui permettait chaque fois à son patron de se sortir d'un mauvais pas. Cole la surnommait d'ailleurs « son arme fatale ». Sauf qu'aujourd'hui Debra n'avait pas l'air si sûre d'elle.

— J'ai vérifié avec Jeremy, l'avocat de la compagnie. Impossible de faire annuler le mandat obtenu par le conservateur du musée où travaille le Dr Finley. Désolé, Cole, mais j'ai bien peur que vous ne deviez vous résigner à sa présence pour encore une cinquantaine de jours.

— Pas question, répondit Cole, déterminé à se battre jusqu'au bout pour obtenir gain de cause. Appelez tout de suite le conservateur de ce maudit muséum et passez-le-moi.

— Une minute…

Il en fallut près de cinq pour que Cole ait enfin le patron de Tallie au bout du fil.

— Henry Sterling à l'appareil.

— Docteur Sterling ? Ici Cole Masters. Merci de prendre mon appel.

— Je vous en prie, monsieur Masters. En quoi puis-je vous être utile ?

— Comme vous le savez, l'une de vos archéologues, le Dr Finley, travaille actuellement sur l'une de mes propriétés, à Calico.

— En effet. Et nous sommes tous très impatients à l'idée de ce qu'elle pourrait découvrir là-bas, répondit le conservateur avec enthousiasme. Mais je suppose que votre appel fait suite à celui de votre secrétaire. Elle voulait savoir si les fouilles pouvaient être reportées, voire annulées. J'ai bien peur de ne pas être en mesure de satisfaire cette requête.

Cole n'en était pas moins déterminé à faire entendre raison à ce Sterling.

— Peut-être l'ignorez-vous, mais je suis justement en train de bâtir un projet capital sur le site en question. En fait, j'ai même des bétonneuses chargées à ras bord de ciment qui attendent pour la pose des fondations du bâtiment principal et de trente pavillons privés. Une piscine est également prévue, ainsi que différentes infrastructures. Et ces fouilles me font prendre beaucoup de retard.

— C'est regrettable.

— En effet, soupira Cole avec irritation. Je suis là à me tourner les pouces pendant le Dr Finley examine chaque grain de poussière…

Là, il était de mauvaise foi, car du travail, il en avait. Les projets requérant son attention ne manquaient pas. Mais s'il n'arrivait pas à ses fins et que le projet de sa vie capotait, il y perdrait plus que sa dignité. Sans parler de ses frères qui le taquineraient avec ça jusqu'à la fin de ses jours.

Néanmoins, s'il tenait tant à voir Tallie partir, c'était pour une raison très personnelle. En fait, il avait peur, une peur presque panique. Car plus il serait soumis à la tentation, plus il lui serait difficile de garder la tête froide…

— Je m'étonne qu'elle soit venue seule, sans personne pour l'assister dans ses recherches, ajouta-t-il.

— Malheureusement, je n'ai pas d'autres archéologues disponibles. Je suis à court de personnel. D'ailleurs, après en avoir terminé chez vous, le Dr Finley ne pourra pas se rendre comma prévu au Brésil pour d'autres fouilles.

— Pourquoi cela ?

— Écoutez, monsieur Masters, répondit le conservateur après un long silence, je ne suis pas autorisé à divulguer quoi que ce soit sur la santé ou les affaires privées du Dr Finley. Sachez seulement que sa participation aux fouilles du Brésil reste incertaine.

Cole se renfrogna. À quel problème de santé faisait donc allusion Sterling ? Tallie souffrait-elle d'un cancer ou d'une quelconque maladie tout aussi horrible ? Il sentit son cœur se serrer, en proie à une soudaine culpabilité à lui rendre la vie aussi difficile.

— Je comprends, dit-il. Pourquoi ne pas embaucher quelqu'un dans ce cas, spécialement pour cette mission ?

— La première raison, ce sont les restrictions budgétaires. C'est à peine si nous avons les moyens d'assurer les recherches en cours. D'ailleurs, le Dr Finley a investi une large partie de ses économies personnelles dans ce projet et…

— Et si ma compagnie faisait un don ? suggéra alors Cole. Un don suffisant pour que vous puissiez embaucher à long terme ?

— Les donations sont toujours les bienvenues, croyez-moi, mais ce n'est pas ainsi que les choses fonctionnent chez nous. Les dons sont gérés et attribués par le bureau central. Les projets de fouilles en attente sont légion, vous savez, soupira Sterling. Je suis vraiment navré pour le dérangement, monsieur Masters. Mais si cela peut vous consoler, sachez que le Dr Finley est l'une de nos spécialistes les plus diplômées, avec masters d'archéologie, de biologie et d'anthropologie. Je suis persuadé qu'elle travaille de manière à terminer ces fouilles au plus vite.

— Si je comprends bien, je ne peux pas, à titre personnel, employer quelqu'un pour l'aider, même avec un gros chèque à l'appui ?

— Pas que je sache. Mais vous pouvez toujours contacter le Centre national de recherches archéologiques. Vous verrez bien. Vous voulez leur numéro ?

— Je me débrouillerai, répondit Cole, excédé par la tournure des événements. Merci de votre aide…

Il raccrocha et allait se lever quand on l'appela sur sa ligne privée.

— Allô ! fit-il.

— Cole, je voulais juste vous rappeler…

Comme Debra hésitait, il secoua la tête, s'attendant à une nouvelle catastrophe.

— La cérémonie pour la pose de la première pierre

a lieu la semaine prochaine. Vendredi. Je craignais que vous ayez oublié, vu les circonstances.

— Il va falloir annuler, répondit Cole, atterré.

L'événement lui était en effet sorti de la tête.

— Impossible. Les invités ont renvoyé leur carton et vous les avez même remerciés de leur présence.

Cole ferma les yeux. Une vingtaine d'investisseurs étaient attendus jeudi. Et le vendredi, tout ce petit monde serait conduit sur le chantier. Pour y voir quoi ? Les fondations, comme prévu ? Bien sûr que non ! Tout ce qu'ils verraient, ce serait ces petits drapeaux rouges sur leur piquet ridicule et une femme en train de gratter la poussière.

— Les limousines sont réservées. Prêtes à aller chercher les invités à leur arrivée à l'aéroport pour les conduire à leur hôtel, reprit Debra. Cole, vous êtes là ? demanda-t-elle comme il restait silencieux.

— Oui, je suis là…

— Avez-vous essayé de recourir à votre… charme ? suggéra alors sa fidèle secrétaire.

Si Cole appréciait l'humour de Debra en temps normal, ce n'était pas le cas aujourd'hui.

— Vous savez vous montrer persuasif quand vous le voulez, poursuivit-elle. Le *Dallas Magazine* ne vous a pas élu « Homme le plus séduisant de l'année » trois fois de suite pour rien.

Ce cauchemar ne finirait-il donc jamais ? Il n'allait tout de même pas avouer à Debra que *un*, son charme avait déjà opéré il y a quelques mois et que *deux*, Tallie l'avait récemment envoyé sur les roses.

— Je vais y réfléchir. Merci, Debra.

— À demain. Et courage !

Cole raccrocha. Qu'allait-il bien pouvoir faire ? N'aurait-il d'autre solution que de séduire le Dr Finley ? Non, pas elle, une femme de son intelligence ne serait pas dupe, et il se ridiculiserait. Il commençait à la connaître. Elle ne mangeait pas de ce pain-là. À La Nouvelle-Orléans, c'était différent mais, aujourd'hui, vu les circonstances...

Donc, non, il se garderait bien de se lancer dans une entreprise de séduction du Dr Finley. Et tout d'abord, parce que cela se retournerait contre lui. Très attiré par elle, il s'empresserait de lui décrocher la lune, en échange d'une caresse ou d'un baiser. Cette attirance, il devait absolument la mettre en sourdine pour prendre de toute urgence ses distances avec elle.

Avec un soupir, il croisa et décroisa les doigts, une vieille habitude quand il était en proie au stress. Il devait absolument éloigner Tallie du site, au moins pour la cérémonie de la première pierre. S'il prenait la peine de lui expliquer la situation, peut-être comprendrait-elle. Il pourrait lui proposer de prolonger la durée de ses fouilles, en échange de sa discrétion. Bien sûr, cela retarderait davantage encore le chantier mais, à ce stade, il n'était plus à quelques jours près. L'impression qu'il ferait à ses investisseurs potentiels était vitale, en revanche. Surtout en ce moment, quand il aurait déjà dû avoir posé les fondations et avancé dans la construction du bâtiment central. Ce qui était loin d'être le cas.

Tout ce qu'il pouvait faire maintenant, c'était de limiter les dégâts. Aussi, ce n'était vraiment pas le moment de se laisser distraire par Tallie. Pas alors que tant de choses étaient en jeu.

Le lendemain, Tallie travaillait quand elle vit Cole se garer devant la cabane. Elle l'ignora ostensiblement. Pour un homme qui ne pensait qu'à se débarrasser d'elle, il passait décidément beaucoup de temps sur le site.

— Bonjour, dit-il sur un ton enjoué.

Tallie ne fut guère convaincue par son sourire et elle eut tout de suite le sentiment qu'il préparait un mauvais coup.

— Je vois que tu as avancé dans tes fouilles depuis... l'incident. N'est-ce pas ? ajouta-t-il comme elle gardait le silence.

Elle soupira bruyamment, planta fermement sa pelle dans la terre et fit face à cet homme exaspérant.

— En effet. Ça n'a pas été sans mal, mais j'ai réussi à retirer toute la boue du site.

— J'espère en tout cas que ton intuition ne te trompe pas. Ce serait rageant d'avoir passé tout ce temps à genoux dans la poussière pour ne rien trouver au final.

Tallie ne releva pas, déterminée à garder son calme.

— Qu'est-ce que c'est ? demanda Cole.

Il se pencha sur le tamis, manifestement décidé à ne pas tenir compte de sa froideur.

— Une passoire pour le thé ? ajouta-t-il, narquois.

— C'est un tamis, pour passer la terre. Ça me permet de gagner du temps. Surtout quand quelqu'un de particulièrement aimable s'acharne à saboter mes recherches. Mais l'emploi de ce genre d'ustensile peut aussi se révéler catastrophique. Je risque d'endommager un bibelot antique d'une valeur inestimable...

Elle lui fit une démonstration en vidant une pelletée de terre dans le tamis.

— Il suffit ensuite de secouer le plateau et de regarder s'il ne s'y trouve pas quelque indice. Il peut s'agir d'une pierre de forme particulière, de racines provenant d'un potager très ancien ou encore, bien sûr, d'un tesson coloré de poterie, de pointes de flèches, de bijoux...

— Des bijoux ?

— Bien sûr. Les femmes étaient tout aussi coquettes qu'aujourd'hui, il y a cinq cents ou six cents ans.

— Cinq cents ans ? répéta Cole, visiblement surpris. Tu espères trouver quelque chose d'aussi ancien, ici, chez moi ?

— Bien sûr. D'après ma grand-mère, c'est à cette

époque que remonte l'origine de la tribu de nos ancêtres. Mais je ne comprends pas cet intérêt subit, tu te fiches bien de mes travaux, en réalité.

Elle haussa les épaules, de plus en plus nerveuse. C'était plus fort qu'elle : dès qu'elle se trouvait en présence de cet homme, elle perdait ses moyens. Mais, heureusement, il ne semblait pas conscient de l'effet qu'il avait sur elle…

— Alors, dis-moi, reprit-elle avec un entrain forcé. Que me vaut l'honneur de cette visite, ce matin ? En quoi puis-je t'être utile ?

Il resta planté là, mains sur les hanches, hésitant.

— J'ai un service à te demander, dit-il enfin en la regardant dans les yeux.

— Un service ? s'exclama-t-elle avec ironie. Je t'écoute…

— Eh bien, voilà. La cérémonie de la première pierre doit avoir lieu vendredi prochain. Je reçois pour l'occasion différents P-DG de grandes entreprises du pays, susceptibles d'investir dans mon projet. Des patrons influents qui souhaitent venir se rendre compte par eux-mêmes sur place, et…

— Et tu aimerais que je disparaisse.

Surpris, il haussa les sourcils, comme s'il ne s'attendait pas à ce qu'elle comprenne si vite.

— Eh bien, oui, vendredi seulement. Si cela ne te dérange pas trop, bien sûr.

Elle cessa de secouer son tamis en tous sens pour lui faire face.

— Il faudrait savoir ce que tu veux. D'abord tu appelles mon patron et insistes lourdement pour que j'accélère mes recherches. Et aujourd'hui, tu me demandes de suspendre mon travail ! Excuse-moi, mais j'ai du mal à te suivre. Je veux dire, ce que je fais est parfaitement légal. Il n'y a rien en tout cas dont on puisse avoir honte. En fait, j'ai même pu constater que la plupart des gens sont fascinés par l'archéologie. On nous pose toujours des tas de questions et nous perdons d'ailleurs un temps précieux en explications et démonstrations…

— Tu n'as qu'à refuser de répondre, dit-il avec un haussement d'épaules.

C'était bien là la réflexion d'un égoïste. Voire d'un misanthrope doté d'une absence totale de considération pour son prochain.

Tallie retira machinalement la barrette de ses cheveux, se recoiffa en quelques gestes, avant de les attacher à nouveau.

— Écoute, voilà ce que je te propose. Je ferai de mon mieux pour passer inaperçue. Mais je ne peux pas m'interrompre dans mes recherches. Dis-toi bien que si tu es impatient de me voir quitter les lieux, j'ai moi aussi très envie de rentrer chez moi. Mais je ne m'arrêterai pas tant que je n'aurai pas trouvé une preuve de ce que je recherche.

— Et si je t'offrais de prolonger ce délai de quatre jours supplémentaires ?

— Inutile. Le jour suivant la fin de mes fouilles ici, je dois m'envoler pour le Brésil.

Du moins était-ce le plan initial, jusqu'à ce qu'une espèce de mâle irrésistible et arrogant ne lui fasse un enfant.

— Je te rassure, tes invités ne me verront même pas, ajouta-t-elle en désignant une zone encaissée, un peu plus loin. Mais je refuse de perdre une journée de travail supplémentaire.

— Et si je t'appelais, juste avant notre arrivée sur le site ? Tu pourrais disparaître une heure ou deux, pas plus.

Oui, pourquoi pas ? Elle finit par acquiescer d'un signe de tête et lui donna son numéro de téléphone.

Cole portait aujourd'hui un T-shirt qui mettait en valeur ses bras puissants et laissait voir un fin duvet noir, au niveau du col. Quant au jean, il semblait taillé pour lui, pour le rendre plus troublant, plus sexy encore. Ce qui devait être le but. Viser au-dessous de la ceinture, telle était sa méthode. Mais il perdait son temps. Bien sûr, elle appréciait ses efforts, mais elle ne savait jamais à quoi s'en tenir, avec lui. Il cherchait toujours à manigancer, à lui mettre des bâtons dans les roues.

Oh ! elle n'était pas insensible à son charme, à l'éclat de ses yeux d'un vert pailleté d'or, à la sensualité de ses lèvres. Cole Masters était la tentation incarnée. Le genre d'homme dont toute femme rêve, côté corps comme côté cœur. Et il n'imaginait pas combien elle avait envie de lui et plus encore. Comparés à lui, tous les autres semblaient d'une fadeur affligeante.

Bon sang ! Elle devait chasser ces idées-là de sa tête, empêcher ses émotions de la détourner de sa mission. Hélas, si c'était la chose la plus raisonnable à faire, elle ne pouvait s'empêcher de tressaillir par moments en imaginant ses bras autour d'elle, sa bouche sur la sienne, ses mains sur sa peau. Il lui arrivait même d'envier ces déesses de beauté dont il était apparemment si friand. Mais pas question de ressembler à ces femmes-là, prêtes à tout pour le conquérir.

Une semaine plus tard, Tallie n'avait toujours rien trouvé. Ce matin-là, elle dormit plus tard qu'à l'accoutumée. D'habitude, son horloge interne ne manquait jamais de la réveiller avec une précision étonnante, mais pas cette fois. Et le responsable n'était autre que Cole Masters, qui avait perturbé son sommeil. À son grand désarroi en effet, elle avait rêvé de lui toute la nuit

Tout en s'étirant, elle pensa à la journée qui l'attendait. Aujourd'hui, elle concentrerait ses efforts à proximité des falaises, poussée par une sorte de pressentiment. Si quelque chose se cachait dans cette terre, ce ne pouvait être que là. En bonne scientifique, elle s'était toujours méfiée de ses intuitions, mais elle n'avait plus de temps à perdre. Elle allait donc examiner le périmètre bordant l'escarpement rocheux. Si des grottes avaient existé dans ce coin-là par le passé, il devait forcément en rester des vestiges quelque part juste en dessous.

Sitôt son thé bu, elle se mit en route pour délimiter un nouveau site de fouilles. Deux heures plus tard, elle jetait sa première pelletée de terre dans le tamis. Une heure de plus, et elle réussissait enfin à arracher au sol quelques cailloux et débris de poterie. Plus enfouis et plus anciens que tout ce qu'elle avait pu trouver jusqu'ici, donc plus prometteurs. Malheureusement, elle n'avait pas sur place l'équipement nécessaire pour avoir une idée plus précise de l'âge de ces vestiges. Il faudrait les confier à un laboratoire qui étudierait la datation par carbone 14. Elle pouvait néanmoins s'en faire une petite idée.

Soudain, comme elle agitait son tamis, un éclat attira son attention. Elle se pencha pour regarder et aperçut sur la piste, après la colline, un cortège de limousines en train de franchir le portail de la propriété. Toutes se dirigeant droit vers la cabane.

Bon sang ! Vendredi, on était vendredi ! Comme souvent, elle avait perdu toute notion du temps.

Pourquoi Cole ne l'avait-il pas appelée ? En principe, il aurait dû la prévenir, de manière à lui laisser une petite heure pour se retourner. Elle sortit son portable de sa poche. Pas de réseau ! Et les invités de Cole qui allaient arriver sur le site d'une minute à l'autre ! Elle se sentit gênée. Même après tout ce que Cole lui avait fait subir, elle lui avait donné sa parole, en lui promettant de disparaître une heure ou deux.

Elle balaya la zone du regard, afin de s'assurer qu'aucun de ses outils ne traînait alentour. Placée comme elle était, en léger contrebas, ils la verraient forcément. Sans parler du tamis. Les limousines n'étaient plus maintenant qu'à cinq cents mètres environ de la cabane. Mon Dieu, la cabane ! Elle avait oublié de déménager ses affaires. Iraient-ils regarder à l'intérieur ? Elle procéda à un rapide calcul. Elle devrait avoir le temps d'agir ! Et de déplacer sa voiture, garée juste devant la cabane.

Abandonnant sa pelle, elle courut jusqu'à la cabane et, une fois à l'intérieur, attrapa ses vêtements pour aller les jeter dans la Ford. Et maintenant, le sac de couchage et l'oreiller. Elle venait juste de débarrasser les lieux de ses affaires personnelles et de refermer la portière de sa voiture lorsque la première limousine pointa le bout de sa calandre.

Aussitôt, elle retourna à la cabane, ne sachant trop quoi faire. Peut-être que personne n'aurait la curiosité de venir voir jusque-là ? Après tout, il n'y avait pas de raison. Elle se plaqua contre le mur branlant, près de la fenêtre, et regarda avec une certaine anxiété les limousines approcher.

Tout en essayant de se calmer, elle réfléchit à une solution. Elle pourrait monter dans la Ford et partir d'ici, le plus discrètement possible. À moins qu'elle ne rampe jusqu'au pied des falaises et attende sagement que tout ce beau monde rebrousse chemin ? Non, quelqu'un la verrait forcément. Mieux valait encore rester dans la cabane, en priant pour que personne n'ait l'idée de venir y jeter un œil.

Elle reconnut soudain la voix de Cole, qui expliquait en détail à ses invités en quoi consisterait son centre de remise en forme. Il répondait aux questions des uns, rassurait les autres. Puis on entendit quelques rires. Plutôt bon signe, songea-t-elle, sauf que, dans la voix de Cole, elle ne notait aucun amusement. Pire, sa voix sonnait maintenant faux, comme s'il était sur la défensive. La curiosité l'emportant, elle regarda par la porte et aperçut aussitôt plusieurs membres du groupe, doigt tendu en direction des fouilles.

Mon Dieu. Elle se précipita pour aller se cacher dans

le coin le plus sombre de la cabane. Dehors, soudain, le silence se fit. Que se passait-il ? Elle n'avait jamais eu l'intention de saboter le projet de Cole. Ce chantier était aussi important pour lui que les fouilles, pour elle.

Aux aguets, elle laissa échapper un soupir. Elle aurait juré que personne ne l'avait vue, tout à l'heure, quand elle avait rangé ses affaires et son équipement dans la Ford. Alors pourquoi ces rires ? Et maintenant, ce silence assourdissant…

Elle s'approcha à nouveau de la porte et se pencha pour regarder… avant de se retrouver nez à nez avec Cole, l'air pas content du tout. Il était toujours aussi beau, oui, mais ses yeux brillaient de fureur.

Elle recula instinctivement dans la cabane, se sentant comme un animal piégé, et retint son souffle lorsqu'il entra. Trop grand, il dut se pencher pour ne pas se cogner à l'assemblage de planches percées qui faisaient office de toit. Puis il la fixa, lèvres pincées. Elle croyait l'avoir vu au maximum de sa colère, le jour de son arrivée sur ses terres. Elle se trompait.

— On te demande dehors, dit-il alors entre ses dents. Apparemment, fouiller la terre présente plus d'intérêt que mon projet. Aurais-tu l'amabilité de m'accompagner pour dire quelques mots à mes invités ?

— C'est une plaisanterie, dit-elle, la gorge serrée. J'ai entièrement débarrassé le site, excepté…

— Le tamis. Pourquoi n'es-tu pas partie, comme convenu ? demanda-t-il avec agressivité.

— J'attendais ton appel, voilà pourquoi, rétorqua-t-elle, sans se laisser impressionner. Mais il n'y a pas de réseau ici, tu devrais le savoir !

— Moi ?

— Oui, toi !

— Mais c'est toi qui creuses cette terre, il me semble !

— Ce n'est pas ma terre !

— Sans blague ! Ce n'est pas l'impression que j'ai, depuis quelque temps. Allez, viens. On te réclame.

Elle secoua la tête. Un malheureux petit tamis de rien du tout, et le public était en délire. Bien, elle avait l'habitude. Seul problème, sa tenue, short et T-shirt maculés de terre.

— C'est-à-dire que je... Je ne suis pas vraiment habillée pour une conférence.

— Tu sais quoi, docteur Finley, c'est le dernier de mes soucis, grommela Cole. Tu viens ?

- 9 -

Tallie hésita. Non seulement elle n'avait aucune envie de sortir de cette cabane pour s'adresser aux éventuels investisseurs de Cole, mais surtout elle était tentée de lui tenir tête. Pourtant, elle inspira profondément et se recoiffa en quelques gestes avant de lui emboîter le pas.

Ils étaient à peu près une vingtaine à l'attendre, hommes et femmes, rassemblés sous le grand chêne, sourire aux lèvres. Seul Cole Masters faisait la tête.

— Je vous présente le Dr Finley, archéologue rattachée au Muséum d'histoire et d'archéologie du Nord-Texas, diplômée en biologie et archéologie. Le Dr Finley a accepté de prendre quelques minutes pour répondre à vos questions.

Questions qui aussitôt fusèrent, mais qu'elle avait déjà entendues, pour la plupart. Dans son élément, Tallie commença à se détendre. Le grand public est passionné par les fouilles, mais peu de gens en réalité ont déjà mis les pieds sur un site. L'enthousiasme des investisseurs était palpable.

— Sur la base de plusieurs éléments concordants tendant à prouver l'existence d'une tribu dans cette zone, nous espérons trouver des vestiges datant de cinq cents ou six cents ans. M. Masters a eu… l'amabilité de nous ouvrir sa propriété, afin que nous puissions mener nos recherches, malgré le retard que cela implique pour son chantier…

Tallie se tut, n'osant pas regarder Cole, tout près d'elle.

— Si nous trouvons ce que nous recherchons, notre perception de l'histoire et de la culture des Indiens d'Amérique pourrait s'en trouver bouleversée, car il ne s'agit pas simplement de mes propres ancêtres. L'importance de ce site est capitale pour la science et, au musée, je peux vous dire que nous retenons tous notre souffle.

D'autres questions suivirent, puis tous demandèrent à voir l'endroit où elle concentrait actuellement ses fouilles. Une fois sur place, elle leur expliqua ses méthodes de travail.

Elle s'empara d'une pierre présentant une couleur gris foncé.

— Jusqu'à présent, j'ai trouvé plusieurs de ces roches qui, jadis, fixées à des bâtons, faisaient office de pointes de flèches, pour la chasse…

Elle posa la pierre et ramassa plusieurs éclats de poterie.

— Ceci est la preuve de l'existence d'un village dans cette zone. Grâce à la technologie, nous pourrons en laboratoire avoir une idée plus précise de la configuration de l'objet entier, peut-être même de son contenu.

— Et vous cherchez autre chose ? demanda quelqu'un.

— Oui. Car ces objets-là demeurent relativement récents. Deux ou trois centaines d'années, tout au plus, une bagatelle au regard de l'histoire de l'humanité.

Tout le monde rit, excepté Cole. Tallie mena son monde un peu plus loin, au pied d'un buisson, jusqu'à une pierre de forme bizarroïde, arrondie d'un côté et se prolongeant de l'autre par un manche étroit.

— Nous avons découvert ceci hier, reprit-elle, toujours avec ce « nous » impliquant une action collective. Cet outil servait à broyer le blé et le maïs. Là encore, l'objet n'a pas plus de deux cents ans…

Le flot de questions ne semblait pas vouloir se tarir.

Comment arrivait-elle à évaluer l'âge de ces vestiges ? Quelles sortes d'objets datant de cinq cents ans espérait-elle trouver ? Combien de temps encore devaient durer ces fouilles ? Quel rôle Cole jouait-il dans cette aventure ?

— C'est bien grâce à M. Masters que nous avons, aujourd'hui, une chance de trouver la preuve de l'existence de cette tribu, dit-elle.

Cétait la vérité, même s'il avait fallu pour cela un ordre du tribunal.

Elle se tourna vers Cole, impassible ou presque. Sur ses lèvres, elle aurait juré lire l'esquisse d'un sourire.

Quelques minutes plus tard, ses invités ne semblant plus avoir de questions, il prit la parole :

— Je vous suggère à présent de retourner chez moi, où une petite collation nous attend…

Chacun se dirigea vers les limousines en contrebas, mais, au lieu de suivre ses hôtes, Cole se tourna vers elle.

— J'aurais deux ou trois mots à te dire.

— Je t'écoute, répondit-elle d'une voix assurée.

S'il croyait pouvoir l'intimider, il se trompait. Après tout, il n'était pas si différent de John qui se pavanait toujours tel un coq, comme si la terre entière lui appartenait. La seule différence étant que Cole était ici chez lui.

— Où as-tu appris à mentir si bien ? fit-il.

— Je n'ai pas menti, répliqua-t-elle. J'ai juste fait en sorte de ne pas entrer dans les détails. Nos petites histoires n'intéressent pas ces gens. Bien, j'ai du travail, passe un bon après-midi.

Lorsqu'il la dévisagea, des étincelles dans les yeux, Tallie soutint son regard. Prête à encaisser et à renvoyer coup pour coup. Ils restèrent là un bon moment à se faire face puis, à nouveau, l'ombre d'un sourire se dessina sur les lèvres de Cole, juste avant qu'il ne s'éloigne pour rejoindre les autres.

*
* *

Après plusieurs heures de recherches, Tallie s'assit dans la poussière, déprimée. Les couches supérieures de terre n'avaient révélé aucun secret. Rien de surprenant à cela. Les preuves qu'elle cherchait étaient anciennes et donc, en toute logique, plus profondément enfouies dans le sol. Peut-être même déplacées par des événements climatiques ou sismiques. La question était de savoir où chercher maintenant. Et surtout, comment. Car plus les jours passaient, plus elle se sentait mal à l'aise, à genoux ou à plat ventre l'essentiel de la journée. Or, elle ne voulait surtout pas risquer de faire mal au bébé.

Elle se leva et balaya du regard le flanc de la falaise rougeâtre, tout en se protégeant les yeux à cause du soleil qui déclinait, cherchant une trace de grottes ou d'un tas de pierres. En deux endroits, il lui sembla déceler quelque chose d'intéressant. Mais aller voir de plus près serait une vraie expédition. Non, elle continuerait ses recherches ici. Après tout, si quelqu'un avait vécu là-haut un jour, il devait bien en rester une preuve ici, juste en contrebas.

Demain, elle concentrerait ses fouilles un peu plus au nord, à la verticale de cette tache plus sombre, sur la falaise. Comme elle aimerait que sa grand-mère soit ici, auprès d'elle, pour pouvoir l'interroger. De retour à la cabane, elle étudierait la carte encore une fois. Quelque chose lui avait peut-être échappé.

À cet instant, un violent haut-le-cœur la fit se plier en deux. Elle était épuisée et, pour tout arranger, ces maudites nausées ne la laissaient pas en paix. Pour un peu, si elle s'écoutait, elle laisserait tomber et se cacherait dans un coin pour pleurer. Mais elle n'avait pas le droit. Ni le tempérament à baisser les bras.

Tout en regagnant le campement, elle se mit à penser à Cole. Tôt ou tard, elle devrait lui dire, pour le bébé. Elle commençait à avoir du mal à boucler la ceinture de son jean et il lui faudrait d'ici peu des tenues de grossesse. Comment prendrait-il la nouvelle ? Quelle serait sa réaction ? L'accuserait-il de l'avoir piégé ?

Il ne se réjouirait certainement pas, en tout cas, se dit-elle avec tristesse. Peut-être même nierait-il que cet enfant puisse être le sien. Elle l'espérait presque. Aujourd'hui encore, elle était troublée au souvenir de la nuit qu'ils avaient passée ensemble et n'avait aucune envie que la colère ou les reproches viennent le ternir.

Dans ses rêves, Cole lui ouvrait les bras, fou de joie de les accueillir, elle et le bébé, dans sa vie. Mais elle devait rester lucide. Le mieux qu'elle pouvait espérer, c'était d'en finir ici le plus rapidement possible de manière à pouvoir s'en aller, sans rien lui dire.

Elle soupira. La vérité, elle devait bien se l'avouer, c'était qu'elle avait donné une partie de son cœur à l'inconnu de La Nouvelle-Orléans. Et savoir aujourd'hui qui il était n'y changeait rien.

Elle se rappelait toujours avec émotion les étincelles qui brillaient dans les yeux de ses parents quand ils se retrouvaient, même après quelques heures seulement de séparation. Un amour profond, inébranlable, les unissait. Or, jamais elle n'aurait la chance de vivre une telle relation fusionnelle. Surtout pas avec un homme comme Cole Masters. Il était trop beau, trop puissant — le mâle dans toute sa splendeur. Il pouvait être le rêve ou le cauchemar de toute femme, et elle ne faisait pas exception à la règle.

Elle devait se ressaisir, trouver les preuves de l'existence de cette tribu. Car, alors, elle pourrait partir avant de vraiment tomber amoureuse d'un homme qui, lui, ne l'aimerait jamais en retour.

*
* *

Cette journée se passait merveilleusement bien. Cole rechignait à l'admettre mais, ce succès, il le devait en grande partie à Tallie. Il l'avait bien observée pendant qu'elle s'adressait à ses hôtes, si belle avec ses cheveux longs et soyeux, ce sourire éclatant aux lèvres. Elle avait raison quand elle prétendait que son travail passionnait les gens.

La conversation lors du déjeuner alla bon train, entre le chantier, les fouilles et Masters Corporation. Cole évita soigneusement les questions sur ce dernier point, soucieux de faire comprendre à ses investisseurs potentiels que son projet n'avait rien à voir avec la compagnie familiale.

Avant de prendre congé, plusieurs de ses invités le félicitèrent pour sa volonté à faire revivre le passé, l'assurant de leur confiance et de leur soutien financier pour son projet. Avec ses fouilles, Tallie les avait convaincus de le suivre dans l'aventure. Alors oui, qu'il le veuille ou non, il lui devait beaucoup.

Tallie Finley. Un sacré bout de femme qui, hormis les araignées, n'avait apparemment peur de rien. Il n'aimait pourtant pas la savoir là-bas, sur le site, exposée à mille dangers, même si, d'un point de vue légal, il n'était pas responsable de sa sécurité. Puisqu'il n'y avait aucun moyen de la convaincre de partir, c'était à lui de faire en sorte qu'elle évolue dans l'environnement le plus sûr possible.

Vivre au ranch serait la meilleure solution pour elle. Même si cette idée avait sans doute plus à voir avec sa libido qu'avec la sécurité de Tallie.

Il lui avait dit souhaiter avoir un entretien avec elle, après le départ des investisseurs. Il tenait vraiment à la remercier pour sa participation, la façon admirable dont elle avait géré la situation.

Le dernier de ses hôtes parti, Cole monta se changer, toujours plus à l'aise en jean qu'en costume. Deux minutes plus tard, il prenait la direction du site au volant de son pick-up, animé des meilleures intentions.

Il faisait doux, en ce début de soirée. Le moment idéal pour une balade à cheval. Mais quelque chose, comme un pressentiment, une vague appréhension, le pressa à ne pas perdre une minute et à aller la retrouver au plus vite. Drôle de sensation, sur laquelle cependant il ne se posa pas plus de questions. Après tout, Tallie était une grande fille. Quelle mésaventure pourrait-il lui arriver dont elle ne sache se sortir toute seule ?

Arrivé sur place, d'abord il ne la vit pas. Encore une fois, il sentit son cœur se serrer d'inquiétude. Pourquoi ? mystère ! Il se rendit jusqu'à la cabane, jeta un coup d'œil à l'intérieur. Elle n'était pas là. Il regarda le sac de couchage déroulé sur un matelas douteux, le lit rongé par la rouille. Un oiseau soudain s'envola par la fenêtre. Quelques rayons de soleil s'invitaient par le toit percé. Comment pouvait-elle vivre dans ce taudis, sans aucun confort ? Regardant du côté de la rivière, il aperçut enfin une silhouette, allongée au pied d'un arbre. Tallie. Elle semblait endormie, mains sous la tête en guise d'oreiller.

Une fois auprès d'elle, Cole ne put résister. Il se pencha et lui effleura la joue, écartant avec délicatesse quelques cheveux sur son front. Mon Dieu, mais elle était brûlante ! Pas étonnant, il faisait encore près de 30 °C. Avec de telles températures, si l'on n'y prend garde, c'est la déshydratation assurée en moins d'une heure.

— Tallie ? murmura-t-il en s'accroupissant à côté d'elle. Tallie ?

Elle ouvrit doucement les yeux et s'assit, puis elle s'étira tout en laissant échapper un soupir. Face à elle, Cole sentit son corps tout entier passer en mode désir. Elle était vraiment sexy.

L'air étonné, elle l'observa quelques secondes, avant de se mettre debout. Mais le mouvement la fit chanceler.

— Tu sembles épuisée. As-tu suffisamment bu dans la journée ?

— Oui. C'est juste un coup de fatigue. Je suis venue ici me mettre à l'ombre. Le soleil tape fort, là-bas…

Cole se releva, troublé par sa voix ensommeillée. Soudain, elle s'éloigna de quelques pas, avant de tomber à genoux pour vomir. Ne sachant d'abord quoi faire, il se précipita pour empêcher que ses cheveux ne lui tombent sur le visage. La crise passée, elle tenta de recouvrer son souffle, tremblante.

— Tu veux que j'appelle un médecin ?

— Non, ça va déjà mieux, dit-elle en s'asseyant, tête sur les genoux. Un virus, sans doute… Je suis désolée.

— Inutile de t'excuser. Allez, je t'emmène à la maison. Tu dois faire une pause, à l'abri de cette fournaise. Et pas de discussion.

Elle le fusilla du regard, comme si ses paroles la mettaient en colère. Mais qu'avait-il dit qui puisse la fâcher, bon sang ? Bien sûr, il commençait à la connaître : farouchement indépendante, elle détestait qu'on lui donne des ordres. Mais il n'agissait là que dans son intérêt.

— Merci, mais je dois rester sur le site, répondit-elle en retrouvant son assurance. J'ai déjà pris plusieurs heures de retard… Crois-moi, je fais ce que je peux, de façon à pouvoir plier bagage au plus vite. Mais je ne peux pas interrompre ces fouilles. Cette terre recèle probablement des trésors…

— Écoute, ce n'est pas parce que tu vas t'arrêter une demi-journée que ces trésors vont s'envoler. Alors j'insiste. Pourquoi ne viens-tu pas dîner à la maison ? Prendre une douche ou un bain. Histoire de te mettre autre chose dans l'estomac que des céréales au chocolat, des biscuits apéritifs et je ne sais quoi encore.

Elle le dévisagea, les lèvres pincées, genre princesse outragée.

— Entendu. Merci.

Cole hocha la tête, satisfait. Il ne connaissait pas une femme sur cette planète capable de résister à la perspective d'un bon bain chaud. Et étant donné le régime spartiate auquel Tallie se soumettait depuis son arrivée au ranch, l'idée d'un vrai repas avait de quoi la tenter.

Et maintenant ? Tout cela était bien joli, pourtant pactiser avec l'ennemi n'arrangerait pas sa cause. Mais il n'allait quand même pas la laisser travailler jusqu'à épuisement. Elle s'investissait tellement dans sa mission. Et puis, il se sentait redevable envers elle, pour avoir si bien joué le jeu devant ses investisseurs.

— Prends ce dont tu as besoin et allons-y.

— Là, tout de suite ?

— Oui. Avant que tu ne changes d'avis.

Une fois chez Cole, Tallie reçut comme une vraie bénédiction la fraîcheur qui régnait dans le salon, grâce à la climatisation.

— Tu te rappelles où se trouve la chambre que tu as utilisée la dernière fois ? demanda Cole avec douceur.

— Oui, merci.

Regardant autour d'elle, elle reconnut l'imposante cheminée en pierre de taille et le plafond à poutres apparentes, une œuvre d'art. Le rez-de-chaussée avait été conçu pour qu'aucune cloison ne vienne faire obstacle à la vue et à la circulation des occupants du lieu. Mais, par-dessus tout, c'était la cuisine qui la fascinait. Une hotte aspirante couleur bronze surplombait une énorme gazinière et, au-dessus de l'îlot central revêtu de marbre, pendait toute une batterie de casseroles en cuivre tandis qu'à droite trônait une immense table en chêne. La grande baie vitrée offrait un panorama exceptionnel sur les abords du ranch et la nature sauvage et majestueuse, au-delà.

Après un délicieux moment dans la baignoire balnéo et un bon shampoing, Tallie redescendit, vêtue de vêtements propres et frais, son T-shirt et son jean poussiéreux sous le bras. Revigorée, elle s'émerveilla des odeurs de nourriture flottant dans le salon. Cole l'accueillit tout sourire dans la cuisine et lui passa aussitôt un sac pour son linge sale, avant de lui servir un verre de vin.

— C'est à peine si on te reconnaît, dit-il, les yeux brillants, tout en promenant son regard sur elle.

Elle rougit, un peu intimidée soudain à se présenter ainsi devant lui, dans sa petite robe d'été.

— Très jolie, vraiment, ajouta-t-il avec cette voix suave qui lui donnait des frissons.

Elle avait voulu s'habiller autrement, pour une fois. Lorsque Cole lui avait dit de prendre quelques affaires, à la cabane, elle avait délaissé ses short ou jean habituels, sans trop savoir pourquoi. À la place, elle avait décidé d'emporter cette robe légère à col dentelle avec ses sandales assorties, au lieu de ses baskets. Et maintenant, elle était là, face à cet homme richissime, dans cette robe qu'elle avait eue dans une boutique discount pour vingt petits dollars.

— Merci, dit-elle. Il y a une éternité que je n'avais pas pris de bain. Ce n'est pas fréquent que les propriétaires des sites nous invitent sous leur toit…

— Je suis un homme civilisé, quoi que tu en penses, dit-il avec humour.

— Mais je n'en ai jamais douté, répondit-elle en riant. J'hésite un peu à poser la question, mais comment s'est passée cette journée, avec tes investisseurs ? J'espère qu'ils ont tous signé pour le projet.

— Tous, sans exception. Et c'est en grande partie grâce à toi, dit-il en la regardant dans les yeux. Je tenais d'ailleurs à t'en remercier, Tallie…

— Excusez-moi, monsieur, les interrompit André, le

chef. Le dîner est servi dans la salle à manger, comme vous l'avez demandé.

— Merci, André, répondit Cole avant de se tourner vers elle. Tu as faim ?

— Pas vraiment, mais ça sent tellement bon, dit-elle, en posant une main sur son ventre, la retirant aussitôt comme Cole la regardait faire.

— Encore un peu nauséeuse ?

— Un petit peu…

Glissant un bras autour de sa taille, il la mena jusqu'à la salle à manger, à l'autre bout du salon. Tallie marqua un temps d'arrêt en découvrant que la pièce n'était éclairée que par une bougie, au centre de la table. Soudain, elle regretta d'avoir accepté cette invitation. Ce dîner ressemblait à s'y méprendre à un traquenard. Mais elle ne tomberait pas dans le piège. Elle n'osait imaginer ce que devait éprouver une femme, le jour où Cole Masters décidait de mettre un terme à leur relation. Surtout si la femme en question était amoureuse.

Mais sans doute se faisait-elle des idées. Cole ne s'intéressait pas à elle. Pas sur ce plan-là. Ce qu'il voulait, c'était qu'elle débarrasse le plancher. Elle ferait mieux de ne pas l'oublier.

Il la fit asseoir. De sa place, elle avait vue sur le jardin, avec sa fontaine et ses parterres de fleurs, le tout éclairé par un système de spots discrets, judicieusement placés. C'était probablement l'œuvre d'un paysagiste de renom.

Cole s'assit à côté d'elle et lui sourit, comme s'il était heureux de sa présence à ses côtés ce soir. Elle lui sourit en retour, du moins essaya-t-elle, car elle restait sur ses gardes.

Elle avait beaucoup apprécié le bain. Et sans doute apprécierait-elle de goûter à ces plats merveilleux disposés devant elle. Mais pas question de renoncer à ses fouilles. Si c'était là l'intention de Cole, il allait au-devant de grandes désillusions. Ce n'était pas un repas gastronomique ni une petite conversation mondaine et encore moins le trouble qu'il éveillait en elle qui la feraient changer d'avis.

— Alors ? As-tu découvert quelque chose d'intéressant aujourd'hui ?

— Non, toujours pas, répondit-elle en évitant son regard.

— Quelque chose m'intrigue. J'aurais cru que des fouilles aussi importantes requerraient plus de personnel…

— En principe, oui. Si je suis seule, c'est la faute aux restrictions budgétaires. Et puis, c'est moi qui ai fourni la carte.

— Oh. C'est toi qui as trouvé cette carte ?

— En effet.

— Puis-je te demander où ?

— C'est ma grand-mère qui me l'a donnée. Juste avant de mourir.

— Elle n'est donc plus là pour t'apporter des réponses.

— Exactement. J'ignore la raison pour laquelle elle a tant attendu. Et je ne sais pas non plus si elle savait plus précisément où je devais concentrer mes fouilles. Ou ce que je devais chercher. Elle a emporté tous ses secrets dans sa tombe.

— Je suis désolé…

Il demeura silencieux un certain temps. Tallie comprit qu'il hésitait à poser d'autres questions. Elle espérait pourtant lui faire comprendre l'importance de sa mission, car alors peut-être se montrerait-il plus coopératif.

— C'est délicieux, dit-elle, dans un effort pour changer de sujet.

— Merci, répondit-il, tout sourire. Le bœuf Stroganoff est l'un de mes plats favoris. Mais c'est la cuisine allemande que je préfère. Et toi ?

— À vrai dire, à part les céréales au chocolat, j'aime bien une bonne entrecôte aux herbes ou une langouste de temps en temps, répondit-elle avec le plus grand sérieux.

— Je saurai m'en souvenir, pour la prochaine fois.

La prochaine fois ? Parce qu'il y aurait une prochaine fois ? Elle en doutait fortement. Cette soirée était l'occasion rêvée pour lui d'user et abuser de son pouvoir de persuasion pour la faire renoncer à ses fouilles. Mais comme elle n'en avait pas l'intention, peut-être finirait-il par la laisser tranquille.

— Je suis assez confiante sur la zone que je fouille actuellement, au pied des falaises. Il se pourrait qu'il y ait eu des grottes à cet endroit, jadis.

— En quoi est-ce si important ?

— Les gens vivaient autrefois dans des grottes, idéales pour se protéger des éléments, des bêtes sauvages ou encore des tribus rivales. J'ai inspecté les falaises avec mes jumelles mais, malheureusement, aucune trace de grotte encore à ce jour.

— J'espère pour ton bien que tu trouveras vite.

Face à sa perplexité, il poursuivit :

— Non, je suis sérieux, vraiment. Le temps se rafraîchit vite, dans la région, à cette saison. Je n'en reviens toujours pas que l'on envoie une personne seule fouiller une zone aussi importante. Voilà bientôt deux mois que tu es ici. Et j'imagine que tu dois être impatiente de rentrer chez toi.

Tallie espérait qu'il était meilleur négociateur quand il s'agissait de ses affaires. Car il n'était pas très subtil quand il s'agissait de lui faire comprendre qu'il avait hâte de la voir partir.

— Des fouilles durent en général six à huit mois et la règle numéro un pour un archéologue est la patience. Rien n'est jamais sûr, et encore moins dans les délais impartis.

— Tu sembles passionnée par ton travail.

— Heureusement que je le suis, répondit-elle en lui souriant. On passe son temps à gratter la terre, à fouiller et, quand on trouve quelque chose, il faut se remettre à gratter et à fouiller, c'est sans fin. Et addictif.

Il la fixa avec une intensité telle que Tallie, troublée, baissa les yeux, arrêtant son regard sur sa bouche. Des questions saugrenues se bousculèrent alors dans sa tête. Qu'adviendrait-il si elle se donnait à lui, maintenant qu'ils se connaissaient ? Maintenant qu'elle savait qui il était ? Que ferait-il ? Et que ne ferait-il pas ?

Une image surgit dans son esprit, plusieurs en réalité. Des images de passion brûlante, de draps froissés. Et des sensations aussi, comme celle de la bouche de Cole sur la sienne alors qu'il allait et venait en elle.

À cette pensée, si claire, si réelle, Tallie sentit une douce chaleur l'envahir entre ses cuisses. Il était tellement sexy. Un visage parfait, des yeux couleur ambre, un corps de rêve. Il donnerait envie à n'importe quelle femme de se jeter à son cou pour quelques minutes de passion et…

S'arrachant à sa contemplation, elle s'efforça de se reprendre. Ces pensées torrides n'avaient pas excédé une poignée de secondes, pourtant son cœur semblait sur le point d'imploser et c'est à peine si elle parvenait à respirer. Posant sa fourchette sur le bord de son assiette, elle tenta de garder le contrôle de ses sens. Il n'était pas question de le laisser voir l'effet qu'il avait sur elle, car cela ne ferait que le rendre plus arrogant encore, voire moqueur. Elle ne le supporterait pas.

— C'était succulent, dit-elle en s'essuyant la bouche d'un coin de serviette. Et le bain, un véritable bonheur. Merci pour tout, Cole.

— Ne pars pas, Tallie, dit-il comme elle s'apprêtait à quitter la table. Passe la nuit ici. Dans un lit digne de ce nom, entre des draps propres. Sans araignées ni ratons laveurs ou putois. Au frais… À moins, bien sûr, que tu insistes vraiment pour retrouver le grand confort de cette satanée cabane.

La gorge serrée, Tallie sentit ses joues, son cou s'embraser. Elle n'était pas dupe, savait exactement où il voulait en venir en lui faisant miroiter un grand lit propre et douillet, mais elle ignorait s'il était sérieux ou voulait simplement la taquiner.

— Je ferais mieux de retourner sur le site, répondit-elle finalement en se levant. Mais encore merci pour ton accueil. Je me sens beaucoup mieux.

Cole se leva à son tour pour se mettre en travers de son chemin.

— Pourquoi tiens-tu à tout prix à aller dormir là-bas ? Comment veux-tu te reposer dans cette cabane ? Personne ne le pourrait. Reste, choisis une chambre. Et demain matin, tu te rendras sur le site. La maison est grande, nous ne risquons pas de nous gêner…

Il s'avança et, d'une main, lui souleva le menton pour la forcer à le regarder.

— C'est une proposition raisonnable, Tallie, et honnête…

Honnête ? À cet instant précis, elle surprit l'éclair de la passion dans ses yeux. Cet éclat, elle l'avait déjà vu avant. Et alors, elle n'avait su y résister. La vérité, c'est qu'elle mourait d'envie de rester. Qu'elle avait envie de lui. Et à l'évidence, il ne demandait que cela.

Soudain, il approcha son visage du sien et plaqua ses lèvres sur les siennes. Elle ne le repoussa pas, ne recula même pas. Encouragé, il l'attira contre lui. Et lorsqu'elle sentit son désir contre son ventre, elle se mordit les lèvres pour ne pas gémir.

— J'ai envie de toi, Tallie, murmura-t-il à son oreille. C'est plus fort que moi, il faut que je te voie, que je te touche…

Il la poussa en douceur contre le mur, prit ses mains dans les siennes.

— Je t'en prie, donne-nous une chance. Fais l'amour avec moi.

Cole savait si bien où la toucher, comment l'embrasser pour l'emporter dans un tourbillon d'émotions où la raison n'avait plus sa place. Il était la tentation personnifiée. Et elle avait faim, soif de lui. Elle connaissait ces histoires de sexe débridé, où l'orgasme vous envoie jusqu'aux étoiles. Le genre d'étreintes dont les femmes se contentent souvent de rêver, mais qu'elle avait connues, elle, lors de cette nuit magique, à La Nouvelle-Orléans.

— Je suis flattée, vraiment. Mais je ferais mieux de rentrer à la cabane, soupira-t-elle en détachant sa main de la sienne.

— Je ne cherche pas à te flatter. Arrête de me placer sur un piédestal, Tallie. Je suis un homme comme les autres. Un homme qui te désire. Qui a envie de toi. C'est simple, jamais je n'ai éprouvé pareilles sensations avec une autre femme.

Difficile d'argumenter face à cet homme dont la sincérité à ce moment ne faisait aucun doute. Tallie ferma les yeux, s'imprégna de son odeur et, malgré elle, sentit son corps frémir. Elle avait envie de dire oui, de crier oui.

Puis elle rouvrit les yeux et s'éloigna de quelques pas. Elle avait failli le faire. Succomber au désir, à celui de Cole comme au sien. Lui qui ne cherchait qu'à tirer avantage de la situation. Oh ! elle ne le croyait pas animé de mauvaises intentions, pas vraiment, non. Mais il traînait derrière lui une terrible réputation, avec les femmes comme dans le milieu des affaires, celle d'un homme impitoyable. Si elle acceptait sa proposition, elle vivrait très mal d'avoir encore affaire à lui jusqu'à expiration du délai des quatre-vingt-dix jours.

Soudain, elle fut prise de vertiges. Par instinct, elle chercha quelque chose à quoi se raccrocher, ne trouvant que le bras de Cole à sa disposition.

— Je… Je crois que je vais me…

Puis ce fut le trou noir.

- 10 -

Sur le canapé, dans le bureau, Tallie rouvrit doucement les yeux, un linge froid et humide sur le front.

— Ah, dit Cole devant elle. Te revoilà.

Prise de violentes nausées, Tallie eut à peine le temps de s'asseoir.

— La salle de bains… C'est par où ?

Sourcils froncés, Cole la dévisagea, manifestement inquiet.

— Au bout du couloir, à droite.

Tallie se précipita, priant pour arriver aux toilettes à temps. Une minute plus tard, la crise passée, Cole lui tendait une serviette humide. Elle resta agenouillée sur le carrelage, trop faible pour faire le moindre geste.

— Tu devrais t'allonger un moment…, fit-il.

Et, sans rien ajouter, il l'emporta dans ses bras.

— Je suis tellement désolée. Ce dîner succulent… totalement gâché.

— Ne t'en fais pas pour ça.

Il l'allongea avec délicatesse sur un grand lit, dans l'une des chambres, avec sa salle de bains attenante.

— Merci, chuchota-t-elle avant de fermer les yeux, trop lasse pour ressentir un quelconque embarras.

Elle dut s'endormir tout de suite. Et lorsqu'elle se réveilla, elle trouva un homme d'un certain âge et au visage affable, assis à son chevet. Cole, lui, attendait sur le pas de la porte.

— Bonjour, Tallie, je suis le Dr Jenkins, se présenta le nouveau venu. Pouvez-vous m'expliquer ce qui s'est passé ?

— Eh bien, quand je me suis levée après le dîner, tout s'est mis à tourner autour de moi. Ensuite, je ne me souviens plus de rien. Et lorsque j'ai repris connaissance, j'ai été prise de nausées. Mais ça va mieux maintenant, même si je me sens encore un peu faible. Probablement un virus, rien d'alarmant.

— Vous avez sans doute raison, il doit s'agir d'un virus. Mais puisque je suis là, autant en profiter pour tenter de poser le bon diagnostic, d'accord ? dit-il avec un sourire si gentil, si rassurant que Tallie ne put qu'acquiescer. Cole, ajouta le médecin, merci de fermer la porte en sortant.

Celui-ci s'exécuta sans la moindre discussion.

— Voyons d'abord ces poumons. Penchez-vous et inspirez profondément, dit Jenkins qui, après l'avoir écoutée, examina ses yeux et sa gorge. Est-ce que vous somnolez, pendant la journée ?

— Non.

— De la fièvre ?

— Non, pas que je sache.

— Mal au ventre ?

— Pas particulièrement.

— Bien, dit le médecin en rangeant son stéthoscope dans sa mallette. Une dernière chose encore… Est-il possible que vous soyez enceinte ?

Tallie sentit son sang se glacer. Elle aurait dû s'attendre à cette question. Et Cole qui se trouvait derrière la porte !

— Je vous sens bouleversée, reprit le médecin. Mais voyez-vous, tous les symptômes concordent. Et si vous veniez à mon cabinet, demain ? Nous pourrions procéder à un test pour en avoir la certitude ? suggéra-t-il.

Tallie, qui n'avait besoin d'aucun test, soupira. Elle était enceinte et le maître des lieux était le papa du bébé, c'était aussi simple que cela. Or, elle savait pertinemment que Cole n'accueillerait pas la nouvelle avec enthousiasme.

— Docteur Jenkins, je vous en prie, ne parlez surtout pas de cela à Cole. Je suis ici en tant qu'archéologue pour un temps déterminé. S'il apprenait que… Il n'aurait plus qu'une seule idée en tête, exiger mon départ sur-le-champ. Or, ma mission est d'une importance capitale.

Aucune chance qu'elle révèle à qui que ce soit l'identité du père, encore moins à Cole et à son médecin. Cole entrerait dans une rage folle, l'accablerait d'insultes. Non, elle voulait juste mettre un point final à ses recherches le plus vite possible et s'en aller d'ici. Loin.

— Il n'est pas dans mes habitudes de discuter de l'état de l'un de mes patients avec quiconque, sans son accord, la rassura Jenkins. En revanche, il est de mon devoir, si vous êtes effectivement enceinte, de vous conseiller la plus grande prudence. Vous travaillez en plein air et cette chaleur n'est pas sans danger. Le risque de perdre le bébé est bien réel.

Tallie secoua la tête, de plus en plus déprimée.

— Puis-je rassurer Cole ? Il est très inquiet, vous savez, insista le médecin.

Elle finit par hocher la tête. Après tout, il faudrait bien que la confrontation ait lieu tôt ou tard. Ne restait plus qu'à espérer que Cole n'en arrive pas aux mêmes conclusions que le médecin. Et que ledit médecin reste discret.

— Je vais rentrer au campement, je me sens bien mieux, dit-elle.

Se levant alors, Tallie enfila ses chaussures et sortit dans le couloir. Le Dr Jenkins prit aussitôt congé, la laissant seule avec Cole.

— Bien, il est temps que je parte, dit-elle en évitant soigneusement de le regarder. Désolée pour le dérangement.

— Et où crois-tu aller comme ça ?

— Je retourne sur le site. Il doit être tard. L'heure de se coucher pour tout le monde.

— Je me coucherai quand je le déciderai. Et je refuse de te laisser repartir. Si tu veux, je peux envoyer un de mes gars veiller sur tes affaires. Mais tu dois absolument prendre du repos.

— Tout va bien, je t'assure.

— Et le médecin ? Qu'en pense-t-il ? Pourquoi cet évanouissement ? Pourquoi ces nausées ?

— Il ne peut rien dire de précis à ce stade. Probablement un virus…

Cole la dévisagea, l'air suspicieux. Elle devait absolument sortir d'ici, et sans perdre une minute.

— J'insiste. Reste au moins pour cette nuit. Et nous discuterons des aménagements éventuels de cette maudite cabane demain, j'y tiens !

Elle hésitait, partagée entre l'urgence de prendre ses distances avec lui et l'envie de passer la nuit dans cette maison. La perspective de dormir entre des draps frais, sur un matelas digne de ce nom, était tentante. Hélas, si elle restait, ce serait plus fort qu'elle, elle finirait par lui avouer la vérité, à propos du bébé.

— Tallie, je suis sûr que tu en es consciente, tu dois être raisonnable.

— Bien, soupira-t-elle, rendant les armes. C'est d'accord. Mais juste pour cette nuit. Et merci pour tout…

Plus tard, comme elle était allongée, détendue, appréciant à sa juste valeur le confort de cette chambre, elle envisagea un moment de répondre favorablement à l'invitation de Cole en s'installant ici, jusqu'à la fin de sa mission. Sauf qu'il ne tarderait pas alors à découvrir son secret en voyant son ventre rebondi. Non, mieux valait pour tout le monde qu'elle reprenne ses quartiers dans la vieille cabane. En espérant qu'elle trouverait très vite les vestiges qu'elle cherchait.

Le lendemain, Tallie se leva de bonne heure. Vêtue de sa petite robe d'été, elle descendit à la cuisine, où s'affairait déjà une femme d'un certain âge, en robe noire et tablier blanc.

— Bonjour, madame, lui dit celle-ci avec un grand sourire. Une tasse de café ? De thé peut-être ?

— Du thé, s'il vous plaît. Puis-je également vous demander un toast ?

— Mais certainement, madame, répondit la domestique en remplissant aussitôt une grande tasse d'un breuvage fumant, presque noir.

Tallie prit place sur un tabouret, ajouta du sucre et un nuage de lait à son thé dont elle but une gorgée. Délicieux, plus encore que lorsqu'elle le préparait elle-même. Avant de partir, elle essaierait de penser à en demander la marque.

— Je vois que ce thé a l'air à ton goût, résonna soudain la voix de Cole, derrière elle. Alors, comment te sens-tu, ce matin ?

— Beaucoup mieux, merci. Et pardon vraiment pour tout le dérangement, je...

— Chut. L'essentiel, c'est que ce ne soit rien de grave.

La gorge serrée, Tallie acquiesça d'un signe de tête. Attendre un enfant n'est évidemment pas une maladie. À cet instant, elle faillit lui dire ce qu'il en était, avant de se raviser. Pas ici. Pas maintenant.

Cole prit place face à elle et dégusta lui aussi son thé tandis qu'elle grignotait son toast, perdue dans ses pensées. Elle devait se remettre au travail au plus vite, avant que la chaleur ne devienne insupportable.

— Je dois me rendre à Houston, ce matin. Je te fais confiance : ne travaille pas trop.

— Promis.

— Parfait. Je serai de retour vers 18 ou 19 heures Réfléchis à ma proposition de venir t'installer à la maison. Je ne veux plus te savoir dehors la nuit, seule là-bas avec tout un tas de bestioles pour compagnie.

— Je ne risque quand même pas de me faire dévorer par un raton laveur, dit-elle en souriant. Et puis, je ne veux pas m'incruster et te déranger dans ton repaire de célibataire…

— Un repaire un peu trop morne, parfois, répondit-il avant de l'embrasser sur la joue.

Ils terminèrent leur petit déjeuner, puis Cole la ramena à la cabane en lui donnant rendez-vous pour le soir

Une demi-heure plus tard, Tallie était à genoux dans la poussière, à délimiter une nouvelle zone de fouilles. Elle adorait le contact, l'odeur de la terre, ses mystères enfouis. Passionnée par son travail, elle perdait souvent toute notion du temps, même quand elle ne trouvait rien. Toujours est-il que lorsqu'elle fit une pause et regarda à l'horizon, le soleil était déjà bas.

Après une nouvelle journée de labeur, à peine venait-elle de retrouver la cabane que son portable sonna. Quelle ne fut pas sa surprise de voir s'afficher le nom de Stan Bridger, sur l'écran.

— Salut, Stan ! s'exclama-t-elle avec entrain. Tu es rentré ! Je me demandais si tu daignerais m'appeler, un de ces jours…

Stan, en mission pour des fouilles au fin fond du Mexique, avait été absent plusieurs mois.

— Mieux vaut tard blablabla, tu connais la chanson…

Stan était plus qu'un collègue. Maître-assistant à l'université, il l'avait beaucoup aidée dans ses études, l'encourageant par la suite à postuler pour le poste, au muséum. À vrai dire, elle le soupçonnait même de ne pas être étranger à son recrutement. C'était Stan encore qui l'avait accompagnée sur le terrain pour ses toutes premières fouilles, lui apprenant les rudiments du métier. Bref, une vraie amitié les liait tous les deux, du genre indéfectible.

— On pourrait se voir, dîner ensemble, ce soir, dans ta petite ville, qu'en dis-tu ? demanda-t-il. Je voulais venir sur le site, mais Sterling me l'a déconseillé, à cause du mauvais caractère de ton hôte…

— C'est une excellente idée, répondit Tallie en riant. Je pensais aller faire un tour en ville, de toute façon.

— Vers 19 heures, ça te convient ?

— Parfait. Il semblerait qu'il y ait un très bon snack en ville, le Frieda Sandwich Club. Mais avec autre chose que des sandwichs au menu.

— Excellent. À tout à l'heure.

Nettement plus en forme que la veille, Tallie se réjouit à l'idée de revoir son ami. Et de faire un bon repas, car elle était littéralement affamée. Et de plus en plus chaque jour. En fait, elle avait une faim de loup, probablement due à sa grossesse.

Un peu plus tard, ne voyant aucun signe du retour de Cole, elle en conclut qu'il avait dû être retenu à Houston. Peu importait. Enthousiaste à la perspective de la soirée qui s'annonçait, elle se prépara à descendre en ville, s'imaginant déjà devant une entrecôte au poivre et une part de tarte aux fraises…

Lorsque Cole arriva à la cabane, Tallie était introuvable. Ce n'est qu'après avoir inspecté toute la zone, le long de la rivière, au pied des falaises, qu'il réalisa que sa voiture n'était pas là. Apparemment, elle en avait eu assez de cette chaleur, de la poussière et des insectes.

Mais, soudain, une drôle de sensation s'empara de lui. Il sentit sa gorge se serrer. Elle était partie. Mais où ? Et pour combien de temps ? se demanda-t-il, terrifié à l'idée qu'elle ait pu quitter la région définitivement, lassée de sa personne, de ce soleil de plomb, de ces fouilles qui ne donnaient rien ou si peu, bref lassée de tout.

Elle aurait quand même pu avoir la délicatesse de le prévenir, lui ou quelqu'un d'autre au ranch, ou laisser un mot à la cabane, quelque chose. Il soupira, à la fois d'inquiétude, de désarroi et d'irritation. Les gens ne s'évaporent pas comme ça, enfin, cela ne se fait pas. Il avait pris l'habitude de sa présence, ici. Et s'il était venu ce soir pour lui demander de passer la nuit à la maison, c'était bien sûr avec une idée derrière la tête.

Errant comme une âme en peine entre la cabane et la zone des fouilles, il se résolut au bout d'un long moment à rentrer. Il était en route quand son téléphone sonna.

— Salut, petit frère ! retentit la voix de Wade.

— Salut. Alors, ce voyage ? Tu es toujours à Londres ? marmonna Cole, pas vraiment d'humeur à bavarder.

Wade avait été envoyé dans la capitale britannique pour négocier le rachat d'une chaîne de boutiques hôtelières, le but étant d'accroître la présence de Masters Corporation sur le vieux continent.

— Non. Je suis rentré la nuit dernière, répondit Wade. Il y a eu quelques modifications au contrat. Je pensais que tu aimerais être tenu au courant, et puis j'ai besoin de ta signature sur un certain nombre de documents.

— Et si on dînait ensemble ? proposa Cole. On pourrait se retrouver chez Frieda ? Qu'en dis-tu ?

— Entendu. Le temps d'arriver, dans une petite heure.

Une heure plus tard, lorsque Cole arriva en ville, le snack était déjà bondé. Rien d'étonnant à cela, le samedi soir, chez Frieda. Apercevant Wade à une table, au fond de la salle, il se dirigea aussitôt vers lui. Le petit restaurant était un endroit simple, mais la nourriture y était excellente. Leur commande passée, Wade tout de suite l'interrogea :

— Alors, comment ça se passe, avec ton archéologue ?

Tu as pu faire annuler ces fouilles et reprendre le cours de ton chantier ?

— Non, grommela Cole. En principe, Tallie est ici encore pour un moment. J'ai fait tout ce que j'ai pu pour l'inciter à s'en aller. Mais je dois me résigner. Ted Mitchell m'a appelé pour m'expliquer l'importance de ces fouilles.

— Je sais, j'étais présent, ce jour-là. Tu as oublié ? remarqua Wade avec un sourire narquois.

Il prenait manifestement plaisir à le taquiner.

— Je ne vois pas ce qu'il y a de drôle.

— Honnêtement, tu crois qu'elle est dupe ? Qu'elle n'a pas compris qui était derrière tous ses ennuis ?

— Bien sûr que si. Mais elle n'est pas du genre à se laisser faire.

— Sans blague ? remarqua Wade, avec ce ton ironique qui avait le don de l'exaspérer. J'ai toujours rêvé de voir la femme qui saurait mettre le grand Cole Masters à genoux, ajouta-t-il en riant. Un sacré bout de femme… Et plutôt bien faite de sa personne, j'imagine, quand elle n'est pas couverte de boue.

Cole s'apprêtait à répondre quand la clochette au-dessus de la porte retentit, avertissant de l'arrivée de nouveaux clients.

— Quand on parle du loup…, grommela-t-il.

Wade suivit son regard. En réalité, la plupart des individus de sexe masculin présents au snack relevèrent la tête pour regarder la jeune femme sexy qui venait de faire son entrée. Avec ses longs cheveux noirs qui lui retombaient dans le creux des reins, elle était magnifique. Elle fit signe à un homme assis à une table à gauche de la leur. Un homme un peu plus âgé qu'elle.

— Mon pauvre vieux, murmura alors Wade, il faut vraiment que tu sois aveugle. Tu passes ton temps à te soucier du retard de ton chantier à cause de ces maudites fouilles, alors que tu as une vraie bombe chez toi. Honnêtement, je suis prêt à échanger ma place avec la tienne quand tu veux. Tu n'as qu'un mot à dire…

— Et je ne le dirai pas, rétorqua Cole.

Poussé subitement par un instinct possessif, il n'avait aucune envie que son séducteur de frère s'approche de trop près de Tallie.

Il la regarda embrasser ce type sur la joue. Tous deux manifestement étaient très proches. Tout s'expliquait, maintenant. Voilà pourquoi elle rechignait autant à s'installer chez lui.

Tallie repéra tout de suite Stan et, lorsqu'elle s'approcha de sa table, eut la surprise de voir David Sloan à ses côtés, lui aussi employé du muséum. Tous trois étaient grands amis et, après les bises d'usage, ils se mirent à discuter de tout et de rien en consultant le menu. Puis, leur commande passée, les garçons voulurent tout savoir sur ses fouilles et la raison de sa présence ici.

— Sterling reste muet comme une carpe, expliqua Stan. C'est tout juste s'il a accepté de nous dire où tu étais. Alors, pourquoi tant de mystères ?

Elle sourit face à leur perplexité.

— Il n'y a aucun mystère, je vous assure. Juste avant de rendre l'âme, ma grand-mère m'a laissé une carte censée indiquer le lieu du village originel de nos ancêtres, en me demandant si je pouvais essayer de le retrouver. Voilà pourquoi je suis ici. Comme j'avais un peu de temps devant moi, avant cette mission au Brésil, Sterling m'a encouragée à me lancer, c'est tout.

— Comme tu es sa chouchoute, je pensais qu'il t'avait envoyée sur les fouilles du siècle. J'étais jaloux comme un pou ! avoua Stan.

Tous trois éclatèrent alors de rire.

— Je sais que le Dr Sterling exagère parfois un peu

mais, d'après lui, le maître des lieux est un véritable emmerdeur…

— Il a raison, c'est même le roi des emmerdeurs, résonna à cet instant une voix, derrière eux. N'est-ce pas, docteur Finley ?

Tallie se figea tandis que les yeux de ses amis demeuraient rivés sur elle. Elle tourna légèrement la tête pour répondre :

— Absolument. C'est le pire propriétaire terrien auquel j'aie pu être confrontée, fit-elle avec un sourire crispé.

— Je vous l'avais bien dit, messieurs…, remarqua Cole, narquois.

— Cole, je vous présente mes amis et collègues, les Dr Stan Bridger et David Sloan.

Cole n'apprécia que modérément le vouvoiement. Le connaître de près, et de très près même, n'était tout de même pas une maladie honteuse. Mais il ne releva pas, ce n'était ni le lieu ni le moment.

— Enchanté. Alors, si je comprends bien, messieurs, vous passez votre temps à gratter la terre, comme le Dr Finley ?

Il avait l'air d'un prince, si beau, toujours si sûr de lui. Tallie était prête à le parier, il ne faudrait pas plus de dix minutes avant que ses amis ne lui mangent dans la main.

— C'est exactement ça, répondit Stan en riant. Mais joignez-vous à nous, je vous en prie.

Tallie retint son souffle. Elle n'avait aucune envie que Cole s'assoie avec eux. Il ne comprendrait pas la moitié de ce dont ils discuteraient. Comme elle-même d'ailleurs échouait la plupart du temps à le comprendre. Ils étaient si différents l'un de l'autre. Lui jonglait avec des plans d'architectes et des millions, tout entier tendu vers l'avenir, alors qu'elle passait sa vie à consulter de vieilles cartes, à déterrer des vestiges du passé.

À cet instant, il posa ses mains puissantes sur ses

épaules, comme pour s'assurer que chacun ici comprenne bien qu'elle était à lui. Certes, elle portait son enfant, mais cela ne faisait pas d'elle sa propriété.

— Merci, mais je suis avec mon frère, nous devons parler affaires. Une autre fois, peut-être ?

Comme Tallie tournait la tête vers Wade, Cole fut surpris de le voir se lever pour le rejoindre. Agacé par les étincelles qui brillaient dans les yeux de son frère, Cole fit néanmoins les présentations. Il remarqua que Wade retenait la main de Tallie dans la sienne un peu plus que nécessaire.

— J'espère que vous vous régalerez, dit alors Cole en se plaçant entre Tallie et Wade, qu'il bouscula presque. Frieda est une perle. Tout est bon, ici. Ravi de vous avoir rencontrés.

— Nous de même, firent Stan et David en chœur.

Cole et Wade retournèrent alors s'asseoir, juste au moment où la serveuse apportait leurs assiettes.

— Surtout, ne dis rien, grommela Cole à son frère.

— Dire quoi ? répondit Wade, avec un air innocent.

— Je sais très bien que tu t'apprêtais à dire une bêtise à propos de ma relation avec le Dr Finley. Il se trouve qu'elle travaille sur mes terres en tant qu'archéologue, point barre.

Wade hocha doucement la tête tout en s'essuyant la bouche.

— Je voulais simplement te suggérer de mettre le turbo, avant qu'il ne soit trop tard. Non, mais, ces regards que tu lui lances ! Et comme elle te regarde, elle aussi de son côté ! Je sais, tu as beaucoup souffert à cause de Gina. Mais c'était il y a trois ans. Ne la laisse pas partir, tu le regretterais.

— Eh bien, je te remercie pour le conseil.

— À ta disposition, cher frère.

- 11 -

À son grand soulagement, son frère ne fit plus allusion à Tallie. Une fois qu'il avait dit le fond de sa pensée, Wade n'y revenait plus.

Tant mieux, se félicita Cole, qui n'avait pas plus envie de discuter de Tallie que de Gina. Son frère était bien gentil, mais il ne savait pas de quoi il parlait. Comment pouvait-il imaginer que trois ans suffisaient pour tourner la page et oublier son ex-femme, l'enfant qu'elle portait ?

D'humeur morose, Cole fixa son assiette, toutes sortes d'émotions se bousculant en lui. Sa femme attendait l'enfant d'un autre, elle qui jurait n'aimer que lui.

Si les choses étaient à refaire, Cole s'y prendrait autrement, bien sûr. Il regrettait d'avoir demandé à Gina de quitter la maison sur-le-champ. Sans cela, peut-être alors n'aurait-elle pas roulé si vite, avant de perdre le contrôle de son véhicule et de basculer dans le vide, se tuant avec le bébé qu'elle portait.

Il avait confiance en elle, et elle l'avait trompé. Et Cole se l'était juré, on ne l'y reprendrait plus. Pas question de tomber dans le piège une deuxième fois.

Probablement avait-il été amoureux de Gina. Mais sa trahison et l'amertume qu'il en avait éprouvée avaient chassé de son cœur tout sentiment. Il ne croyait plus en l'amour, il n'avait plus envie d'y croire.

Pour répondre aux besoins de son corps, il trouvait

toujours une femme. Et après une nuit ou deux, l'histoire était terminée.

Il jeta de nouveau un œil à Tallie, qui bavardait et riait avec ses amis. Cette scène le frappa. C'était la première fois qu'il la voyait vraiment rire. Elle semblait si heureuse, tout à coup. Il sentit sa gorge se serrer en repensant aux méchants tours qu'il lui avait joués, au risque à chaque fois de lui faire du mal.

À partir de maintenant, il veillerait à sa sécurité. Pour commencer, elle quitterait cette satanée baraque pour s'installer chez lui. Il devait cesser d'imaginer que sous ses dehors d'archéologue, elle puisse être là en réalité pour l'escroquer.

— Alors, et le travail ? demanda-t-il à son frère, impatient soudain de se changer les idées.

Wade posa sa serviette sur la table.

— J'ai une rude journée qui m'attend, demain, des réunions toutes les heures. Puis retour en Europe, avec escale à Paris pour rencontrer Yves Bordeaux. Je ne vais pas tarder à te fausser compagnie…

— Je comprends. Avant de partir… A-t-on des nouvelles du testament de notre père ?

— Rien. Apparemment, c'est plus compliqué que nous le pensions, marmonna Wade avec un haussement d'épaules. Estimer la valeur d'une compagnie dont les parts se multiplient jour après jour relève du challenge. Je n'envie pas l'armada d'avocats et d'experts-comptables qui ont pour mission de mettre un chiffre sur Masters Corporation.

Cole acquiesça.

— Si je t'en parle, c'est que j'ai un mauvais pressentiment. Papa se comportait si bizarrement, les dernières années de sa vie. Un certain nombre de contrats dépendent du contenu de ce testament. Et la situation est à l'arrêt depuis des mois maintenant. Les gens commencent à s'impatienter. J'aimerais bien que tout ça soit réglé.

— Tu as raison. Moi aussi, je trouve que les choses ont assez duré.

— Je passerai un coup de fil à nos avocats, demain. Quelles que soient les dernières volontés de papa, nous devrons soit les accepter, soit les contester. Mais il est temps de savoir ce qu'il en est.

Ils discutèrent encore un petit moment des affaires, puis Wade lui demanda de signer certains documents officiels. Enfin, après une accolade aussi virile que fraternelle, son frère prit un taxi pour l'héliport du comté, direction Dallas.

Cole regarda une dernière fois Tallie et sortit à son tour du snack, dans la chaleur moite de la nuit. Il traversa le parking et se mit au volant, hésitant à démarrer.

Soudain, il aperçut Tallie flanquée de ses amis, à l'angle du bâtiment. Le plus jeune de la troupe lui fit la bise avant de monter dans sa voiture et de disparaître. Tallie, de son côté, se mit au volant de sa vieille Ford tandis que l'autre type sautait dans son 4x4 pour s'engager aussitôt sur l'avenue, à sa suite. Un peu plus loin, tous deux prirent sur la droite.

Cole se renfrogna. Où allaient-ils donc comme ça ? Pour le ranch, il fallait prendre à gauche, soit dans la direction complètement opposée.

Il ne perdit pas de temps en considérations. Mains sur le volant, il appuya à fond sur l'accélérateur pour les prendre en filature. Et tant pis si ces choses-là ne se font pas.

Moins de quatre cents mètres plus loin, les deux véhicules se garaient sur le parking d'un petit motel. Eh bien voilà, tout était clair désormais. Il passa devant le motel au ralenti, juste à temps pour voir Tallie se diriger vers l'une des chambres.

Les articulations douloureuses à force de serrer ce

maudit volant, Cole fit demi-tour au feu suivant pour prendre la route du ranch.

Une fois rentré, tel un automate, il jeta ses clés sur le comptoir de la cuisine et alla se servir deux doigts de son meilleur whisky, avant de s'affaler sur le canapé. Par la fenêtre, il distinguait la vaste étendue de plaine attenante au ranch familial. Cette plaine qu'il avait rachetée pour y construire le projet de sa vie. D'habitude, à cette heure-là, il pouvait voir les bougies que Tallie allumait chaque soir avant d'aller se coucher, une sorte de rempart lumineux censé dissuader les bestioles animées de mauvaises intentions à son égard.

Mais, ce soir, pas l'ombre d'une flamme à l'horizon.

Cole vida son verre et se leva pour s'en servir un autre. Assez, maintenant. Il n'accorderait plus la moindre pensée à Tallie. Enfin, du moins essaierait-il.

Après avoir fait le tour du salon à trois reprises, il sortit par la porte-fenêtre sur la terrasse. Toujours pas de lumière du côté de la cabane. Elle devait être encore au motel.

Il laissa échapper un soupir. *Laisse tomber !* Elle y passerait probablement la nuit. N'y tenant plus, il décida de lui passer un rapide coup de fil, juste pour s'assurer que tout était en ordre.

Fébrile, il attrapa son portable, composa le numéro de Tallie et attendit.

— Allô ! répondit une voix masculine.

— Désolé, dit Cole. J'ai dû me tromper…

— Vous voulez parler à Tallie ?

— Euh… Exact.

— Alors c'est le bon numéro. Elle est indisponible là, tout de suite, mais elle va revenir. Vous préférez attendre ou laisser un message ?

Le type avait une drôle de voix. Comme celle que les hommes peuvent avoir après une séance d'ébats passionnés.

Cela ne te regarde pas.

— Non, répondit-il, les mâchoires crispées. Dites-lui simplement que Cole Masters a appelé. J'avais une question à lui poser, mais ça peut attendre demain.

— Je le lui dirai. Bonsoir, Cole.

Cole raccrocha. Ainsi donc, la petite archéologue lui avait menti, elle avait un homme dans sa vie. Tant mieux pour elle. Bon, il devait le reconnaître, c'était une surprise. Pourquoi donc ? Tallie était une très belle femme. Elle ne manquait sans doute pas de prétendants.

Il secoua la tête, gagné par un profond malaise. Un désarroi mêlé d'irritation, dont il connaissait parfaitement la raison. Il avait envie d'elle.

Il l'imagina allongée dans son lit, ses yeux verts incandescents l'invitant à venir la retrouver. Il connaissait la saveur de sa peau, en gardait un souvenir très précis, et aujourd'hui il désirait davantage. Il voulait faire courir ses mains sur elle à nouveau. Sentir la chaleur de son corps. Écouter ses gémissements, ses prières. Il lui donnerait tout, tout ce qu'elle voulait de lui.

Bon sang ! Il devait absolument arrêter de penser à elle de cette façon. Elle était prise, peut-être fiancée. Et même si elle était libre, ces quelques semaines passées où ils s'étaient côtoyés n'avaient pas été particulièrement amicales. Et puis, d'ici peu, elle repartirait avec tout son barda.

Cela dit, le gouverneur avait raison. Tant qu'elle serait sur sa propriété, Cole devait prendre soin d'elle, veiller à ce qu'elle ne soit menacée par aucun danger, la nuit. Il devait faire en sorte qu'elle ne manque ni d'eau ni de nourriture. Il pourrait également tenter de lui trouver quelqu'un pour l'aider. Oui, c'était une bonne idée. Et dès demain matin, il s'en occuperait.

Que cela plaise ou pas à cette entêtée.

À cet instant, son téléphone sonna. Tallie.

— Salut, dit-il en décrochant.

— Stan m'a dit que tu avais cherché à me joindre. Tout va bien ?

— Je voulais juste vérifier que tu venais bien dormir à la maison, cette nuit.

— Oh ! c'est-à-dire…, répondit-elle, hésitante.

Évidemment qu'elle hésitait, songea Cole, la gorge nouée. Comment pourrait-il en être autrement, alors qu'elle était occupée dans le lit d'un autre homme, qui avait certainement déjà entamé les préliminaires et prévoyait d'entrer d'ici peu dans le vif du sujet.

— Écoute, Tallie, je refuse catégoriquement que tu passes une minute de plus dans cette satanée cabane. Ce n'est pas raisonnable…

— Si cela ne t'ennuie pas, nous en discuterons à mon retour. Maintenant, si tu n'as rien d'autre à me dire…

— Non, rien.

Quand elle raccrocha, Cole céda à la colère. Bon, peut-être n'aurait-il pas dû lui parler comme ça, en se montrant un peu trop autoritaire. Tallie détestait ça. Mais elle devait le comprendre une bonne fois pour toutes, il s'inquiétait pour elle.

Il regarda sa montre. 22 heures. Il pourrait aller l'attendre à la cabane ? Parce qu'il en avait la certitude, elle ne viendrait pas ici. Et de toute façon, s'il restait chez lui, il tournerait en rond et serait incapable de trouver le sommeil. Mais elle le prendrait mal si, en rentrant, elle le trouvait à faire le pied de grue sur le site…

Deux heures plus tard, toujours aucun signe de Tallie. Allait-elle vraiment passer la nuit avec ce type ? Excédé, Cole craqua. Sans même réfléchir, il sauta dans son pick-up et, après un détour par la cabane, prit la route de la ville. Arrivé au motel, il en descendit tel un fou furieux pour se diriger vers la chambre où il l'avait vue entrer. Il frappa énergiquement à la porte.

Rien. Il frappa à nouveau, cette fois avec le poing, et

finalement Stan, le collègue de Tallie, daigna venir lui ouvrir. Avec la mine du type que l'on arrache au sommeil.

— Où est Tallie ? l'interpella Cole sans ménagement.

Le type écarquilla les yeux, visiblement surpris.

— Cole ? Euh, elle est rentrée chez elle. Enfin, sur le site, plus exactement.

— J'en viens. Il n'y a personne là-bas. Quand est-elle partie ?

— Juste après votre appel. Je dois dire qu'elle m'a paru vraiment contrariée.

— Eh bien, elle n'est pas la seule à l'être, rétorqua Cole, avec un coup d'œil en direction du lit qui, a priori, ne semblait pas avoir été occupé par deux personnes. Le deuxième oreiller gisait en effet dans le fauteuil, sans trace d'un faux pli.

— Écoutez, Cole, dit alors Stan, que les choses soient claires. Tallie est juste venue ici pour récupérer quelques clichés de mes dernières fouilles, sur mon ordinateur. Je ne veux pas être indiscret, mais j'ai l'impression que vous tenez sacrément à elle. Si vous voulez un conseil, parlez-lui. Elle a eu une mauvaise expérience, par le passé. Le type venait de lui demander sa main quand il s'est évaporé, du jour au lendemain, comme ça, parce qu'une autre femme, plus séduisante à son goût, avait croisé son chemin. Il ne lui a donné aucune explication, n'a même pas daigné lui laisser un petit mot. Rien. En ce qui me concerne, je ne pense pas que vous puissiez trouver mieux. Et si ma femme ne risquait pas de mal le prendre, je crois que je ferais la cour à Tallie. Bien, à présent, y a-t-il autre chose que je puisse faire pour vous ?

Bougon, un peu mal à l'aise, Cole s'excusa auprès de Stan et retourna au pick-up. Une fois chez lui, il monta dans sa chambre, le pas lourd, d'humeur maussade, tout en se débarrassant de sa chemise. Dans le couloir, à l'étage, passant devant la chambre occupée par Tallie, la nuit précédente, ce fut plus fort que lui, il poussa la porte. Et là, à la lueur des étoiles, il crut apercevoir une silhouette endormie dans le lit. Aussitôt, il alluma la lumière.

— Oh ! pitié, éteins ça, chuchota-t-elle en se couvrant le visage d'un oreiller. Où étais-tu passé ?

— J'étais parti à ta recherche.

À ces mots, elle écarta l'oreiller et se tourna vers lui.

— Pourquoi ? Il me semble que tu m'as demandé de venir dormir chez toi, non ? Aurais-je mal compris ?

— Non, non, pas du tout.

— Alors dans ce cas, éteins cette maudite lumière et laisse-moi tranquille.

Cole exhala un soupir tout en se passant la main dans les cheveux. Tout ce temps perdu à faire des allers-retours entre la ville et la cabane. Et elle était là, dans sa maison, endormie.

Il éteignit le plafonnier et alla s'asseoir sur un coin du lit.

— Tallie ?

— Hum ?

— Ton ami et toi… Est-ce que c'est sérieux ? Je veux dire… Vous sortez ensemble ?

Les secondes passèrent, puis les minutes, et Cole en était déjà à douter qu'elle veuille bien lui répondre quand elle s'assit pour le regarder dans les yeux.

— Tu parles de Stan ?

— De Stan, oui, marmonna-t-il.

— Je te l'ai dit, Stan est un vieil ami. Il est également marié et père de trois enfants. Tu as vraiment une piètre idée de ma personne, pour me poser ce genre de question. Je trouve extrêmement désagréable que tu me prennes pour une menteuse.

— Oh ! tout le monde ment, ou presque.

— Eh bien, pas moi, rétorqua-t-elle en le fusillant du regard.

Cole ne sut quoi répondre. Encore une fois, il aurait mieux fait de se taire.

— Bon, puisque c'est comme ça, je rentre à la cabane, décréta soudain Tallie en repoussant les draps. Je n'aurais jamais dû venir ici.

— Tallie…

— Tu exiges que je vienne m'installer chez toi, ce à quoi je me résous parce que, sans doute avec raison, tu crains pour ma santé et ma sécurité. Mais il est hors de question que je vive sous le même toit qu'un homme qui a un tel mépris pour moi. Tu n'es qu'un snob arrogant, Cole.

Visiblement furieuse, elle se leva pour aller récupérer ses vêtements posés sur une chaise.

— Tu me déçois. Alors surtout, que je ne te voie plus traîner dans mes pattes. J'en ai plus qu'assez que tu me dictes ta conduite avec tes grands airs de despote !

En un éclair, Cole fut près d'elle. Tallie soutint son regard, menton fièrement relevé. Là, dans ses yeux émeraude, il reconnut les flammes de la passion, alors, sans attendre sa permission, il l'emporta dans ses bras et retourna vers le lit.

— Que fais-tu ? s'exclama-t-elle en gigotant. Pose-moi par terre tout de suite !

Il s'exécuta mais, au lieu de tourner les talons et de sortir de la chambre, il entreprit de déboutonner sa chemise de nuit. Et lorsque celle-ci s'échoua à ses pieds, sur le parquet, il lui enleva sa petite culotte. Enfin, elle se retrouva nue devant lui. Cette vision qui, depuis leur rencontre à La Nouvelle-Orléans, ne cessait de le hanter, nuit après nuit, prenait chair, tel un rêve qui se réalise.

Elle était plus belle, plus femme encore que dans ses souvenirs. Manifestement, vivre à la dure dans une cabane de trappeur et travailler des heures entières sous un soleil torride n'avaient eu aucun impact sur sa beauté, non seulement intacte mais décuplée.

Il la désirait, à un point tel que c'en était presque douloureux. Désemparé, il la contempla en silence, incapable du moindre geste.

Soudain, Tallie eut un sourire mutin et entreprit de déboutonner son jean. Alors qu'elle le faisait lentement descendre sur ses hanches, il prit les choses en main pour se libérer au plus vite du vêtement.

Puis il se jeta avec Tallie sur le lit. Captivé par l'odeur de sa peau, il pressa sa bouche contre la sienne tout en se plaçant au-dessus d'elle. Avec la fièvre au corps, l'envie de la faire sienne. De l'aimer comme aucun autre homme, jamais, ne l'avait aimée et ne l'aimerait.

Tallie bougea sous lui. Il se rappelait parfaitement le contact de son corps, ces petits soupirs qui sortaient de sa gorge, ses gémissements. Sa féminité l'avait rendu fou de désir. Et aujourd'hui encore, elle avait le pouvoir de lui faire perdre la raison, comme aucune autre femme avant elle.

Il fit courir sa bouche le long de son cou, lui mordilla le lobe de l'oreille avant de se concentrer sur ses tétons. Tallie lui agrippa alors les cheveux pour le maintenir contre elle, tout en se cambrant sous ses caresses.

Elle était brûlante de désir, et Cole, incapable de résister plus longtemps, la pénétra. Les yeux fermés, il savoura la douceur moite de son corps. Aussitôt, il se mit à aller et venir en elle, puis cessa de penser pour s'abandonner tout entier à la passion.

Son plaisir s'intensifiait à chaque seconde, de longs frissons le parcouraient, il était proche de l'orgasme. Mais il se retira, pour couvrir Tallie de baisers. Il l'embrassa sur le ventre, puis entre les cuisses. Tallie se figea, et un cri s'échappa de sa bouche quand elle jouit. Cole la berça tendrement jusqu'à ce qu'elle reprenne ses esprits.

Puis il revint en elle, et l'emporta une fois de plus jusqu'au plaisir. Ils jouirent ensemble, yeux dans les yeux.

Rabattant les couvertures sur eux, il la serra ensuite contre lui.

Tallie adorait faire l'amour avec Cole. Elle adorait être avec lui, même s'il se montrait parfois un peu trop exigeant, trop autoritaire à son goût, voulant toujours faire à sa manière. Alors oui, elle n'avait aucun mal à s'imaginer avec lui pour longtemps, très longtemps. Le problème, c'est qu'un homme comme Cole Masters ne s'afficherait jamais avec une femme enceinte. Cela ferait voler en éclats sa réputation, son image de play-boy, et la presse people se déchaînerait. Or, elle n'avait pas envie de ça.

Cole consacrait tout son temps à la compagnie familiale et elle-même ne pensait qu'à son travail. Tous deux étaient souvent appelés à se déplacer, à l'autre bout de la planète parfois, et pour plusieurs mois. Lui vivait dans le luxe et les privilèges. Elle menait une existence simple, la plupart du temps les mains dans la poussière. Bref, excepté ce bébé dont il ignorait l'existence, ils n'avaient pas grand-chose en commun.

Elle avait lu un tas d'articles sur lui dans la presse : apparemment, il semblait très attaché à sa liberté et peu disposé à changer de mode de vie. Avoir un enfant pourtant serait un changement majeur. Pour lui comme pour elle.

Il serait bien forcé de composer avec elle, puisqu'elle était la mère de son enfant, mais elle doutait qu'ils puissent s'entendre. Elle ne supportait pas qu'on lui donne des ordres, qu'un homme lui dicte sa conduite. Elle était farouchement indépendante et lui, trop possessif, trop protecteur. Deux caractères incompatibles.

Dans la pénombre, blottie contre lui, Tallie comprit que la situation était sans espoir. Inutile de rêver d'une vie de couple, d'une vie de famille avec Cole Masters.

Elle ferma les yeux, au bord du désespoir. Alors qu'elle

était encore brûlante du plaisir que Cole lui avait donné, elle se fit une promesse. Puisqu'il en était ainsi, elle se contenterait de ce qu'il voulait bien lui offrir. Elle l'aimerait, sans rien attendre en retour que de trop rares étreintes.

Hélas, au lieu de l'aimer, sans doute allait-il bientôt la maudire et entrer dans une colère folle quand il saurait, pour le bébé.

Tallie tressaillit, glacée soudain à cette perspective. Si au moins elle parvenait à arracher à cette terre les preuves de l'existence de la tribu de ses ancêtres, elle partirait sans perdre une minute. Et surtout, sans rien lui dire.

- 12 -

Tallie avait redouté un moment de faire l'amour avec Cole tant elle restait attachée au souvenir de leurs étreintes, à La Nouvelle-Orléans. Elle s'était toujours demandé si l'atmosphère de Big Easy, ses cocktails surtout, pouvait avoir faussé sa perception de la réalité.

À présent, elle savait à quoi s'en tenir. La passion entre eux avait atteint des sommets, la nuit dernière. Le plaisir avait été au rendez-vous, plus puissant encore que la première fois. Car, cette fois, elle n'avait pas ressenti cette sourde appréhension à se donner à un parfait inconnu.

Pourtant, il était si fort, si beau que le danger était grand pour elle de s'incliner devant lui pour faire ses quatre volontés.

Elle soupira. Pourquoi n'était-il pas comme les autres ? Un homme amateur de bière, pas de ce whisky de cent ans d'âge. Un homme qui regarde le sport à la télévision, pas depuis une loge VIP, dans un stade. Un homme qui se rend chaque jour à son travail en voiture, pas en hélicoptère. Mais non, monsieur était milliardaire et, à vrai dire, sa richesse, son pouvoir la mettaient profondément mal à l'aise.

Cole ne serait jamais un homme comme les autres. Il garderait un ego surdimensionné, ne perdrait jamais son arrogance, attendrait toujours que les moins bien lotis que lui se plient à ses ordres.

La vie est trop courte pour en faire un enfer. Tallie savait de quoi elle parlait, ayant vécu huit longs mois avec John, qui présentait à peu de chose près les mêmes qualités. Plus exactement, les mêmes défauts.

Car au bout du compte, John l'avait trompée, faisant voler en éclats son cœur et sa fierté. Pas question de revivre le même scénario, surtout avec Cole. Car elle était sûre d'une chose, si elle baissait sa garde, l'amour que Cole lui inspirait ne ferait que s'approfondir. Et lorsqu'il la quitterait — car il la quitterait —, elle pourrait bien ne jamais s'en remettre.

Perdue dans ses pensées, elle s'habilla et descendit. Aucun signe du maître des lieux. Attirée par des odeurs alléchantes, elle se rendit dans la cuisine, où elle fut accueillie par Martha, la domestique qui travaillait avec André, le chef de la maison.

— Si vous souhaitez parler à Cole, il est allé à l'écurie.

— Merci, répondit Tallie.

Pourquoi n'irait-elle pas y faire un tour, avant de se rendre sur le site des fouilles ? Un mug de thé à la main, elle sortit, passant par-derrière pour rejoindre l'immense bâtiment qui abritait les chevaux du ranch des Masters. Tallie adorait les chevaux. Elle avait eu sa propre monture, adolescente, mais avait dû la vendre quand elle était partie faire ses études.

Elle aperçut Cole un peu plus loin, en pleine discussion avec un homme tenant un bébé dans ses bras. Ne voulant pas les interrompre, elle passa devant eux et s'enfonça dans l'écurie, s'arrêtant ici et là pour regarder les chevaux, dans leur box. Des bêtes exceptionnelles.

— Tallie ! l'appela Cole. Viens. Je voudrais te présenter quelqu'un.

Comme elle s'avançait, il vint à sa rencontre, glissa même son bras autour de ses épaules.

— Tallie, voici Chance, mon frère. Chance, le Dr Finley.

— Heureux de faire votre connaissance, dit Chance, main tendue.

— Ravie également.

— Et cette jeune fille, dans mes bras, c'est Emma. La nièce de mon épouse, que nous élevons comme notre propre enfant.

— Hello, Emma…, chuchota Tallie.

La fillette, adorable, lui répondit avec un large sourire.

— Et où vous êtes-vous rencontrés, tous les deux ? demanda Chance, après avoir embrassé Emma sur le front.

— À La Nouvelle-Orléans, répondit Cole. Il y a un peu plus de cinq mois maintenant.

— Oh ! si longtemps ? répondit Chance, vaguement narquois. Voilà qui est encourageant…

— Lorsque tu trouves ce que tu cherches, inutile de perdre ton temps ailleurs, non ?

Tallie en resta bouche bée. Car Cole venait de mentir sous ses yeux de manière éhontée à son frère. La seule chose vraie dans son histoire, c'était leur rencontre à La Nouvelle-Orléans. Tout le reste était faux. Cole Masters pouvait avoir toutes les femmes qu'il désirait, quand il le désirait. Pour quelle raison voudrait-il plus, avec elle ? Une vraie relation par exemple, pas uniquement basée sur le sexe.

Elle se prit à rêver, regrettant que les choses ne soient pas différentes entre eux. Comme elle aurait aimé que Cole tombe amoureux d'elle et l'épouse, juste pour ce qu'elle était. Elle aurait fait une Cendrillon parfaite. Une Cendrillon enceinte, certes. Mais cela n'arriverait pas ; elle ne croyait plus aux contes de fées depuis longtemps.

— Hello, Cole ! lança une jeune femme ravissante qui venait à leur rencontre sur un magnifique étalon gris pommelé. Même quand tu restes au ranch, je n'arrive jamais à te voir, ajouta-t-elle avant de se jeter dans les bras de Cole.

— Il faut croire que c'est ton jour de chance, la taquina celui-ci.

— Tu n'es qu'un idiot prétentieux.

— On m'a déjà fait le compliment, merci…, répondit Cole en riant. Holly, je te présente le Dr Tallie Finley. Elle est archéologue et procède actuellement à des fouilles sur ces terres que j'ai acquises, il y a quelques années.

Holly lui fit face avec un large sourire.

— Oh… Heureuse de vous rencontrer.

— Tallie, reprit Cole voici Holly Masters, la femme de Chance…

— Qui va se dépêcher de raccompagner son cheval dans son box, acheva Chance avec fermeté.

Holly leva aussitôt les yeux au ciel.

— Je ne sais pas combien de temps vous passerez ici, dit-elle alors à Tallie, mais vous devriez rapidement vous rendre compte que les frères Masters adorent régenter leur petit monde. Et en y réfléchissant bien, il en a toujours été ainsi.

Puis elle se tourna vers son mari.

— Je conduirai cette superbe monture dans son box dès que je serai revenue de ma balade, mon chéri.

Avec un sourire, Chance attira sa femme entre ses bras.

— Nous venons juste d'apprendre que Holly est enceinte. Et le médecin a été formel : pas d'équitation jusqu'à la naissance du bébé. Mais difficile de faire entendre raison à certaines futures mamans aussi têtues que des mules.

— Félicitations, dit Tallie. À vous deux. C'est merveilleux.

— On va avoir un bébé, chantonna à ce moment Emma.

— Nous avons emménagé il y a peu dans notre nouvelle maison, sur la propriété. Si le cœur vous en dit, venez nous rendre une petite visite.

— Avec joie. Merci, répondit Tallie, touchée par l'invitation.

Cole lui prit alors la main, et lorsqu'ils eurent dit au

revoir à son frère et à son épouse, ils reprirent le chemin de la maison.

— Je suis contente d'avoir pu faire la connaissance de tes frères. Tu as une grande et belle famille. Et vous semblez très proches…

— Tu parais surprise.

— Non, pas du tout.

— Nous n'avons que très rarement l'occasion de nous croiser, tous les trois. Ainsi que Holly te l'a expliqué, ils ont fait construire sur la propriété, à environ huit kilomètres d'ici. Cette maison-ci, c'est mon père qui l'a construite de ses mains pour ma mère, à l'époque. Membre des Forces spéciales, Chance était rentré au ranch en convalescence, suite à une blessure, quand il a commencé à fréquenter Holly. Il n'est plus jamais reparti. Il s'occupe maintenant des investissements du ranch. Avec talent. Depuis qu'il est aux commandes, les bénéfices atteignent des records.

— Et Wade ? Il vit ici, lui aussi ?

— Wade vit dans la résidence familiale, à Dallas. Il gère le secteur des relations publiques de la compagnie. Comme un chef, je dois l'avouer.

— Et toi ?

— Eh bien, moi, je vis un peu partout, là où mon travail m'appelle.

— Donc, tu m'as dit la vérité, cette nuit-là, à La Nouvelle-Orléans.

— Bien sûr, répondit-il en riant. En grande partie. Je n'ai jamais passé une seule nuit sous un pont, je l'avoue.

— J'ai pensé que tu étais en difficulté, que tu traversais une mauvaise passe…

— Ce n'était pas vraiment le but recherché. Mais la soirée s'est plutôt bien terminée, non ?

— Je vais par là, dit-elle en s'éloignant, ignorant délibérément sa question.

— Pourquoi ne confies-tu pas ces recherches à

quelqu'un d'autre ? Tu es fatiguée, Tallie, c'est évident. Tu as besoin de repos.

— Bien sûr, je ne me plaindrais pas si j'avais de l'aide. Mais ces fouilles sont les miennes, Cole. J'ai fait le serment à ma grand-mère de tout faire pour trouver la preuve de l'existence de cette ancienne tribu. C'est mon devoir. Mais j'ai pris une décision. Je travaillerai moins longtemps et éviterai les heures les plus chaudes. Je vais faire attention, pourtant je ne peux pas renoncer, non. Je dois absolument trouver ce que je cherche…

Mais que cherchait-elle, au juste ?

Elle crut un instant que Cole allait protester, mais il ne dit rien en fin de compte, ce dont elle lui fut reconnaissante.

— Bien, alors à plus tard… ? fit-il.

— J'y compte bien.

Une semaine après, Tallie finissait juste son thé matinal — qu'elle continuait à prendre sous le porche de la cabane de trappeur, même si elle vivait maintenant sous le même toit que Cole — lorsqu'un van approcha, sur la piste.

Si le conducteur resta au volant, quatre jeunes femmes descendirent bientôt du véhicule pour se diriger vers elle, une expression de joie presque puérile peinte sur leur visage. Avant que Tallie puisse leur demander qui elles étaient et la raison de leur présence sur le site, Cole arriva avec son pick-up, dont il sortit, tout sourire.

Bien. Apparemment, Cole Masters était derrière tout cela. Qu'avait-il inventé, aujourd'hui ? se demanda-t-elle, résignée.

— Bonjour, docteur Finley, dit-il, avant de se tourner vers les jeunes femmes. Les présentations ont été faites ?

— Pas encore, répondit Tallie, sur ses gardes.

— Allons-y. Voici Carolyn Hicks, Amy Knell, April Hastings et Kathy Brown. Toutes les quatre étudiantes dans différentes universités de la région, futures diplômées d'anthropologie et d'archéologie.

Et sur ces paroles, Cole arbora un sourire victorieux qui la fit frissonner.

— Ces demoiselles ont postulé pour des stages, cet été, dans plusieurs musées du Texas. Malheureusement, leur demande n'a pu aboutir. Raison invoquée : restrictions budgétaires. J'ai donc eu l'idée de corriger cette injustice et les voici ! Impatientes de se mettre au travail. De gratter la poussière et de transpirer sous le soleil à tes côtés, conclut-il avec une note d'ironie.

Puis il se tourna vers les étudiantes.

— Je vous présente le Dr Finley, votre directrice de stage, en quelque sorte.

La surprise passée, Tallie fit face aux quatre jeunes femmes.

— Est-ce que l'une d'entre vous a déjà une petite expérience du terrain ?

Toutes levèrent aussitôt la main, sauf une qui se fit toute petite.

— Bien, tout ce que je vous demande, c'est de procéder avec le plus grand soin dans vos recherches. Pour le reste, au moindre problème, n'hésitez pas à m'interroger. En tout cas, bienvenue. Et merci à toutes. Car j'ai vraiment besoin de votre aide.

Les jeunes femmes, radieuses, hochèrent la tête, manifestement ravies de cet accueil.

— Vous trouverez dans le coffre de ma voiture l'équipement nécessaire. Prenez chacune une pelle, un râteau et des pinceaux, un petit et un grand. Le site se trouve juste là. Vous pouvez commencer tout de suite, je vous rejoins dans quelques minutes. Une bouteille d'eau pour tout le monde ?

Les quatre étudiantes acquiescèrent, deux d'entre elles

déjà rouges à cause du soleil, brûlant à cette heure de la journée.

— Bien. Au travail ! lança Tallie avant de se tourner vers Cole. Je n'arrive pas à croire que tu aies fait ça…

— Quoi ? Tu veux que je leur demande de repartir ? Tu n'as pas besoin de leur aide ?

— Non, enfin si, bien sûr. Elles semblent motivées. Je me rappelle, j'avais à peu près le même âge quand j'ai fait mes premières fouilles. En tout cas, merci, Cole… Merci infiniment.

Et elle se précipita pour le serrer dans ses bras.

Il la berça avec tendresse, avant de la lâcher pour la regarder, une lueur espiègle dans les yeux.

— C'est avec plaisir, répondit-il en lui tendant une enveloppe. Tu trouveras à l'intérieur toutes les informations relatives au cursus de chacune de ces demoiselles. Je me charge de leur trouver un logement et d'assurer leurs repas.

Pour la première fois depuis bien longtemps, Tallie en resta sans voix.

— Tallie ? Ça va ?

— Pourquoi fais-tu tout ça, Cole ?

— Eh bien… Disons que j'aimerais récupérer au plus vite mon bout de terrain.

— Mais tu es allé chercher ces étudiantes. Tu les as embauchées… Tout cela doit valoir une fortune.

— Oh ! ce n'est pas grand-chose. Et puis, j'ai envie de faire ça pour toi, Tallie, vraiment. Considère cela comme un cadeau. Je veux que tu trouves ces vestiges. Je veux te voir sourire lorsque tu me montreras la toute première preuve de l'existence de la tribu de tes ancêtres…

Et il lui sourit, comme un enfant qui se réjouit de la bonne surprise qu'il vient de faire.

— À ce soir, murmura-t-il, je passerai te prendre…

À l'ombre du vieux chêne, elle le regarda s'éloigner à

bord de son pick-up. Une chose était sûre, si elle rêvait, elle ne voulait plus jamais se réveiller.

Mais elle n'était pas ici pour rêvasser. Appelant les jeunes femmes, déjà le nez dans la poussière, elle les réunit pour leur expliquer exactement ce qu'elles devaient chercher. Les indices de la présence d'une tribu amérindienne remontant à plusieurs milliers d'années.

— Fragments de parures de cérémonies diverses, poteries, entières ou tessons. Surtout, faites bien attention au moindre objet qui vous semblerait fait par la main de l'homme. Il se peut également que vous trouviez, incrustées dans le sol, des empreintes de graines, de plantes ou de bulbes. J'ai délimité deux grilles de recherches. Procédez par groupes de deux. Et si vous découvrez quelque chose de suspect, mettez-le de côté, je l'examinerai. Bien, des questions ?

Les questions fusèrent et Tallie s'efforça d'y répondre au mieux, puis elle laissa les filles à leur tâche et, de son côté, se rapprocha de la falaise. Armée de jumelles, elle scruta une nouvelle fois la paroi, cherchant entre les rochers un signe, l'ombre d'une grotte ancienne. Elle s'arrêta un moment sur cette zone qu'elle avait déjà repérée, la semaine passée, en se disant que cela vaudrait peut-être la peine d'y aller voir de plus près. Sauf que, dans son état, faire de l'escalade n'était pas vraiment conseillé.

À l'aide de piquets et de ficelle, elle délimita une nouvelle section de recherches et se mit au travail. Et comme d'habitude, elle finit par perdre toute notion du temps.

Il était près de 14 heures quand un fort coup de klaxon la fit sursauter. Tournant la tête, elle vit arriver un bus. Non, plus exactement un camping-car. XXL. Suivi d'une voiture. Les deux véhicules se garèrent à côté de la vieille cabane. Tallie se releva. Cole avait dit qu'il s'occupait du logement de ses assistantes. Il avait tenu parole.

— Ohé, les filles ! Je m'absente quelques minutes. Je

reviens dès que possible. Faites donc une pause et, surtout, n'oubliez pas de vous hydrater !

Puis Tallie courut en direction du camping-car, arrivant sur place juste au moment où le chauffeur, un homme d'une cinquantaine d'années, en descendait.

— Bonjour ! lança-t-il sur un ton enjoué. Vous êtes le Dr Finley ?

— Oui, c'est moi.

— Je me présente, Clay de l'enseigne « Camping-Cars de l'Extrême », Dallas. Si cela ne vous ennuie pas, je dois faire le tour de l'engin avec vous. Si tout est OK, je vous demanderai de signer le document de livraison du véhicule. C'est la règle. Mais d'abord, il faut que je gare le monstre à sa place. Est-ce que je le laisse ici ou voulez-vous que je le déplace ?

— Non, non, c'est parfait, laissez-le là.

— Comme vous voulez. Je dois régler deux ou trois choses, la mise en place de la cabine de douche, de la télévision et de toutes sortes d'options. Ensuite, je vous accompagnerai pour faire le tour du propriétaire.

Une demi-heure plus tard, Clay l'appelait pour l'inspection finale.

— Excusez-moi, m'dam, dit-il en se grattant le menton. Cette rivière, là-bas, vous savez s'il y a du poisson dedans ?

— Je pense que oui, répondit Tallie. Mais je vous en prie, allez donc vérifier par vous-même, si vous voulez.

— Oh ! merci. Je vais y aller faire un tour pendant que vous regardez le véhicule.

Jamais elle n'aurait imaginé qu'il puisse exister un camping-car doté d'une surface habitable aussi importante. Et quel luxe, à bord ! Il y avait une grande chambre, plus deux plus petites, deux salles de bains, plusieurs postes de télé par satellite, dont une dans le salon et l'autre dans la grande chambre. Clay avait déjà mis en marche la climatisation, un vrai bonheur ! La cuisine était entièrement équipée, avec comptoir en marbre. Il y avait même un lustre dans le salon. Bref, Cole n'avait pas fait les choses à moitié. Bien sûr.

Comme elle sortait de ce véritable palace sur roues, une autre voiture s'arrêta devant elle et un homme en sortit, avec des boîtes à pizza et un pack de cannettes de soda dans les mains.

— Docteur Finley ?

— Oui ?

— Voici de quoi vous alimenter. Où dois-je déposer tout ça ?

— Dans l'immédiat, posez tout sous le porche, merci.

— Entendu, m'dam…

Tallie retourna auprès des étudiantes pour leur annoncer que le repas était servi. Elles regagnèrent toutes ensemble la cabane et s'installèrent pour pique-niquer.

— Lorsque vous aurez terminé, je vous invite à visiter votre nouvelle maison, dit Tallie.

Aussitôt, oubliant leur faim et leur soif, les filles se précipitèrent dans le camping-car, riant et poussant des cris de joie face à tant d'opulence.

Malgré la bonne humeur ambiante, Tallie sentit son cœur se serrer. À quoi devait-elle s'attendre à présent, de la part de Cole ?

Une fois les papiers du camping-car signés, elle prit la voiture pour se rendre à la propriété. La porte n'étant pas fermée à clé, elle entra et se dirigea vers le bureau, attendant dans le couloir que Cole termine au téléphone, malgré ses grands gestes pour lui faire signe d'approcher. Lorsqu'il raccrocha, elle remarqua tout de suite cette lueur de malice dans ses yeux couleur ambre.

— Le camping-car vient juste d'être livré, dit-elle, bras croisés, un peu mal à l'aise soudain. Merci.

— Avec plaisir. Les filles auront ainsi un toit au-dessus de la tête, jusqu'à la fin des fouilles. J'ai l'intention d'en faire don au musée, après ton départ. Ils en feront ce que bon leur semble, je m'en moque.

— Mais…

— Il n'y a pas de « mais » qui tienne. Le camping-car est destiné aux étudiantes. Un vigile montera la garde, chaque nuit, sur le site. La criminalité dans la région est l'une des moins importante du Texas, mais on ne sait jamais. Tu peux bien sûr continuer à résider ici, à la maison. Tu as besoin de repos et je doute que tu puisses le trouver en restant avec ces quatre jeunes filles. À leur âge, on se couche rarement avant 1 heure du matin.

Un long silence s'ensuivit. Tallie était immobile, comme hypnotisée par l'éclat de son regard.

Puis il approcha son visage du sien et l'embrassa. Elle l'entendit soupirer quand il enfouit les mains dans ses cheveux. Et lorsqu'elle tressaillit à son contact, son baiser prit une tournure plus ardente. Plus sensuelle.

Elle ferma les yeux, se sachant d'ores et déjà perdue. Enveloppée par les effluves de son eau de toilette, elle sentit ses bras puissants se refermer autour d'elle, comme s'il redoutait qu'elle veuille lui échapper. Mais elle n'irait nulle part, elle en serait bien incapable, subjuguée qu'elle était par les assauts de sa bouche, de sa langue dansant avec la sienne.

Déjà ivre de sensations, elle l'agrippa par le col de sa chemise et l'attira contre elle, plus près encore, comme si pour eux, la seule relation possible était un corps à corps. Cette pensée eut sur elle l'effet d'une douche froide. Elle s'arracha à ses lèvres, à ses bras, mettant brutalement un terme à leur baiser.

Une relation avec Cole lui serait fatale. Déjà, ils étaient allés trop loin, Cole avait pris une trop grande place dans son cœur. Elle courait droit à la catastrophe, car forcément, un jour, il se lasserait d'elle et disparaîtrait de sa vie.

— Non, je ne peux pas, chuchota-t-elle, lui résistant

alors qu'il tentait de la prendre à nouveau entre ses bras. Il faut que je retourne sur le site…

Elle lui tourna le dos et sortit du bureau sans se retourner.

— Tallie, attends !

Mais elle ne s'arrêta pas, ne ralentit même pas le pas. Si troublée fût-elle, elle ne pouvait pas se laisser entraîner dans une liaison avec cet homme — et tant pis si son corps en mourait d'envie. Encore bouleversée, elle tremblait après ce baiser brûlant tandis que le désir faisait rage en elle. Pourtant, non, elle ne se laisserait pas piéger une fois de plus.

Le temps de retourner sur le site, elle réussit tant bien que mal à retrouver le contrôle de ses émotions. Elle devait se concentrer sur les raisons de sa présence ici. Travailler plus, plus vite, de manière à pouvoir repartir au plus tôt de cet endroit, loin de Cole. Avant de se retrouver obligée de lui dire, pour le bébé, et de subir sa colère.

Vers 16 heures, elle invita sa petite troupe à arrêter le travail, la température frôlant alors les 40 °C. Les filles avaient grand besoin de souffler et elle, la première. Par deux fois, elle avait marché sur des ronces, s'écorchant le pied gauche, et à force de travailler à genoux, elle avait mal au dos.

Après avoir jeté quelques affaires dans son sac à dos, elle prit la direction de la maison. Un quart d'heure plus tard, elle avait mis une lessive en route, et passait à la cuisine pour emporter un verre de thé glacé et quelques biscuits.

Rêvant d'une douche, elle ne trouva pourtant pas le courage d'en prendre une et se rendit directement dans la chambre, à l'étage. Là, elle posa les biscuits et le thé sur la table de chevet et s'allongea, avec l'intention de se détendre quelques minutes. Mais à peine couchée, elle sombra dans un sommeil profond.

- 13 -

Lorsque Tallie rouvrit les yeux, il faisait nuit. À la lueur de la lune, elle reconnut le mobilier autour d'elle et devina l'embrasure de la porte menant à la salle de bains attenante. Repoussant les couvertures, elle se leva pour s'y rendre, mourant d'envie de se plonger dans l'immense baignoire et de laisser les jets lui masser le dos, les jambes, tout le corps qu'elle avait meurtri, moulu.

Elle venait juste de tourner le robinet quand elle entendit frapper à la porte de la chambre. Elle alla aussitôt ouvrir, se retrouvant nez à nez avec Cole.

— J'ai vu de la lumière. Tout va bien ? Tu n'as besoin de rien ?

— Non, merci, répondit-elle, retournant à la salle de bains. Je vais bien. Je viens juste de me réveiller et j'avais envie de prendre un bain…

Et sans même y penser, elle commença à retirer son T-shirt, avant de se figer. Cole était toujours là, dans la chambre, en train de la regarder. Ne comprenant visiblement pas qu'elle souhait rester seule.

— Puis-je t'emprunter un autre T-shirt ? Mes vêtements sont dans le lave-linge.

— Bien sûr, répondit-il, avant de s'éclipser.

Jamais Tallie ne l'admettrait, mais elle préférait amplement rester ici, chez lui, que dans le camping-car, en compagnie de quatre jeunes étudiantes surexcitées et bavardes. Si elle leur était reconnaissante pour leur aide, elle avait besoin de silence et de calme.

Une fois immergée dans une eau moussante et parfumée, elle laissa échapper un long soupir de bien-être et prit le temps d'apprécier ce moment de paix. Puis elle se lava avec soin les cheveux, terriblement malmenés par ces fouilles entre la poussière et la transpiration.

Une demi-heure plus tard, comme régénérée, elle sortit de la baignoire et attrapa une serviette. Elle était en train de s'essuyer quand, à nouveau, on frappa à la porte de la chambre. Nouant le drap de bain autour d'elle, elle alla ouvrir et trouva Cole au garde-à-vous, un T-shirt bleu marine à la main.

— Ah. Merci !

Mais comme elle se penchait pour le prendre, elle sentit le drap de bain glisser dangereusement sur ses seins et le rattrapa de justesse.

Puis elle regarda Cole. Il ressemblait à un preux chevalier du temps des croisades, avec sa peau bronzée et ses cheveux décolorés par le soleil. Elle baissa les yeux sur sa chemise entrouverte et, ne se souciant plus de retenir le drap de bain autour d'elle, finit par poser les mains sur son torse. Il promena son regard brûlant sur elle, à présent totalement nue. Un regard qui la fit frémir jusqu'à l'âme.

La seconde d'après, elle rougit face à l'évidence de son désir. Manifestement, il avait envie d'elle autant qu'elle de lui. En toute objectivité, Cole était un bel homme. Et il était brillant. Riche. Et c'était un amant hors pair.

Elle recula d'un pas et il avança d'autant, ce petit manège les menant tous deux au pied du lit. Dans le silence le plus parfait, il glissa une main sur sa nuque et l'attira tout contre lui, avant d'approcher son visage du sien pour l'embrasser. Et mon Dieu, quel baiser, fiévreux, passionné !

Il prit son visage entre ses mains et lia sa langue à la sienne, prenant tout son temps, comme si ce moment devait durer toute la vie. Il avait un goût de vin, une petite saveur de menthe. Et surtout, il était brûlant, consumé par un désir incroyable. Il se pressa contre elle et elle sentit ses mains lui agripper les hanches. Puis il se mit à bouger contre elle, encore et encore, mettant le feu en ces endroits où, avant lui, elle n'imaginait même pas que le désir puisse se loger.

Soudain, il la fit se retourner et la plaqua contre le mur, son corps l'écrasant presque. Puis il laissa échapper un gémissement, tout en se frottant à elle, de manière qu'elle sache combien il la désirait, avant de s'écarter.

Tallie ne put réprimer un soupir de frustration. Elle lui fit face et voulut l'attraper par les pans de sa chemise. En vain. Il rit doucement en voyant son désarroi, puis il retira sa chemise et revint se coller à elle. Tallie aussitôt s'attaqua à sa ceinture.

Cole n'avait rien prémédité. Ce n'était pas son intention à l'origine, de rester planté là, sur le pas de la porte, avec ce T-shirt. Mais, malheur à lui, il avait été comme pétrifié, subjugué par la beauté de Tallie.

Une fois de plus, il n'avait pu s'empêcher d'admirer la perfection de ses courbes, la volupté de ses formes. C'était comme regarder la nature dans ce qu'elle avait de plus pur, de plus beau.

Si elle avait d'abord été surprise de le trouver dans sa chambre, elle avait soudain changé d'attitude. Le désir avait éclairé ses yeux d'un vert profond, et Cole était resté. Comment aurait-il pu faire demi-tour, alors que jamais il n'avait autant désiré une femme ?

Son corps était encore chaud après le bain. Sa peau, plus douce que la soie, avait cette saveur si particulière, le goût des baies sauvages que l'on trouve au pied des grands pins et des vieux chênes.

Tout en la dévisageant, il avait senti sa gorge se nouer et une passion brute, absolue, l'avait alors submergé, ravivant aussitôt ce désir qu'il avait d'elle en permanence.

Elle était là devant lui, les yeux clos, bouche entrouverte, ses lèvres rose sang encore pleines de son baiser. Il s'était penché sur son corps tiède et palpitant, traçant sur sa peau un chemin ardent du bout de la langue, depuis le creux de sa gorge jusqu'à l'arrondi de son épaule. Plus rien n'importait pour lui que cette femme, ce corps de rêve.

Après… Eh bien, Tallie avait posé les mains sur sa ceinture, tremblante et malhabile. Il s'était donc empressé de voler à son secours, défaisant sa ceinture et faisant descendre son jean sur ses hanches, juste ce qu'il fallait. Puis il s'était collé à elle, promenant les mains sur son dos, ses reins et plus bas encore. Enfin, il l'avait soulevée contre le mur, si délicate, si légère, avant de plonger en elle. Elle avait laissé échapper un gémissement, une sorte de petit cri, juste avant d'enrouler les jambes autour de sa taille, avec un soupir d'extase…

Et ils en étaient là, peau contre peau, leur corps ne faisant qu'un, lui tout près de perdre le contrôle.

— Je… Je ne peux pas attendre, haleta-t-il contre sa bouche.

— Alors, n'attends pas, gémit-elle.

Il revint en elle et, durant cet assaut, Tallie s'accrocha à ses épaules, avant de l'embrasser. Grisé par les sensations inouïes qui l'assaillaient, Cole allait et venait en elle, encore et encore. Soudain, elle rejeta la tête en arrière, emportée par l'orgasme. À cet instant, il faillit s'abandonner, mais il tint bon, soucieux de lui donner plus de plaisir encore. Il n'en avait pas fini avec cette femme qui, un beau soir, loin d'ici, avait surgi dans sa vie.

Ses jambes toujours nouées autour de ses hanches, il l'emporta jusqu'au lit, l'allongea sur les draps blancs, sans jamais interrompre la chaleur, la douceur de ce contact entre eux.

— Tallie, murmura-t-il, le souffle court.

Elle était comme une poupée de chiffon, le corps alangui, mais elle parvint à rouvrir les yeux et réussit même à lui sourire. Il prit alors sa main dans la sienne et baisa chacun de ses doigts.

— Je veux plus, Tallie… Je veux tout de toi…

Elle le regarda avec une gravité soudaine et hocha doucement la tête, approchant son visage du sien pour lui offrir un baiser ardent. Un baiser qui le bouleversa, cœur et âme.

S'arrachant à ses lèvres, il l'embrassa dans le cou, sur les épaules, avant de glisser jusqu'à ses seins. Là, il pétrit le premier d'une main et dévora le second avec avidité, presque frénétiquement.

Tout en le suppliant, Tallie se cambra pour venir à sa rencontre, et Cole sut que le moment était venu. Il ne tiendrait plus longtemps. Sans détacher sa bouche de la sienne, une main enfouie dans ses longs cheveux noirs, il accéléra la cadence. Toujours plus loin, toujours plus fort, comme s'il voulait se fondre en elle, se perdre en elle.

Il ferma les yeux, s'enivra de son parfum, mélange de lavande et de sauge. Un vrai délice. Puis elle changea de position et il comprit tout de suite ce qu'elle attendait de lui. Ce qu'elle voulait. Il la sentit se figer, puis un cri s'échappa de sa gorge quand le plaisir déferla sur eux et les emporta jusqu'au ciel, ensemble cette fois.

Une éternité plus tard, à bout de souffle, il s'écroula à côté d'elle, ramenant la couverture sur leurs corps enlacés et transis. Elle vint aussitôt se blottir contre lui et, lorsqu'il referma les bras autour d'elle, il s'abandonna à une sensation, une émotion qu'il n'avait jamais connue. Un état de félicité, de sérénité absolue et que Tallie seule semblait en mesure de lui offrir.

*
* *

Le lendemain matin, Cole s'éveilla avec le souvenir de chaque détail de leurs étreintes inscrit comme au fer rouge dans sa mémoire. Tallie dormait encore, tête sur son épaule, ses longs cheveux déployés sur son torse. Tellement belle. Tellement passionnée. Avec sa force et sa volonté, elle avait réussi l'exploit de l'emporter là où elle seule le pouvait, toujours à l'extrême limite.

En réalité, ce qui se passait entre eux allait au-delà du sexe, et même de la passion. Faire l'amour avec Tallie avait quelque chose de transcendant. À cette pensée, il sentit le désir l'assaillit de nouveau. S'il le pouvait, il resterait des journées, des nuits entières dans ce lit avec elle.

Jamais avant Tallie il n'avait éprouvé ce besoin permanent de respirer le même air que sa conquête, de sentir la chaleur de sa peau minute après minute, comme un élément essentiel à sa vie. À sa survie.

Malheureusement, les affaires l'attendaient. Quant à Tallie, elle devait continuer ses fouilles. Il se leva en prenant bien soin de ne pas la réveiller, et sortit de la chambre sur la pointe des pieds.

Lorsque Tallie se réveilla, elle était seule dans le lit. Aussitôt, elle sourit. Cole l'avait tenue dans ses bras tout au long de la nuit. Et elle n'avait pas aussi bien dormi depuis une éternité. Peut-être depuis La Nouvelle-Orléans.

Le soleil commençait juste à poindre à l'horizon quand elle se rendit dans la salle de bains. Elle ne s'attendait pas à passer la nuit avec Cole mais, à vrai dire, elle n'avait aucun regret. Au contraire, même. Cole était un amant exceptionnel.

Elle se glissa sous la douche, soupirant de plaisir au contact de l'eau chaude sur son corps, tressaillant au souvenir de ces étreintes passionnées et du plaisir inouï qu'il lui avait donné.

Alors qu'elle sortait de la douche, elle fut prise de nausées. Il ne lui restait plus qu'à attendre que ça passe. Elle attrapa une serviette, tremblante, avant de se diriger vers le lavabo, avec l'intention de se laver les dents.

— Tu veux que j'appelle le médecin ? demanda Cole qu'elle n'avait pas vu entrer.

Il la dévisageait, une ride entre les sourcils, manifestement inquiet.

— Non, non, c'est juste…

— Écoute, Tallie, arrête de me raconter des histoires. Après tout ce temps, il ne peut pas s'agir d'un virus. Je veux savoir ce qui se passe…

Elle devait lui dire. Continuer à lui cacher la vérité serait malhonnête et ne ferait sans doute qu'aggraver les choses. Si elle persistait à garder le secret, il pourrait penser qu'elle cherchait à le piéger. Et s'il la détestait parce qu'elle portait son enfant, alors qu'il en soit ainsi.

— Cole, je dois t'avouer quelque chose, chuchota-t-elle en lui faisant face. J'ai très peur de te le dire, mais je refuse de continuer à vivre dans le mensonge. En réalité, je souffre de simples nausées matinales, dues à mon état. Je suis enceinte.

Un lourd silence s'ensuivit, presque assourdissant. Cole la fixa, cherchant sans doute à déceler dans ses yeux un signe montrant qu'elle plaisantait. Puis elle vit sa pomme d'Adam exécuter un petit rebond quand il déglutit.

— Tu es en train de me dire que… Que tu es enceinte et que c'est moi le père ?

— Oui. C'est arrivé suite à notre rencontre, à La Nouvelle-Orléans.

Il était blême à présent, et s'éloigna de quelques pas, comme s'il ne supportait plus de la voir.

— Impossible.

— Je peux t'assurer du contraire.

À nouveau, un long silence s'installa, puis il revint se planter devant elle, mains sur les hanches.

— Ça s'est passé il y a plus de cinq mois. Et c'est seulement aujourd'hui que tu me le dis ?

— Il y a encore deux mois, je ne savais même pas qui tu étais. Après, je ne savais pas comment te l'annoncer.

Il hocha doucement la tête, le regard noir.

— Et que veux-tu exactement, Tallie ?

Elle frissonna, glacée jusqu'au sang par sa froideur.

— Rien, répondit-elle. Je ne veux rien.

Puis, le cœur au bord des larmes, elle trouva le courage de soutenir son regard. Et maintenant ? Qu'allait-il décider ?

— Puis-je savoir quand tu avais prévu de me le dire ?

— Je n'en sais rien.

— Comment ça ? s'exclama-t-il alors avec colère, la faisant sursauter.

— Je savais qu'à la seconde où je te le dirais tu m'accablerais de reproches et m'accuserais de… De toutes sortes d'horreurs. D'avoir prémédité cette grossesse. De t'avoir piégé. D'en vouloir à ta fortune… Et ça, je ne pouvais pas le supporter…

Elle détourna les yeux pour ne pas pleurer.

— Est-ce la vérité, Tallie ? Cette nuit à La Nouvelle-Orléans, tu avais tout prémédité ?

À nouveau, elle le regarda, incapable désormais de refouler ses larmes. Comment Cole pouvait-il seulement lui poser cette question ?

— Rien de tout cela n'était prévu. Je venais juste d'avoir mon diplôme et je m'apprêtais à entamer la carrière dont j'avais toujours rêvé. Alors non, tomber enceinte ne faisait vraiment pas partie de mes projets.

Il secoua la tête et fixa le sol à ses pieds, comme si la réponse était là, sous ses yeux.

— Ce n'est pas possible, tu le sais. Quelle que soit

ta détermination, je resterai ferme, Tallie. Tu n'es pas la première et tu ne seras sans doute pas la dernière à vouloir me mettre devant le fait accompli. Mais ça ne marche pas.

Tallie comprenait parfaitement à quoi il faisait allusion. Pour lui, elle se servait de sa grossesse pour lui soutirer de l'argent. Et maintenant ? Que devait-elle faire ? Cent fois, elle s'était joué cette scène dans sa tête, sans jamais oser en imaginer l'épilogue.

— Qu'espérais-tu, en venant ici ? Et ces fouilles pour retrouver les vestiges de cette tribu fantôme, est-ce que c'est du vent ?

La lueur de rage dans ses yeux la tétanisa.

— Quelle importance ? Tu ne crois rien de ce que je dis. Tu n'as aucune confiance en moi…

Elle se dirigea vers la porte et, au moment de l'ouvrir, vit ses mains agitées de tremblements. Rien d'étonnant à cela. En quelques minutes, l'homme dont elle était tombée amoureuse était redevenu celui qui l'avait accueillie sur ses terres. Un homme hostile, menaçant. Le genre d'homme dont toute personne raisonnable se tient à l'écart.

— Si preuve est faite que cet enfant est effectivement le mien, je pourvoirai à ses besoins. Ainsi qu'à ceux de sa mère.

— Je ne veux rien de toi, dit-elle entre deux sanglots. Rien, tu entends ? Je peux parfaitement prendre soin de moi-même. Tout ce que je voulais, c'est te dire que tu allais être père.

Et sur ces paroles, elle sortit dans le couloir, le cœur en mille morceaux, toutes sortes de pensées se bousculant confusément dans sa tête. Elle devait s'habiller… Rassembler ses affaires… Cole la détestait, comme si elle était coupable de quelque chose… Les filles l'attendaient, sur le site…

— Je dois m'absenter pour une réunion, cet après-midi ! lança-t-il derrière elle. Achète-toi une robe de mariage et essaie de nous trouver des alliances. À mon retour, dans cinq jours, nous nous marierons.

À ces mots, elle s'arrêta net dans sa fuite. Puis elle se retourna pour lui faire face, pour faire face à sa colère.

— Je refuse d'épouser qui que ce soit.

— Eh bien, moi, j'exige que tu sois là à mon retour et que nous nous mariions. Nous allons établir un certificat de mariage dès à présent.

— Hors de question, répondit-elle avant de s'éloigner.

Tallie n'avait plus qu'une envie : sortir de cette maison. Elle n'alla pas bien loin, pourtant. Deux mains puissantes lui atterrirent sur les épaules et la firent se retourner.

— Ne me pousse pas à bout, Tallie.

— Sinon quoi ? Que feras-tu ? Tu saboteras le site des fouilles ? Tu traîneras le musée au tribunal ? Si tu savais comme je te plains, Cole. La première fois que je t'ai vu, à La Nouvelle-Orléans, j'ai eu de la peine en te voyant si seul. Comme un homme abandonné de tous, errant dans cette ville vouée à la fête et au partage. Mais, aujourd'hui, je réalise que c'est une volonté de ta part. Tu finiras ta vie comme un vieil homme solitaire et acariâtre, rongé par les regrets. Mais il sera trop tard.

À cet instant, elle crut percevoir une lueur de tristesse dans ses yeux. De la tristesse, lui, et pourquoi ça ?

— J'aurais tant aimé que les choses entre nous se passent autrement, Tallie. Tu sais, j'en étais presque à caresser l'idée de fonder une famille, d'avoir une maison, un foyer. J'étais en train de tomber amoureux de toi. Je pensais…

— Quoi ? Que pensais-tu, Cole ? s'écria-t-elle, désespérée.

Les larmes maintenant s'écoulaient sans discontinuer sur ses joues.

— Je pensais que tu étais la première personne honnête que je rencontrais. J'étais prêt à y croire. J'avais confiance en toi…

Elle ne put retenir le gémissement qui s'échappa de sa gorge. Un cri, plutôt, de détresse. Jamais elle n'avait ressenti une telle douleur. Elle renonça à réprimer ces tremblements qui l'agitaient maintenant tout entière. Elle avait envie de hurler. *Je dis la vérité, je ne te mens pas* !

— Je suis lucide, Cole. J'imagine que toi et tes conseillers, vous vous battez chaque jour pour récolter toujours plus d'argent. Je veux bien croire que tu doives déjouer parfois les pièges tendus par des femmes intéressées par ta fortune. Mais je ne suis pas ce genre de personne. Le problème, c'est que je n'ai aucun moyen de le prouver. Et si je ne t'ai rien dit jusqu'ici, c'est que je redoutais de voir dans tes yeux ce regard-là. Le regard d'un homme trahi.

— Peu importe, il n'y a pas de trahison qui tienne. Le temps de tout régler, et nous nous marierons.

— Non, nous ne nous marierons pas, Cole. Je refuse d'épouser un homme qui ne m'aime pas. Et tu as été on ne peut plus clair à ce sujet. Tu n'as aucune confiance en moi. Or sans confiance, il n'y a pas d'amour.

— Simple curiosité, Tallie… Notre rencontre à La Nouvelle-Orléans. Est-ce que c'était une mise en scène ?

— Pardon ?

— Cette soirée… Cette nuit… ? Tout ça faisait partie du plan ?

La gorge nouée, elle trouva à peine la force de répondre.

— Il n'y a jamais eu aucun plan…

— Bien, dit-il avec un haussement d'épaules. Je ne vois pas pourquoi tu t'obstines encore à nier. Mais peu importe… Nous allons nous marier. Je veux que mon enfant porte mon nom, qu'il ait été conçu dans le mensonge ou pas.

— Je te le répète, je n'épouserai personne. J'ai par le passé déjà vécu une rupture douloureuse, et il est hors de question que je renouvelle l'expérience en acceptant un mariage dont je sais pertinemment qu'il ne durera pas…

Elle s'interrompit pour le dévisager.

— Si je m'en tiens à ce que tu as dit, si tu me crois une intrigante doublée d'une menteuse, je suppose que tu vas me demander de faire un test. Car, bien sûr, cet enfant pourrait ne pas être le tien, n'est-ce pas, Cole ?

— Est-ce que c'est le mien ?

— Oui, mais je ferai le test, pour que tu en sois convaincu. En revanche, je ne t'épouserai pas, Cole.

— Je ne te demande pas ton avis…

Tallie tentait de se concentrer sur son travail, en vain. Les filles sentaient probablement que quelque chose ne tournait pas rond, mais aucune ne s'avisa de l'interroger, ce dont Tallie leur fut reconnaissante. Cole l'avait accompagnée chez le médecin pour une prise de sang, puis ils s'étaient tous deux rendus à la mairie pour établir le certificat de mariage.

De retour au ranch, avant de s'envoler pour Dallas, Cole l'avait regardée un long moment, ses yeux ambre habituellement si lumineux comme éteints, une ride au milieu du front.

— J'espère bien te trouver ici à mon retour…

Ces mots lourds de menace, Tallie les avait reçus en plein cœur.

Une fois à la maison, il était allé récupérer son attaché-case, avant de s'en aller, sans ajouter un mot. Elle s'était alors traînée jusqu'au salon pour s'asseoir sur le canapé, où elle avait pleuré des heures entières. À moins que ce ne soit des jours ? Et depuis, elle n'avait plus eu de nouvelles de lui.

La question à ce stade était simple. Pourquoi restait-elle ? La réponse l'était tout autant. Parce qu'elle l'aimait. Si elle faisait l'effort de se mettre à sa place, elle pourrait peut-être comprendre sa colère ? Et à vrai dire, l'émotion passée, elle avait décidé d'essayer. Non seulement parce qu'elle en avait envie, mais aussi parce que, intérieurement, elle ne pouvait s'empêcher d'espérer le convaincre de sa bonne foi.

À 16 heures, elle appela les filles à cesser le travail. De gros nuages noirs se succédaient, menaçants, dans le ciel et la température avait chuté de plusieurs degrés. Tant pis pour les fouilles, qui n'avaient toujours rien donné de probant.

Elle regarda les falaises, toujours avec cette intuition que la solution était là-haut. Dans ces parois rocheuses devaient se cacher des abris troglodytes. Il était hélas impossible de les repérer depuis le plancher des vaches. Avec une échelle, elle pourrait en avoir le cœur net. Sauf qu'elle était à cinq mois de grossesse et que ce genre d'exercice dans son état n'était probablement pas la chose la plus intelligente à faire.

Après avoir raccompagné les filles au camping-car et salué les deux cow-boys chargés de monter la garde jusqu'au matin, elle regagna sa voiture et prit la direction du ranch. Sans aucun enthousiasme, et même avec une réelle appréhension.

Les cinq jours suivants obéirent à peu près à la même routine. Elle se rendait sur le site des fouilles, travaillait avec les filles jusqu'à 16 heures, puis rentrait au ranch pour une nouvelle nuit de solitude. Depuis leur dispute, elle n'avait eu aucune nouvelle de Cole. Il n'avait pas appelé. Et après tout, elle aurait dû se réjouir de ce silence, sauf qu'il n'en était rien. Au contraire, jamais elle ne s'était sentie aussi vide.

Mais en rentrant, ce jour-là, elle reconnut sa voix. Elle sentit son cœur bondir de joie dans sa poitrine — un comble, vu la situation. Cole était dans son bureau, au téléphone.

— Il faut savoir prendre des risques, Matt, l'entendit-elle dire. Dans les affaires, en tout cas. Pas dans sa vie privée.

Un silence s'ensuivit, Cole écoutant son interlocuteur, à l'autre bout du fil.

— Non, je n'ai pas vraiment réfléchi, en réalité, à ce moment-là. Ce qui était parfaitement stupide de ma part. Elle était belle et l'attirance était réciproque, je n'avais aucune raison de m'abstenir. Elle avait bonne réputation, et puis la famille l'aimait bien... Quelques mois plus tard, elle m'annonce qu'elle est enceinte. Je prenais pourtant mes précautions, à l'époque. Il aurait fallu que je sois fou, pire, totalement inconscient, pour ne pas le faire. À partir de là, j'ai pris mes distances et demandé une enquête poussée, à son sujet. Et je te conseille d'en faire autant sans attendre...

Un autre silence. Cole faisait-il allusion à cette nuit avec elle, à La Nouvelle-Orléans ? Tallie, qui s'était toujours fait un devoir de ne jamais écouter aux portes, ne put résister. Elle tendit un peu plus l'oreille.

— Que décides-tu ?

Silence.

— Réfléchis bien, Matt. Elle en veut certainement à ton argent. C'est toujours comme ça. Et en général, il y a un autre homme dans l'histoire, un soi-disant ami, qui en réalité s'avère être le père du bébé. Un type qui voit là l'occasion de se remplir les poches à peu de frais. Si tu n'y prends pas garde, il te mettra sur la paille. Non, encore une fois, si tu veux un conseil, dépêche-toi de réagir. Le mieux, c'est de tendre un piège à la belle. Propose-lui un marché. Une somme rondelette, à condition qu'elle disparaisse de ta vie. Montre-lui que tu n'es pas dupe de son manège. Si elle accepte ton offre, tu sauras à quoi t'en tenir.

Encore un silence.

— Une chose est sûre, ne te lance pas dans un mariage sans un contrat en bonne et due forme, ficelé par tes avocats. Car j'ai bien peur que tu en aies besoin, à terme. J'espère me tromper, honnêtement, mais je n'ai encore jamais rencontré de femme désintéressée quand des millions sont en jeu. Méfie-toi.

Un silence, plus long celui-là.

— Bien, alors bonne chance. Et tiens-moi au courant.

La gorge nouée, Tallie s'éclipsa et remonta en toute hâte le couloir, avant de sortir de la maison pour rejoindre sa voiture. Elle était sous le choc, même s'il n'y avait rien de surprenant à la conversation qu'elle venait de surprendre. À quoi d'autre s'attendait-elle ?

Combien de temps cela allait-il durer ? Jusqu'à quand Cole lui ferait-il payer les conséquences d'une aventure dont il était tout aussi responsable qu'elle ? Voilà les questions qu'elle aurait aimé lui poser. Mais elle n'en ferait rien. Car la conversation qu'elle avait surprise lui avait donné toutes les réponses dont elle avait besoin.

Elle devait partir d'ici au plus vite. Tout de suite. Avant que Cole ne la force à accepter un mariage qui, forcément, tournerait au désastre.

Finalement, tout ce qu'elle redoutait avant d'annoncer sa grossesse à Cole se vérifiait. Alors qu'elle avait tenté de se protéger, il l'avait profondément blessée. Il la considérait comme une femme sournoise et cupide, capable de coucher pour de l'argent. Aujourd'hui, il se sentait obligé de l'épouser, ceci afin de donner un nom à leur enfant. Oh ! avec quel mépris, quelle froideur, quelle absence totale de sentiments il avait évoqué leur relation…

Non seulement elle ne couchait pas pour l'argent, mais elle n'avait jamais non plus fait l'amour avec un homme avec le désir physique pour seule motivation.

Pourtant, n'était-ce pas ce qu'elle avait fait, cette nuit-là, à La Nouvelle-Orléans ?

À cette pensée, elle ne put retenir ses larmes. Cole n'avait pas tort. Elle ne devait s'en prendre qu'à elle-même.

Quoi qu'il en soit, elle n'avait plus rien à faire ici. Il

n'était pas question pour elle de retourner sur le site, où il ne tarderait pas à venir la chercher. Tant pis pour ses affaires, elle enverrait quelqu'un les récupérer.

Les joues baignées de larmes, elle mit le contact. Il était grand temps pour elle de rentrer à la maison.

Cole émergea de son bureau un peu plus tard, fatigué mais satisfait après la conversation qu'il venait d'avoir avec le P-DG d'une compagnie qu'il essayait de racheter depuis presque quatre ans. Le type avait finalement pris le temps de réfléchir à la somme que les Masters lui offraient pour une fusion qui ne pouvait que lui être profitable.

Attiré par des odeurs de petits plats en train de mijoter, il se rendit dans la cuisine. André s'affairait aux fourneaux à l'approche du dîner.

— Vous pourrez passer à table dans une dizaine de minutes, monsieur Cole.

— C'est parfait, André. Vous avez vu le Dr Finley ?

Le chef se figea, l'air confus.

— Le Dr Finley est partie. Elle a appelé Carson pour prévenir que quelqu'un viendrait chercher ses affaires.

Partie ? Tallie était partie ?

— À quelle heure a-t-elle appelé ?

— Je ne sais pas. Il y a environ deux heures, je pense. Carson pourra mieux vous le dire.

— A-t-elle dit où elle allait ?

— Non, monsieur. Elle ne semblait pas dans son assiette. Tout ce qu'elle m'a dit, c'est au revoir.

Après avoir remercié André, Cole retourna dans son bureau. Elle était partie. Une grande première. En général, il rencontrait les pires difficultés pour qu'une femme accepte de s'en aller. Tallie attendait-elle qu'il se lance à sa poursuite ? Qu'il retrouve sa trace et lui demande de revenir ? Si tel était le cas, elle allait au-devant d'une grande déception.

Il ne supportait pas d'être roulé dans la farine. Or, sa vie n'était qu'une succession de trahisons. Les femmes ne voyaient en lui que l'un des fils Masters, là s'arrêtait leur intérêt pour sa personne.

Tallie était partie. Il croyait réellement qu'elle serait là ; après tout, elle était arrivée à ses fins. Visiblement, il s'était trompé. Ce départ ne collait pas avec le scénario habituel.

Intrigué, il monta à l'étage et pénétra dans la chambre qu'elle occupait. Ses vêtements, l'ensemble de ses affaires étaient là, y compris les alliances qu'ils avaient achetées. Elles étaient posées sur la commode, dans leur petit écrin de velours noir. Pourquoi ne les avait-elle pas emportées ? En fait, elle n'avait rien emporté du tout.

De retour au rez-de-chaussée, il fit signe à Martha.

— Je fais un aller-retour à la banque. Je dînerai juste après.

Lorsqu'il sortit de la maison, le ciel était noir, chargé de nuages bas. Au loin, il aperçut même un éclair, puis ce fut le grondement du tonnerre. Il sauta dans son pick-up, direction Calico Springs. Il ne lui faudrait que quelques minutes pour signer à la banque les documents nécessaires, puis il serait de retour à la maison pour une soirée tranquille. Après dix minutes seulement de trajet, la pluie se mit à tomber.

Quelques virages avant la ville, il aperçut dans la nuit l'éclat rouge, bleu et jaune de gyrophares. La police avait bouclé la zone et on ne pouvait plus rouler que sur une file tandis que les pompiers s'affairaient sur le bas-côté. C'était presque au même endroit que Gina avait perdu le contrôle de sa voiture et basculé dans le précipice.

En passant devant le lieu de l'accident, il regarda du côté de l'ambulance et, soudain, il suffoqua, pris d'une bouffée de panique. Il ralentit et s'arrêta. Aussitôt, un représentant des forces de l'ordre s'approcha.

— Monsieur, vous ne pouvez pas rester… Oh ! monsieur Masters. Je ne vous avais pas reconnu.

— J'ai une amie qui a pris la route un peu plus tôt. Elle a dû passer par ici. Pouvez-vous juste me dire si c'est un break Ford qui est au fond du ravin ?

— Ah non, monsieur. Il s'agit d'une Chevrolet. Et c'est un homme qui était au volant. Couvert de tatouages. Il semblerait qu'il ait bu un verre de trop. Et voilà le résultat ! Mais il devrait s'en tirer.

Cole laissa échapper un soupir de soulagement.

— Merci de m'avoir dit ce qu'il en était, ça va mieux.

Et après avoir salué l'agent, il poursuivit son chemin.

Il ne roula pas bien longtemps cependant. Deux kilomètres plus loin, il dut se garer sur le bord de la route, le souffle court, les mains moites, peinant à recouvrer son calme.

En apercevant les gyrophares, dans ce maudit virage, il avait tout de suite imaginé le pire : il se pouvait que ce soit Tallie, là, au pied de la falaise.

En un éclair, il avait alors pris conscience de l'erreur qu'il avait commise.

Tallie n'était pas Gina. Et si le malheur avait voulu que ce soit elle qui se soit précipitée dans le vide, il aurait été responsable de cet accident. Heureusement, Tallie n'avait pas suivi la voie fatale de son ex-femme. Mais Cole, partagé maintenant entre soulagement et angoisse, ne parvenait pas à se détendre. L'inquiétude le rongeait de l'intérieur, comme de l'acide.

Où était-elle ? Soudain, il fit demi-tour et reprit la direction du ranch. La banque pouvait attendre.

Mains crispées sur le volant, il accéléra. Et sourit. Oui, il sourit. Il allait être papa. Et à cette idée, maintenant, il était surexcité.

Tallie était enceinte. Et il aurait dû la croire lorsqu'elle lui avait dit qu'il était le père. À la différence de celui que portait Gina, cet enfant était le sien. Cole n'aurait su expliquer pourquoi mais, au fond de lui, il savait que Tallie lui avait dit la vérité.

Hélas, il avait tout gâché. Il s'était comporté exactement comme elle pensait qu'il le ferait. Il l'avait accusée de lui avoir tendu un piège, d'avoir prémédité cette grossesse. Chaque fois qu'il repensait à sa réaction quand elle lui avait annoncé la nouvelle, il en était malade. Car il pourrait bien dans l'histoire avoir perdu Tallie et son fils, ou sa fille, pour toujours.

Elle avait trouvé le courage en elle de se donner à un inconnu, cette nuit-là, à La Nouvelle-Orléans. Ce qui ne lui ressemblait pas. Cela avait dû lui demander un effort surhumain, même avec l'aide de l'alcool. Sans doute avait-elle fait un pari sur l'avenir, attendant de cette rencontre magique autre chose qu'une simple nuit d'amour. Mais elle avait fait le mauvais choix.

Cole avait alors si peu d'estime pour les femmes qu'il n'avait pas envisagé un seul instant de rester auprès d'elle, le matin venu, pour lui parler et apprendre à la connaître. Non, il était parti comme un voleur. Fou qu'il était.

Et voilà où il en était, aujourd'hui. Il ne pouvait s'en prendre qu'à lui-même. D'abord, il faisait un enfant à Tallie et, après, il ne trouvait rien de mieux à faire que lui reprocher d'être enceinte. Bravo.

Il devait la retrouver. Lui présenter ses excuses, tenter de lui expliquer. Jamais il n'avait fait une telle chose mais, aujourd'hui, il n'avait pas le choix. Un sentiment de terreur l'envahit à l'idée qu'elle puisse le rejeter, s'il avait la chance de la retrouver. Mais après tout, ne le méritait-il pas ?

Sauf qu'il l'aimait. Et qu'il serait fier de leur enfant. Fier d'avoir Tallie pour épouse.

La peur au ventre, il se promit de faire tout ce qui était en son pouvoir pour la ramener.

Il tenta à plusieurs reprises de la joindre sur son portable, en vain. N'ayant pas le numéro privé de son chef, il serait obligé d'attendre jusqu'au lendemain pour contacter le Dr Sterling et lui demander où il pourrait trouver Tallie. Il irait alors lui parler, de vive voix. Il lui dirait combien il s'en voulait, comme il avait eu tort de croire qu'elle avait menti à propos de sa grossesse.

Non, Tallie n'était pas Gina. Mais encore traumatisé par ce que lui avait fait subir son ex-femme, il était allé trop loin. Tallie accepterait-elle de l'écouter ? Avant de le savoir, il lui fallait d'abord la retrouver.

Le matin vint. Puis un autre et un autre encore. Et aucun signe de Tallie. Son chef au musée refusait de lui donner son adresse, invoquant de sacro-saintes lois sur le respect de la vie privée. Cole avait renvoyé les quatre étudiantes, en leur demandant de bien vouloir l'appeler, si elles venaient à avoir des nouvelles de Tallie. Mais, à ce jour, toujours rien.

Elle était bel et bien partie. Bien sûr, elle était suffisamment intelligente pour faire en sorte qu'il ne puisse pas la retrouver, si elle n'en avait pas envie. Et Cole était ivre de douleur à cette perspective, qui pourtant semblait de jour en jour vouloir s'imposer.

Il enfouit son visage entre ses mains. Il devait la retrouver, se dit-il pour la énième fois. Et dire qu'il avait d'abord tout fait pour la faire disparaître de sa vie !

Cole s'assit sur le canapé, dans son bureau, se remémorant leurs dernières heures ensemble. Tallie était une femme exceptionnelle, dotée d'une intelligence remarquable et d'un sens de l'humour étonnant. Quant à sa beauté…

En réalité, aucune des femmes qu'il avait pu croiser, pas même Gina, ne lui arrivait à la cheville.

Il devait retrouver sa trace. Et lorsqu'il serait devant elle, il écouterait sans broncher ce qu'elle avait à dire. Soudain, comme pris d'une illumination, il s'empara de son téléphone et, plein d'espoir, appela le petit motel de Calico Springs. Mais elle n'était pas enregistrée là-bas. Il raccrocha, ne sachant que faire, si ce n'est se maudire et s'accabler de reproches.

- 14 -

Trois mois plus tard

Alors qu'il passait chez lui récupérer certains documents, Cole fut interrompu par la sonnerie du téléphone.

— Allô ! répondit-il sèchement.

— Monsieur Masters ? demanda une voix féminine.

— Oui, c'est moi. Qui est à l'appareil ?

— Je ne pense pas que vous vous souveniez de moi. Mon nom est Kathy Brown. Je suis l'une des quatre étudiantes que vous aviez embauchées pour assister le Dr Finley dans ses recherches. Avant de partir, vous nous aviez demandé de bien vouloir vous contacter à ce numéro, en cas d'urgence…

— Oui, je me souviens parfaitement de vous, Kathy. Avez-vous des nouvelles du Dr Finley ? Est-ce qu'elle va bien ?

— Il se trouve que ma mère est infirmière à l'hôpital central de Dallas. J'ai appris que le Dr Finley y avait été admise comme patiente.

— Tallie ? À l'hôpital ? s'exclama Cole, bouleversé, imaginant déjà le pire.

— Oui, monsieur, répondit l'étudiante. Elle est là-bas depuis une semaine. Une complication apparemment, avec sa grossesse…

Un silence s'ensuivit, Kathy hésitait.

— Je voulais vous le dire, parce que je sais que vous êtes son ami. J'apprécie énormément le Dr Finley et je pense que, lors de ce genre d'épreuve, une femme a besoin du soutien de tous ses proches…

Cole se confondit en remerciements et promit à Kathy de lui donner des nouvelles dès que lui-même en aurait. Puis il raccrocha, le cœur serré, refusant pourtant de céder à la panique.

Il appela aussitôt l'héliport et demanda que l'appareil soit prêt à s'envoler dans moins d'une demi-heure. Il n'avait pas le temps de prendre une douche, même s'il en avait sans doute besoin. Depuis le départ de Tallie, il avait en effet passé l'essentiel de ses journées aux écuries, à récurer les box, à étriller les chevaux, perdant tout intérêt aux affaires, les siennes comme celles de la compagnie. En fait, il n'avait pensé qu'à Tallie, et il n'était pas question qu'il perde une seule minute en futilités !

Cole crut que ce trajet en hélicoptère jusqu'à Dallas n'en finirait jamais et, une fois à bord de la limousine qui l'attendait pour le conduire en ville, chaque feu rouge lui parut durer des heures. Enfin, l'immense bâtiment de quatorze étages se dressa devant eux. Cole attendit à peine que son chauffeur s'arrête sous la pergola ; il bondit de la voiture.

Deux minutes plus tard, il se trouvait devant la porte de l'unité des soins intensifs, épuisé, un peu comme s'il venait de courir un marathon.

Il s'engouffra dans le couloir, son inquiétude croissant à chaque pas. Il se pouvait que Tallie ne veuille pas le voir et demande qu'on le fasse sortir de sa chambre. Était-elle même consciente ?

Une fois au bureau des infirmières, il demanda où se trouvait sa chambre. La secrétaire leva les yeux de son ordinateur.

— Mlle Finley a été transférée au service chirurgie. Deux étages plus haut.

Malade d'angoisse, Cole courut jusqu'à l'ascenseur et, une fois sorti de la cabine, il suivit les panneaux de direction. Après trois interminables minutes à sonner comme un fou, il vit enfin une infirmière venir lui ouvrir la porte du service.

— Je cherche Tallie Finley, dit-il, à bout de souffle.

— Vous êtes ?

— Son mari. Cole Finley, répondit-il aussitôt.

— Elle vient juste d'être emmenée en salle de réveil. Je vais prévenir de votre arrivée. Allez vous asseoir dans la salle d'attente, au bout du couloir. Nous viendrons vous y chercher lorsqu'il vous sera possible de la voir.

En salle de réveil ? Bien. Cela signifiait qu'elle se réveillait et que tout se passait sans problème, non ? Il procéda à un rapide calcul. Tallie était partie du ranch depuis douze semaines. Elle devait donc aujourd'hui en être à environ huit mois et demi de grossesse.

Les minutes succédèrent aux minutes, à une lenteur effroyable. Au total, Cole dut regarder sa montre une bonne centaine de fois. N'y tenant plus, il se leva et alla se planter devant la fenêtre. Sur le parking, des gens allaient et venaient, certains souriaient, d'autres pleuraient.

La gorge nouée, il serra les poings. Tallie s'en sortirait. Tout irait bien. Il ne pouvait en être autrement.

Enfin, une infirmière apparut et appela M. Finley. Cole la suivit jusqu'en salle de réveil. Aussi pâle que ses draps, Tallie dormait. Éprouvant le besoin de la toucher, Cole s'avança jusqu'au lit et prit sa petite main délicate dans la sienne. Elle tourna alors doucement la tête et écarquilla les yeux en le voyant, là, devant elle, comme si elle n'y croyait pas. Impossible de savoir si elle se réjouissait ou pas de sa présence à son chevet.

— Tu es là, chuchota-t-elle d'une voix faible, presque inaudible.

Elle ferma les yeux, puis les rouvrit, croisa les mains sur son ventre, comme prise soudain de panique.

— Est-ce qu'ils vont bien ? demanda-t-elle alors en s'accrochant désespérément à lui. Les bébés ? Est-ce que tout va bien ?

Les bébés ? Pauvre Tallie. Elle délirait, les suites de l'anesthésie sans doute.

— Bien sûr, chérie, répondit-il d'une voix chaude, soucieux de la réconforter. Ils vont bien.

Cole hésita. Tant de questions lui brûlaient les lèvres ! Pourquoi ne l'avait-elle pas appelé ? Ne voulait-elle pas qu'il sache qu'elle était hospitalisée ? Et pourquoi avait-elle parlé de bébés, au pluriel ?

Quelle importance, après tout ? Tout ce qui comptait, c'était qu'elle veuille bien lui pardonner.

Une infirmière approcha pour prendre la tension de Tallie.

— Vous êtes l'heureux papa, j'imagine ? demanda-t-elle en se tournant vers lui, tout sourire.

— Oui, répondit-il sans la moindre hésitation. C'est bien moi, en effet.

Aussitôt, les yeux de Tallie se remplirent de larmes et, à cet instant précis, quelque chose se passa entre elle et lui, une sorte de communion.

— Vous voilà parents de deux magnifiques garçons, en pleine forme. Ils devront tous les deux rester en couveuse une quinzaine de jours, mais tout va bien et, croyez-moi, ils donnent de la voix pour réclamer à manger. Nous allons bientôt vous transférer dans une chambre privée. Ensuite, si vous le souhaitez, madame Finley, vous pourrez leur donner le sein.

— Oh ! oui, bien sûr, répondit Tallie, visiblement bouleversée.

— Reposez-vous maintenant, quelqu'un viendra vous chercher, conclut l'infirmière avant de les laisser.

Sous le choc, Cole resta un moment comme pétrifié. Des jumeaux. Il avait besoin de s'asseoir, vite.

— Cole ? Ça va ?

Il secoua la tête, cherchant à comprendre. Des jumeaux ? Comment était-ce possible ?

— Nous avons des jumeaux…, balbutia-t-il. Tu te rends compte ?

— Oui, répondit-elle en riant. Je suis bien placée pour le savoir, espèce d'idiot. Mais dis-moi, Cole… Que fais-tu ici ?

— Je t'aime, Tallie, répondit-il alors en plongeant les yeux dans les siens.

— Mais tu m'as dit ne pas croire en l'amour…

— Eh bien, je me trompais. Car je ne vois pas comment je pourrais qualifier autrement les sentiments que j'ai pour toi. Jamais je n'avais ressenti pareilles émotions, avant. Un moment, j'ai cru qu'il t'était arrivé malheur…

Il s'interrompit, la gorge nouée.

— Oh ! Tallie, pourras-tu un jour me pardonner d'avoir réagi comme je l'ai fait ? D'avoir douté de toi ?

Une nouvelle fois, il se tut, l'émotion étant trop forte.

— Tallie, épouse-moi. Je n'imagine pas ma vie sans toi.

Elle resta silencieuse quelques secondes, l'air aussi bouleversé que lui.

— Oh ! Cole… Tu n'es pas prêt à te ranger, avec femme et enfants. Tu as ton travail, tes projets. Et je ne veux pas être celle qui t'empêchera de vivre comme tu l'entends.

— Tu es la première et la seule femme qui m'ait donné envie de poser mes valises, Tallie. De fonder une famille, d'avoir une maison, un foyer. Et je suis sûr d'une chose : il n'y en aura pas d'autre, jamais. C'est toi que je veux. Je n'ai que faire de ma vie telle qu'elle était, avant toi…

Il se tut, inspira profondément. Comme il avait envie de lui crier son amour !

— Épouse-moi, Tallie. Épouse-moi, par amour. Parce que je t'aime, parce que tu m'aimes, n'est-ce pas ? Et parce que je crois en toi comme je n'ai jamais cru en personne.

— Oui, je t'aime, Cole. Et si tu es sûr de toi, alors oui, j'accepte de devenir ta femme.

— Oui ? s'exclama-t-il.

Avait-il bien entendu ? Se pouvait-il que cette femme qu'il avait rejetée puisse vouloir de lui ?

— Je suis incapable de te résister, répondit-elle en souriant, des étincelles dans ses yeux vert émeraude.

Il se pencha alors sur elle et déposa un baiser sur ses lèvres tout en lui caressant les cheveux, mettant dans ses gestes toute son âme vibrante d'amour.

— Tu es si belle, chuchota-t-il.

Il plongea les yeux dans les siens, de manière qu'elle puisse lire en lui, sentir toute la vérité de ce sentiment si précieux qui l'habitait tout entier.

Un peu plus tard, une escouade d'infirmières se présenta pour que Tallie puisse être transférée dans une chambre individuelle.

— Monsieur… Finley ? fit l'une des jeunes femmes en blouse blanche. Peut-être aimeriez-vous faire connaissance avec vos bébés ? Passez par le bureau, on vous procurera un masque et une blouse.

À la fois fébrile et incrédule, Cole ne se le fit pas répéter. Une fois Tallie installée dans sa chambre, ils attendirent qu'une infirmière arrive avec deux nourrissons enveloppés d'une couverture bleue. Alors, l'infirmière en mit un dans les bras de Cole, confiant le deuxième à Tallie.

Cole regarda le nouveau-né, fasciné. Un petit être humain d'une perfection absolue. Et quelle voix ! Le cri du bébé retentit dans la chambre. Le son le plus pur que Cole ait jamais entendu.

— Je t'aime..., murmura-t-il en se tournant vers Tallie.

Avec un sourire, elle lui chuchota en retour les mêmes mots. Mais il n'en trouva pas d'assez forts pour exprimer cet amour qui ne cessait de croître dans son cœur alors que celle qui allait devenir sa femme allaitait leur bébé.

Deux fils. Tallie lui avait donné deux fils. Deux magnifiques miracles.

Une fois repus, les bébés furent ramenés à l'infirmerie, en couveuse. Puis, sur les conseils de l'infirmière en chef, Cole s'éclipsa pour la laisser se reposer. Non sans lui avoir promis au préalable de revenir au plus vite auprès d'elle.

Seule dans sa chambre, Tallie commença à réaliser. Elle avait dit oui. Elle allait épouser Cole Masters.

Bouleversée, elle sentit des larmes de joie affluer à ses paupières. Pour la première fois de son existence, un homme l'aimait, l'aimait vraiment. Alors qu'elle ne se croyait plus capable d'accorder à nouveau sa confiance, elle n'avait plus le moindre doute, à présent : Cole l'aimait. Et ce fut sur cette pensée qu'elle ferma les yeux.

Une heure plus tard, on frappait à sa porte.

— Entrez, dit-elle, encore tout engourdie de sommeil.

Cole apparut, un large sourire aux lèvres, avec un bouquet de roses rouges à la main. Le plus gros qu'elle ait jamais vu. Il posa les fleurs sur la table et s'avança vers elle pour lui donner un baiser.

— Comment te sens-tu ?

— Plutôt bien, étant donné les circonstances, répondit-elle en s'appuyant contre les oreillers.

Le moment était venu de lui poser la question délicate qui ne cessait de la hanter.

— Cole, le jour où je suis partie du ranch, je t'ai entendu au téléphone parler à un certain Matt... Tu as très clairement dit à cet homme que j'avais tout fait pour tomber enceinte de toi et que je n'en voulais qu'à ton argent…

Elle dut s'interrompre, incapable de retenir ses larmes à ce souvenir. Elle attrapa un mouchoir en papier, sur la table de chevet et, après quelques secondes, trouva la force de poursuivre.

— Si tu en es convaincu, pourquoi être revenu vers moi ? Pourquoi vouloir m'épouser ?

Cole s'assit sur un coin de lit et lui prit le mouchoir des mains pour lui essuyer doucement les joues.

— Je ne parlais pas de toi, mon ange, mais de Gina, mon ex-femme. Elle et son amant avaient élaboré un plan pour me pousser à l'épouser, de manière qu'elle puisse avoir accès à mes différents comptes bancaires, soit quelques millions de dollars. Le soir où je l'ai chassée du domicile conjugal, elle a perdu le contrôle de son véhicule, qui est allé s'écraser au fond d'un ravin. Elle est morte sur le coup, ainsi que l'enfant qu'elle portait. Je n'ai jamais su si cet enfant était le mien ou celui de son complice.

— Oh ! Cole, je suis désolée.

— Après ça, je suis devenu amer, méfiant, ne croyant plus en rien ni en personne, encore moins en l'amour et les femmes. En fait, lorsque je m'en suis pris à toi, ce jour-là, c'était à Gina que je pensais… Si tu savais comme je regrette, Tallie…

Elle porta sa main à ses lèvres et la couvrit de baisers.

— Quelle terrible épreuve, Cole. Je suis tellement triste pour toi.

— Je t'aime, Tallie. À vrai dire, à l'époque, je pensais vraiment être amoureux de Gina. Puis tu as surgi dans ma vie et j'ai compris ce qu'était l'amour, le vrai.

À cet instant, deux coups résonnèrent à la porte et la chambre se retrouva bientôt envahie. Tallie reconnut Wade Masters, le frère aîné de Cole et, aux côtés de celui-ci,

Chance et sa femme, Holly. Elle en était encore à dire bonjour à tout ce monde quand un autre homme apparut.

— Hello, docteur Finley, la salua-t-il, jovial. Et toutes mes félicitations. Cole et vous nous avez donné deux magnifiques garçons.

— Merci, répondit-elle, sidérée.

Que faisait ici le révérend Blackhawk, le pasteur de sa ville natale ? Et ces documents, entre ses mains… ? De quoi s'agissait-il ?

— Tu as dit que tu voulais bien m'épouser, dit alors Cole. Je ne vois pas l'intérêt d'attendre.

— Maintenant ? Ici ? s'exclama-t-elle, les larmes aux yeux une nouvelle fois. Tu es sûr de toi ?

— Oui, lui chuchota Cole dans le creux de l'oreille. Maintenant et ici. Et lorsque tu seras remise, j'ai bien l'intention de te prouver à quel point je suis sûr de moi.

Tallie apposa son nom au bas des documents et rendit le formulaire au révérend, qui le tendit à Wade, à Holly et à Chance pour qu'à leur tour ils le signent, en tant que témoins.

Une vingtaine de minutes plus tard, Tallie devenait Mme Cole Masters. Et la plus heureuse des femmes, épouses et mères.

Épilogue

L'ensemble du personnel était réuni au musée, pour avoir la chance de voir les bébés.

Tallie laissa la poussette des jumeaux dans le couloir, de manière que ses collègues puissent admirer ses adorables bambins, puis elle pénétra dans son bureau et alluma tout de suite son ordinateur. Elle devait se mettre au courant des prochaines réunions et du programme des fouilles.

Où Cole pouvait-il bien être ? se demanda-t-elle en jetant un œil à sa montre. Il avait dit qu'il viendrait la retrouver ici.

Elle perçut une certaine agitation dans le couloir. Apparemment, son mari venait d'arriver.

Tout en souriant, elle cliqua sur l'icône des mails et entreprit de relever les messages de ces trois derniers mois. En voyant sa boîte se remplir, elle comprit tout de suite qu'elle en avait pour un bon moment.

— Hello, mon ange, dit Cole en venant vers elle pour lui donner un baiser. Cela fait six semaines, aujourd'hui ! ajouta-t-il avec ce sourire adorable qui la faisait fondre.

Il la dévorait des yeux et elle comprit aussitôt pourquoi. C'était aujourd'hui que prenait fin leur période d'abstinence, suite à l'accouchement. Ce jour était spécial, car il marquait le retour des soirées romantiques, des étreintes passionnées. À plusieurs reprises, ils avaient bien failli oublier toutes les règles de prudence édictées par les médecins, mais Cole avait tenu bon. À son grand regret, d'ailleurs.

— J'ai un cadeau de mariage pour toi.

— Les maris ne font pas de cadeaux de mariage, répondit-elle en riant. Mais je veux voir quand même…

Il lui montra alors fièrement quelque chose de la taille d'un ballon de foot, enveloppé d'une couverture. Couverture qu'il retira avec une extrême délicatesse.

— Voici une cruche, enfin, presque une cruche. Issue tout droit du site de tes fouilles. Le Dr Sterling l'a examinée et dûment certifiée. C'est l'objet que tu rêvais de découvrir, Tallie, ce vestige prouve l'existence de la tribu de tes ancêtres.

— Mais comment… ?

— Tu avais concentré tes fouilles au pied de la falaise, expliqua alors Cole en lui tendant le pot ébréché par endroits. J'ai pris deux de mes gars et nous avons escaladé le flanc de la falaise. Très vite, nous sommes parvenus à une grotte, exactement là où tu pensais qu'elle pouvait se trouver. Et à l'intérieur, nous avons découvert toutes sortes d'ustensiles, des armes, des bijoux… Mais nous nous sommes bien gardés de trop nous avancer à l'intérieur. Je redoutais trop ta colère, si je venais à marcher sur un objet ancien d'une valeur inestimable. Donc, il reste encore beaucoup à découvrir là-bas. Tu as réussi, Tallie. Ta grand-mère disait vrai.

S'ensuivirent des cris de joie et des applaudissements, avant que n'intervienne le Dr Sterling qui, craignant que les bébés ne prennent peur, imposa le silence à tout le monde. Ses collègues se pressèrent alors dans le bureau, tous voulant examiner la cruche de plus près.

— Cole, dit Tallie avec appréhension, cette découverte risque de retarder plus encore ton chantier, tu en es conscient ?

— Et alors ? répondit-il en s'asseyant sur un coin

du bureau. En fait, j'en ai discuté longuement avec le Dr Sterling. Il pense comme moi que nous pourrions intégrer tes trésors archéologiques dans mon centre. Un peu comme un musée, tu vois ? J'ai pu voir combien l'histoire de notre pays passionne les gens. Franchement, ça serait un plus, un atout majeur pour mon centre de remise en forme.

— Oh ! Cole… Vraiment, tu es sérieux ?

— Très sérieux, mon ange.

Tallie bondit de son siège pour se jeter au cou de son mari.

— Merci, merci, Cole. Je ne sais comment te remercier, vraiment…

— Oh mais, je sais, moi. Tu vas finir ici ce que tu as à faire, puis nous rentrerons à la maison avec ces deux petits monstres. Ensuite, j'ai une petite idée de la façon dont tu pourrais me remercier…

— Eh bien, vois-tu, j'ai terminé. Inutile d'attendre davantage, répondit Tallie en éteignant son ordinateur. On y va, mon cher époux ?

— Avec joie, ma chérie.

Cole se chargea de la poussette des jumeaux, et tous les quatre sortirent du musée, escortés par le personnel. Puis ils rejoignirent la voiture, au bas des marches.

Tallie pensa alors à sa grand-mère. C'était à elle qu'elle devait son bonheur, aujourd'hui. Comme le disait son *ipokini*, les choses n'arrivent jamais par hasard. Ce qui était la pure vérité.

Elle sourit, partagée entre la nostalgie et un bonheur comme elle n'en avait jamais connu. Une petite carte avait changé le cours de son destin. Pour qu'elle rencontre l'amour en la personne de cet homme. L'homme de ses rêves.

Retrouvez en Avril 2018,
dans votre collection
Passions

Le doute au cœur, de Sara Orwig - N°713

Tu n'as pas su retenir ton mari ? Rien d'étonnant : d'autres femmes sont bien meilleures que toi. Cet e-mail anonyme qu'Emily vient de recevoir l'a mise hors d'elle. Car il n'est que stricte vérité : Tom la trompe, elle en est certaine. Sans doute parce qu'elle ne supporte plus que son époux – qu'elle juge responsable de la disparition de leur fils – pose la main sur elle. Mais ce soir Emily est prête à briser le silence. Quitte à perdre à tout jamais le mari qu'elle a tant aimé et qui lui semble désormais être un étranger…

Guidée par la vengeance, de Brenda Harlen

Josh Slater sera… son nouveau patron ? En voyant s'avancer vers elle l'homme – mille fois plus séduisant que dans son souvenir – qui lui a brisé le cœur dix ans plus tôt, Tristyn sent une colère sourde l'envahir. Car John, le goujat qui l'a publiquement humiliée durant son bal de promotion alors qu'il l'avait prise pour cavalière, ne semble même pas la reconnaître. Mais qu'il se rassure, Tristyn est bien décidée à tout mettre en œuvre pour lui rafraîchir la mémoire au plus vite…

Mariés par convenance, de Andrea Laurence - N°714

Lana est totalement désemparée : depuis que Kal – son meilleur ami, dont elle est secrètement amoureuse depuis des années – a accepté de l'épouser pour qu'elle puisse avoir la garde d'Akela, sa petite nièce de six mois, il n'a de cesse de flirter avec elle. Ses regards brûlants et ses gestes tendres qui lui inspirent un désir irrépressible, Lana n'en veut pas ! Car, si elle sait qu'il ne s'agit que d'un jeu pour Kal, elle craint pour sa part de ne jamais s'en remettre…

Conquise par un cow-boy, de Marie Ferrarella

Chloé s'en veut terriblement. Un seul sourire de Chance Howell a suffi à faire voler en éclats toutes ses bonnes résolutions ! Elle doit désormais le reconnaître : elle est tombée désespérément amoureuse de ce séducteur toujours en quête d'une nouvelle aventure… Pourtant, espérer fonder une famille avec Chance n'est qu'une douce illusion, Chloé le sait bien. Dès lors, elle doit prendre une décision. Renoncer à l'amour qu'elle éprouve pour lui, ou quitter le Galloping Ranch, où elle travaille jour après jour sous ses ordres…

Le double cadeau de Bailey, de Rachael Johns - N°715

Une étreinte brûlante, insensée, interdite. Et voilà que Bailey se retrouve enceinte de jumeaux ! Désemparée, elle adresse un courrier anonyme au journal local de Jewell Rock, en quête de conseils. Dire ou ne pas dire à Quinn McKinnel qu'il va être papa, tel est son dilemme. Car l'homme qui lui a fait perdre la tête est un séducteur notoire, hostile à toute forme d'engagement. Mais, tandis que la réponse à sa lettre tarde à venir, Quinn lui parle soudain d'avenir et des projets qu'ils pourraient faire ensemble. Serait-il finalement l'homme de sa vie? C'est ce que Bailey espère de tout son cœur, avant de découvrir le terrible secret que lui cache Quinn…

De dangereux sentiments, de Sheri Whitefeather

Demander à Max – son meilleur ami et le fantasme de toute une vie – de l'épouser ? Bien que réticente à cette idée, Lizzie sait qu'elle n'a plus le choix. Car pour pouvoir adopter Tokoni, ce petit garçon de cinq ans qu'elle aime déjà comme son propre fils, il faut qu'elle soit mariée… Mais demander un tel service à Max, n'est-ce pas prendre un double risque ? Celui d'un refus ou, pire encore, celui d'un assentiment qui brouillerait totalement les limites entre eux…

Au nom de l'honneur, de Maisey Yates - N°716

Hayley est totalement dévastée : son père vient de la surprendre entre les bras de Jonathan Bear, son nouveau patron. Et, désormais, elle oscille entre gêne, peur et honte. Elle, la fille du pasteur de Copper Ridge, que l'on croit si sage et innocente, s'est pour une seule et unique fois laissé envahir par le désir. Pire, Jonathan – cet homme sexy et sulfureux – éveille en elle un sentiment inédit qu'elle ne peut se résoudre à éteindre… Décidée à vivre désormais sa vie en adulte, elle se résigne donc à aller parler à son père, même si elle craint plus que tout de le décevoir…

Coup de foudre au Texas, de Jules Bennett

Comment peut-elle avoir eu un coup de foudre pour Colt Elliott, l'homme qui a ruiné son père ? Annabelle est désemparée. Elle qui était venue forcer Colt à annuler la dette de jeu contractée par son père – une hypothèque sur la maison familiale –, la voilà à présent magnétisée par son regard… Pourtant, elle le sait, elle n'a pas le droit d'abandonner la lutte et doit se ressaisir. Sur-le-champ.

Prisonnier de son charme, de Silver James - N°717

Lorsqu'il se réveille blotti contre Roxanne Rowland – la fille de son pire ennemi–, Cash panique. Que lui a-t-il pris de passer la plus passionnée des nuits avec la superbe rousse qu'il devait garder comme otage pour protéger l'empire Baron, dont il est l'héritier ? Comment a-t-il pu céder à la douce ivresse de ses yeux d'agate ? Il vient de commettre une grave erreur, il ne le sait que trop bien. Et, surtout, il ne doit pas se laisser manipuler par Roxanne, qui ne cesse de lui murmurer qu'elle l'aime et qu'il doit la libérer…

Des retrouvailles inespérées, de Marie Ferrarella

Quand Cecilia découvre Eddie Montoya sur le seuil de sa porte, toute la colère qu'elle a emmagasinée depuis des jours s'évapore comme par magie. Ainsi, l'homme que sa mère lui envoie au prétexte de rénover sa salle de bains – avec l'espoir secret qu'il comble sa solitude – n'est autre que celui qui l'a défendue à la faculté, le jour tragique où elle s'est fait agresser quelques années plus tôt. Et il est encore plus beau que dans son souvenir… Dès lors, comment réagir? Car, alors que Cecilia s'était juré de lui claquer la porte au nez, la voilà désormais envahie par le désir…

La mariée du désert, de Olivia Gates - N°718

Devenir la femme de Shaheen aal-Shalaan ? Johara en rêve depuis toujours. Pourtant, elle sait que ce rêve ne se réalisera jamais. Elle aime Shaheen, de toute son âme et de tout son cœur, certes, mais elle n'a pas le droit de le détourner de son destin. En tant que prince héritier du royaume de Zohayd, il doit en effet épouser une femme de son rang, une femme que son père choisira pour lui et qui lui permettra ainsi d'accéder au trône. Alors, si elle ne veut pas compromettre l'avenir de Shaheen et celui du royaume, il ne lui reste qu'une solution : fuir le plus loin possible, et disparaître de la vie de celui qu'elle aime…

Délicieux soupçons, de Jules Bennett

S'il y a une chose que Bronson Dane ne permet pas, c'est qu'on tente de le manipuler. Aussi se montre-t-il particulièrement méfiant lorsque, après avoir partagé une nuit de passion avec Mia Spinelli, la nouvelle et ô combien sublime assistante de sa mère, la jeune femme prétend être enceinte de lui. Comment la croire, alors que tout Hollywood ne parle que d'une liaison possible entre Mia et l'ennemi juré de Bronson ? Pour lui, le doute n'est plus permis : Mia l'a séduit pour se servir de lui. Et elle ne va pas tarder à le regretter…

Composé et édité par HarperCollins France.

Achevé d'imprimer en février 2018.

BLACK PRINT

Barcelone

Dépôt légal : mars 2018.

Pour limiter l'empreinte environnementale de ses livres, HarperCollins France s'engage à n'utiliser que du papier fabriqué à partir de bois provenant de forêts gérées durablement et de manière responsable.

Imprimé en Espagne.